MINGUO TONGSU XIAOSHUO
DIANCANG WENKU

民国通俗小说典藏文库·张恨水卷

石头城外·平沪通车

张恨水 ◎ 著

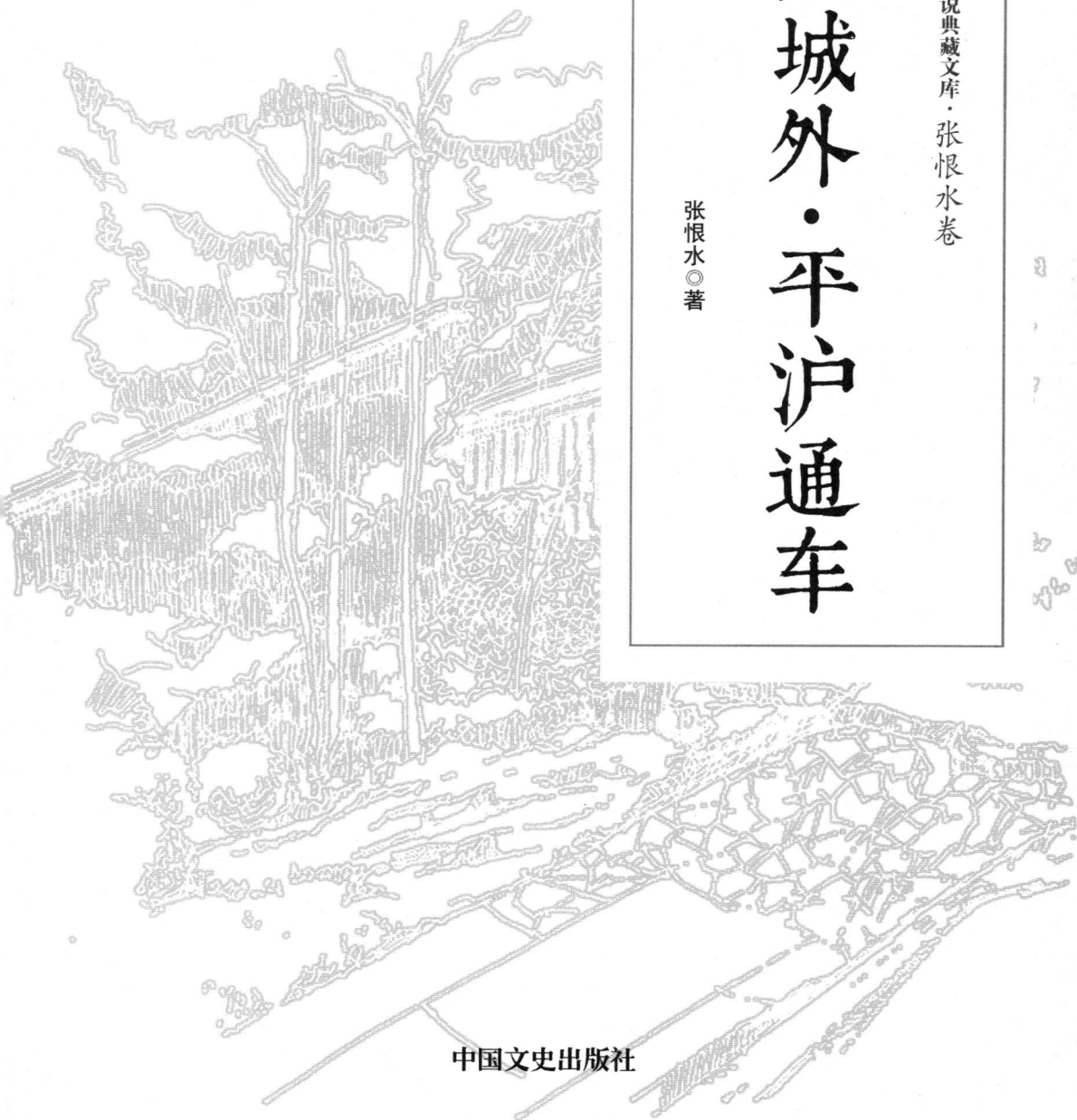

中国文史出版社

小说大家张恨水（代序）

张赣生

民国通俗小说家中最享盛名者就是张恨水。在抗日战争前后的二十多年间，他的名字真是家喻户晓、妇孺皆知，即使不识字、没读过他的作品的人，也大都知道有位张恨水，就像从来不看戏的人也知道有位梅兰芳一样。

张恨水（1895—1967），本名心远，安徽潜山人。他的祖、父两辈均为清代武官。其父光绪年间供职江西，张恨水便是诞生于江西广信。他七岁入塾读书，十一岁时随父由南昌赴新城，在船上发现了一本《残唐演义》，感到很有趣，由此开始读小说，同时又对《千家诗》十分喜爱，读得"莫名其妙的有味"。十三岁时在江西新淦，恰逢塾师赴省城考拔贡，临行给学生们出了十个论文题，张氏后来回忆起这件事时说："我用小铜炉焚好一炉香，就做起斗方小名士来。这个毒是《聊斋》和《红楼梦》给我的。《野叟曝言》也给了我一些影响。那时，我桌上就有一本残本《聊斋》，是套色木版精印的，批注很多。我在这批注上懂了许多典故，又懂了许多形容笔法。例如形容一个很健美的女子，我知道'荷粉露垂，杏花烟润'是绝好的笔法。我那书桌上，除了这部残本《聊斋》外，还有《唐诗别裁》《袁王纲鉴》《东莱博议》。上两部是我自选的，下两部是父亲要我看的。这几部书，看起来很简单，现在我仔细一想，简直就代表了我所取的文学路径。"

宣统年间，张恨水转入学堂，接受新式教育，并从上海出版的报纸上获得了一些新知识，开阔了眼界。随后又转入甲种农业学校，除了学习英文、数、理、化之外，他在假期又读了许多林琴南译的小说，懂得了不少描写手法，特别是西方小说的那种心理描写。民国元年，张氏的父亲患急症去世，家庭经济状况随之陷入困境，转年他在亲友资助下考入陈其美主持的蒙藏垦殖学校，到苏州就读。民国二年，讨袁失败，垦殖学校解散，张恨水又返回原籍。当时一般乡间人功利心重，对这样一个无所成就的青年很看不起，甚至当面嘲讽，这对他的自尊心是很大的刺激。因之，张氏在二十岁时又离家外出投奔亲友，先到南昌，不久又到汉口投奔一位搞文明戏的族兄，并开始为一个本家办的小报义务写些小稿，就在此时他取了"恨水"为笔名。过了几个月，经他的族兄介绍加入文明进化团。初始不会演戏，帮着写写说明书之类，后随剧团到各处巡回演出，日久自通，居然也能演小生，还演过《卖油郎独占花魁》的主角。剧团的工作不足以维持生活，脱离剧团后又经几度坎坷，经朋友介绍去芜湖担任《皖江报》总编辑。那年他二十四岁，正是雄心勃勃的年纪，一面自撰长篇《南国相思谱》在《皖江报》连载，一面又为上海的《民国日报》撰中篇章回小说《小说迷魂游地府记》，后为姚民哀收入《小说之霸王》。

1919 年，五四运动吸引了张恨水。他按捺不住"野马尘埃的心"，终于辞去《皖江报》的职务，变卖了行李，又借了十元钱，动身赴京。初到北京，帮一位驻京记者处理新闻稿，赚些钱维持生活，后又到《益世报》当助理编辑。待到 1923 年，局面渐渐打开，除担任"世界通讯社"总编辑外，还为上海的《申报》和《新闻报》写北京通讯。1924年，张氏应成舍我之邀加入《世界晚报》，并撰写长篇连载小说《春明外史》。这部小说博得了读者的欢迎，张氏也由此成名。1926 年，张氏又发表了他的另一部更重要的作品《金粉世家》，从而进一步扩大了他的影响。但真正把张氏声望推至高峰的是《啼笑因缘》。1929 年，上海的新闻记者团到北京访问，经钱芥尘介绍，张恨水得与严独鹤相识，严即约张撰写长篇小说。后来张氏回忆这件事的过程时说："友人钱芥尘先生，介绍我认识《新闻报》的严独鹤先生，他并在独鹤先生面前极力推许我的小说。那时，《上海画报》（三日刊）曾转载了我的《天上人间》，独鹤先生若对我有认识，也就是这篇小说而已。他倒是没有什么考虑，就约我写一篇，而且愿意带一部分稿子走。……在那几年间，上海洋场章回小说走着两条路子，一条是肉感的，一条是武侠而神怪的。《啼笑因缘》完全和这两种不同。又除了新文艺外，那些长篇运用的对话并不是纯粹白话。而《啼笑因缘》是以国语姿态出现的，这也不同。在这小说发表起初的几天，有人看了很觉眼生，也有人觉得描写过于琐碎，但并没有人主张不向下看。载过两回之后，所有读《新闻报》的人都感到了兴趣。独鹤先生特意写信告诉我，请我加油。不过报社方面根据一贯的作风，怕我这里面没有豪侠人物，会对读者减少吸引力，再三请我写两位侠客。我对于技击这类事本来也有祖传的家话（我祖父和父亲，都有极高的技击能力），但我自己不懂，而且也觉得是当时的一种滥调，我只是勉强地将关寿峰、关秀姑两人写了一些近乎传说的武侠行动……对于该书的批评，有的认为还是章回旧套，还是加以否定。有的认为章回小说到这里有些变了，还可以注意。大致地说，主张文艺革新的人，对此还认为不值一笑。温和一点的人，对该书只是就文论文，褒贬都有。至于爱好章回小说的人，自是予以同情的多。但不管怎么样，这书惹起了文坛上很大的注意，那却是事实。并有人说，如果《啼笑因缘》可以存在，那是被扬弃了的章回小说又要返魂。我真没有料到这书会引起这样大的反应……不过这些批评无论好坏，全给该书做了义务广告。《啼笑因缘》的销数，直到现在，还超过我其他作品的销数。除了国内、南洋各处私人盗印翻版的不算，我所能估计的，该书前后已超过二十版。第一版是一万部，第二版是一万五千部。以后各版有四五千部的，也有两三千部的。因为书销得这样多，所以人家说起张恨水，就联想到《啼笑因缘》。"

不论张氏本人怎样看，《啼笑因缘》是他最有影响的作品，这一点毫无疑问，可以随便举出几件事来证明。《啼笑因缘》发表后，被上海明星公司拍成六集影片，由当时最著名的电影明星胡蝶主演，同时还被改编为戏剧和曲艺，在各地广泛流传；再有《啼笑因缘》被许多人续写，迫使张氏不得不改变初衷，于1933年又续写了十回，张氏在《我的写作生涯》中说："在我结束该书的时候，主角虽都没有大团圆，也没有完全告诉戏已终场，但在文字上是看得出来的。我写着每个人都让读者有点儿有余不尽之意，这正是一个处理适当的办法，我绝没有续写下去的意思。可是上海方面，出版商人讲生意经，已经有好几种《啼笑因缘》的尾巴出现，尤其是一种《反啼笑因缘》，自始至终，将我那故事整个地翻案。执笔的又全是南方人，根本没过过黄河。写出的北平社会真是也让人又啼又笑。许多朋友看不下去，而原来出版的书社，见大批后半截买卖被别人抢了去，也分外眼红。无论如何，非让我写一篇续集不可。"这种由别人代庖的续作，出书者至少有四种：惜红馆主《续啼笑因缘》、青萍室主《啼笑因缘三集》、康尊容《新啼笑因缘》和徐哲身《反啼笑因缘》。虽然远不如《红楼梦》续作之多，但在民国通俗小说中已经是首屈一指了。张氏在《我的小说过程》一文中还说："我这次南来，上至党国名流，下至风尘少女，一见着面便问《啼笑因缘》。这不能不使我受宠若惊了。"

《啼笑因缘》使张氏名声大振，约他写稿的报刊和出版家蜂拥而至，有的小报甚至谣传张氏在十几分钟内收到几万元稿费，并用这笔钱在北平买下了一所王府，自备一部汽车。这自然不是事实，但张氏当时收到的稿酬也有六七千元，的确不能算少。这样，他就可以去搜集一些古旧木版小说，想要作一部《中国小说史》。就在此时，日寇侵华的"九一八事变"爆发，张氏的希望随之化为泡影。作为一位爱国的作家，在国难当头的状况下自不会沉默，张恨水在1931至1937的几年间，先后写了《热血之花》《弯弓集》《水浒别传》《东北四连长》《啼笑因缘续集》《风之夜》等涉及抗敌御侮内容的作品。

1934年，张恨水到陕西和甘肃走了一遭，此行使他的思想发生了很大的变化。张氏在《我的写作生涯》中说："陕甘人的苦不是华南人所能想象，也不是华北、东北人所能想象。更切实一点地说，我所经过的那条路，可说大部分的同胞还不够人类起码的生活。……人总是有人性的，这一些事实，引着我的思想起了极大的变迁。文字是生活和思想的反映，所以在西北之行以后，我不违言我的思想完全变了，文字自然也变了。"此后，他写了《燕归来》，以描写西北人民生活的惨状。

抗日战争全面爆发后，张恨水取道汉口，转赴重庆，于1938年初抵达，即应邀在《新民报》任职。抗战八年间，他除去写了一些战争题材的小说外，还有两种较重要的作品，即《八十一梦》和《魍魉世界》（原名《牛马走》），均先于《新民报》连载，后出单行本。抗战胜利，张氏重返北平，担任《新民报》经理，此后几年他写了《五子登科》等十来部小说，但均未产生重大影响。1948年底，张氏辞去《新民报》职务。1949年夏，他患脑溢血，经过几年调治，病情好转，张氏便又到江南和西北去旅行。1959年，张氏病情转重，至1967年初于北京去世，终年七十三岁。

张恨水一生写了九十多部小说，印成单行本的也在五十种左右。说到张氏作品的总特色，一般常感到不易把握，因为他总在不断地变。其实，这"变"就正是张恨水作品最鲜明的总特色。

张恨水是一个不甘心墨守成规的人，他好动不好静，敢于否定自己，这正是作为开创者必须具备的素质。读一读张氏的《我的写作生涯》，就会发现他总是在讲自己的变，那变的频繁、动因的多样，在民国通俗小说作家中实属仅见。……待到《金粉世家》《啼笑因缘》相继问世，张恨水的名声已如日中天，他在思想上的求新仍未稍解，他说："我又不能光写而不加油，因之，登床以后，我又必拥被看一两点钟书。看的书很拉杂，文艺的、哲学的、社会科学的，我都翻翻。还有几本长期订的杂志，也都看看。我所以不被时代抛得太远，就是这点儿加油的工作不错。"

追求入时，可说是张恨水的一贯作风，不仅小说的内容、思想随时而变，在文字风格上也不断应时变化。仅就内容、思想方面的变化而言，在民国通俗小说作家中也很常见，说不上是张氏独具的特色，但在文字风格上也不断变化，就不同于一般了。张氏在《我的写作生涯》中经常提到这方面的事例，譬如他曾提及回目格式的变化，他说："《春明外史》除了材料为人所注意而外，另有一件事为人所喜于讨论的，就是小说回目的构制。因为我自小就是个弄辞章的人，对中国许多旧小说回目的随便安顿向来就不同意。即到了我自己写小说，我一定要把它写得美善工整些。所以每回的回目都很经一番研究。我自己削足适履地定了好几个原则。一、两个回目，要能包括本回小说的最高潮。二、尽量地求其辞藻华丽。三、取的字句和典故一定要是浑成的，如以'夕阳无限好'，对'高处不胜寒'之类。四、每回的回目，字数一样多，求其一律。五、下联必定以平声落韵。这样，每个回目的写出，倒是能博得读者推敲的。可是我自己就太苦了……这完全是'包三寸金莲求好看'的念头，后来很不愿意向下做。不过创格在前，一时又收不回来。……在我放弃回目制以后，很多朋友反对，我解释我吃力不讨好的缘故，朋友也就笑而释之，谓不讨好云者，这种藻丽的回目，成为礼拜六派的口实。其实礼拜六派多是散体文言小说，堆砌的辞藻见于文内而不在回目内。礼拜六派也有作章回小说的，但他们的回目也很随便。"再譬如他在谈及《金粉世家》时说："以我的生活环境不同和我思想的变迁，加上笔路的修检，以后大概不会再写这样一部书。"诸如此类的变化不胜列举。

张氏的多变还体现在题材的多样化。他说："当年我写小说写得高兴的时候，哪一类的题材我都愿意试试。类似伶人反串的行为，我写过几篇侦探小说，在《世界日报》的旬刊上发表，我是一时兴到之作，现在是连题目都忘记了。其次是我写过两篇武侠小说，最先一篇叫《剑胆琴心》，在北平的《新晨报》上发表的，后来《南京晚报》转载，改名《世外群龙传》。最后上海《金刚钻小报》拿去出版，又叫《剑胆琴心》了。"第二篇叫《中原豪侠传》，是张氏自办《南京人报》时所作。此外，张氏还写过仿古的《水浒别传》和《水浒新传》，他说："《水浒别传》这书是我研究《水浒》后一时高兴之作，写的是打渔杀家那段故事。文字也学《水浒》口气。这原是试试的性质，终于这篇《水浒别传》有点儿成就，引着我在抗战期间写了一篇六七十万字的《水浒新传》。""《水浒新传》当时在上海很叫座。……书里写着水浒人物受了招安，跟随张叔夜和金人打仗。汴梁的陷落，他们一百零八人大多数是战死了。尤其是时迁这路小兄弟，我着力地去写。我的意思，是以愧士大夫阶级。汪精卫和日本人对此书都非常地不满，但说的是宋代故事，他们也无可奈何。这书里的官职地名，我都有相当的考据。文字我也极力模仿老《水浒》，以免看过《水浒》的人说是不像。"再有就是张氏还仿照《斩鬼传》写过一篇讽刺小说《新斩鬼传》。张恨水的一生都在不停地尝试，探寻着各色各样的内容及表达方式，他甚至也写过完全以实事为根据、类似报告文学的《虎贲万岁》，也写过全属虚幻的、抽象的或象征性的小说《秘密谷》，他的作风颇有些像那位既不愿重复前人也不愿重复自己的现代大画家毕加索。

张恨水写过一篇《我的小说过程》，的确，我们也只有称他的小说为"过程"才最名副其实。从一般意义上讲，任何人由始至终做的事都是一个过程，但有些始终一个模子印出来的过程是乏味的过程，而张氏的小说过程却是千变万化、丰富多彩的过程。有的评论者说张氏"鄙视自己的创作"，我认为这是误解了张氏的所为。张恨水对这一问题的态度，又和白羽、郑证因等人有所不同。张氏说："一面工作，一面也就是学习。世间什么事都是这样。"他对自己作品的批评，是为了写得越来越完善，而不是为了表示鄙视自己的创作道路。张氏对自己所从事的通俗小说创作是颇引以自豪的，并不认为自己低人一等。他说："众所周知，我一贯主张，写章回小说，向通俗路上走，绝不写人家看不懂的文字。"又说："中国的小说，还很难脱掉消闲的作用。对于此，作小说的人，如能有所领悟，他就利用这个机会，以尽他应尽的天职。"这段话不仅是对通俗小说而言，实际也是对新文艺作家们说的。读者看小说，本来就有一层消遣的意思，用一个更适当的说法，是或者要寻求审美愉悦,看通俗小说和看新文艺小说都一样。张氏的意思不是很明显吗?这便是他的态度!张氏是很清醒、很明智的,他一方面承认自己的作品有消闲作用,并不因此灰心,另一方面又不满足于仅供人消遣,而力求把消遣和更重大的社会使命统一起来,以尽其应尽的天职。他能以面对现实、实事求是的态度对待自己的工作,在局限中努力求施展,在必然中努力争自由,这正是他见识高人一筹之处,也正是最明智的选择。当然,我不是说除张氏之外别人都没有做到这一步,事实上民国最杰出的几位通俗小说名家大都能收到这样的效果,但他们往往不像张氏这样表现出鲜明的理论上的自觉。

张恨水在民国通俗小说史上是一位名副其实的大作家,他不仅留下了许多优秀的作品,他一生的探索也为后人留下了许多可贵的经验。

目　录

平沪通车

石头城外

（原名：到农村去）

一、开始感到了烦腻

这说的是一个大城市里的事。这不是历史，不必考证是哪一个城市。就故事里所说的人情风景而言，大概是扬子江边上一个城市吧。话提起来的时候，正是六月三伏天。旧式的房屋，天井小，地基低，住在里面的人感到闷热难受，而且地面潮湿过甚，把房间里地板都霉烂了。新式的房子呢，是弄堂式的，四边是顶厚的砖墙。虽然屋子外面有一道矮墙围了个丈来宽的小院子，可是对面就是三层楼的高洋房子，把风挡得丝毫也吹不过来。太阳在长条儿的弄堂上空照下来，像炭火一般。在屋子里的人，可又感到一种燥热。是四点钟了，偏西的太阳晒在东边白粉墙上，发出一片银光。那银光反射到屋子里来，那更是一片火热。

主人翁坐着人力车到了弄堂口外，夹着一只大皮包，的咯的咯响着大皮鞋走了进来。他隔了客堂的铁纱门，老远地就喊着道："好热好热，有点儿受不了！"说着，拉开铁纱门走进屋来，两手把胁下夹着的大皮包，向沙发椅子上一抛。首先把上身的白哔叽西服脱了下来，向椅子背上挂着。其次是把西服裤子脱了。长长的衬衫，短的裤衩，光了两条腿子，可又穿了黑皮鞋。

里面屋子，有妇人笑了出来。她道："哪里就热到这种样子？在外面把衣服就脱得这样精光。你看皮鞋也来不及脱，就把裤子由皮鞋底下扯落来。这身衣服，你才洗几天。"男人道："你只知道这样说，还不和我快拿拖鞋来！"随着这话，出来一位老太太，她笑道："素英，你就给淡然拿拖鞋来吧。这样大热天，在外面有工作的人，回来就得图个舒服。"淡然是索性地脱衣服，把外面衬衫卸下，只是剩下了一件麻纱小背心。老太太笑道："淡然，你这孩子太随便了。一个先生在堂屋里脱得这样干干净净的，成个什么体统？到楼上去擦个澡，换了衣服下来吧。"淡然道："电扇怎么搬走了？快快快找来。"素英笑道："这是昨晚上你搬了上楼去的，你都忘了吗？"淡然道："你们整天地都没有开电扇用吗？"说着，拿起放在桌上的草帽子，只管在胸前扇着。素英笑道："看你这样子，实在热了，我来伺候吧。你脱得这样精光，怎么好叫年纪轻轻的小大子来呢？"于是她先端一盆脸水放在方凳上让他抹澡，又搬了电扇来，放在茶几上，开了起来。

淡然对着电扇抹澡，随后把毛巾向脸盆里一丢，摇摇头道："现在我才是我，几分钟以前，我觉得这身子落在油缸里了。我该上楼去找衣服换了。"素英两手捧着一罐爽身粉笑道："慢点儿慢点儿，我给你脊梁上扑些粉，你看你半边背脊都是红的，长了不少的痱子了。"老太太手里拿了一把小蒲扇，倒是坐在一边慢慢地扇着，笑道："淡然回家来，一顿闹着，把我也闹热了。"淡然弯着脊梁，让夫人扑粉，望了老太太道："妈，你怎么不坐到风扇面前来，倒要自己扇小扇子？"老太太笑道："那电扇的大风，我受不了。"淡然摇摇头笑道："受不了？我嫌着一架电扇还不够，要添一架才够呢。"说着，两手抄了裤衩子抖着风，又踏着皮鞋，呱哒呱哒跑上楼去了。

过了一会儿，淡然披了一件山东绸的睡衣，两手抄着衣襟，将带子向腰上系着，笑了下楼来，摇了头道："楼上像一只火炉子，怎么可以去？"说时，牵了衣服，当着电扇的风头上立着，因道："若不是为了吃饭问题不容易解决，我真不愿意在这城里住着了。热了一个多礼拜，好容易前天下了一场连阴雨，松了一口劲，想不到今天又这样热起来。找小大子去买两瓶汽水来喝吧。"老太太笑道："心定自然凉。你不要只管暴躁，越躁越热。热的身体，倒两杯汽水下肚子去，胃里受着刺激，人要吃亏的。"

淡然倒相当接受母亲的建议，便在藤椅上半坐半躺着，一眼看到夫人穿了一身的拷绸短褂裤，因笑道："热天穿黑衣服，根本不适于卫生原则。再说，在扬子江上下游，稍微讲体面的人家是不肯穿拷绸衣裤

4

的。"素英笑道:"第一点,我接受你的话,黑色的衣服对于阳光的照射,是不……"淡然摇头道:"我没学过医,不说医学原理。黑衣服弄到了脏,看不出来,一也。拷绸只是在水里漂荡两下,又不能搓洗,二也。关于第二点,你之不能接受,其故何在?"素英坐在他对面,斜睨了他一下,笑道:"你以为长江一带,唯有下等社会的人才穿拷绸是不是?其实,这也不是国家订的法律。假如大家都穿起来,打破只有操贱业的人才穿拷绸的观念,也就无所谓了。你还说没有什么阶级观念,连穿拷绸衣服你都显着失了官体了。"

淡然道:"真的,我现在感到这见人磕头的小官,实在混不下去了。你看,拿钱多的、工夫闲的并不当怕热,可是他们老早地就上庐山去了。我们一天做上七八个小时的工作,汗水由脊梁上流下来,把裤腰带都淋湿了。哪年哪月,我们也找个地方去清静两个月?"素英笑道:"那有什么困难呢?你拼了两个月薪水不要,请两个月假,不就可以休息了吗?"淡然道:"请两个月假?借什么题目为由呢?"素英笑道:"就说太太病了。"淡然笑道:"你真是一位太太,漫说我不能平白地咒人。就算要那样办,上司肯准吗?还是我自己请病假吧。"老太太皱了眉道:"坐在家里没事,尽说这样丧气的话。"淡然哈哈一笑道:"实在也是无聊。"

素英道:"你睡一觉吧。大长天日子,整天地做事,实在也容易感到疲倦。你就睡两小时也好。"淡然道:"竹床有臭虫呢。"说着,跳了起来,笑道:"不是自己提起,又要多喂臭虫两餐饱血。你看,我手臂上咬了这一大串的泡。"说着,由睡衣袖子里伸出手臂来,只见由手肘下一串红泡,直蔓延到胁窝下去。素英立刻取了一瓶花露水交到他手上,因笑道:"没有我们这样殷勤捉臭虫的了,每晚都睡醒过来捉两次。无如这臭虫越捉越多。"淡然道:"四十多块钱住这样两上两下的房子,还是臭虫窝。白天又是不能上楼。"说时,左手拿了花露水瓶子,向右掌心里倒着。

一掌心一掌心的花露水,伸到衣襟里去,周身乱擦着,皱了眉道:

"痒还不算。臭虫咬过了的所在，像艾火炙了似的，痛得难受。"素英笑道："一热起来，你就是这样整日地发躁。里面这屋子还阴凉，我铺了席子在地板上，你好好地睡一觉吧。"淡然手摸了桌子，将舌头伸了一伸道："这玩意儿真受不了。像烫衣服的烙铁一样。"素英道："你只管烦躁些什么？来睡一会子吧。"她牵了淡然的衣袖，把他扯到里面屋子里去了。

过了一会儿，素英再出来和婆婆谈话，笑道："也难怪他烦躁，这天气闷热得要命。我现时就在犯愁，那桌面大的厨房，要烧两个炉子，做一餐饭，我就汗流得洗过一个澡。"老太太道："城里头是寸金之地，想那大厨大灶是不行的。你就让王妈和小大子去凑合吧。"素英笑道："我们这位先生要吃个口味，还要吃个干净，他在家，我不下厨怎么可以呢？"正说着，小院子里有人喊了一声道："金家的信。"

素英拉开铁纱门来，一个信差手上高举了一封信道："牯岭来的快信，盖图章。"素英把信接过来，见信封正中，写明了"金夫人华素英女士启"，笑道："这替我开履历了。"拿进来，在回执上盖了图章给信差。老太太道："牯岭来的快信，是要淡然上庐山去吗？那倒让他称心了。"素英道："是方太太给我的信，但用不着航空快运呀。"说着，拆开信来看时，上写道：

素英姊慧鉴：

　　山居无事可告，久疏问候。今日豁轩由明公寓邸归言，人员又须大加裁汰。淡然先生平常好发议论，明公颇有点儿不愿意。请速委托人说话，或可挽回。谊在至好，不得不飞函告知。即候暑安。

　　　　　　　　　　　　　　方宛如敬启

素英拿了一张信纸在手，很久作声不得。老太太坐在一边看到，问道："有什么要紧的事吗？"素英先伸头向里面屋子看了一看，然后道：

6

"我们这一位正在不高兴，这话怎好告诉他呢？"说着，捏了信纸信封摇撼着，只是皱眉，于是悄悄地把信上的话告诉老太太。老太太道："不告诉他哪行呢？告诉了他，他才好去设法子呀。"素英道："他睡着了，让他醒来再告诉他吧。我想他一定会去设法子挽回的，母亲也不必担忧。凭他这份本事，天理良心，一个月挣二三百块钱的薪水，还不是理所应当吗？既是理所应当，或者他的职务不会裁掉的。"老太太道："虽然是这样说，可是朝里无人莫做官，总也是难保险的。"素英想着，老太太顾虑的也是情理。半下午全不高兴。

到了六点多钟，偏西的太阳已落过了人家的屋脊，弄堂里全是阴的，于是各家的小孩子集拢着在弄堂里玩，唱着跑着，闹成了一片。淡然揉着两只眼睛，由里面屋子走出来，一件睡衣整大块地透出了汗印子，粘贴在身上，摇摇头道："从这时起，弄堂里不到晚上十二点，也太平不了。到了夏天，让人更讨厌城市。"素英笑道："你讨厌城市，应该到农村去了。现在倒有一个催促你到农村里去的机会了。"淡然道："到农村里去的机会？谁给我这机会？"素英笑道："你果然希望有这机会，就不必生气了。"说着，把那封信交给淡然看。淡然先看了信封，微摇着头道："这与我不生关系。我还能到牯岭去尝农村风味吗？"说着，把封套里信纸抽出来看。看完了，他两手捧着，很默然了一会儿，忽然两手一拍，笑道："这叫一床被不会盖两样的人。素英这句话，真把我的心事猜着了。他们要裁我，那就裁我吧。免得我捧了这腊肉骨头，吃是吃不下去，丢了又可惜。这么一来，我们可以下乡去从事实业了。干好了，可以发财。干不好，也免得在城里受这王八气。"

素英红着脸道："你信口胡说。"淡然笑道："想起来，实在叫人哭笑不得。"老太太道："笑话是笑话，正经是正经。吃过晚饭，趁着凉爽，找找人想法子吧。"淡然道："想什么法子呢？除非这个时候天上掉下几个仙女来，代我去联络联络上司。"老太太笑道："这孩子今天是整日地发牢骚。回去种田也好，我跟着你们，也一年到头地看个青山绿水，看个青枝绿叶儿的。"淡然笑道："青枝绿叶虽好，可是乡下找

7

不到小牌打。"太太笑道："我找不到小牌打倒事小，你们没有电影看，没有馆子吃，那恐怕是更难受呢。"彼此说着笑话，倒把要失业这个最重问题放在一边。

过了一会儿，淡然把藤椅子搬到小院子去放下，躺在上面看弄堂里小孩子游戏。素英是为了安慰丈夫起见，搬了一张小圆桌来，上面放着茶壶烟卷。淡然虽是躺在露天里，却依然不住地挥着扇子，因道："这城市里的夏天，除了最有钱的人，家里有花园，屋里有冰箱，不会感到舒服的。"素英已到厨房里去了，老太太摇了一把扇子出来，向院子里地面上望着，因道："天气真燥，摆的这几盆花只歇了大半天没有浇水，叶子都衰败下去了。"淡然笑道："我们这城里总算不错，马路旁边还可以看到几棵路树，多少有点儿青意。住在上海的人有终年看不到一根青草的人。好运动的小孩子，半夜里起来，趁着无人在偏僻一点儿的马路上踢球。城市里人的空间这样宝贵，真是可怜。你看我们这院子里，除了两盆茉莉花而外，这些草本花算得什么？乡下遍地生长着。"

老太太笑道："你尽说乡下好，我也未尝不赞成。可是我们下乡去吃什么呢？"淡然道："当然我们不是到乡下去坐着享福，也找个生财之道。我在中学的时候，学的就是农林，到大学一转，学了经济，以为出路宽些，结果是费尽了九牛二虎之力，做了这样一个芝麻官。若回到乡下去，拿出我中学时代所学的，也许不止挣这两百块死钱一个月呢。"素英在屋子里笑道："饭好了，吃饭吧。吃完了饭，你也应当出去找两位朋友谈谈，不要让母亲操心了。"

他们这样说着话，却让隔壁邻居赵向农先生听到了。他和人家共住一幢两上两下的屋子。夫妻两口之外，也有一位老太太，更兼四个孩子、一位没出阁的妹子，屋子的挤窄已属不堪，而且他还住在楼上。正午十二点钟以后，全家人离开了楼，只是在厨房外屋后那条一人宽的小巷子里坐着。赵先生每月收入只百元上下，他也不敢说迁居的话。这时也在他的小院子里乘凉，听到金淡然的话，十分同情。他觉得在都市里过热天，等于身受了三四个月的徒刑。正要走到弄堂里来和淡然接谈，他已进屋去吃饭。饭后，天色已晚，他又穿着西服出门去了。

直到十一点钟附近，向农和全家人在弄堂里乘凉，淡然才回来。向农迎着道："金先生，这时候才回来？外面乘乘凉，我们谈谈吧。"淡然道："我急于要回去把衣服脱下来，一会儿就来。"弄堂里其余的乘凉人，有一个从中插嘴道："欢迎金先生加入，我们正开着房客联席会议呢。"一会子淡然换了一身衣服出来，自搬了一张藤椅子在人丛中坐下，叹了一口气道："走一走路，出一身汗，这火炉生活过不下去了。哪位说是要开联席会议？"向农道："纱门窗子全坏了。我们要求房东换新的，房东理也不理，说是租金太少，非加租不可。"淡然道："四十块钱一个月住这样的房子，还说租金太少，那也天理良心！"

向农道："下午我在这边听到金先生说打算到乡村去，是有这个计划吗？那不过是一句话吧？"淡然道："并不是一句话，我真这样想着。乡下什么东西都比城里好，不但不怕房东加租，就是身上一个铜板没有，也照样地过下去十天半个月。"向农道："对了，农村里比都会里最好的一件事，就是没有钱照样地过日子。城里头最不好对付的事，就是开了大门就要花钱。城里头喝水要钱买，乡下人已是不肯信。可是到了热天，连一口凉风都要钱买，人家更不肯信了。"淡然道："有钱买风，身上还是不凉快呢。到了乡下，窗门一开，正对了树荫，那东南风由树林里面穿了过来，工作倦了的人受着，像喝了醇酒似的，自然会昏昏地要睡。这拿钱买的电扇风，哪里及得上呢？"

向农道："真是，说到乡村，叫我立刻就想离开城市。我有一个同学，在宣城买了一大片荒山和荒地，自己实行去做田间工作。听说今年塘里可以卖一千块钱的鱼，园里可以卖五百块钱的葡萄。到了明年，那就不用提了，桐子树都是桐子了，那利益更不可以估量。今年桐油的价钱，就是五六十元了。你看多好，一不用受上司的压迫，二没有社会上这些虚伪的应付。收成到了手，就可以坐在家里享福。"淡然道："这话诚然，但不知你们这位朋友下了多少资本？"向农道："收买荒地要不了多少钱，种料农具，花钱也有限。我虽不知道我那朋友投下了多少资本，可是他也并不是什么有钱的人。"淡然兴奋起来，由藤椅上突然挺着身子坐起，拍了大腿道："这种生活实在令人羡慕！住在乡下，不说别的享受，就是这新鲜空气和青山绿水，也可以养得人延年益寿。"

正说着话呢，弄堂口上停了几辆人力车子，一阵喧哗，是弄堂里一班女眷们由公园乘凉回来了。素英牵着一位六岁的男孩子走进弄堂来，她先笑道："还不如不到公园里去呢，来去走着更热。"淡然道："这样大热天，要跑出去几里路乘凉，实在也就不大合算。"素英站在自己院子门口，手撑了铁栏门，笑道："这里还有点儿过路风。这样看起来，城里头就是有空地也不见得凉。我倒赞成淡然的话，下乡去住一些时候了。"

向农在人丛中插言道："不要嫌城里不好，房东又要加租了。唉！我们这混小差事的人，何年何月何日得翻身？每个月的薪水，是米铺里、房东、小菜场，三处公分了。剩下来的几个钱，可以让自己痛快一下子的，实在也就有限得很了。"素英道："可不是？每月都是前拉后扯地过日子。你要说给乡下人听，每月能挣一二百元，那还了得？在乡下住家，每月有二三十元的经常支出，那就不得了。"老太太也端了一把竹椅子坐在院子里乘凉，这就插言道："你们谈了一天的乡下，犯了乡下迷了。"

素英道："我想起正事来了。淡然出去找人的结果怎么样？"淡然道："结果吗？结果是朋友为了我打一阵抱不平，这事情之不易挽回，也就可想而知了。好在这几位朋友，在银钱上，在交际上，不是我这样地无能为，我有别的打算，他们是答应帮忙的。"素英听了这话，知道淡然出去，没有得着救兵。当了一弄堂的人也不便多问，只是暗暗地心里加上一分烦恼而已。

二、第一个印象就很好

金淡然虽是满口要到乡村去，可是机关里真的免了职，除了失业恐慌之外，还有一种不平之气。因之在弄堂里乘凉，直等大部分人都散了，他还躺在一张藤椅子上。邻居赵向农，也是怀了满腔子的心事，拦大门放了一张竹床，人睡在竹床上，挥了蒲扇赶蚊子，拍得腿卜卜作响，很久向淡然道："明天恐怕又要热到九十六度以上，你看，这满天的星斗，没有一尺见方的一块青天。"淡然道："好了，热不了好久了，我们要下乡去乘凉了。"赵向农道："金先生真有这个打算？恐怕真要你下乡去，你又会舍不得离开城市吧？"

淡然道："怎么舍不得？而且舍不得也不行。实不相瞒，我的职务有裁汰的可能。大概两三天内，就要发表。在庐山避暑的人除了正薪不算，还因为跟着上峰，有功可录。我们留在火炉子里烤火的人，还嫌卖力不够。这么一来，让我恨透了这公务员生活。先前赵先生说你那朋友尊姓？可以和我介绍一下吗？假如宣城还有荒地可买的话，我愿意花两三千块钱，到乡下垦荒务农去。"赵向农道："好的，我可以写封信同金先生问问。就是怕一个人不能下决心，这样去干。假如金先生真有这个计划，我很愿意玉成其事。"淡然道："好好！请赵先生明天就和我写一封信问问。"接着，天空里来了两阵凉风，两人把农村生活之美，赞叹唱和一阵，直到两三点钟，方才告别回家。

这位赵先生是个有心人士，受了金淡然之托，果然为他留意垦荒事业。过了三天，彼此又在弄堂里来过乘凉的夜生活。向农因问淡然道："金先生，你那垦荒的计划，是指定了宣城而言呢，还是也可以换个地方？"淡然道："这样快，令友已经有回信来了吗？"赵向农道："并不

11

是我朋友回了信。今天我无意中遇到了一位办农场的朋友，他说到他农场附近，还可以增加一家同业。这地方比宣城又好，离城只有三十里路，而且有最新式的公路可通。农场里的出产很容易地送到城里来卖。邮电交通也比在宣城好些。"淡然笑道："既然到乡下去，就怕入山不深，还管他什么邮电交通？"向农道："不是那样说。我们究竟不是那种不问世事的太古之民。终年守在乡村里，看不到报，接不到外面来的信，那也是精神上极大一种痛苦。若是住在乡下又能看到当天的报，有信寄出去，也并不费力，那岂不更好？"

淡然仰面躺在藤椅上，有意听着他的报告的。这时忽然兴奋起来，两手一拍大腿道："若有这种地方，我马上就去，请问在什么地方？"向农道："金先生果然有这个意思的话，等到星期日，我们一路坐长途汽车到农场去参观一下。金先生满意了，我们就跟着向下接洽。金先生若认为不大合条件，我们只当出钱玩了一次。将来再等别的机会。"淡然道："今天星期五，明天星期六，好，我们后天一路去。"

二人有了这个约会，恰好次日上午，淡然接到了公事，已经免职，这更让他坚强了下乡的决心。到了星期日，正是一个晴天，七点多钟赵向农便过门来相约。淡然穿着蓝绸褂衫，套了短裤衩，光了两条腿，穿了凉鞋，迎着向农笑道："到如今我才明白无官一身轻这句话。以前天天到机关里去办公，就不敢这样穿着，怕是遇见了上司要受申斥。现在只要我自己看着过得去，就不必有什么顾虑了。怎么舒服，就怎么穿衣服。将来到了乡村里去，比这更野蛮些都没有关系，那就更好办了。"赵向农道："那当然。在乡村里住家衣冠太整齐了，反是一种拘束。"淡然笑道："不必真到乡村里去，只我做这样一个到乡村里去的式样，已经觉得是很舒服了。"说着，很高兴地把家里所预备下的点心，请他用过，然后随他出门，到长途汽车站去赶车子。

这车子不但油漆新亮，而且座椅都是软垫子。开起来，行驶在柏油路上也很是舒服。只四十多分钟，到了城外第二个站头，有两三位旅客上下，赵向农也引着他下车。淡然看时，是夹着公路一个小村镇，约莫有四五十家店面。油盐杂货茶酒饭馆都有。最令人满意的，就是一所红砖盖的洋式平房，门上有一块横额，大书"邮局"两字。旁边另有一块长的直牌匾，上写乡镇长途电话局。淡然道："啊！这里还有长途电话，这是居乡间之实，得居城市之便了。"

向农笑道："老实说，淡然兄要下乡来，以这种地方为最宜。男人居城也好，居乡也好，只要有了寄托，还没有十分难堪的感觉。女眷们就不成了。居城闲在家中无聊，看个电影听回戏，邀上几位太太小姐们打个八圈都很好。甚至什么娱乐也不寻，逛个马路，也还有趣味。居乡呢，这一切都谈不到。进门只有几个家里人，出门是天天不改样的青山绿水，恐怕有点儿不耐烦。"淡然道："那是就一般普通摩登太太而言。若是有知识的妇女，在家里写写字，看看书，都可以利用这悠闲的时间。甚至借着田野生活，开始来锻炼身体，都比在城市里好。"说着话，两人缓缓走出了街市。

这一条柏油公路，在两排山缝之间的小冲上。左边山岭靠近，由上向下，是密密地长着松树秧子，其间不到五尺，显然是新栽的。右边山岭离着远些，山地不曾开荒，山上杂乱的树林子和深草蓬蓬勃勃地长着，不露出一块石头在那边山脚下，和这小冲里的水田交界之处，有一道石涧，清水在上面，正流着淙淙响声。淡然道："到那农场不远了吗？这地方就很好。"向农将他手里握着的手杖向前一指道："那就是了。"

淡然顺了他手杖前端看去，小山冲到那里已经展开，顺了这道山涧向下，那里有块很大的平坡，背山面水。山脚下簇拥了几千支竹子，中间夹两所半草半瓦的房屋。屋前高大的柳树列成两排绿幢幔似的，把屋脊篱笆一齐挡住。淡然道："这像图画一样的美，是一所附城的乐园。照我的理想应当是做过十年特任职以后，手上搂有百十万现款，然后藏到这种地方来过下半辈子。现在我到这地方来隐居，实在是意想所不到的。"向农笑道："那么，淡然兄还没有进农场去看，对于这个地方已经表示十分满意了。"淡然笑道："倒虽不能说是十分满意，可是已达到八九分的程度了。"

13

说着话，两人离开公路，向一条沙子小路走去。虽说是小路，依然还有三尺宽阔。路两旁，栽着丈来高的洋槐，间杂着少数大叶梧桐。由路这头向路那头看，绿油油的一条巷子。人由太阳光里，走进这浓绿荫下，凉风吹过绿野扑到了身上让人有一种说不出的舒适意味。行之不远，有一道小水沟由上面田里流来，穿过这条绿巷，流到下方田里去。在水沟穿断绿巷小路之处，路面上架了白板木桥接通两方。行到桥上，靠了那枯树做的栏杆向下望去，沟里长满了绿草，水在绿草上漂流过去，格外醒目。最妙是有那一两寸长的小鱼，迎着水浪纹向上游泳，摇头摆尾活泼极了。水里长的草，被水冲刷着向下拖垂，像许多绿丝带在水里摆动，更添了游鱼的姿势。

　　淡然道："不用多，就是这一条小路、一条小沟，已经让人很感到兴趣了。"向农笑道："这不但是阁下，每个人都是如此。初到农村来，看到任何事情，都是有趣的。不过这兴趣能够维持多久，却大是问题。"淡然道："这话也不无理由，不过也要看人说话。像我们这样烦腻着城市生活的人，在极大的反响之下，对于这大自然的欣赏，是比其他的人，更有深一层的看法的。"说着，手扶了桥头上垂下来的一枝洋槐，不住地向四周观望。就在这时，听到一种新山歌声，由前面柳林子送出来。那字眼非常清楚，"手拿锄头除野草，除了野草好长苗"，很响亮地送入耳朵来。因点点头道："只听这种歌，我就可以断定是你那位朋友在田间工作了。走吧，我们拜访他去。"说着，自举步在前面走。

　　穿过了那绿巷，顺着小路穿过一大片葡萄园。那葡萄藤蔓在矮矮的竹竿架子上铺设着，葡萄全是上尺长的一串向下坠着。接着葡萄园，便是几亩地的桃树。树全不过一丈高，经过人工的培植，满枝满丫长着半红半绿的大桃子。一个人穿着一身蓝布衣裤，头上戴着大草帽子，手臂上挽了一只细篾篮子正在采果子。远地看不到他的脸，但听到他继续在唱歌。淡然因对向农道："这是令友无疑了。"向农也就随着叫了一声："行之。"那人抬起头来望了一望，用手指着柳荫下道："田先生在那里呢。"

淡然道："哦，这是农场上一个工友。工友都经过训练，可以唱歌了。这也是一乐。"说着，走向柳树荫下去，见那里摆下了几副箩担，满装着瓜菜。有个中年人，穿了黄粗布衬衫，外套工人裤，坐在一张矮凳子上正在清理菜蔬。向农走上前一步，那人已经起身了，手里还拿了一条丝瓜，迎上前来。笑道："啊！你言而有信。"向农便介绍着淡然与他。淡然和他伸着手道："这就是田行之先生了。听到向农兄的话，我是十分地欣慕。今天特意来参观。"行之将手上的丝瓜放到篮里，同淡然握手，因笑道："兄弟是穷无所归，不得已来抓黄泥巴，说什么可以仰慕的话，那太让我惭愧了。请到家里面坐。"说着，他在前面引路。

在柳林里面有一片平地，随栽了些花草，一字排开五间平房，列了一道很深的走廊，在一道竹篱笆上，露出了小半截。那篱笆上爬满了豆藤，像是一道绿墙。豆藤上开着紫色、白色的花朵，一串串地从绿叶缝子里钻出来。进了篱笆门里面还是个小小的院子，栽植着百十盆茉莉花和珠兰花，另外还有两三个大盆子白兰花。淡然道："啊！这里还有个小花园。"行之笑道："什么小花园，我们都打的是钱算盘。这三种花都是城里人所喜欢的，送到城里去就可以换钱回来。茉莉和珠兰可以熏茶叶，还不完全是废物。白兰花那不过是女人佩戴的东西，随意预备一点儿，并不多栽。"说着话，引了客人登上几道石阶，上了长廊。

淡然见廊檐下只很整齐地陈设了些农具，三合土的地面，扫得平滑无痕。淡然点着头道："农家都像这样干净，农村为什么不可住？"向农道："我也是看到行之兄布置得井井有条，引起了我归田之意。"说时，走进屋去，中间是间堂屋，三周是土墙，后面是白色的古壁门。屋顶下的天花板也是白色板的，没有上一点儿油漆。屋子里没有一切字画古董的陈设。正中一张白木桌子，四条板凳。四周四把竹椅子两只竹茶几。桌子上有一个粗瓷瓶，插了一束鲜花。

行之笑道："请坐请坐，我们这地方可简陋得很。"淡然口里是赞不绝声地说好。行之道："赵兄也曾说过，金先生已经烦腻了城市，也打算到乡村来居住。"淡然道："实不相瞒，我受了一点儿刺激，只觉

15

入山不深，入林不密，原来还讨厌这个地方，太趋靠近了公路。现在一看，这地方究竟还不算热闹。"行之笑道："说什么热闹的话？太阳下山之后，公路上没有了汽车经过，这里就一点儿什么声音都没有。离不开书本子的人，在这地方看书是十分合宜的。金先生若不急于回城，可在这里屈住一宵，赏赏晚景。"向农道："住一宵可不成。我们家里等着我们回信呢。在城里的人只有星期这天是自己的。到了明天一大早，我们就要做纪念周了。"

这时，农场的佃工拿了茶壶茶碗来，随着又摆上两只粗瓷碟子，一碟子是炒南瓜子，一碟子是削了皮、切成片的桃子。行之将他们让在桌子边坐着，提起壶来斟茶，笑道："田家风味，说不上口味两字。可是这些东西，都是自己农场上出的，没花一个钱，值得自我介绍一番。"淡然举着手上一只宜兴茶杯子道："难道这茶叶也是你们自己的吗？"行之道："请金先生尝尝这茶味如何。"淡然看着茶杯子里面道："这里面是上着白釉的。水斟在里面，却泛出浅浅的淡绿色。只看这颜色，就知道茶的滋味不错了。"说着喝了一口茶，将嘴唇皮抿吸了两下，点点头道："茶味不错。只是……很像龙井。"行之笑道："金先生疑心我是拿话骗你吗？回头我可以引金先生去参观我那小小的茶山。不过金先生的批评也是非常之中的。我这茶树秧子，就是由杭州龙井谋得来的。我不是自夸一句，关于饮食方面，我除了要在街上买盐而外，其余的东西，都可以在我农场上找出来。"

淡然笑道："这样说，我更非找着田先生做邻居不可了。"因之把自己浮沉官阶，要改到农村里来的意思说了一遍。行之微昂头想了一想，因笑道："现在关于秋季的收成，种植已经过了期了。现在所经营的，只是秋季移种的一部分植物。此外，还有冬季的白菜萝卜是这时候可以着手的，不会怎样忙。而且培植农场这个工作，完全假手给佃工，那是办不好的。说到自己上前可是一件苦买卖。"淡然道："这毫不成问题。根本我在中学念书的时候，就学的是农林。现在到农村里来，是回到了我最初的本行，有什么不可以。"

16

行之道："我干的这行与其他职业不同。别项职业以为同行是冤家。我这项职业，可欢迎同道加入，以便新式的农村繁盛起来，可以引起社会注意。金先生既然是个内行，那就好办。我这房子上首，盖有四间瓦房，原来是预备今年秋季开办一座小学的。现在因经费筹划不容易，小学已不办了。金先生可以先搬到那里去住。然后看定了田地，设计农场大小，把今年下半年六个月专事经营。到了明年春夏两季就慢慢有收入了。农林事业不像别的事业，投资下去马上是没有利益可以收入的。"淡然笑道："这一切情形，我都知道。除了在城市里当小贩，哪有当天掏出本钱去，当天就可以收进利益来的。"

　　二人说着很是投机，总之，淡然对于下乡来过农村生活，一切都不感到困难。行之等两位来宾休息了一会儿，便引他们去参观那所房子。相距这里，不到百步，也是带走廊的一排四间瓦房。而且在走廊正中的前方，还伸出半边亭子式的便台，很有个式样。房屋前面，两大丛芭蕉带了一片小草地。芭蕉左角有一口浅水池塘，有十几只鹅鸭，在水面上很自在地游泳。淡然站住了脚，老远地就叫了一声好。走到屋边，先在平台上站着对面前观望了去。对过正是那松秧匝翠的一个小山峰。在屋子面前，一片平地做了苗圃，全是一丘一丘的绿树秧子，盖了地面。直抵达公路边上去。屋后面临着山涧，两岸全是二指粗细的小竹子，夹杂了一些大石块。再过来便是几丛草花，如萱花龙爪玉簪之类。屋子又是前后都开了窗户的，光线充足。屋后另有两间草房，就在水边。

　　淡然计划一下，一间做堂屋，一间做书房，两间算是母亲与自己的卧室。另外的草房，连厨房与用人住的下房都有了。便又站在屋里，再赞美了几声好。因问道："田先生建筑这所房子，当然花了资本不少。但不知要租多少钱一个月?"行之笑道："我盖这房子，根本就没有打算在上面取回利息来。不是志同道合的人，哪个会到这地方住家? 你要把不愿住在乡村的人拉了来，纵然每月贴出去若干伙食费，人家也是一定不干。既是志同道合的人，我当竭诚欢迎，绝对不取房租。"淡然道："这就不敢当了，彼此将来相处，互相扶助的时候很多，若是这样客气，就不好办了。"行之笑道:"金先生不要把这问题看到有多严重。乡村里租间房子,至多一年不过三五元,就算送礼,人情也不为多。"淡然又伸出手来和行之握着。向农笑道:"这样看起来,二位宾主甚是相得,也就不枉我介绍一番了。这样我也高兴,也许我将来也把臂入林呢。"说着,三人都嬉笑一阵。

于是淡然很高兴地在这里农场上逗留了两三小时,除由行之引着他全场参观了一遍之后,而且把各种出产量和换得价值,都详详细细告诉了他。行之并介绍了他太太相见,在一桌吃午饭。她虽是一位不满三十岁的少妇,不穿长衣,不烫发,不抹脂粉。穿了一身蓝竹布裤,帮着家里的女佣工捧菜送饭。据她说:"女佣工都可以不雇的。为了自己要管理农场上的账目,分不开身来洗衣做饭,只好用了一个粗佣工。要烧点儿好小菜,还是自己动手。"淡然为此,更加上了一层欣慕。觉得自己的太太虽然还贤淑,可是完全为一消费者,跟着田太太学学样,也是好的。这样想着,当他辞别主人回家的时候,向农到了公路上,就问他印象如何。淡然点着头,加重了语气,答出四个字来,乃是"一切都好"。

三、乡下人的见解

夕阳下山的时候，金淡然到了家里，把在乡下所得的印象对母亲和太太一说，她们都感觉满意。而且每个人对于满意的事，是少不得夸张一点儿的。淡然叙说的时候，对于每段风景、每件事情，都加以充分地形容。就是持重的老太太，也赞成乡居。家里两个女仆，年长的王妈、年轻的小大子，都来自田间，听到主人翁要下乡去，原来是不大愿意。后来听到主人翁说到如此之好，小大子就笑着问："门口有口塘，那塘里可以洗衣服吗？"淡然道："当然可以洗衣服，喝水有山上下来的泉水，比自来水还要好吃呢。"王妈也挤上前问道："乡下没有抽水马桶，我们又要多一件事。"淡然笑道："提到这件事，那更好了，那里男女厕所，都是水泥做的，引了山沟里的水，把醒龌冲到田里去，自己就成了肥料，还真不用你们费力呢。"小大子道："没有老虎灶，冲水不成了。"王妈道："烧水呢，这倒没有什么费事。不过到了乡下，连买一盒洋火都是费事的。"淡然道："你们都叫多操心。到我们家里，不上一里路，就是一条街，街上什么东西都可以买得到。漫说是洋火，就是人参、燕窝，也可以买得到。"

这么一说，两位女仆也都不嫌下乡。淡然看到家里毫无问题，又下乡去和田行之接洽了两次。淡然高兴极了，逢人就说，要下乡去当隐士。第一件事，就是赶着做了两套工人衣。第二件事，就是买了许多花草种子，这样布置琐事，有两个星期，大致都已就绪。遵了老太太的意见，选择了一个下乡的日子。在动身的前一天，淡然并拟好了一则启事，送到报纸上去登。那文字这样说：

金淡然启事：

　　淡然一行做吏，逐臭年年，冠盖京华，有同虱寄。感攀附之无缘，忍炎凉之久受？兹已携眷入乡，躬耕自给。敢逃名之自许，免托钵之堪怜。自后友朋赐函，请寄东门外浩然坊邮局留交。负车上道：未及一一走辞知交。春树幕云，再图良晤。

　　自己将稿子审查了两次，原来还觉得不够刺激。可是夫人素英看到，就和他说："现在是什么世界？你一个当小公务员的人，太出了风头，你纵然不求这些人。这些人也不会白让你出风头。"淡然踌躇了一会子，也就一笑了之。

　　到了起程的这天，雇了五辆马车，连家具和人一路浩浩荡荡，奔上行之农场。出了东门，在绿树荫中，车轮顺了柏油马路滚动着。人坐在车子上，看了两行绿树外，近处的丘陵，远处的大山，时时刻刻地变化着。淡然是和太太坐在一辆车子上，一路说着话道："你看，我们在城里头住着，哪里看到许多青的绿的。不用说是这些好风景了，就是树荫下这一阵清凉的风，和那淡淡的香气，就让人精神振作起来。"素英笑道："以前你遇到假期，老早地就计划着，要到城外来游览一回。现在用不着了。也许你的朋友要借着缘故来看我们，在乡下玩玩呢。"淡然笑道："我就感觉得痛快的，还不是这些。从今以后，死了我们升官发财的念头，不必去看上司的颜色，不必托人向上司说好话，不必每天一早奔上衙门去画到，不必做那些无聊的应酬。总而言之一句话，我这条身子是我的了，我爱干什么就干什么。什么长走到我面前来了，我也不必去和他点个头。"素英笑道："天下事都是这样的，这山望着那山高。你以为做官受人家的气，种田种菜就不受人家的气吗？"淡然道："种田受什么人的气？一天到晚在一处周旋的，不过是那些佃工。纵然受这些人一点儿气，他们知识比我们差，我们应该原谅他。受长官的气不能报复，显见得我们是没有出息。受佃工的气，我们容忍着，那人家说，我们福大量大。"

说到这里，老太太带了孙子小宝和两个女用人共坐了一辆马车追赶上来了，相隔不到四五尺路，这边车上说话，那边车上就听得清楚。老太太插嘴问道："你们是福大量大啊！城市里让人家压迫得不能混，就退到乡下来。你看你们出了城门，笑嘻嘻的，就像捡到了宝贝一样，自然是认为这件事很得意了。"淡然回转头来望着道："你老人家有什么感想？不觉得乡下很好吗？你老人家在这里住上三四个月，我敢说，在今年冬天，一定不会发那咳嗽病。去年下半年，您老人家不是说要到庐山去进天然疗养院吗？这用不着，我们家就是个天然疗养家庭了。"说时，非常得意，仰了头哈哈大笑。

　　一路这样谈笑着，不觉走过了大半路程。这条公路在附郊向东，总是在丘陵地带中蜿蜒着的。因之有时在小山梁子上，有时在浅溪边，有时又在四周是山的小谷中。谈笑中，见前面三辆载家具行李的马车，走进一个山口，却已不见。左面山脉直伸下来，山麓微转着，把右边山麓斜抱在怀里，整个地把公路截断了。当那山麓一排拦住公路的地方，正好簇拥着一片葱翠的树林子，那三辆马车，仿佛就是钻进树林子里去了。素英伸手指着道："你看，前面都没有路了，我们还向哪里去？"淡然摇摆着头，吟着诗道："四围山色中，一鞭残照里。"

　　素英将手轻轻地拍着他的腿道："人家和你说话呢，你没有听到吗？"淡然笑道："你哪里这样傻？天下有人建筑公路到山脚下就为你的吗？那山也不是一个妖怪，能把我们前去的三辆马车都吞了下去。"素英道："我何尝不知道？我正为了这山势长得奇特，故意这样问的。"淡然笑道："你也赏鉴这风景之美了。有人到过四川的，说川江的风景就是这样。江水在四周的山缝里钻着。在船头上向前看，仿佛前面没有了路。可是到了近处山自然向两面分开了。"说着话，马车已走到那山边上，这就看到那山脚两边，露出了一条阔缝。更近，渐现着山坡陡立，公路在两山之间劈出了一条巷子。

　　车子进了这山巷子，仰头看到山坡上的树木，斜斜地两向对拥着。犹如架上无梁柱的绿棚似的，马车在这树荫下走着，很感兴趣。有时那树枝上的垂藤，拖下来很长，拂到头上来。淡然啧啧有声地笑着，摇了头道："坐在马车上，穿过这种小山谷，大有诗意，你以为如何？"说时，马车冲出了山坡，这山势两边分开，又成了一个大谷，再踏进一种四周是山的境界。

素英正也有两句话要赞美，却有几个乡下女人，背了包裹，在公路边上走。妇女后面，有一个庄稼人将木棍子挑了两个小包揪。他一面走着，一面埋怨了道："你们这样慢慢地走，要走到什么时候，才可以到城里。"一个中年妇人道："忙什么？城里人坐马车下乡还是到这里，人家还要打来回呢。"男人道："人家是搬下乡来住家的。"几个妇人同声道："搬下乡来住家的？"一个老妇道："城里人那样舒服，什么不好，为什么要搬到乡下来住？乡下没有电灯、电话、自来水，没有戏馆子，没有这样，没有那样，城里头的人在乡下怎样会住得惯呢？"

马车走到这地方，正好走缓了几步，那些人说的话，都一句句地送入了耳朵。素英笑道："淡然，你听见没有？他们乡下人都以为我们到这里来是一个怪事。"淡然道："当然，他们没有知识的人只知道需要物质上的享受，哪里知道向精神求安慰去？"素英笑道："据你这样说，知识分子都应该下乡。农村里那些没受过教育的人，倒让他们来撑持文化经济重心的城市。"淡然笑道："你不要以为这种理论，十分奇怪。事实是这样，城里人都有个下乡休息的念头。乡下人呢？又有一个入城找钱的念头。"素英笑道："据你这样说，我们是挣够了钱，下乡休息来了。"淡然先是笑了一笑，随后也就默然地坐着。他对于夫人这句问话，自然是感慨系之。好在夫人新到这种有柏油公路的乡村里来，还不十分地感到寂寞，心目中正欣赏着那两旁的山林好景，却也没有十分注意到淡然的态度。

那边农场主人田行之，早已知道淡然全家准时可到，已经在小路口上列下了欢迎的队伍。由他领队，带领了全农场的佃工，还有附近村庄的农民，全在一排树荫下站着。淡然看到，赶快叫拢了马车。由车上跳下来，抢向前和行之握着手道："不敢当，不敢当！"同时也就把素英引上了前，和行之介绍着。行之道："内人本也预备来的，只是家里人少，她要在家里预备菜饭。"淡然道："行之兄，你这样过分地客气，让我们这新来的邻居，会行坐不安的。"行之笑道："我们所办的都是先来的人所应当尽的义务，你谦逊我们是要办，你不谦逊，我们也是要办。"说着，老太太的马车也到了。行之向前鞠躬致敬。他带来的这班欢迎队伍也就噼噼啪啪鼓着巴掌。老太太尽着母职，把淡然由小学教育到最高学府毕业为止，总以为淡然学成之后，可以和家庭增些光彩。不想他始终是做一个风尘小吏，只看到他摇旗呐喊，送往迎来，却没有看到他人怎样欢迎他。今天到了乡下，却受着一批人恭迎道左。虽然这件事并没有什么铺张，生平受着这种招待还是第一次，笑嘻嘻地也连说着不敢当。

行之把欢迎的仪式算是举行完毕了，这就吩咐带来的佃工农人将三马车家具行李，一齐向农场的屋子里搬了去。他自己却陪了淡然，引导着淡然一家人走到他家里去休息。田太太带了两个佃工的妇人亲自出来招待。素英对于这是住家过日子的事有所询问，她都很详细地答复。接着就引他们到新居去，开始布置房屋。素英看到房屋宽大，前后窗房洞开。人在屋子里向外望着，一片绿油油的颜色，由窗户洞里直穿进来，照映着满屋子、桌上、墙壁上，甚至各人的眉目上，都带了一些绿茵茵的影子。尤其是一阵东南风，由两角的窗户吹了进来。在城市里的人向来没有受过这样好的清凉滋味。素英立刻跑近了窗户面前站着，牵着衣服的胸襟，连连抖了几下，笑道："好凉风，这比电扇所吹来的风要痛快十倍。"淡然笑道："我们既然住在这里了，这样的清凉滋味，那是享受不穷的，你赶快去布置房间吧。"素英笑道："这样看起来，只要不在城市里，都是凉快的，不一定要上庐山。"老太太也笑道："在城里头睡午觉，总是热不过，热醒了。现在到了乡下，有这样好的风，可以睡好午觉了。"素英笑道："啊！大概你老人家累了。又要睡午觉了。那么，我先去把你老人家的屋子先布置起来吧。"

说着，她引了老太太，走到淡然已指定的卧室里去。见有两个粗工和一个中年农妇在帮着洒扫。素英叫粗工先安置好一张床，再叫那农妇端了一盆水来，擦抹着床档子。这是两头有床栏杆的新式棕绷床，并没有直立起来支持蚊帐的直柱子。那农妇一面擦抹着，一面问道："这上面也没有床柱子，也没有插床柱的眼，怎么样挂帐子呢？"素英背了两手，站在旁边望了他们工作，因道："我们在城里，就不大挂帐子，点一盘卫生蚊香就很好了。这里蚊子很多吗？"农妇笑道："到了天黑的时候，像打雷一样的蚊子叫着，怎么不多？"老太道："我们有帐子的。帐子不必挂在床上，悬在屋梁下，就可以把床罩住的。"农妇道："那也罢了。没有帐子是睡不着觉的。就是挂了帐子，蚊子也是照样地钻了进来。"老太道："你们家里挂帐子吗？"农妇道："唉！乡下人是命苦赛黄连。我们有一床帐子，还是娘家陪嫁来的，二十多年的工夫，成了丝瓜络了，哪里还挡得住蚊子？"老太道："你为什么不换一床呢？一床帐子也不过七八块钱罢了。二十多年的工夫，难道这么几个钱，会积攒不来吗？"

农妇道："老太太你哪里知道？乡下人用一个铜板，比城里用一块钱还要宝贵。这也怪不得乡下人。乡下人要挣一块钱上腰包，比城里人挣几十块钱、挣上百块钱还要难呢。在城里挣钱，带到乡下来用，这是最合算不过的事。像你老人家这么一个家住在这里，有五六十块钱一个月要过顶上等的日子。你们家老爷，在城里头总要挣好几百块钱一个月吧？"老太太没作声，素英却微微地笑了一笑。

这时，两个粗工和老太太搬着箱柜到屋子里来，淡然也随着进来，恰好听了这几句话，因笑道："果然是应着你这样的如意算盘，那我们也就不下乡了。"一个粗工道："是的，听到田先生说，你先生是要到乡下来开办农场的。就是头两年，要垫下去一笔本钱，过了两年，也就可以大大挣钱了。"农妇道："你不要看到行之农场挑出东西，整大把票子换回来。但是田太太也叫苦得不得了。她说，每次拿了钱回来，一阵开销也就完了。田太太早就有了主意了，说是找了一份回家乡的钱她就要把农场出卖呢。"素英听说，不觉对淡然望着，因问道："这话是真吗?"淡然连连地摇着头道:"不会的不会的!人家正干得很起劲呢?"素英笑道:"不要我们来开始着手,人家倒是打退堂鼓的时候才好。"淡然笑道:"哪里来的话?田先生正欢迎我们来共同努力呢。"老太太笑道:"淡然今天正在高兴的头上,素英怎么尽管说这些扫兴的话。"

素英微笑着走出去了,淡然也去布置他的书房。老太太只监视着那农妇擦抹桌椅。农妇看了洗脸架子上的一面长方镜子,将手轻轻抚摸着道:"城里的东西样样都好。这样好的镜子安在洗脸架子上,我们乡下人就没有用过这样好的镜子。"老太太笑道:"你不要城里人、乡下人这样地分别了。我们现在住到乡下来,也就是乡下人了。"农妇道:"刚才在这里说话的老爷,他要挣好几百块钱一个月吧?我晓得,你们是来歇夏的。到了秋天,你们就要进城去的。去年,也有几位老爷带了太太少爷到这里来歇夏。先也说是这里好。后来没有住到一个月,要这样没有,要那样也没有,他们就在三伏天搬回城去了。你们城里头人在乡下只能住一个新鲜,住久了,那怎样受得了呢?"老太太笑道:"城里人也不一样。"农妇道:"是啊!离这里还远十里路的地方,有一家宁公馆,他们每次下乡来歇夏,就能住到秋凉了回去。他们除了有一部汽车不算,当差的还有自行车,每天一大清早,当差的骑了自行车,进城去买一趟东西回来。天气阴凉,太太带了少爷小姐们就进城去看影戏。老太太,你们家也有汽车吧?要是到站上去等进城的汽车,那要等得不耐烦的。"

老太太被她这样问,倒觉得啼笑皆非,没有答复。站了一会儿,就出来了。正好淡然和两个粗工在安顿桌椅。淡然在网篮里陆续地拣出文具,向写字台上找着。这篮子里有一盏桌用电灯,顺手也就提了起来,放在桌上。甲粗工看到,笑道:"金先生,这东西带到乡下可没有用。晚上只能点煤油灯。"淡然笑道:"何用你说,我早已知道。"乙粗工笑道:"城里人在电灯下过惯了日子,点起煤油灯来,就像瞎子一般。只好天一黑,就上床去睡觉。可是熬惯了夜,睡早了又睡不着。所以城里人下乡，白天还好，晚上最是过不去。"淡然笑道："你们看到城里人就是这么不中用。"乙粗工道："城里人有福气哟。就以我们而论，生长在乡下，整天地卖力气，总只能挣几角钱一天。若是生长在城里头，那就不同了，就是拖黄包车，一天也要拖一两块钱。我是好几次想到城里去混两年，无奈城里没有个落脚的地方。金先生，将来你回城里去的时候，我跟你去当差吧。"甲粗工笑道："当差？你懂规矩吗？"说话时，他正拿了一条粗抹布，抹擦着桌面。于是两手按定了桌沿，翻了眼向乙粗工望着，乙粗工两手拿了长柄扫帚，当一根拐杖撑住着，偏了头向淡然望着，笑道："金先生，你看这有什么难吗？我可以慢慢地去学啊。"

淡然听了他们的话，简直没有一个字不扫兴，可是又没法将简单的词句把他们的错误来纠正。只好随了他们的话音，笑了一笑。回头看了老太太，便道："你老人家听听，这就是乡下人的见解。"老太太道："大概他们对于城里的看法，也和我们对于乡下的看法是一样。"

"哪里会是一样？我们是根据科学和社会经济原则，对农村有一种理解。他们看城里，就是看着一层表面。以为城里那些洋房子，那些汽车，那些好街道，住在城里的人，都是天上的神仙。他们没有看到那洋房子里面，有马桶和饭桶放在一处过日子的人家。也没有看到坐汽车的朋友，有为了还不清欠债，跑江边去跳水的。他那一句话是说着了，城里人不能早早地睡觉，喜欢熬夜。这熬夜就是城市里人受罪的一种。熬足了夜，躺在枕头上，还是睡不着，他得想想明天有一笔开销，要从哪里出；明天有一个要紧的人，应当怎样应付。乡下庄稼人除了愁着晴天不下雨，雨天不肯晴，工作完毕，向床上一倒，不翻身，可以睡到天亮再醒，说不定一辈子不知道忧愁。"

甲粗工笑道："先生，你这样一说，乡下人倒是神仙了。不发愁？到了还粮的日子，拿不出钱来，联保主任一天到家里来几回。后来索性不客气，掏出绳子来捆人，你看乡下人好受不好受？"他说话说得高兴了，就不工作了，站着屋子中间，两手一上一下地举着。说到联保主任掏出绳子来的时候，头上的汗珠子顺了额角流下来，向淡然翻着大眼，好像这位联保主任就是他。淡然笑道："当兵纳税，这是国民应尽的义务。你不知道吗？"粗工道："这种话，联保主任和我们就说多了，我们怎样不知道？可是我们只管尽义务，有什么好处呢？"淡然笑道："哟！你还有这种思想。"说时，扛了两下肩膀，两手反背着，对那粗工望着，表示了一种浅浅的笑意。接着道："你以为怎样就是有好处呢？"粗工道："譬方说，上次我挑担菜进城。汽车由后面撞了来，我担子太重，没有让得及，撞跌了丈来远。我没有长后眼，这事不能怪我。但是那汽车夫太不讲理，停了车子，还赶下车来踢我两脚。我看到路边还有个警察，要请他讲理。他连连喝着我快挑了担子走，倒惹得街上人对着我哈哈大笑。我们向官家完粮，官家连公道话也不和我们说一句，这是有好处吗？有了那回事，我恨极了城里人，没有进过城。"淡然突然伸出手来握住他的手，连连摇撼了几下。

四、交了一个好邻居

在金淡然主观下的乡村，既然是很好，纵然发现一点儿不满意的所在，他也会自行加以原谅的。在他极努力的当儿，不到半下午，家事已布置得很妥帖。第一是王妈很高兴地提了一壶水，匆匆走进屋来，笑道："这里烧水是太方便了。澄清的泉水，由山沟里流下来，就在厨房门口。柴棍子在厨房外堆得像个小山，大灶大火，煮什么，炒什么，都是很快的。不像在城里住着，没有地方堆柴装水。"小大子随着后面进来，也笑道："那后面菜园子里，什么菜都有。太太总说，想嫩秋瓜炒辣椒丝吃，菜市上总是买不到小秋瓜。这菜园子里有十一个秋瓜，都是青油油的带白点子，有这样大。"说着，笑嘻嘻地将两手比着饭碗大小一个圆口。淡然道："菜园子里有多少小嫩瓜，来这一会子，你都数清楚了？"王妈笑道："她都到菜园子里去跑了十几趟了。"

素英笑道："你倒是这样高兴，你可不要三日新鲜，过了几天就烦腻起来。"小大子将脖子扭着，先哟了一声道："我们难道不是乡下人吗？我们住在城里，在主人家里做工，在乡下，还是在主人翁家里做工，有什么分别呢？"淡然笑道："这样说就好。在乡下住着，究竟减少了你们零花的钱，将来你们过年回家，可以多积蓄几文走了。"小大子笑道："哟，到了过年，太太还不进城去吗？"素英笑道："你以为我们是出来做生意买卖，发了财，回家过年吗？老实告诉你，我们是永久做乡下人了。"她说着这话时，脸上带了一份忧郁的颜色，淡然笑向她们道："我也不一定永远住在乡下，只要城里的情形改得和乡下差不多，我们也就进城了。"

他夫妇俩正坐在新布置的乡下书房讨论这些事，老太太牵了孙子小宝由外面进来。小宝在衣服纽扣上插上了两朵野花，手上牵着一根长麻线，绑了一只螳螂，由地面上拖了进来。淡然笑道："小宝，乡下好玩不好玩？"小宝道："好玩好玩。奶奶带着我在花园里看大水牛呢！爸爸，我们家也买一条牛，好吗？"老太太将手拍他的头道："这孩子没有出息，不想读书做官，只想种田。"淡然隔了一张方桌面，呆呆地向素英望着。很久，才道："我们母亲的思想还没有变，教儿子的时候，是这个主意，教孙子的时候，还是这个主意。"素英微笑着还没有答言呢。老太太走近了，也在桌子边坐下，因道："我不对吗？挺好的一个孩子，难道要他在乡下做庄稼人。乡下人苦死了，一年能挣几个钱？"她说这话，可把脸色正着，似乎有点儿生气。

淡然笑道："你老人家疼爱你的孙子，难道我就不疼爱我的儿子吗？我说不让小宝做官，也不一定就让他做个不识字的庄稼人。凭了我这份能耐，供给他大学毕业，那是可能的。大学毕业以后，总不至于也去做一个扶犁头把的庄稼人吧。"老太太道："大学毕业有什么用？你大学毕业之后，还进了两年大学院呢。做了这多年的芝麻官，你又闹着什么了呢？"淡然道："是呀。这样一说，你老人家就明白了。我就是为了念许多年的书，费耗许多年的光阴，才弄这样芝麻大一个官。我的孩子，为什么还让他走这条不通的路呢？我这次搬到乡下来，一半也就是为了这孩子，从小就让他换一换环境，将来长大了，留有这样一个农村印象在脑筋里，将来他或者会刻苦自励，找出一条人生大道来。"老太太点点头，笑道："在乡下住上一阵子，就可以找出一条人生大道来，那么，以后教养儿孙的人不用学这样那样，只要搬到乡下来住上个三年两载就行了。"淡然笑道："你老人家好像不满于这乡下生活似的。"老太道："我这么大年纪的人，吃喝游玩全不在乎，我管什么乡下不乡下。不过你把乡村生活抬得太高了。"素英坐在一边，只是微微地笑着。淡然也就感到话不好说，闹得不好，又要碰老太太一个钉子，只得牵了小宝过来，将手抚摸了他的头，微微地笑着。

正觉着无聊呢，好在是解围的来了。行之那边的两个工役却托着两只托盆进来，笑道："我们先生说本当过来奉陪，恐怕金先生客气，倒反是拘束，把饭菜全送过来，还是请金先生自便吧。"说着，将托盆放在旁边小桌子上，将碗筷汤菜陆续地向桌上搬了来。淡然看时，一碗烧茄子、一碗青椒炒嫩南瓜丝、一碗炒小青菜、一碗凉拌青油油的嫩豇豆、一碗咸鱼、一碟咸蛋、一大瓷缸子炖鸡汤。淡然站起来，将两手连连地搓着笑道："素英，你看看，这都是行之兄家里随时预备出来的菜，这不觉得别有风味吗？不用吃，只看这一份清爽，就不是我们在城里随便可以吃得到的。"老太太坐在桌子边，也就连连点了几下头道："果然，这菜很清爽。本来在乡下住家，终年总要预备些咸鱼咸肉，以便客人来了，随时都可以摆出几样菜来。所以在乡下的人家，不像城里，打开大门就要钱。乡下是三天五天家里掏不出一个铜板来，还照样地过日子。"淡然听了这话，虽不说什么，却向素英望了，微微地笑着。老太太偏是看到了，因道："你们笑什么？以为我也在说乡下好吗？可是我说话是有分寸的。果然是好，我才说好。"

小大子也最高兴，帮着摆好了碗筷，笑道："太太，你要吃炒嫩南瓜丝，这里就有一碗。"说着，竟先盛了一碗饭送到素英面前，让她先尝。淡然望了素英笑道："总而言之，统而言之，大家都感到兴奋。若是能维持这种常态，我们的生活就可以安定下去了。"素英已是坐在下方，扶起筷子来吃饭。将筷子头点点菜碗，笑道："若是有这种待遇，我保证可以维持下去。"于是大家说笑着，很高兴地吃饭。

淡然对于凉拌豇豆、红烧茄子，都很觉好吃。在小大子接过碗去盛饭的时候，他还拿起筷子连连地在菜碗里夹了几筷子，笑道："同一样的菜，怎么在城里我们不爱吃，一到了乡下，就格外地觉得香脆可口呢？"那两个送菜饭来的工友，还留着一个收碗筷回去。他站在一边望着，就笑道："那当然。菜在乡下是什么时候吃，什么时候摘。若送到城里去，头一天就要摘下来，先是在乡下过了一夜。第二天赶早挑进城，若是当日卖不了，留到第二天卖，把水浸了又浸，一点儿鲜味都让冷水漂掉了。"

30

淡然笑道："你们听听。我们在城里吃蔬菜的时候，说是这样里面有维他命，那样里面有维他命，不吃也勉强地吃，其实那些菜蔬都是水浸了两三天的东西，哪里还有什么维他命。"素英笑道："城里的蔬菜，也不过是差一点儿滋味罢了。不见得一点儿都不养人。"淡然道："至少在乡下住着，吃的是新鲜蔬菜，呼吸的是新鲜空气，总要比城里人寿长些。"老太太笑道："我又要说一句了。据我们平常眼睛所看到的。乡下的老人家，不见得比城里头多。"淡然道："那是因为乡下人既然终年劳苦，又少吃营养料……"老太太和素英都笑了。淡然道："我这话没有错。因为光吃蔬菜，光呼吸新鲜空气，还是不成，乡下人是连鸡蛋都舍不得吃，又不讲卫生，自然也有短寿的人了。我的意思把城里的生活和乡下生活掺着过活，那就很好了。"

　　素英道："那么依你的话，把电灯电话戏院电影院搬下乡来，把山头和菜园搬进城去，才合适呢。就让你当了市长，你也没有法子解决这问题。"老太太笑道："等我们小宝长大了，预备下两部汽车。城里住半天，乡下住半天，那就对了。"说着，夹了一片咸蛋放到小宝饭碗里，笑道："奶奶这话说得对吗？你说乡下好呢，城里好呢？"说时，偏了头望着他的小脸蛋子，等他的回话。小宝道："城里头有卖糖的，这里没有糖，我明天叫妈妈给我买一条黄牛，带给刘家妹妹去玩。"素英向淡然笑道："你听听你儿子的口气。他需要糖，还需要一个刘家妹妹呢。"小宝坐在椅子上吃饭的，这时却站了起来，手按了桌沿，向母亲脸上望着道："妈，明天带我去看卡通片子，刘家妈说了，也带小妹妹去。"淡然摇摇头笑道："我失败了。"说着，引得全屋子人都笑起来。

　　饭后，吃过了一遍茶，淡然引着一家人在门外走廊上坐着，闲看野外风景。那时，太阳偏了西很久，已沉到山头下面去。在太阳沉落的那山峰边，并没有什么反散的阳光，只一团团金红色的云，红了半边天。那晴空中间，全是蔚蓝色的，和这金红色陪衬，格外深浅分明。对面一片山头长着密密层层的松树，让这边红云反照着，树梢上都现出了金翠色。不但是那边山上的松树，随着茶园，人家的墙屋，还有面前的小花圃，和那一片柳林，一切都笼罩在金红色之中了。在这大山谷的东南角，有三两户人家斜支在小山嘴上，这时，在屋脊上放出一股炊烟，直冲云霄。同时，那远处的树木，都有点儿烟雾弥漫的。偶然两只飞鸟，掠空而过，越觉得这晚景点缀得非常生动。淡然笑道："这夕阳晚景，只有到乡间才能领略。城里头看不到碟子大一块天，哪里去找这些好看的颜色。而且，这个时候也亮上电灯了。"素英也觉得这夕阳风景很好，不知不觉地步出了走廊，踏进了小花圃。花圃中间，有一条鹅卵石面的小路，信步就在鹅卵石上走着。

忽然在对面小冬青树篱笆上，跨进两位姑娘来。她们一个人背个空篮子，很快地跑了走。前面一个人，剪着童发，长圆脸儿，两只大眼睛。上身穿件青白柳条短褂子，下穿老绿裤子。虽不十分时髦，袖子窄小而短，露出肘拐以下的半截手臂。手上套了两只烧料的镯子。后面一个，蓝布褂裤，梳了一条辫子，黄瘦的脸儿。彼此相映之下，显然是前面这个女孩好得多。她忽然站住了脚，将手摸着她两耳边的头发，顿了脚道："不要乱跑了，这里现在不是空房子，有人搬着住在这里了。乱跑乱跑，人家会说话的。"她说到这里时，回转头来向素英看了一看。素英已是步步向前，走到了她面前。虽然她没有搽一些脂粉，但是她一笑着，露出满口雪白的牙齿，两腮旋出两个酒窝儿。素英在一路走来，看到许多进城的乡下女人，都是城里老妈子型的。现在看到这么一个女孩子，倒是新鲜样子的，回过头来对淡然道："这位村姑娘，倒还不错。"淡然远远地站着，大声笑道："你当了面就批评人家。"那女孩子好在还没有听清楚他们说什么，却也向他们笑了望着。

就在这时，老远地有一个小孩子哇哇地哭着。那梳辫子的小女孩子叫道："菊香，你不去抱她？小三丫头在哭呢。"随了这哭音，有个妇人在前面菜地里豇豆架子下叫道："菊香，你怎么这样贪玩？你牵三丫头在菜地里转转，等我把篮子豇豆摘够了。"菊香噘了嘴，顿着脚道："真是气死人。"说着，跑到冬青树篱笆边去，一伸手，在外面抱进一个两三岁的小女孩子来。那女孩子和她长了一个模样，散披满头童发，穿了一件灰旧的连裙短褂子，光了两条粗腿。素英笑道："乡下有这白胖的小女孩子，还闹这样一件洋式衣服穿。"菊香牵了孩子走，没作声，只是微笑。梳辫的女孩子把下巴重重一点道："她家有这好的衣服吗？是田太太给的。"菊香道："她是田太太干女儿，人家为什么不给呢？你有吗？"淡然笑道："哦，这还是行之的干姑娘。"说着，走向前，两手举着那小女孩子看了一看。

小宝在身后老远地跑过来，招着手笑道："小妹妹来了，小妹妹，我们来玩。"他手上正拿了一个小皮球，交给了这小孩子。那小孩子有了皮球，就不怕生了，就站在面前手拍了几拍，抛在地上。菊香捡起来，交给小宝道："你拿去吧。她拿着不肯还你的。"果然，那小女孩子随着哇的一声哭了。素英在小宝手上取过球来，依然交给小女孩，笑道："我倒很喜欢她。你可以常带她来和我们小孩子玩。"那梳辫子女孩子道："三丫头强顽死了，见什么都要。"菊香道："小孩子嘛，她见了玩的，为什么不要？"

素英道："你是两姊妹吗？"菊香道："我姓黄，她姓周。"素英道："你们是邻居吧？"菊香点点头。素英道："你几姊妹？"菊香还没有答言，周姓女孩插嘴道："这小的叫三丫头，她家还有个二丫头。她本来叫大丫头。"菊香红了脸道："小名不都是这样，叫得健旺些？你不是叫大毛狗？"说着，弯了腰，重重地向她一点头，撇了嘴，表示不屑的样子。周姓女孩道："我叫大毛狗吗？我叫大毛。"菊香道："你哥哥叫大狗子，对不对？你还赖得了吗？"

淡然笑道："这个姑娘的样子和个性，都很天真。搬上银幕去，要压倒黎明晖。"菊香笑道："有声电影我也看过好多次呢。黎明晖叫小妹妹，对不对？"说时，望了素英。淡然笑道："哎，看你不出，你还有点儿电影常识。"大毛道："田先生家里有书报，她在书报上看来的。"菊香道："你怎么看不懂，还要我讲给你听呢？"大毛脖子一扭，撇了嘴道："哟，你念了四本千字课文算什么？我爹说，下年进城去住，还要送我进平民学校呢。"素英向菊香道："你认得字吗？"她低头一笑。素英道："既然认得字，不该取菊香、桂香这样的名字。"菊香笑道："本来田太太和我取了一个单名，就叫黄菊。我娘说是单名叫不顺口，又要田太太添上了一个字。"淡然拍着手道："黄菊，这两个字就好。名字既然是田太太取的，当然，那四本千字课也是田太太教的了。"菊香道："田先生也教，田太太也教。"淡然笑道："想不到行之雅人深致，还在乡间收了这么一个高足女弟子。"素英笑道："这也算不得雅人深致。"

正说着，小大子由屋子里跑了来，老远地叫道："太太，我们该点灯了，屋子里看不到了。"素英道："我们不是大大小小带了五六盏煤油灯来吗？你点上两盏就是了。"小大子道："没有煤油呀。"淡然道："呀！我忘了这件事。到那镇市上去买吧。"小大子道："天黑了，我不敢走，到那镇市上，来去有三四里路呢？也没有打煤油的壶。"菊香道："你要打多少油？我家里有装斤半煤油的壶，可以借你们用一用。"小大子道："你索性人情做到底，陪我去一趟，可以吗？我们都是邻居，住熟了，我也可以帮你的忙。"菊香道："我妹妹没有人带，有人带我就陪你走一趟。"素英说："你妹妹和我们孩子玩得正投机，我和你看看就是。你家在哪里？还要你去拿壶呢。"菊香道："由小路上街，非从我家门口经过不可，顺便拿一下就是了。"素英道："那就多谢你了。"说着，掏了一块钱给小大子道："你跟了这位姑娘去吧。"

菊香道："这位太太，你还要买什么不买？你们家没有男人跑路，就是一次带来吧。"素英想了一想道："除非带两盒火柴回来。"菊香道："这位先生不买香烟吗？"说时，对淡然一努嘴。这一个小动作，淡然觉得是既天真，又有趣，倒觉得这人情不能不领受，便笑道："好的好的。我们也不知道街上有什么烟，黄小姐你随便给我们买一盒就是。"菊香笑道："当然是买国货吧?"淡然连说是是。她于是领着小大子去了。

那大毛见淡然夫妇和菊香很是客气，心里十分不服，站着没有走，撇了嘴道："自己妹妹不带，要管人家的闲事。"素英笑道："大家都是邻居，帮帮忙也不要紧呀。将来我们有什么事请你这位小姑娘帮忙的时候，你能够不帮帮我们的吗？我看你也是很聪明的人，这话你一定明白的。"大毛听了她夸奖一句，立刻笑了起来，因道："你要借煤油壶我家里也有。"素英道："不用了，下次我要借什么，我再和你借就是了。"大毛道："大丫头怕她爹，她爹回来了，她就不敢把东西借给人。他爹在城里不久要回来了。"淡然道："人家这么大岁数一个姑娘，你为什么还叫她小名？"大毛道："小名啦。不是她娘和她爹拼命，她真要做丫头了。她爹是个赌鬼，又好吃酒，去年年底下乡来，要把她带到城里去卖了。"淡然道："我看你两个人在一处玩也很好，为什么尽说她的坏话？"素英道："这也是小孩子天真，有话藏不住。"淡然道："什么天真，这是天生的劣根性。"素英笑道："这样看起来，女人还是要脸子长得好才有办法。脸子长得好说错了话也可以原谅。脸子长得不好……"淡然笑着道："言重言重。"随了这"言重"两字，他就走开了。

走到了屋子里去时，老太太已是在网篮里找出了半支洋烛点着，放在正中桌上，屋子里倒可以看到。只是那蚊子嗡嗡的响音只管在耳边转着。淡然道："门窗都是铁纱蒙紧了的，怎么屋子里还有这多蚊子。我们买的几盒蚊香放在哪里？"老太太道："我找了好久，也没有找到。乡下买得到蚊香吗？"淡然道："刚才小大子上街去，早知道需要这东西，该叫她带一盒蚊香来。蚊子嗡嗡地叫，若是没有蚊香，晚上不用睡觉了。"老太太坐在旁边椅子上，只是挥了一把蒲扇，不住地在两只裤腿管子上拍着。淡然在屋子里站了一会儿，又跑到走廊上踱着步子。老太太在屋里道："我想田先生家里总有这些避蚊子的东西吧？真是混不过去的话，可以去请教请教人家。"淡然口里答应着，心里可想到不能芝麻一点儿大的小事，全去麻烦人。只有自己上街去跑一趟了。大概土制的蚊香是买得着的。

正这样想着，不多大一会儿工夫，听到小大子和菊香一路说了话过来。素英迎着一同走进了屋子。淡然看时，小大子手上提着煤油壶，还拿了一盒三星蚊香，便点头笑道："很好很好。你很会办差事。我们并没有叫你买蚊香，你怎么知道买呢？"小大子道："菊香叫我买的。说我们家一定不知道乡下蚊子厉害。"淡然对菊香连连点了几下头道："多谢多谢。我们算是又交到一位好邻居了。"菊香不晓得怎样答话，只是微微一笑，立刻红了脸扭转头去。

五、乡村之初夜

俗言道得好："听罢笙歌樵唱好，看完花卉稻芒香。"人类总是这样，换了一个环境，低一级的事物也看着别有趣味。金淡然这时所看到的黄菊香姑娘，也正是这样。他太太素英倒以为淡然打趣人家乡下姑娘，这就在旁边插嘴道："人家乡下姑娘，不要和她开玩笑。"淡然笑道："我并不是开玩笑，乡下姑娘虽不是城里姑娘那样文明，可是她那份天真烂漫，是城里人比不上的。我们在这里住家，少不得有许多事要请教人家，这份多谢，还不是应当的吗?"他夫妻俩辩论着，菊香没有理会，看到她妹妹和小宝在走廊上跑着玩，便向前牵着她道："回去吧，该吃晚饭了。"出了这里的大门，才回过头来，嘻嘻地一笑。

她去了，素英才轻轻地笑道："傻丫头。"老太太坐在旁边椅子上嘴里衔了香烟，这就喷出一口烟来笑道："这个孩子倒是有趣味。"淡然道："这样大的姑娘若是住在城里头，她已经知道跟着穿西装的男朋友上电影院上咖啡馆了。这就是住在乡下的好处，乡下没有这些引诱青年的堕落之窟。"素英笑道："照你这样说，乡下的青年男女个个都是好人了。"淡然道："至少是和城里的百分比要好一点儿。"小大子正捧了新点着的灯，放在桌上，笑道："这一条街上，倒是什么东西都有。茶馆子里坐了好多人。若是这里再开一家戏馆子，也就和城里差不多了。"老太太笑道："不要说了。刚才淡然还说，乡下比城里好些，就为的是没有戏馆子。"小大子笑道："先生这是什么意思呢?"淡然笑道："你若是懂得这个，你就穷死了也不会到城里来帮工了。"正说着，却见门外面一道道黄的光亮一晃。接着有人笑道："淡然兄在谈什么思想问题，穷死了也不进城帮工。"

随着这话，只见一只方桶形的白纸灯笼，伸了进门来，远远见灯笼上写了一个红的田字。在灯笼杆子后面，随着是田行之走了进来。淡然笑着迎上前道："我们还没有到府上去道谢呢。"行之吹了灯笼，挂在壁上，向老太太道："伯母，乡下生活过得惯吗？"老太太笑道："刚刚才来大半天，也不知道好坏。不过他们青年人都住得惯，我这大年纪的人，还有什么住不惯。"行之回转身来，向淡然握了一握手，又向素英道："一切都布置好了？内人本打算过来帮一点儿小忙，偏是两个小孩子，今天又闹得厉害。"淡然道："都布置好了。有府上派来的两位工友，忙就帮大了。哪里还敢劳动嫂夫人。"说着，让了行之在旁边椅子上坐下，笑道："倒是有劳高足来了一趟，和我们帮了一个小忙。不然，我们今晚上的灯火，就要发生问题。"行之听了高足两个字，倒有点儿愕然，只是呆了脸向淡然望着。淡然笑道："你不承认这件事吗？有一位姓黄的小姑娘。"行之笑着哦了一声，因道："那是闹着好玩的。她常到我们家里去玩，内人看到她还聪明，就教她认几个字，谈不上什么师生。这孩子倒很天真，府上初来，有些事情请她帮帮忙，那是可以的，我特意来问问的，府上还有什么需要我效力的事情没有？"

素英坐在对面椅子上，笑道："'效力'两个字，我们不敢当。这里原来布置得太完备了，我们搬进来，展开铺盖行李，就可以住家过日子，就是在城里头搬家，也没有这样便当。"行之笑道："这倒是沾了以前几位朋友的光。他们很高兴的，预备在这里办农场办学校，各项家具都办得不少。到了后来，他们忽然打了退堂鼓，都交给了我。农场呢，那无所谓，反正我干的是这行，把范围扩大一点儿来就是了。剩下这所未办的学校，我却没有办法接受。所以直到现在，屋子是空着的。屋子没有人住更容易坏，反是每年都要拿出钱来修理。府上搬来住，也许是帮了我一个忙呢。"

淡然笑道："这样的邻居，我们真愿多交几个。"行之摇摇头道："不然，假使说这是一件便宜事，也不应当直到现时，才有人捡。老实说，找在乡下做邻居的同志，却是不容易找。我心里就这样想着，不知道金太太对着这环境感想如何。等不了明天，在今晚上我就点了灯笼来打听。其实我自己也明白，在这一会子工夫，那是不会有什么深刻的感想的，然而我究竟是来了。"说着，打了一个哈哈，站起身来，向各房门里张望了一下。素英笑道："足见田先生对我们关心。我们要不负朋友一番期望，务必在乡下做下去。淡然，你以为怎样？"说着，望了她丈夫一笑。淡然道："我还有什么问题吗？"素英笑道："难道问题会在我身上？凭了田先生在这里，证明我这句话。你一天不离开乡村，我也一天不回到城市，真是那么说，妇女总是离不开都会的吗？"她虽然还是说笑着，可是越向下说，声音越高。淡然只好笑着，没有作声。

行之笑道："你们该休息了，我不在这里打搅。"说着，将挂在壁钉上的灯笼取到手。淡然道："哪有这样早睡觉，还坐谈一会儿吧。"行之笑道："到了乡下来，生活是应该改变了。乡下人是天一黑了就要睡觉的。你不睡也不可能，除了睡觉没有别的事情可做。"说时，他在身上摸出火柴盒子来，扯起灯笼罩子，来点上蜡烛。素英笑道："这多麻烦？田先生不会买一支手电筒预备着吗？"行之道："用手电筒，倒没有这个来得痛快。家里现有一支，我就不拿着。用那东西，今天电池完了，明天灯泡坏了，再过两天，电筒又出了毛病，这里是没地方去修理的，我就老老实实开倒车，用起灯笼来。"淡然一拍手笑道："这倒车就开得有味，古色古香。"行之已是点着灯笼，把它高高地举着过了头，笑道："什么都是个习惯，晚上我们不出门，也没有什么工作，没有了电灯，也不感到什么困难。像手上这类古色古香的玩意儿，乡下就很多，向后过着，你们就知道了。再见吧，以后说闲话的机会很多。"他晃着那只灯笼，笑了出去了。素英笑道："这位田先生精神真好。在农场上一天工作到晚。到了这时候，还是谈笑风生的。"

一言末了，那灯笼又晃到门口来了。行之在门口笑道："我又想起了一件事。我们这里，有真正的新鲜牛奶。府上用不用？城里的牛奶，那是靠不住的，十分总有一二成水。"淡然点点头道："要的，除了我之外，家母和我这小孩子都用得着。"行之道："好的好的！明天早上，就有人送来。"

这回他是真的去了。远远听到狗叫了两声，就全村沉寂下去。淡然取了一支香烟抽着，两手插在裤子袋里，就在堂屋里来回地走着。把那支烟抽完了，禁不住又取了一支烟来抽着。他还是照着老姿势，只管在堂屋里踱着步子。素英原是进屋子收拾箱子去了。这时重走了出来，望了他道："你老抽着香烟做什么？仔细让烟醉了。"淡然两指夹了烟卷放下来，笑道："无事可做，破题儿第一遭，这样早睡觉，当然是睡不着。"老太太笑道："我倒是倦了，让我带小宝去睡吧。你们可以借了田先生的灯笼来，到这个小镇上去看看。"素英笑道："那真是笑话了。才离开了都市多久，连夜还要到乡镇上去溜一趟。"淡然笑道："虽然是笑话，我们到门外花圃站着看看夜景，也未尝不可。"素英道："漆黑的，怪害怕的，我不出去。"

淡然在灯光下向窗子外看着，果然是一团漆黑。这倒不敢勉强她的行动，将嘴衔着烟卷，两手反背在身后，缓缓地踱到走廊上来。始而离开了灯光，也就觉得眼前一阵洞黑。可是稍站了两三分钟，也就看出了走廊以外的天，正像一个圆碗似的向下罩着。在那大小相间的星点上，可以看出这圆碗的高低程度。一度模糊的白光，横在无数的星点中间。那是天河。西角上一柄银镰刀式的月亮，斜斜地挂在天角。距离月亮不远的所在，有一粒杯口大的亮星。在这一钩一点上，倒有些光芒射了出来，隐约地可以看到这花圃之外，有一带青青的山峰影子，挡住了向前看的视线。向东头看去，那月亮斜射的所在，一重一重的青影子，在淡青的空间，再涂了几堆深青的影子，那正是包围东大路的峰峦，露着它的轮廓。向近处看，这农场里的树木，在星光下，顶起一片或一丛的深色影子。

风并不大，悠悠地吹了来。在暗里，有三五萤火随风飘飘地过去。那边水沟里，阁啰阁啰地不断送出青蛙的叫声。这让淡然猛然想起，现在还是三伏天呢。吃过晚饭以后，身上没有出一粒汗珠子。哪像在城里，吃一餐饭，出一身汗，搬了竹椅子在弄堂里坐着，一阵阵的火气向身上直喷，哪有这清风徐来的滋味。想到这里，觉得还是迁居乡下的这着棋没有走错。心里颇为舒适之际，不知不觉地走下了石阶。也不知道是什么植物发出来的气味，似香非香地送到鼻子里来。花圃的草木虽不露出颜色，可是那稀微的清光里，枝枝叶叶的姿态，还在那疏密高低的影子里可以分别得出来。

在花圃里顺了小路信脚走去。飞萤带了一粒豆大的绿光，由半空落在面前一片很大的梧桐叶子上。那绿光一闪一闪的，把黑色的梧桐叶子也映出了一小圈绿色的光。在这光里又反映出萤火虫的形影。淡然看着很有趣，站了只管看着。心想，这只有画光线的西洋画，可以画出这种色调出来。忽然听到素英在走廊上叫道："你在哪里？都不看到你了。"淡然笑道："来来来，这淡月疏星的夜景，也就很好。"素英笑道："啊哟！你走到那边去了。我怕蛇，我不敢下来。"淡然笑道："笑话！大门口的路都不敢走，还能在乡下过日子吗？"不过他口里虽是这样说了，人还是走近来，牵了她一只手，笑道："人怕蛇，蛇更怕人，你这屋子里灯火通明，住上这些人，它还敢在这里停留吗？"

素英有他壮了胆子，也就随着走向花圃里来，那一钩月亮，越发地西沉了，前后一片微微的清光，照见西边高出地平的小山峰泛着墨绿的颜色。远处的村庄树木，虽不能十分清楚，也有一重重的大小影子。在这暗影里面，有一两点火光闪动着。淡然笑道："你看到那火光没有？在乡下走夜路的人，他要是迷失了路途的话，看到了远处的火光，那就可以猜想出来那里有人家，顺了灯火走去，就不会错。在平原上，人家家里平常一盏油灯，挂高一点儿，十里路外都可以看得见。"素英道："你看那高山上，有一点儿火光，只管由上向下溜，那是什么缘故呢？"淡然道："那是走路的人带了灯火。"素英道："那灯火一会儿看见，一会儿看不见，那又是什么道理呢？"淡然道："那走路的人，或者走到树林里面去了，或者走到山坡底下去了，灯火遮住了，自然看不见。"

素英笑道："还有这些个文章，不下乡来，真领略不到这些趣味。"她牵着淡然的手，缓步向前，但见满地的高低黑影子中间，鹅卵石面的人引路，闪出了一条灰白的影子。花圃周围的树木。因在星光下，已分不清距离，都是一丛黑影子，向远的地点看去，树影相连，倒成了一道围墙。在这些树影上，再伸出对面山的影子，这农场所在地，倒像是在一所伟大的堡垒里。素英道："这地方风景是很好的，也许我们住得下去。"淡然将手拍着她的肩膀道："太太，说肯定些，不要用着也许这两个字。"素英咯咯笑着，没有作声。

两人随了这鹅卵石的小路走，不觉是走出了冬青树围着的短篱外。这里有一条更宽的人行路，是三合土面的，平坦光滑，横在果树地里。养果子的树木都是矮小的，这又不像花圃里散步，有周围的树木挡了风，觉得眼界宽阔些。向两边看着天上的星星，更是由上而下地散布着，和树头山顶地平接近。远远的一阵风，由山谷的稻田面上吹来，夹着一股清芬之气送到鼻子里，让人精神一爽。顺了这路前走，但听到满地面都是咕噜叮铃之声。青蛙和小虫子正很高兴地在这清凉的夜色里，奏着自然之曲。再向前，便是那一湾流水，在浅沟里流着。晚上看不到水。可看到星斗一丛，倒映在地底下，一片片地闪动着。沟水是在每一段宽些的所在，摇动着星光。萤火虫偶然飞来一只，追着水里的星光，及至靠近了水，它突然向上飞着。那一点儿淡绿的光，忽上忽下，让风一卷，那光点成了一条绿线，空中画上两个光圈圈。这浅溪的水，让两边的嫩杨柳夹住了，水面上是更透着幽暗。仅仅这点儿萤火，在柳荫中舞着，更增加了一重幽灵之气。

淡然握住素英的手，悄悄地站了一会儿，这就道："这夜景整个地看有意思，分开来局部地赏鉴，更有趣味。可惜我不是画家，又不是一位诗人，没有法子把这些妙处，给烘托出来。"素英道："我原来以为黑夜里出来，必定什么看不见，现在慢慢走着，也就没有什么困难。"她说时，挽了淡然一只手臂，并肩在三合土的平坦路上走着。耳里听了四野的虫鸣，眼望了前面树梢上的星点，两人随便谈话，只管信脚走去。淡然忽然呀了一声。素英道："踩到了什么了？"淡然笑道："母亲说，我们可以借了田先生的灯笼，到乡镇上去走走。我们以为是笑话，可是现在用不着借灯笼，已经到了公路上了。"

素英被他一句话提醒了，低头看时，面前一片宽平的路影子，拉了很长横在原野上。走到路上，向两头一看，这条路影子，为了伟大的缘故，在很长很长的所在，沉入了烟雾沉沉的境里。在公路的那边，地势渐渐向上，是一丘丘的稻田，直堆到山脚边去。两人站在这公路中心，看不到一个人影子，月亮已沉到西边山崖里去，那有若无的寒光，更带了一份金黄色。以致彼此站着相隔不到五尺路，也看不到面目。两人虽然用极低的声音说话，仿佛这语音都是很重的。那边无人所在吹来的晚风扑到人身上，说不出来是一种什么滋味。只觉得不光是凉爽而已。回头看到自己农场所在，倒是由花木森森之里，露出几个通亮的灯火窗户。素英静静地站立了几分钟，但觉得身边风飕飕有声，这声音像是稻科田里出来的；也像是公路这边，果园里面出来的。看那果园里的桃树矮矮的一棵，罗列了一片。仿佛其中有两个小黑堆，却在一群大影子里面微微地颤动着。

只他们这徘徊的时候，那一把银钩子已完全沉到山里去了，觉到眼面前的原野更是沉黑。素英扯着淡然的手臂道："走吧，回去吧。"淡然笑道："你看，那几颗大些的星横列在银河边，倒是她发出了一些淡淡的光给我们。这就叫参横月落了。这……"素英道："不要掉文了，我害怕。"淡然笑道："真是大都会里的妇女，在一百烛光下惯过了陶醉的夜生活，对于这寂寞的环境，就不能忍耐。回去回去，我陪你回去。不要走来第一夜，就把你吓倒了。"于是他依然挽去素英一只手，由原路走回去。虽然天气是更沉黑一点儿了，好在是回头路，而且是对了灯光走，倒没有什么困难。

回到家之后，只有堂屋里放了一盏灯，一切声音寂然。小大子坐在矮凳子上，两手伏着椅子檐，头枕了手臂睡着。素英道："还早得很呢。在城里头，至多也不过是刚刚吃过晚饭，何至于这早地要睡?"小大子被声音惊醒着，猛然抬起头来，将手揉着眼睛，笑道："没有事，劳累了一天，大家都睡了。我在这里候门，一个人无聊得很。趴在椅子上休

43

息一会儿，不想就睡着了。"素英坐下来，打了两个呵欠，立刻将手背来把嘴掩住，笑道："怎么回事，连我自己也有点儿睡意蒙眬了。"淡然道："要睡你就先去睡吧。这个好清静的环境，倒不可以辜负了。我还要找本书出来，在灯下翻两页看看。"素英站起来，向他斜看了一眼，微笑道："你还有这个兴致？那么我少陪了。"淡然向小大子道："你也可以去睡，我不要茶水，坐着翻两页书，倦了就睡。"她们听说，真的走了。

淡然搬下乡来的东西，差不多都清理好了，只有几箱几篮子书，还堆在堂屋的角落里，没有整理。这时在网篮里随抽出几本书来，就坐到灯下来看。偏是所抽的这几本书，都是束之高阁已久的子书，把几本书都翻了一下，匆匆看上几页，全引不起兴趣。把书掩了，在灯下静坐着。这心思一不放在书上，立刻窗子外那一片虫叫蛙鸣的声音，像潮水一般地响着。看看四壁，只有自己一个人影子。打开窗户，伸头向外看去。却是上下完全洞黑，便是在晴空里的星点，也细小得没有什么光亮。掩上了窗户，将书推到一边去，将背靠了椅子，背身子向后仰着，情不自禁地念起了儿时读的那篇秋声赋："欧阳子方夜读书，闻有声自西南来者……"可是只念到第二句，就没法子连续下去，想了一想，也找不到头绪就不念了，取了一支香烟抽着，开门到走廊上去，来回地走走。手扶了柱子，对外看看，把那支香烟抽完了，也没有别的事情可以消遣，最后一个办法，也只有去睡觉了。

回到房里时，见夫人已在床上睡得很熟。他向夫人笑了一笑，接着说："这一起来，可就正式过乡间日子了，看你成绩如何？"自己似乎还没有睡意，且吹了灯，在藤椅子上靠着。始而是觉得窗子外面的虫声如潮起潮落，颇觉吵人，后来是渐渐地不听到。等着醒过来时，听到关窗户响，便道："素英，你睡不着吗？"素英道："我睡了一大觉了。天还没亮，起来太早，睡又睡不着。窗子外面的风对了身上吹，受不了，还是关上窗户吧。"说着呢，听到那边屋子里老太太在和小宝说话。淡然在黑暗中，忽然咯咯地笑了起来。

六、有了"因斯披里纯"

自到乡村以来，淡然总是高兴的。素英也想着，一个老爱着拘束的小公务员一天恢复了自由，可以随意支配着时间与空间，这自然是可喜的事情。不过连睡在半夜里还笑起来，这可觉得有点儿过分，因道："你也太高兴了，为什么半夜里还笑。我就怕你这样过于高兴，将来会有个更大的反响。"淡然在暗中笑道："我所笑的，是另外一件事。不说出来，你不明白。我在城里头，老早就存了这么一个念头，自到乡村来的这一天起，我要开始写一部有民间文学色彩的日记。日记这样东西，多半是柴米油盐的账目，缺乏'因斯披里纯'。我这一篇日记，打算用点儿工夫写出来，每天总要找一点儿较好的材料。第一天的材料，自然是新鲜的。第二天的材料，不外赓续昨日所记，难得出色。现在半夜里大家全醒过来，这一种情况要描写出来，我想是很有趣味的。"

素英道："你想，我们都是在城市里晚睡晚起的。突然改为早睡，长夜漫漫，当然是会在半夜里醒过来的。不知道有几点钟了？"淡然在枕头下面，摸索了一阵，取出手电筒来，亮着对手臂上的手表照了一下，正是三点钟，因笑道："在城里你要过牌瘾的时候，也不过刚刚散场吧？"素英道："睡了一大觉，这只是两点多钟吗？"淡然放了手电筒，两人依然在黑洞洞的屋子里谈话。淡然道："长短针都指着在三点上面。虽然夏天夜短，还要经过两小时才会天亮。睡得着睡不着？若是睡不着，我们就这样谈到天亮去好吗？"素英道："那做什么，你不睡，还有别人要睡呢！"淡然笑道："其实我们尽管谈话，就是高声唱歌也不要紧，不像城里，家家户户挨挤着的。"素英道："睡吧，宁可明日早一点儿起来。这多年以来，除了三十晚上守岁，我总没有看过太阳出山，明天我们同起来看太阳出山吧。"

淡然道："永远不看见太阳起山的人，那是没出息的人，自明天起，我们是有出息的人了。可是这话又说回来了。天天看到太阳出山的人，不一定就是有出息的人。上海在跳舞场上过夜的人，不都是看到太阳出山的人吗？"素英只将鼻子轻轻哼了两声。淡然道："为什么这样要睡。平常在城里打牌，也不过这时候回来睡觉。现在已经睡了一大觉了，还觉得睡不够吗？"素英一点儿也不响。淡然连连叫了两声，也只好睡了。蒙眬中听到小大子和王妈说话，一个翻身坐了起来，向窗子外看着。这已经里外通亮。墙外一排矮柳树，有大半边照着金黄色，笑着叫道："失败失败！"拖着鞋子，开了房门就向外走。

这屋子坐北朝南，东起的日光正好由一旁的竹篱笆上，斜照过来，金光洒在花圃的花枝上。尤其是竹篱上爬满了扁豆和牵牛花的藤蔓，太阳穿过紧密的绿幔子，阴暗的地面，有一圈一圈的白光。靠廊檐，一排有几棵大叶梧桐，隔宿洒遍了露水，潮湿湿的，叶面子上光滑得的，叶尖向下，滴了水珠子。草根上虫声，也还没有完全地停止。吱咛吱咛地发出小声音。远看当前的山屏风，阳光斜照了一角黄色，和阴暗的地方相映，草木山石，都带有画意。屋后那丛竹子上，飞来两只鸟，吱喳吱喳地叫。早上并没有什么风，却是很凉爽，身上穿着单衣，觉得还不够御凉的。鼻子自由地呼吸着，觉得这干净的空气，吸到肺里去，精神非常地愉快。于是就走下廊子来，在花圃边站了，伸齐了两手，随着鼻子深呼吸，一上一下。身后忽听得素英笑道："你老早地起来，怎么也不叫我一声。"

淡然笑道："不用提，我也没有赶上太阳出山呢。"素英见他做了深呼吸的姿势，因点点头道："清早起来，运动运动我倒赞成。"淡然道："现在我还没有走上生活的正常轨道，等我把农场基础组织起来了，我就有了我正常的工作，不必运动，运动也就在内了。"说时，回转头来，看到小大子站在竹篱下摘那紫色的扁豆花，便道："虽然住到乡下来了，你们应当做的事还是要做。我起来了这样久了，怎么还不去打洗脸水?"

小大子笑着去了,素英却望了淡然,抿嘴微笑。淡然道:"你又笑些什么?"素英笑道:"你想呀。你既然打算做一个农村的实际农人,当然是个劳动者了。一个劳动者起床之后,还要人打洗脸水,这未免是……"淡然道:"诚然!诚然!不过这是目前的事,将来我正式工作起来,自然要摒除用仆役的坏习惯。像我们这样带两个女用人下乡过日子,那实在异乎常情。将来把小大子留下,和你帮帮忙就是了。"素英笑道:"这样说起来,我这个人不是离不开用人的。你信不信?从今天起,我就可以不要用人。"她说到这里脸色可就板了起来。吓得淡然再也不敢多说一个字,因道:"小大子打水来了,我们洗脸去吧。"他说毕,先进屋子去了。自己心里也就想着,离不开用人的坏习惯,这句话似乎有点儿侵犯着夫人。自下乡以来,夫人就透着有点儿强为欢笑,若是第二日就把取消女仆的话提了出来,显然有点儿操之过急,心里就打着主意,要怎样地把太太这口气和缓过来才好。手里拿了漱口盂子,就站到走廊下面来,以便搭讪着向太太说个什么。

正好田行之穿了工作衣服,手里拿了一柄大剪子,站在篱笆前面,向这里探望。看到了淡然夫妇,老远地点着头,笑道:"到了乡下,不由你不起早了。"淡然道:"我还告诉你一个笑话。因为昨晚上睡得太早了,我们竟是在半夜里就醒过来,勉强又睡一觉,总算是与太阳同起。"行之笑道:"对了,初到乡村来的人对于起得早没有问题,只是要睡得早,却是一个最大的困难。不过经过了一个相当的时间,自然就合拍了。"淡然笑道:"所谓相当的时间,是多少时间呢?"行之已由篱笆边穿了过来,向他笑道:"什么习惯都以人的神经感觉性为转移。这相当的时间,我倒不好说。譬如我下农场工作,最初很是觉得累人。及至做过两个月之后,一天不出点儿汗,就像有病一样,这就是习惯把神经的感觉性变更了。这两个月,也就是所谓相当的时间了。"素英笑道:"要两个月才能纠正我们这习惯吗?那我们夜生活的劣根性也太深了。"行之笑道:"这两个月……"他的解释还没有说完,啊哟了一声,转身就跑。

淡然向他所跑走的地方看去，乃是桃园里，有两只小猪很自在地摇着尾巴，将长嘴在地里拱动。行之跑了过去，把两只小猪赶上了小路。直等一个工友来，替了他继续将猪赶着。他才远远地站定，举起一只手来，在空中摇撼了几下，大声道："回头再谈吧。"说毕，他掉头走了。素英笑道："淡然，你看见没有？干什么，就得像什么！他只看到两只小猪在果子园里糟蹋，也立刻跑了去管理。"淡然道："那是当然。这像我们做那小官僚的时候，见到任何一个上级的长官，无论识与不识，全得脱帽点个头，其理正是一样。假如我将来下农场实行工作了，一定也是牵牛出栏，赶猪入圈，样样都来。不过我是很对你抱歉。自结婚以来，并没有让你得一点儿什么享受，现在索性要你把都市也离开了。"素英笑道："你突然说起这种话来干什么？是灌我的米汤呢，是先做一个伏笔，免得我说话呢？或者要我更吃一点儿辛苦，先给我一顶高帽子戴呢？"淡然哟了一声，笑道："我在你面前，用过几回手段？在你看起来，我总也有说良心话的时候吧？"素英道："你若真向我抱歉，那更用不着。我们都是世家子女，多少讲点儿旧道德。你看，老太太这样大年纪，也跟着到乡下来过辛苦的日子了，难道我还能胜过长辈去吗？"

淡然道："自然我对于母亲是更要抱歉的。母亲把我抚育成人，是希望我在社会上有些地位的，没想到干了这多年的小官僚，始终是看别人的颜色。好在现时是求富的社会，只要有钱，到哪里去也是头等人物，我们于今到乡下来，老实一句话，虽说是不愿做那磕头虫的小官去受气，而更大的目的，还是想发财。只要我们努力两年，有田先生这个成绩，虽不发财，衣食住完全解决，离着发财也不远了。到了那个时候，我们也总可以积下几个钱，供养母亲。"他这样地絮絮叨叨向下说着，左手拿了牙刷，右手拿了空的漱口盂，站在廊上子。惹得篱外下农场的工人，都远远地向他呆看。素英扯了他的衣襟向里拖，笑道："水冷了，去洗脸吧。让人看到，说你想发财想疯了。"淡然这才笑着走进屋去。

可是到了这天，没有昨日布置家务那些琐碎事，初到此地，除了行之，又没有朋友可以谈天，工作也没有开始，洗过脸、喝过茶之后，淡然倒不知道怎样是好了。虽然，在书堆里抽出两本书来看，可是这颗心还没有安顿得下来，书摆在面前，也看不到脑筋里去。在廊檐下站站，花圃里走走，吃过了早午饭，实在是忍不下去了，他就邀素英出去散步。素英笑道："你看你的书，堆塞在网篮里，没有摆好，许多要换洗的衣服，也没有清理出来，这都交给老太太去办不成？你坐不下去，你一人出去吧。"

淡然在屋子里转了两个圈子，再转到屋子外，由屋子外又慢慢向田野里走去，就离家远了。也为了故意远着公路，顺了那条清水沟的里岸，向小路上走着。这小路前面有一丛小竹林子，撑出两棵高树。在树缝里，有一缕青烟，转了圈圈，向半空里冲去。在那竹林子角下，正好露出一只茅草屋的屋角。淡然知道这里有了邻居了，想着，也应该去拜访拜访。于是正对了这竹林子走去。

那流水沟到了这里，分着两支，一支水向南往公路边去，一支就靠近了那茅屋。越走近那屋越露出来，在树下面，有一方平正的打麦场，场上有大小的竹簸箕，正晒着各种干粮蔬菜。淡然挑了一条宽大的路走着，想通过沟到那打麦场上去。忽然身边有人叫道："那里没有路，走不通的，向这边来吧。"淡然回头看时，这水沟搭了一道石板桥，在桥头下有两块木板，直伸到水里去。板子上面，有个女孩子跪着，正在搓洗衣服。站定了脚问道："这不是一条大路吗？"说着，用手指了面前的这一条路，正是两边长着青草，中间一片光滑的黄土路面。那女孩子回转头来笑道："你不信，就走着试试看吗。"淡然这才看出来了，正是最赏识的那位乡下姑娘黄菊香。因连连点着头笑道："哦！是是是，我还不知道是你和我说话呢。你府上就住在这里吗？"她点了两点头，笑着没有作声。淡然慢慢地向这边走着，站在石板桥上，因道："你们这里住了几户人家？"那菊香二手在木板上搂搓着衣服，身子一耸一闪，闪得披在脑后的短发，也闪闪不定。

淡然问着，她昂起头来，笑着反问了一声："你猜呢？"淡然道：

"我猜是两家，对不对？"菊香摇摇头。淡然道："顶多是三家，难道还是四家不成？"他说着这话时，就蹲在石板桥上。菊香笑道："那自然啊，你这样慢慢地向下猜，总会猜到的。"淡然道："这样一所茅草屋，住着四户人家，未免太多了。"菊香道："太多？你还是没有猜到呢。我们这里，一共有五家。哪里能够像你们有钱人一样，一个人可以住上三四间房子。我们穷人，一家人也只住一间房子，堂屋厨房都在一处。"淡然笑道："我可以到你府上去参观参观吗？"菊香摇着头吓了一声。淡然笑道："你为什么表示一种惊讶的样子？彼此邻居，拜访拜访，不也是应该的吗？"说着，伸了手到桥下水面，将大拇指按住中指，弹着水面呛隆呛隆响着。菊香道："这个你有什么不明白？金先生。我们穷人家，肮脏得下脚的地方都没有，你去参观什么？"淡然笑道："凭你这一句话，我就知道你家里不会怎样肮脏。你既然知道肮脏，一定就收拾干净了。只看你身上的衣服，比大毛身上就干净几十倍，想必你家里，也收拾得比她们家里好得多。"

菊香听他这话，倒把头点了两点，因笑道："我在家里，是把房子收拾得清清楚楚的。不过我一出去了，我娘就弄得很肮脏。"淡然道："你娘在家吗？"菊香道："我娘到园里摘菜去了。"淡然笑道："那很好了，你可以做主，引我到你家里去了。"菊香瞅了他一眼，笑道："那邻居会笑我的。"淡然道："这奇怪了。哪个家里没有客来呢？"菊香道："人家一个小姑娘，可以随便引一个男客到家里去吗？"淡然道："你不说了，你是小姑娘吗？小姑娘就不要紧。"菊香将头一伸，下巴一点，鼻子里哼了一声，嘴又微微地撇着。

淡然看到她这个态度娇憨可掬，也就伸长了脖子望着出神。也不知道是桥板滑着呢，也不知道是他出神有点儿过于了，身子只管向前，趾点移动，脚下就虚了。只听到轰咚一声，浪花四溅，淡然整个身子横倒在水里。菊香哎呀一声，站起来，直奔石板桥上。好在这沟里的水还不到两尺深，淡然立刻在水里站了起来，周身的水分了几十股向下淋着。他上身穿的一件蓝府绸衬衫，下面短脚裤子，湿透得和肌肉粘贴在一处。两只脚在水里，已是深深地踏进了泥里。菊香瞅了他，嘻嘻地笑着，因道："好好的，怎么会落下水里去了的呢？真吓我一跳。会起来不会起来呢？我牵你一把。"淡然笑道："你牵我一把？连你也拉下水来了。吓什么？只当洗了个澡。"说着，两手扒在桥板上，爬了起来。站在桥板上，牵牵衣襟，笑道："这样走回去，有点儿不像样子。"

菊香道："金先生，你在那竹林子里去等着，先把褂子脱下来。我跑一脚，到你家里去，叫小大子给你送干净衣服来，好不好？"淡然道："那更好了。请你叫他们还给我带一双便鞋来。"菊香道："好，我就来。"说着，扭头就跑。淡然招着手道："来来来！你怎样说我掉下水去了呢？"菊香站住了回头答道："我说你在桥上玩水跌下去的。"淡然道："那就不对了。我这样大的人会玩水？玩水不算，还落到水里去了？"菊香道："那么，照你的意思，要怎样地说呢？"淡然道："你就说我由这桥上经过，失脚掉下去就是了。"菊香索性回转身来，走到他面前，指了他道："那更不对了。我们一天到晚由这桥上跑来跑去，也没有跌下去过一回。桥是平平正正的，怎么你一走，就会滑着跌了下去呢？"淡然笑道："你不要管，就是这样子说吧。你们天天跑来跑去跑惯了，所以不会跌下去。我……"菊香不等说完，抢着点点头道："哦哦！对的对的，我就是这样说。"交代完了，她一扭身子就跑了开去。

淡然觉得这位小姑娘满身都带着趣味。假如自己家里有这样一个小妹妹，那要增加不少家庭乐趣。心里想着，一手撑着腰，一手摸了右腮，对着菊香的去路只是微笑。忽然有人道："这位先生，一身透湿，一个人还在这里发笑呢。"淡然抬头看时，有两个妇人由后面走了来。因红了脸道："我笑我自己呢。这样大的人，会落到水里去。"一个年纪大些的妇人道："你不是新搬来，住在那农场里的吗？快些回去换衣服吧。"淡然笑道："不要紧，我已经托人回家拿衣服去了。"这一说着话，惊动了那边茅屋里的人。但听到小孩子叫着："有人落到沟里去了！"一会子工夫，拥了一帮人来看着。淡然要回去吧，丢了菊香洗的几件衣服在跳板上，没有个交代；不走开吧，自己一身水淋淋的，让一大帮乡下人围着看戏法，也怪难为情的。便索性装成一个顽皮的样子，坐在桥板上，把两只脚伸到水里去，把皮鞋尖踢着水花飞跃起来。桥的那边，有一棵高大的柳树，伸入了天空，将这石桥周围，罩了很大的一个浓荫。那东南风在水面上吹着，身上湿透了的人，却也不大好受。但淡然忍受着，绝不离开。

这样总有十多分钟，菊香带了小大子，匆匆地跑了来。小大子胁下夹了一包衣服，直迎到面前来，笑道："呀！先生还没有爬起来吗？在风头上，不要受了凉了。"淡然站起来，接着衣服，周围看看，见那边屋角上还有七八个人站着，向这里呆望。假如要到竹林子里去换衣服，势必由他们面前经过。其中有一半妇人，都呆了脸看着，让人不便过去。因打开衣服来一看，却是两件褂子，便向小大子生气道："你怎么拿两件褂子来呢？还是要我回去换。"说着，连顿几下脚。那边人群里，有人低声道："不要又跌下水去了。"这句话不打紧，惹得大家哄然笑起来。淡然只好继续生小大子的气，瞪了眼道："一点儿事也不会做。"说了，自扭身向回家路上走去。见菊香也呆呆站在桥头，本想向她道谢一句，又觉得旁边冷眼人太多，只得正了颜色，很快地走了去。

走到中路里，就看到素英跑着来了。太阳地里，满脸上红红的，满头是汗。淡然见惊动了夫人，就老远地摇着手道："没关系没关系，那水沟还不到两尺深。"素英就近一看，见他满身透湿，下半截又是泥土沾染遍了，喘着气，又忍不住笑出来，因道："好好儿的散步，怎么会掉下水去了呢？这不是一件笑话吗？"淡然道："果然是一个笑话。我自己也莫名其妙，怎么落下水去的。大概那石桥上青苔滑，皮鞋也滑，两滑一对，就把人滑下去了。"素英站着向他周身上下一看，点点头哼了一声道："你的日记材料有了。材料里面的'因斯披里纯'也有了。"淡然想起半夜里所说的话，倒不免哈哈大笑。小大子跟在后面，倒鼓了嘴，一语不发。素英回头看到，问道："你生什么气？怪了。"小大子道："那些乡下人可恶，他们在笑我们。"素英笑道："那也有点儿'因斯披里纯'。"

七、夫人误会了

小大子在金公馆佣工，也学习了许多见识。觉得淡然夫妇说秘密话或说俏皮话的时候，那他们就变成洋人了。素英说的这"因斯披里纯"，小大子虽然不懂是什么意思，根据往日的经验，知道这一句话必是俏皮淡然落下水去的话，因笑道："先生初到乡下来，走不惯小路，应该顺了公路走，为什么走那小路呢？"素英笑道："为什么不走小路呢？那里有好邻居，顺便可以去看看。"淡然对于这话，倒没有什么回答，赶快就拔着步子跑回去。

这一幕喜剧，惹得淡然加上了几分难为情，整日地在家里休息都没有出来。好在千百本书，也很需要整理，就在家里排列书架。到了晚饭后，摊开书在灯下看，却听到田行之在窗外走廊上叫道："淡然兄怎么这样用功吗？该到外面来乘乘凉。"淡然站起身来相迎，笑道："前后窗户洞开，城里秋八月也不过如此凉爽，用不着乘凉。屋外蚊子咬，藏在屋里好些。"说着话，行之进来了，因道："城里人到乡下来，避开了臭虫，却是遇到了蚊子。所以我们这里的屋子，对于防御蚊子，是布下了无数的马其诺防线。"淡然道："无论什么困难问题，有了科学的帮助，总可得到解决路线的。我只在这农场上住两天，我已经发现你们对于中国农家那些不可克服的毛病，你们都克服了。"行之和他对面坐下，笑道："你且随便举一两个例出来听听。"

淡然道："第一，农村里最讨厌的一件事，就是粪窖这东西。往往一座风景很好的庄屋，夹上两三个粪窖，减了人欣赏的兴趣。而且菜园里也是不分皂白，乱浇粪水。你这里的厕所既离住宅很远，而且又干净，农人必需的粪窖你却不要。菜园呢？那就没有浇过粪尿。还有，平常人家养猪，那是喂养得龌龊得很。你们的猪，却是全身毛蹄干净。"

行之打了一个哈哈道："这太够不上'科学'两个字了。我们这里去城市不远，除了粪便，可用作肥料的有机物，那多得很。而且人弃我取，也很容易。所以我们不要粪窖。粪便我们也用的，在这家门口，当然可以找代替的来代替。在这农场后面，我们有两个窖是储藏肥料的。离着相当地远，所以没有气味。有些肥料经过制造，也就没有气味。至于猪不龌龊，那更简单，在猪圈后面，做一个浇水池，这问题就解决了。猪是喜欢泥浆浸凉它的身体的，有水，它就不必滚泥浆了。其次，圈里洗刷得勤快些，不让猪排泄下来的屎尿留在圈里，自然猪身上也就没有了气味。"

淡然摇摇头笑道："你不要把这话看得太容易，这种极简单的科学管理，就再过三十年，也不容易达到中国的农村里去。所以我觉得非把办新式农场鼓吹成为一种发财事业，不容易让知识分子下乡。没有知识分子下乡，这改良农村的事，只好放在多数文盲的农人身上，那还有什么希望呢？"

行之笑道："你真是一个热心的同志。今晚果不算热，我想来和你商量一下，你该开始筹备一切了。第一件事，我觉得你是应当收买地亩。我们的本意是在把农产品赶快换得现钱，就不必像别的庄稼人一样，等着种麦季种麦，种稻季种稻，自己也无须收买现成的熟田。因为那种田价是很可观的。我已经同你物色好了，对面山脚一块荒地，大概有五十亩，你可以先开辟了种萝卜白菜，冬秋之交，你就可以有一笔收获。这里到大都市只有一二十里路，平常的家常菜蔬，不怕卖不了。再者，我今春看到城里芍药花的市价很好，平均一朵花可以卖一角钱。我正计划由丰台买一千株来分栽。连本钱运费，大洋需要两千块钱。一株分栽两本，明年有两株本芍药出土，至少可以开六千朵花，半年的工夫，就可以捞回五六百元利息。那块山地既遮风又沥水，正可以做芍药圃。你可以附带投一样多的资本，我们多两千本花，也许还要省点钱呢。分芍药是白露秋分前后的事，现在就该动手了。"

淡然静静地听着，等他说完了，连连地鼓了几下掌，笑道："只听你这几句话，就当得我们看几本农业经学。好，就是这样办。还有什么高见呢?"行之道："离开我这农场向西，那里有一块水田。因为地势低，每到夏季，田里水过深，就干旱的时候，倒是没有收成的。那可以用很便宜的钱收来，利用它种藕。"淡然笑道："我们占邻居的便宜，似乎不大好。"行之点点头道："可见你为人厚道。其实并不是我们占他的便宜，在他们手上，倒是半荒田。我也劝过他们，改种藕。他们不肯接受，倒是愿意卖给我。"素英拿了一盏茶，送到行之身边茶几上，因问道："我今天倒看到一片水田，就是那水沟过去，姓黄的小姑娘就住在那里。"行之道："对了，就是她家种的田。"素英笑道："那不行了。淡然对那小姑娘颇表示好感，愿意交个好邻居。我们还只来了三天，就去谋夺人家的田产，淡然是不干的。"行之笑道："他们屡次想要卖给我，我是嫌着人力不够没有接受，哪里说得一个谋字。而且这田，也不是黄家的。他也是租佃别家的田种，卖田别有东家。"淡然道："那更不能要这田了。我买了这田，他们要没有田种了。"

　　行之道："那小姑娘是相当可怜。他父亲既是个赌鬼，又好两杯酒，佃了东家的田不管。一到忙时，他躲到城里不回来，累得这孩子母女两个，在外找人工，在家赶夜做煮饭，而每年在水田捞起一点儿收成，也实在有限。你若是把农田收买了，其实还是帮了她。平常这母女有一顿没一顿的，一个月倒有半个月在我这里吃饭，她母亲略微少吃一点儿。但农场忙的时候，她就在我家帮着洗衣做饭。若是我两家都找母女俩帮，要她们自己不用起火，混个两年就有点儿积蓄了。"

　　素英背了灯斜坐着，望了淡然笑道："你对于这个建议，有什么感想?"淡然见夫人脸上带了微笑，想到这笑的里面，也许有些讪笑的意味，便故作不知，因道："这不过我们办农场各问题里的一小个，不忙解决，再请田先生和我们设计一些事情。"行之笑道："办农场第一个问题，自然是要地皮。除了我所说的两处而外，附近还有些荒地。明天起个早，在太阳没起山以前，我引二位到农场外去看看，二位意见如何？我想，必定有了固定的地皮，然后才可以估计用多少农具、种子、人工。起初，自然从小处入手，但也不可太小，以致英雄无用武之地。"淡然笑道："我们还算是英雄吗？只好在你老兄手下当一个走卒而已。"行之道："我也不过是识途之老马。"淡然道："至少你要算我一个导师。"素英在一边深深地点着道："这话是对的。这么一下子，淡然和那小姑娘是同学了。"行之倒不知金太太另有微词，以为她是随便打趣，也就哈哈大笑一阵。淡然见夫人两次放着冷箭，这醋味让行之知道了，是怪不好意思的。只得提了农场上一些专门的问题牵连地谈着，让夫人无法利用。结论还是次日早起，和行之一路去看地。

次日天刚亮，淡然就起来了，本邀着素英一路出门。因为素英贪天气凉爽，睡意正浓，也就只好一人去邀行之。这要看的两块地都去家门不远，绕了两个圈子，太阳还是刚起山不多高。在高坡上远望到公路上的人，正陆续向附近那个小市镇走去。淡然笑问道："这里还赶集吗？我们也无所谓地去赶一趟，好不好？"行之道："这里并不赶集。每日早上，附近的农人都要到这街上来赶早市，有些设在乡间的机关也要到这街上来买东西，就是没什么事的人也要到街上来喝碗早茶。"淡然笑道："反正我们也没有急事，到街上去也喝碗茶去。"他说着，径自向前走。行之虽然有点儿事，但也不能过拂淡然这初一次的盛请，只好跟在后面走了去。

到了街上，只见沿两边店铺屋檐下，摆着许多鱼菜食物担子。居然有几位式样颇是摩登的妇女，手提菜筐，在街沿上买菜。尤其南北斜对面两爿茶馆，里面乱哄哄的，坐满了吃茶的客人。行之迎上前一步，站到一家茶馆的屋檐下，回转身来，向淡然招着手道："就是这里吧。"淡然还没有走过去，就看到菊香由菜摊子里面钻了出来，迎着他笑道："先生，你请我吃两块油炸糕吗？"行之笑道："今天不是我请客，我不便答应。"说着，向街头上笑。菊香回头时，见淡然站在身后，这就脸一红地笑起来。淡然笑道："不成问题，不成问题，我请黄姑娘吃茶。"行之以菊香已经和金家人混得很熟，这就点着头道："既是金先生答应请你，你就叨扰吧。"说着，将菊香的肩膀轻轻推了一把。

菊香随了他这手掌一推，就走进了茶馆。恰好在这人行路上，就空着一副座位，金田两人对面坐着。菊香笑嘻嘻地在桌子横头坐了，两手伏在桌沿上，倒把右手一个食指，放在嘴沿上，透出难为情的样子。伙计右手提着开水壶，左手捧住一叠三只空茶碗，站住了脚，向菊香笑道："啊！今天你也有人请？"菊香瞪了眼向他道："怎么样，我不应该有人请吗？"行之向她笑道："你这孩子不会说话。淡然兄可不要计较她。"淡然道："连我们内人也说她是很天真的呢。"菊香望了他一眼，微微地笑着。

伙计泡好了茶，随后送着筷子和点心碟子来。点心是两碟菜包子、一碟牛肉饺子。淡然道："怎么不端一碟油炸糕来？"说时，菊香已是拿起筷子夹了一个菜包子放到自己面前，笑道："我倒不拘，什么点心也吃。说油炸糕是说得好玩的。"行之笑道："你真不拘，一点儿也不晓得客气。"菊香将筷子头夹了那个菜包子，都要送到嘴边来了，听了这话，把筷子夹了包子送回碟子里去，把筷子放在桌上。淡然笑道："我们天天见面的邻居还讲个什么客气，请吧请吧！"说着，拿起筷子来，将筷子头连连向包子碟子里点着。行之见她手扶了筷子头，微微地低颈脖子，将嘴唇抿着，便扶起筷子来，夹了个菜包子，送到她面前，笑道："还是先前你夹的那个包子。"菊香脸更是红了，低了头简直扶不起筷子来。两手共将八个指头扶了桌子沿。淡然笑道："你说了不受拘束的，怎么自己难为情起来呢？你要客气，那我们就会把点心吃光了。"那伙计倒很凑趣，就端了两碟热腾腾的油炸糕到桌子上来。行之就端一碟油炸糕到她面前，然后倒拿着筷子，指了她的鼻子尖道："我晓得，你最喜欢吃这东西，积了几个钱，一早就拿到街上来买油炸糕吃，你以为我不知道吗？他们还给你取了一个诨名叫油炸桂花糕呢。"说得她低头一笑，才开始吃起点心来。

淡然喝着茶，和行之谈些农场上的事情，避开菊香的注意。谈得有趣，也就忘了什么时候。菊香将点心吃饱了，又把茶喝过了两遍开水。

默坐在一边，见金田二人谈得很是得劲，没有插嘴的机会，便缓缓地站起来，缓缓地离开桌子，将一个食指，在桌面上画着圈圈，望了两人微笑。行之笑道："你要回去，你就请便吧。"菊香一转身，正要开步走。淡然两手伸了开来，拦着她的去路，笑道："我既然请客，不能就请你这么一点儿东西。"说着，向人丛中正忙着的伙计招了两招手。他过来了，淡然笑道："把油炸糕再拿十块来。"伙计向菊香点着头笑道："到前面灶上来拿吧。"菊香将身子扭了一扭，笑道："我不要！"行之笑道："你这又拘束起来了。"菊香微笑着，跟了伙计走去。一会子工夫，见她手里提了一串麻绳穿的油炸糕，在街心站着向店里面叫道："金先生，多谢多谢。"说毕，跳着跑着走了。她去了，金田二人又谈了一会儿，方才分手。淡然又和太太买了一些点心回家去。

素英正站在走廊上眺望，因笑道："我看见你和田先生向公路上去的，就没有等你吃稀饭了。"淡然举起手上提的一串点心，笑道："我和行之在茶馆里吃茶的。乡茶馆子里倒另有一番情趣。买几个乡下点心，你尝尝。"素英接过了点心，向屋子里走着，笑道："今天我吃饱了，明天也陪我去上一回乡茶馆吧。《妇女杂志》正要我写一篇茶馆对于妇女的兴趣问题，我可以去捞些材料。"淡然道："城市里，也许有百分一二的妇女上茶馆，乡下就很少了。今天我在茶馆里，就没有看到一个妇女。"素英把点心直送到老太太屋里去了，对于他的话就没有加以理会。

淡然已是在乡间住舒服一点儿了。看到屋子里布置得井井有条，所有新旧书籍，都齐齐地叠在书架上，也就怡然自得，取了一本书在窗下桌子上看。当书看到得意的时候，偏是素英又坐在旁边琐琐碎碎地问在茶馆里订了什么计划。淡然随口答应一两句，最后总括地答复一句道："没有什么，我不过和行之闲谈两句而已。"素英疑心他有点儿不耐烦，也就不问了。

吃过午饭，行之又来邀淡然去看另一庄田，素英因家里缺少些日用品，还要到城里去买，就伏在淡然的座位上，开着日用品单子。忽然身后有人轻轻叫了一声道："金太太，金先生呢？"素英一回头，是菊香站在房门口，因道："他有事出去了。"只说了这句，第二个感想在几秒钟后就发生了，就是要这样问一句话："你倒惦记着他。"可是这话不曾说出口，菊香进来了，手里提了一大篮子新鲜菜。素英道："这菜是哪里来的？"菊香将菜篮子放在地面，笑道："我娘说，多谢金先生。这点儿东西是自己菜园里摘下来的，送给老太太吃。"素英道："那是我要多谢你了，怎你倒多谢我们呢？"

菊香道："早上金先生请我在茶馆里吃茶，又送了我许多油炸糕，不应当谢谢吗？"素英哦了一声，对她微笑了一笑。菊香道："金太太，你怎么不赶早市到街上去看看？早起街上人多着呢！"金太太道："你小姑娘赶早市，可以上茶馆，图个一吃一喝，我们太太们，到街上白跑来跑去。"菊香道："为什么太太不能上茶馆，七十八十的老太太也上茶馆呢。"素英道："老太太那还不是和男人一样？自然可以。年轻太太就要有些分别。"菊香颈脖子一歪，撮了嘴唇，唰的一声，摇着头道："哪来的话？隔壁田太太就常到茶馆里去。"素英抿了嘴，点头向她微微笑道："那就很好。明天早上你陪我一路去好吗？"菊香笑道："今天金先生请了我，明天你又请我，我不敢当。"素英深深地向她点了一下头，笑道："那就敢当的多着呢。"

菊香哪会知她有什么讽刺的意味。走着挨近了窗前的三屉桌子，见笔管下压着一张纸单子，上面开了许多日用品的名字，因问道："金太太要进城去采办东西吗？"素英道："你怎么知道的呢？"菊香道："金先生早上在茶馆里说过，还缺着许多天天要用的东西，非到城里去采办一次不可。田先生就告诉他说，东西多了，非自己开一张单子带去不可！"素英笑道："这样的主意，也用不着人代出。小姑娘，你喜欢什么呢？我叫金先生买了送你。他很喜欢你呢。"菊香脸一红，笑着摇摇头道："多谢多谢。"说着，她拔步就跑走了。

素英坐着，隔了窗户，对菊香望着，见她一跳一跑地走去，不觉自言自语地道："不能怪人家女孩子，人家很天真的，知道什么呢？"立时，心里像横搁着一个什么问题，总感到不自在。在屋子里找几项事情做，也都是做到一半就丢下。几次站到廊檐下去望淡然，总也不见回来。最后忍不住了，就向行之农场这边走来，算是在半路上遇到了。

淡然看到夫人，老远地跑两步迎上前来，笑问道："你也到行之那边去吗？"素英淡淡地道："我去做什么？"眼光并不看人，呆了面孔，没一点儿笑容。淡然呆了一呆，料着夫人有点儿不高兴，可是什么事呢？便笑道："这大太阳怪晒人的，在树荫下走吧。"素英走的是芝麻地里一条小路。有树的沙子路，隔着两丘田呢。淡然说着，手挽了她的手臂，就打算送她由芝麻地里抄直走过去。素英身子一扭，冷笑道："假殷勤什么？"说着，自跑到那沙子路上去。手扶了一株杨柳树的树干。淡然越料着有问题了，跟着跑了过来，笑问道："你又好好的发脾气。"

素英沉着脸道："你为什么瞒我？你说你说！"说时，将垂在面前的柳条子，两手扯住，用力连拉了几下，拉得树叶子唆唆有声。淡然看夫人这样子，气还不小，站着怔了一怔道："我并没有什么事瞒着你呀。"素英将右手食指，指了他的鼻尖道："你的嘴是硬啰。我问你，早上你在馆子里吃茶，除行之之外，另外没有人吗？"淡然脸一红，笑道："哦，你说的是这件事。在街上遇到了菊香，她要田先生请她吃油炸糕，我就买了几块油炸糕给她吃。"素英鼻子里哼了一声道："你还撒谎，真该打嘴。"说着，把脚在地上顿了两顿。

淡然又赔笑道："你何必着急？这是我大意，回来没有告诉你。当然，在茶馆门口遇到了她，有她先生在一处，看了她先生的面子，也就顺便邀她喝了一碗茶。我们谈得起劲，她在一边坐不住，先走了。临走的时候，我让她带了一串油炸糕去。事实就是这样的。不信，你可以把菊香找来问。"素英道："我问什么，我早调查清楚了。别的不说，你既有这件事为什么不告诉我。不告诉我也不要紧，本是一件偶然的事，值不得特意提出来。"淡然鼓了掌道："对的对的！偶然的事，值不得特意提出来。"素英道："可是我问你茶馆里有没有女人，你倒说一个女人都没有。你不是心虚，为什么洗刷得那样干净呢？"淡然笑道：
"这可是冤枉。今天我在茶馆里，实在没有看到一个女人。"素英道：
"那菊香不是女人是神仙吗？"淡然怔了一怔，伸手搔了搔头皮，脸上
带了可怜的微笑。

素英道："你也没得话说了。你为什么不告诉我实话？这一点儿小
事你都要瞒着我，再大一点儿的事，那还用说吗？"淡然道："这实在
是我大意所致。既是这样起了误会，自今日起，我不理会那孩子就是。
她要再来了，你对她说，以后不必再来。"素英道："胡说！人家又没
得罪我，我对人家说这话做什么？我凭良心说，人家年纪轻轻的，也不
懂得什么。"淡然道："既是她不懂什么，你又何必介意？"素英道：
"男子有好人吗？你会引诱人家呀！"淡然轻轻地笑道："不要叫，不要
叫，让别人听到了什么意思？回去吧。"说着，又来挽素英的手臂。她
将身子一扭道："我不回去！她在我们家里呢，你去找她开心吧。"

淡然听说菊香在自己家里，这倒不便赶回家去，否则夫人在她当面
说几句俏皮话，那小姑娘要懂不懂的，反是会发生误会。于是笑道：
"这里很凉快，我们在这里站站也好。"素英手扯了柳条，站在柳荫下，
掉转头去，四处眺望。淡然倒弄得进退两难。彼此默然相站了有十分钟
之久，淡然只好背了两手在身后，在这沙子路上来回地走着。他忽然站
住了脚，向夫人笑道："你不用着急，我想到最妥当一个解决办法了。
明天我搬进城去。"素英道："啐！你疯了。"淡然笑道："我疯了，我
可不疯了吗？"他说毕，又哈哈大笑一阵。那笑音非常之大，却惊动了
隔田的一个人，这就钻出一个第三者来了。

八、城市的引诱性

夫妻们不是感情完全破裂，在朋友面前是要维持面子的。所以这人——第三者田行之在远处打着招呼的时候，淡然夫妇都带了笑容迎着他。行之走向前来笑道："这样大晴天，你们站在这里做什么？"淡然道："也得开始学学晒太阳了。"素英见行之穿了一身蓝粗布褂裤，头上戴了多梗草帽子，手上拿了一把镰刀，因笑道："我们想练到田先生这个程度，恐怕还得努力晒几个月太阳。"行之道："其实我自己不下田，让那些工友做，也不会误事，不过我是弄惯了，要不然，坐在家里，倒闷得慌。淡然兄可以不必学我，其初只要出来指导田工做就行了。你们若真的练习晒太阳，那就太把问题看得重大了。"淡然觉得这是很好的一个转身机会，便笑向夫人道："我们回去吧。出来这样久，老太又要说我们小孩子气了。"说时，挽了素英一只手臂。素英自也不愿当了行之的面让他难堪，只好瞪了他一眼，由他挽着回去。只走到廊外的花圃里，素英就把手臂向回一抽，沉着脸道："这样大热天，挤着干什么？"淡然看她不是那样生气了，也就笑嘻嘻地随了夫人后面走到屋子来。

这一上午，淡然只在家里料理一点儿琐事，没有敢出去。吃过了午饭，太阳当了顶，开始炎热起来，走廊外一片树荫，挡住了外面猛烈的日光，风由侧面窗户里进来，越是显得这内外是两个世界。老太太坐在侧面窗户下竹床上，看到外面那丛芭蕉，一闪一闪摇着绿影子，身上凉爽了，就有一点儿困倦的意思。小宝睡在竹床上，头枕了祖母的大腿，两手捧了一卷儿童画报，首先睡着了。老太手上拿了一柄芭蕉扇，不是扇风，是替小孙子赶着小虫子，有一下没一下地扇着，也没有了力气。

那远处近处几处知了虫儿，拖了很长的声音喳喳地叫着，在长天日子里，这声音最是催眠不过。老太太让风拂着脸上，不住地前仰后合。素英笑道："妈，你去睡一场午觉吧。起来得太早了。"老太太打了个呵欠，笑道："倒真有点儿支持不住。"于是抱了小宝进房去了。

淡然因行之交了一篇旧账目来正在参考着。素英拿了本书坐在桌子旁边看，看了几页，就放下，但放下之后，不到几分钟又拿起来看，长长地叹了一声无音的气。这嘘的一声，淡然听到了，回转头来，看到她伸了一个懒腰，笑道："你感觉得太无聊了吧。"素英笑道："真的，你书架子上那些书，都是文绉绉的，我看不起兴趣来。你进城去办东西的时候，给我带两本爱情小说来看吧。"淡然笑说："这大长天日子，难得屋子里凉爽，不用开电扇。假如我们这里有三位同志，打八圈麻将，倒也不坏。"素英笑道："你不要胡说，这样热天，我在城里又打过多少牌。"淡然笑道："原为了天热你不能打牌，我才想起这话。到了秋天，你不是至少每天八圈吗？"

素英点点头道："好哇，你和我找牌角来。我今天正无聊。要在城里，这时候去赶第一场电影正好。电影院里放足了冷气，真让人舍不得出来。要不就到公园里去坐坐，也可以混半天。"淡然笑道："这就不对了。无论公园布置得怎么好，哪里有乡村天然风景好。"素英道："公园里有冰可饮，有无线电收的音乐可听，有点心可吃。树荫里打打小高尔夫，塘里划划船，还有……"

淡然不等她说完插嘴拦住道："若是这样说，当然不如城里。我也觉得你在乡下住着太无聊了。略等我们布置得有点儿头绪了，以后还是让你半个月进城一次。"素英头一扭，笑道："笑话！难道我下乡不到三天，就要进城吗？听你这话，表面上好像是体惜我，其实你是挖苦我不配做一个乡下的女子，始终离不开城市。"淡然听了这话，偷看夫人的颜色，所幸还不带什么生气的样子，便笑道："我倒想起来了一件事。母亲说的要买一件洋纱褂料，下乡来得匆忙，把这事忘了。下次进城去买东西必须记着，我若忘了，你提醒我一声儿。"素英笑道："我比你留心得多。你把抽屉打开来看看。"

淡然随手扯开桌子抽屉，果然有一张长纸写的采办单子，第一项就写的是有洋纱八尺。因见上面开的名目很多，就两手捧着看。以下是牛乳饼干、苏打饼干，各一听。面友一瓶，花粉一盒，太古砂糖一盒，咖啡粉一磅。这就禁不住笑道："在城里我们都不买咖啡粉，怎么到了乡下来了，我们倒摩登起来了。"素英笑道："这当然为着是你。你想，在城里的时候，你什么时候想喝咖啡，什么时候就上咖啡馆去，自然家里不必再为你预备。可是到了乡下来，就不能这样自由了。再说，城里的牛奶，是不是新鲜，真可以打个问号。现在到了乡下来，那我们就可以随时要新鲜牛乳。有了好牛乳，我们不做点儿咖啡喝，未免辜负这好牛乳了。"淡然道："原来如此，不用说，这太古砂糖，也为了有咖啡，不得不预备点儿了。"

说着，更向下看去。见开着口蘑半斤、金针菜一斤、木耳半斤、味精两瓶，因之又笑道："我还是忍不住要问，买这么些佐料做什么？"素英道："你是不当家不知开门七件事。你想，到了乡下来，餐餐吃素菜。始而你换换口味，是不会烦腻的。过久了，你就不爱吃了，所以买这些佐料，预备随时拿些炒素菜。尤其是味精这样作料炒素菜是不可缺少的东西。"淡然这才明白，这正是妇人治家之道。素英也就看出他的意思了，笑道："你就不必问了。反正我不能浪费你的钱。凡是在单子上开的东西，都是不可少的。"

淡然将单子从头至尾看了一遍，约莫有二三十样。还有自己所要买的东西，单子上并没有开，索性提起笔来添上。素英道："我们住在城里，是不会感觉到日用品缺乏的，缺着什么立刻就去买什么。到了乡下来，就会觉得不顺手。"淡然点点头道："诚然诚然！现在我们想起一样，就在单子上记上一样。等写着有个差不多了，我就进城去一趟。"素英道："还等什么？后天是星期六，至晚后天一大早该进城。有许多要会谈的朋友，都可以找着谈谈。下星期五是母亲生日，也得买点儿东西给她老人家上寿。你反正是要进城的，何不就在星期六进城带会了朋友。"淡然口里吸了一下气，沉吟着道："照说下乡只有几天又跑进城去，却是不大好。不过东西是要买的，有几个朋友，也是一定要会着谈一谈的。"素英道："你是进城去买东西，又不是搬回城去住，下乡几天有什么关系呢？"淡然也觉得把缺少的日用品赶快办了来，也免得夫人不高兴，于是就决定了明天下午搭过路长途汽车进城。晚上和老太太商量，又添上了两样必须买的东西。

次日早上，素英就把他那个上衙门的皮包拿出来，将汗衫裤、手巾牙刷之类放在里面摆在桌上。淡然看到这东西，心里倒有些黯然，夹了六七年的大皮包，没有在这上面找出一点儿办法，中途把它放弃了。于今却把它当了一个行李袋用。皮包一合，夹在胁下，却另是一番滋味了。许多后起的朋友都飞黄腾达了，自己却落个解甲归田。坐在椅子上望了皮包只是出神。后来觉得让太太知道了，有些不便，于是站起身来，在走廊子上徘徊着。正好黄菊香带了她的小妹妹，由花圃里走了过来，老远地就笑着点头道："金先生，今早上没有去上茶馆呀？"淡然知道夫人就在窗户里面，也只笑着点点头没有敢说话。可是菊香很客气打着招呼，一点儿也不理会人家，心里也是感觉说不过去，在急忙中，想不出一个什么好办法，用尽了力气，在鼻子里哼出了一声来。

菊香自然没有理会到他有什么困难之处，索性站住了脚，向他笑道："金先生，你不到田先生那边去坐一会子吗？我到他那里去。"淡然这真感到笑啼不是，明明拒绝她的请求，只看她那张欢喜面孔就有点儿不忍。可是要答应她一句很平常的话，又怕她走到廊子上来，接着向下说，那更有瓜田李下之嫌。早上本来天气很凉，然而他站在这里不出一丝的力气，却出了一身冷汗。但是看到菊香还怔怔地站在花圃里树荫下，似乎在等一句回话，便正了颜色道："我很忙呢。"菊香看他那毫不客气的样子，分明是给了一个钉子碰，脸一红，低了头要走。淡然心里十分难过，恨不得跑上前去给人家鞠一个躬，然后解释着自己此种态度的缘故。恰好素英由屋里跑了出来，向菊香招招手笑道："来呀，到我们家来玩玩呀。"菊香道："不来了。田太太要我去和她洗几件衣服呢。"素英道："你不是说今早上和我一路去吃茶的吗？"淡然见夫人索性提到了这个问题，这简直要当面给人好看。搭讪着整理窗户上横格挡，就挨了壁子，绕行到屋子旁边去了。

转过墙角之后，本来想站立片刻，听着太太和菊香说些什么。一抬头却看到小大子带了孩子在草地里玩。那小宝不知道他是什么意见，又一个劲地叫爸爸。淡然这就不敢停脚，只好匆匆地走开了。在外面足散步了一小时以上，回到了屋子来，满以为这件小事就过去了。不想一进门，这个哑谜就让素英猜着了，笑道："菊香来了，你为什么躲开她？"淡然红了脸道："没有呀，我不过在屋后散散步。"素英笑道："不要那样鬼鬼祟祟的，态度尽管大方一些。你自己做贼心虚，故意要做成这还价不卖的样子。别人知道了，倒以为我是个陈醋坛子。"淡然拱拱手笑道："好了好了，不说了，我实在出于无意。以后我大方一些就是了。"

老太太正由卧室里出来，问道："昨天到今天，你两个人好像又闹着什么别扭似的，到底为了什么？"淡然笑道："没有没有。"说时，见母亲向他望着，只管摇了两只手。素英笑道："母亲瞒着干什么？我来实说。昨天早上他和菊香上茶馆，又送人家油炸糕，回来瞒着我，是我说了他两句。今天他看到菊香，当了我的面给人家故意脸子看，这不是一个笑话吗？我的意思，只怪他这种不相干的事，不应该瞒着我，他倒真的避起嫌疑来。"老太太笑着叹了一声道："你们是也太喜欢闹闲是非了。"这一下子，夫妇俩都感到没趣，一笑而罢，自也不便再提到这件事。

素英记住淡然赶汽车，忙着下厨房催女仆做好了午饭。饭后，淡然起身，她撑了伞随在淡然后面，直送到公路上去。偏是这样地凑巧，又遇着菊香了。她站在树荫下，笑道："这大的太阳，你们还出来玩啦？"淡然笑着点点头。素英道："金先生到车站上去搭车，我送他几步。"菊香微笑着，向素英伸了一伸舌头。素英笑道："你为什么伸舌头？"菊香道："金先生到城里去买东西，金太太还要送行啦，真客气。"素英鼻子里哼了一声笑道："我们是恩爱夫妻嘛！"淡然听了，这就想着，为什么和人家小姑娘说这样一句话？好在菊香并不懂这话另有什么意思，却向淡然道："金先生你哪天回来？"淡然不能不答复，当了夫人的面，又不便做诚意的答复，很随便地答道："说不定。"素英见淡然故意僵她，倒有点儿过意不去，因道："你有什么事吗？两三天他就回来的。"菊香道："我想托金先生代我买一本柳公权的习字帖，回来的时候，我送钱过来。"素英笑道："小问题，叫他买一本送你就是了。"淡然道："好，我替我太太买一本送你。"菊香道："谢谢，你太太送的，还不和你送的是一样吗？"这真叫淡然没得说。看到她脚边放了一只篮子，装着零碎，因道："这是和田先生买的东西吧？人家等着用呢，快拿了去吧。"说了这话，挽了素英一只手，向大路走了。

这种态度，他虽然是粗野一点儿，然而素英倒是相当满意的。送到了街镇车站上，也颇有几位搭客。买了票，在门外一座瓦棚子里候车。这个候车的所在，只放了几条短板凳，每条板凳都有一个人坐着。这样大热天，倒不便和人家挤着坐一条凳。瓦棚子外面，太阳光晒在公路上，反映着射人的眼睛。街道是南北面的，车站又坐南朝北，一点儿风没有。街上的热气，直向人扑了来。淡然将皮包放在木柱子边，拿了草帽子当扇子摇，向素英道："你回去吧。"素英没有带扇子，热得不可耐，也就只好撑着伞走去。

可是没有到十分钟，她又回来了，老远地笑道："车子也快来了，我看看长途汽车是怎么个样子。"淡然微皱了眉头，正想说她孩子气，可是又看到菊香手挽了篮子，在她后面走来了。这次淡然倒不避嫌疑了，问道："你怎么转来了？"菊香笑道："真是要命，跑我一头的汗，丢了两样东西没有买。"淡然也没有再理会她。偷看夫人的脸色时，透着有点儿不高兴的神气，便将手里的草帽子递了过去，笑道："这街上好热，你扇扇吧。"素英接了草帽子，就站在瓦棚子下面，连续地在胸前扇着，皱了眉头道："真热真热！"她嘴里虽这样说着，可是她的眼睛，却向菊香的后影呆望着。

淡然自然明了她是怎样去而复返，在菊香未曾离开这镇市的时候，就千万不能劝素英回去。因之只找了闲话和她说，装着不明白她的来意。好在十分钟之内，长途汽车就到了。就是由外县向城里去的车子，这车子里并没有人下车，这里几个搭客上了车，车子就开了。淡然坐在车子里，看到菊香站在街边，望了这车子，把手抬起来，招了几招。心里这就想着，这位小姑娘莫不是有意和我为难，我们夫人正怕我和她说话，她偏偏这样地表示亲热。虽然坐在车子里，也不敢和菊香点个头，总怕会让夫人看到的。

他这份不安，上了汽车就有了。到了三天之后，他坐着汽车回来，还是不安。到家的时候，那是个日落山坳的时候，在街上找了个粗工，替自己挑着一担货物，自己却跟在货物后面走回家来。老远就看到素英牵着小宝，由小路上迎了来，而且满脸是笑容，这才把心里一块石头落将下去。立刻走了上前，握着素英的手笑道："乡下还凉快吧？城里真热死了。"素英道："我料着你今日该回来了，老早地叫他们烧好了水，先洗澡吧。"说着话，并肩走了回来，小宝却一路吵着要饼干吃。到了家，粗工放下担子取钱走了。

素英见是一网篮又一藤条提篮的东西，这就笑道："你怎么买了许多东西？"淡然还不曾解释，小宝看到网篮里有两札香蕉，立刻就伸手到网子里去拉扯。抓了一大把香蕉，网绳套住了手，却扯不出来，把小脸涨得通红。素英道："你有几天没吃香蕉，就急到这样子。"伸手扯扯小孩子，正要把他拖开。老太太在旁边道："你就让他吃两只吧！白让他哭些什么？"素英只好解着网子，来取香蕉。然而没有拿香蕉，却看到一卷报纸。尤其是那封面广告，杯口大的字，载着大减价一星期，很可注意。放了香蕉立刻取出那卷报，坐到椅子上两手展开来看。一看之后，就舍不得放下了。这正是今天的报。百货公司因为三周纪念，举行大廉价。在报上登着广告。内有牺牲品二三十个样，最令人看了动心的，就是摩登纱女旗衫料，每件二元九角半；巴黎口红，每支六角半，买一送一；跳舞丝袜，每双九角半，买一送一。素英这就情不自禁地赞了一声道："好便宜东西。淡然，你买了没有？"

抬头看时，他已不在这里。老太太正收捡着篮子里东西呢，因道："他那一身臭汗，也该去洗澡了。"素英手里捧着报笑道："城里好便宜东西。他们早半个月减价就好了。"说着，展开报纸的另一幅，又是两幅大廉价广告。在广告里面，有八个加大的字，是"哪家廉价，欢迎比较"。下面也开了许多牺牲品的价目。跳舞丝袜每三双售一元，就是最让人赞叹的一项，不觉嘴里啧的一声，笑道："真便宜。"一面说着，一面翻开报纸来，却又看到三幅电影院的放大广告。其中两幅，是放映新片子的预告，那还罢了。其中一幅是开演京戏的道报。广告上这样说，平津名伶名票，赴海滨开会，路过本城，特冒炎暑，献艺三天。而且三天的戏码也披露出来了，第一日有梅兰芳、余叔岩的《打渔杀家》，程砚秋、郝寿臣的《红拂传》，谭富英、茹富兰的《八大锤》，第二日有大戏《探母回令》《群英会》，第三日有《红鬃烈马》《南北和》，都是生旦净丑全能出色的戏。

素英两手一拍道："当裤子也应当去看一次。"老太太在一旁问道："什么好玩意，要你下这样大的决心。"素英笑着，将广告念给老太太听。老太太笑道："你是位有名的戏迷，有这样的好戏，你岂肯错过机会？"素英笑道："妈，我们一块儿进城去玩两天吧。这样名角大会串的戏，难逢难遇的。"老太太笑道："你和淡然去玩两天就是了。我又不懂戏，只看个红花脸进白花脸出，什么意思，白糟蹋钱。而且天气这样热，许多人挤在戏园子里，也受不了。"素英笑道："你老人家真是外行。这样好的戏，当然会在第一等的戏院里演出。现在第一等的戏院，还有个不安装冷气管子的吗？"老太太笑道："你不要兴致太豪了，淡然他不会赞成的。"素英听了这话，倒是呆了一呆，然后一摇头道："没关系，我不花他的钱就是了。我花我自己的，他是不能拦阻我的。"老太太笑道："这话且慢慢说吧，你看这两大满篮子东西，也该收拾收拾了。"

素英这才放下报纸，将篮子里的东西慢慢收捡了出来。在这些物品当中，又清出两封信、一封请帖。请帖是一位女朋友结婚的喜酒。日子还有三天。另外有几本杂志，当然是淡然带回来给自己消遣的。这就清理着放在书桌上。同时，淡然也就披了一件绸睡衣，踏着拖鞋走出来，又哎呀了一声道："这才算身上轻松了一半，这两天在城里头把人闷死了热死了。"素英笑道："不要说那屈心的话吧。你除了餐餐吃馆子不算，一定还是天天听戏看电影，快活死了则有之，怎么会闷死了呢？"淡然笑道："我不瞒你，倒是看过两场电影，电影院里得着两本小册子，我也带回来了，就在那本电影杂志里面。不过看了之后，你不要心动。据那小册子上的宣传，又有好几张名贵片子要来了。"素英向他微笑了一笑，也没有说什么。先到桌子上将电影杂志翻了一翻，果然有两本小册子在内，于是一齐拿了走到门外走廊下来。

太阳已经下山去了，红霞满着西半天，依然是很光亮的。在屋檐下现成放了一张躺椅，素英就躺在那里看书。光是把杂志上的插画看了一看，然后就看那小册子。每本小册子上，都有最近所映影片的一篇说明书，和这张片子的介绍与批评。虽然是宣传品，过于夸张，可是据主演的角色论，都是平常所崇拜的，无论如何，这片子不会坏。淡然进城去，算是赶上两张好片子了。不过在这小册子上所预告的，下一期的片子那是更好，有一张是五彩的，有一张是明星集体演出的。根据看电影的经验来说，那是值得一看的。于是放了书在怀里，眼望了天空微笑着出神。

淡然见夫人在走廊上看书，为了求得好感起见，就特意送了一杯温茶来，放在藤椅边矮凳子上，笑道："这是带来的菊花，和你泡了一壶。"素英淡笑了一声道："你做的好事，不要假殷勤了。"淡然听了这话，未免一惊。"做的好事"，这是很严重的质问。汽车站上那一股酸风，难道还没有止住？他看着夫人的脸色，心里又有一些惶恐了。

九、夫人终于进城了

男子们无论对太太怎样好，总也有不尽公开的时候。所以任何一个忠厚太太假使把"做的好事"这四个字，突然向丈夫质问起来，总会有点儿反应的。这时在金淡然的行为中，实在够不上太太这么一个质问的。太太既质问了，他只有疑心到车站上菊香也来送行的事上去，呆了一呆便笑道："那全是偶然遇到的事，你想，我岂有在你当面掉枪花的胆量。"素英被他这一答，倒更糊涂了，瞪了眼向他望着道："我是说你在城里又吃又喝又玩，你答复的是什么？"淡然这才明白过来，舒了一口气，笑着点头道："我也正说的是这个，没有答复错呀。"素英笑道："你那更是胡说了。难道你在城里吃馆子看电影，都是临时偶然走了进去的，原来并没有这么一点儿意思吗？我不管，这次老太太生日，我一定陪她老人家进城去玩两天。"淡然因为既碰了太太一个钉子，就不敢在太太极高兴的时候加以拦阻，也只是微微地笑着。素英倒因他不开口，感到他有点儿不满意，未便接着向下说。

这天晚上天气相当地热，晚饭以后，全家人在走廊上歇凉。月亮未曾出来以前，夜幕上布着很繁密的星点。在原野的空中，微微地有些昏沉的光亮，在这光亮下，可以看到一层层的黑影子，高的山，微高的树木，低的花草。虽然不能看个清楚，可是眼界总是空旷的。偶然有一阵小小的风吹来，那风经过了无数稻田，带着一种稻花的清芬。四五点黄绿色的小光，在风里飘荡着。小宝拿了一把扇子在花间里跑，口里喊着："萤火虫来哟。萤火虫来哟！"淡然在花圃里的小道上来回地走着，向老太太道："妈，你老人在这时候，觉得怎么样？城里头，哪有这么舒服呢？弄堂里的火气，大概还没有退尽，不用说想凉爽了。"黑暗中

71

听到老太太将蒲扇拍了大腿，笑道："乡下好是好，只是蚊子太多了。"淡然道："城里头的阳沟和臭水塘制造出来的蚊子也不少。蚊子这东西，容易克服，没关系。城里那股子闷热，那就没法子对付了，有时候吹电扇吃冰淇淋，越来越热。"黑暗中听到素英插嘴道："妈，你不要理会他。他怕我这几天要进城，又故意批评城里的坏处。"淡然笑道："你到城里去，我赞成之至，为什么故意拦着呢？"素英听到"赞成之至"这四个字，心里一动，但也不作声，随谈着一些别的事情，把这话说过去了。

到了歇凉已足，大家进房睡觉的时候，素英坐在床沿上，带了三分笑容，可又带了七分怒容，向淡然望着道："我问你一句话，你要诚恳地答复我。我说进城，你为什么赞成之至？"淡然道："这有什么不懂的呢？当了老太太的面，讨老太太一点儿欢心，说是你陪老太太进城去过生日，我很赞成。"素英一摇头道："你信口胡说。假使你是这个意思，你当顺口劝劝母亲，劝她老人家和我一路走，不应当欢喜若狂地突然说出赞成之至的这种话。"淡然这就很明了太太用意所在，因笑道："好吧，我也不说赞成，也不说反对，一切听你的便。"素英将头一点，鼻子里又哼了一声，笑道："你赞成我去，我倒偏不去了。老太太的生日，让你陪了去，我替你守家。"淡然只好微微地笑了一笑。他本在床上躺着的，这还感觉得不够，又一个翻身向里，躲开了素英的视线。

到了次日，仿佛把昨天所谈的话完全忘记了。他不提，素英也不提。到了第三日，素英早起，当太阳还没有起山的时候，在花圃外面树林子里散步。一转身却看到菊香的女伴大毛，挽了个空篮子过来，好像是到菜地里去摘菜。因拦着问道："今天怎么你一个人耍了单了。菊香呢？"大毛道："她病得要死，她娘送她进城看病去了。"她娘道："是医院里去住着，有吃有住，还有医生看病，不要钱，金太太真有这样一个地方吗？有这样好的地方，没有病，我也到医院里去住些时候呢。"素英道："就是昨天一天没有看到她，怎么就重病起来了呢？"大毛道："就是前天下午的病，她们昨天下午进城去的。"素英道："什么病呢？

她们哪天回来?"大毛道:"自然她病好了才会回来,这还用得着问吗?"素英给这女孩子顶撞了一句,倒是没得说,本来是自己所问的过于幼稚了,便笑道:"这孩子不懂礼节,太不会说话。"大毛向她翻了眼道:"我知道,你们一家人都喜欢菊香。她病得这样重,还不定能不能回来呢。"说完了,她也觉得这话咒得菊香过于厉害,也不再说第二句话,扭转身就跑了。

这在素英其实是个好消息。但是还怕大毛信口胡说,又缓缓地在花圃里散着步,走到田行之家门口去。正好田太太站在窗子口里,看到了她,便笑道:"金太太,也起来得很早了,请到里面来坐坐。"素英站住道:"一大早上,我不进来打搅了。"她说话时,表示着很从容闲散的样子,手扶着面前柳树垂下来的一支长条。田太太道:"有什么打搅的,至多喝一杯清茶。"素英依然那样站着笑道:"到了乡下,我分外地成了一个闲人了,早上起来散散步。我倒想起了一件事。那黄家小姑娘,不知道住在什么地方?我有一点儿小事请她帮帮忙。"田太太道:"不凑巧,那孩子病了,到红十字医院治病去了。要不然,那孩子心直口快,倒是很能做一点儿事情。"素英道:"没有听说,怎么就病了。害的什么病?"田太太道:"谁知道什么病?症象来得很猛。行之说,怕她是患了什么炎。"素英道:"那倒真是人有旦夕祸福。这是你的得意门生,你该进城去看看她了。"田太太道:"我帮了她母女十块钱了,进城是没有工夫。"素英道:"我有点儿事情,明后天打算进城去一趟,你有什么话,我倒可以转告。"田太太道:"也没有什么话。她母亲在城里看守着她呢,我们事外人也用不了操心。"

素英想到了这里,已经证明了菊香确确实实病到医院里去了。和田太太笑着告辞,又在花圃子里绕了两个圈,才走回去。到家时,淡然也出去了。看到老太太,她首先笑道:"妈,你收拾一些应用东西,我决定了明天上午进城了。"老太道:"你怎么陡然又下了决心了呢?"素英笑道:"其实那天说过之后,我就有意思陪你老人家进城去的,不过我说出来了,淡然又有许多扫兴的话。为了免除他这种麻烦,所以我始终忍耐着不作声。现在决定了明天走，我当然先通知你老人家。至于对淡然还是不忙告诉他。"老太太笑道："你这才是过虑。淡然并没有反对你我进城去。"素英也只笑着，并不否认老太太的话。

到了吃午饭的时候，老太太向淡然宣布，淡然当然不敢反对，更是不敢赞成，只是微笑着。素英也知道他那番苦衷，很自然地吃着饭，并没有望着淡然的脸，却问道："那黄菊香托你带的写字帖，你给人家带本没有？"淡然道："我忘了这件事了。"随着这话，他放了筷子碗，起身走开。素英道："这是我说过送人家的，怎好忘了？人家不说你忘了，倒会说我舍不得这几个小钱。"淡然已是把旁边茶几上一杯凉开水端起来，在口里咕咕地漱着响，对素英笑着点了个头，到走廊上去吐水去了。素英看他那样子，似乎并没有晓得菊香病了。但在事实上，他不至于不晓得。等他漱完口进来了，自己也吃完了饭，却站起来迎着他道："你遇到了行之没有？他可曾和你说什么？"淡然道："我遇着他的，并没有说什么。"素英道："黄家那小姑娘病了，他没有对你说过吗？"淡然笑道："他何必对我说这个呢？"素英听他的话，眼睛却很注意他的脸色。见他一切平常，并不带着一些惊异，料着他没有知道这件事，而且对于菊香的病，也不怎么放在心上。便道："因话谈话，说起来也是有之。既不曾提起，那就算了。"倒是淡然怕夫人追着把话问下去，不容易对付，搭讪着寻找东西，离开了这间屋子了。

这么一来，素英就十二分地放心，预备明日一早赶过路汽车进城。可是到了下午，天上慢慢地铺起了乌云，把阳光完全遮起来了。素英几分钟就要向窗子外面看着，因道："天阴不下雨那还好些。若是下起雨来，城里泥雨淋漓的那真讨厌。"她越是这样不放心，那天色越是缓缓地变下来，到了黄昏时候，索性刮起了几阵大南风，把窗外树叶子，吹得唆唆作响。有几片大的梧桐叶子，随了那风势，直扑下来，打在铁纱窗上。素英在卧室闷闷地躺着，听着淡然在隔壁屋子里吟着诗道："山雨欲来风满楼。"素英一翻身由藤的躺椅上坐起来，大声叫道："淡然，来，来，我问你话。"

淡然以为果有什么很紧急的事，匆匆地就跑了进来。她瞪了眼问道："下雨的时候，公路上有没有车子经过？"淡然不知道她什么意思，因道："除非下大雨，雨雾里看不见路，车子不好开。平常的时候，不论风雨，长途汽车是照开的。"素英道："我既决定了走，下大雨也拦不住我，我可以穿上雨衣走了去。"淡然笑道："我也没有说下雨不要你去，你为什么生气？"素英道："你虽没有说，可是你幸灾乐祸的，就希望立刻下起大雨来。这还只有一个下雨的势子，你就高兴得吟起诗来。"淡然这才明白，笑道："这真是冤枉。我也是看到对面山上，阴云布满了，大风由对面吹过来，卷着树叶子满天飞，很有个意思，想起了这句诗，记得上句是'溪云初起日沉阁'，全首诗是什么，我记不起来了，不免多念两句，绝没有幸灾乐祸的意思。假如天下雨没有汽车，我一定到附近镇市上找两部黄包车，把你们送到城门口。"素英道："不用你找，我有办法。"淡然自也不敢多话，溜到外面屋子里去看书。

　　不多久的时候，哗啦啦一阵大雨，由天空里盖将下来。电光闪起，照得屋子里赤亮。那雷声并不像平常咚咚那样响着，像摧梁断柱似的，有一种猛烈的破坏声，就在头上震动着。隔着窗户，看那雨里的树木，一齐被压着翻转了枝丫来，水溜像牵线似的，由树叶子上向下流着。刚才淡然说了雨雾两个字，正想驳他而没有驳出来，这时见面前的雨丝，一条条地密织着，向远就涨漫成了一片，果然成了烟雾一样。在这种情形之下，想坐长途汽车进城去，大概是不可能。明天不走，后天已是老太太的生日，绝不能临时赶了进城去，而且预定着要看的两张电影片子，恐怕也就赶不上了。素英心里一不高兴，晚饭也只吃了大半碗，天气很凉，老早地就睡了觉了。老太太和淡然都知道她为着什么，谁也不敢多作声。

　　在她睡觉以后，雨声也就缓缓停止。淡然在灯下看了几页书，虽然听到树叶子上的雨水，还是一滴一滴地向地面上滴着响。可是除此之外，并没有雨点声。打开门来，伸头向外看去，屋檐上已经露出三五个星点，心里也就料着雨不会再下。进卧室去睡觉时，见素英和衣在床上

75

侧身睡着，鼻子里微有鼾声，睡得很熟。自己熄灯安寝，也不去惊动她。到了半夜醒过来，窗前一片雪亮，看时，玻璃窗外正露出大半轮残月。四野咕咕呱呱，青蛙鸣声，像潮水一般地在窗外送到枕上来。于是推着素英道："喂！醒醒吧，天晴了。"

素英在梦中惊醒，也是首先看到这片月色。一个翻身坐起来，对窗子出了一会子神，笑道："真的晴了吗？"淡然道："我和你到门外去看看。夏天的暴风雨，当然不会很久，大概是可以晴的。"他说着话，起身踏了拖鞋，就走将出去。还不等进来，他在屋子外面，就一路喊了进来，笑道："天晴了，天晴了，天空里一片白云也没有。蔚蓝的天空，挂着雪白的大半轮月亮。"素英已是擦了根火柴，照着手表看了一看，现在已是三点半钟。这时候，夜正短得很，再过一会子，天就要亮了，所以她也就不打算再睡，已是把煤油灯亮着，把清理的衣物又检点了一遍，然后将一个包揪包着，回头看看窗子外面，还是月亮笼罩着，不见一些天亮的情形。

淡然自然要在一边陪伴着，并没有睡觉。等素英把衣物包好了，见她坐在床沿上，点了一支烟卷抽着，好像很无聊。因道："可以把刘妈叫起来，让她们烧水了。几点钟了？"素英被他提醒了，抬起手表来看了一看，笑道："混了这样久，怎么五分钟还没有到？"淡然道："不能够，你那表大概没有走吧？"素英把表送到耳朵边听听，不由得扑哧一声笑道："还是今日下午三点钟停的。"淡然笑道："好哇！月亮起山还不多高，又没有到月尾，不会就天亮了。我出去看看钟吧。"他说着出去了。当他进来的时候，素英也就听到外边屋子里的挂钟，当当当很是敲了一阵。笑问道："什么？才只十二点钟。"淡然笑道："我们睡得太早，一觉醒来，也不过这样子。"素英笑着向他摇了两摇手，低声道："不要作声了，让用人听到，传说了出去，是个大笑话。"说着，把灯吹熄了。

自然，他们一觉醒来，是红日满窗。素英进城去看电影，听名伶大会串，如愿以偿。在下午两点钟的时候，淡然一个人看守着这幢房子。

因为小大子年轻，虽说不上姿色，倒也干净伶俐，素英不愿留她在家里，让她一路进城，带带孩子。刘妈自去做杂事，不大进正屋来，所以这里是成了淡然一个人看家了。虽然越发地清静，很好的环境，可以看书。只是形单影只，也透着无聊。次日吃过早饭，就撑了一把布伞在田野里走走。恰好不出半里路，就遇到了行之。行之头上戴了宽大的草编帽，身上背了一只小农具口袋，分明是出门到野外来工作。因笑道："你真是一天也不肯闲着。"

两个人在两条分叉路上走，向一个尖顶上，说话就碰了一处。行之道："桃园里一些桃子早已摘了去卖，那些长桃子的小树枝，就是留到明年，也不会开花结子，白让它生长着做什么，老早地就可以把它去了。剪枝这些雇工，还是没有我在行，所以我自己来。我倒想起一件事，前天，嫂夫人找菊香有什么事？"淡然道："我不晓得，昨日下午她已进城去了，大概不找她了。"行之道："那倒罢了。内人告诉嫂夫人，说她病了，那是假话。可是内人也不知详情，她是信了我的话说的。"淡然听了这话，有些不解，站了向行之望着。

行之笑道："你有所不知，这孩子也算有点儿秀气，就也有点儿薄福了。她遇到一个好酒好赌的父亲，每次想卖了她。她母亲又没有力量可以保障她。这几天，听到她父亲又在城里赌输了很多钱，她怕父亲动手，就假装病和她母亲躲起来了。到这里也不过五里路，过江到一个洲上去，那里也有我一个小农场，她们在那里暂住着。假使五七天那赌鬼不回家，事情就过去了。"淡然道："哦，还有这点缘故。你那里还有个农场，我倒不知道呢。"行之指了脚下的这条小路道："由这条路穿过面前一道山谷，那边就是江边。扬子江里风平浪静，渡口上终日停着渡船，随时可以过去。"淡然道："我今天不去，等将来天气凉爽了，和内人一路去看看。"说着话走着，行之又向小路边的山埂上走去，淡然却依然走着小路，两人就分开手了。

淡然是来出门散步的，本也没有一定的去向。尽管顺了路走，就到了对面山下。这小路在两个小山岗子中间，顺了一道斜坡缓缓向上。坡两边的野竹子重重叠叠地长着，满眼全是深深的苍翠，透着清幽。有那绿色的小鸟在竹林子里吱喳地叫着，也添着一番幽趣。这是个小山谷，前后不见行人，他慢慢地走着，慢慢地四处观望。这山谷里的石板小路微微一转，又是一个较宽的山谷，路边山脚，拥出一棵高到十几丈的大樟树，绿荫遮了半个山谷。樟树下有个小小的土地庙，四五个挑担子的，在树荫下歇凉，随地坐着。庙后有一丛较大的竹子，里面杂了几棵树，而且有几块大石头，在树林子里伸出来。石头下面，有钱大的黄花，在短小的绿叶子上长着，野趣很可欣赏。淡然也坐了一会子，心想："地方很好，就陆续着走向前去吧。到了江边上，赶着渡船，就一个人过江去玩一回。"

想定了，撑开布伞，又继续地向前走。走不到半里路，眼看脚下这条石板路，又要向左边一个小山口子里转去。忽然身后有人叫了一声"金先生"，淡然虽然站住了脚，心里还以为未必是叫自己，这个地方，哪里会有熟人呢。可是那叫的声音又出来了，而且娇滴滴的是女子的声音。那声音在头上，山上有一条小路，隐隐约约地在小松树丛子里。那里站着两个女人，一老一小。那年纪小的，分明是菊香了。这不由得咦了一声，因问道："你不是住在江心里洲上吗？怎么回来了？"菊香一溜烟地由山上小路跑了下来，直站到淡然身边，向他微微一笑，又把头低了，问道："你来找我来了吗？"淡然答应是不好，否认也不好。见她穿了白褂子、短黑裙子，颇有中学生的风度，因笑道："你进了学校了吗？"菊香低头扯了裙子角，扑哧一笑。淡然道："难道这又是田太太送你的。"菊香道："是田太太的妹子的，她穿小了，都给了我。在家里不好意思穿，怕人家笑我，不想还是让熟人看见了。"

说着话时，那个年老的妇人也跟着走下山坡来了。淡然看她五十上下年纪，布衣服倒还干净，只是组了不少的补丁。问菊香道："这是你的娘吗？"菊香道："不，这是周家外婆，我娘和她很好。她让我们住在她家里。田先生都不知道这事。金先生回去的时候，请你对他说一声吧。再住几天，我们也就回去了。"那周家外婆，尖削的脸子，带着一副闪动的眼睛，显然是个深于世故的人。她向淡然周身上下看了一遍，笑着点点头道："这就是你说的新搬来的邻居金先生吗？"淡然向菊香道："你怎么会向别人提到我？"菊香笑道："说你是新搬来的邻居，有什么要紧？"周家外婆笑道："不是她说，她娘说，只要她老子不和她为难，有一个田先生再又加上一个新来的金先生，都可以帮忙的。"淡然笑道："我不过白问一声，你们就是常提到我也不要紧。菊香，你的境遇，田先生已经告诉了我，我很和你表示同情。你要我怎样帮忙呢？"菊香摇摇头道："我不敢要你帮忙，你太太多心。我看你那样子，也很为难。"这两句话把淡然的脸涨得通红。

周家外婆轻轻推了她一把，笑道："这孩子不会说话。金先生，你还不知道她吗？她不懂事。"淡然倒笑了。其实淡然见她这娇憨的样子，根本也不会怪她。菊香笑道："有什么关系？金先生平常和我们说笑话的。金先生到哪里去？"淡然随口答道："我想到江心洲上去玩玩。"菊香笑道："不是我叫你，你要多走十里冤枉路了。"淡然想起把话说漏了，笑道："不，我还要去看田先生的农场。"菊香道："哦，金先生还不是来看我的。"淡然笑道："我自然还是来看你的，也想看看那农场。"

周家外婆站在一边，看着他两人说话的情形，又嘻嘻地笑了，因道："真的，这大热的天，不必过江去了。翻过这个小山就是我的家，到我们那里去坐坐，好不好？"淡然笑道："我也要参观参观你们乡村里情形。"周家外婆道："那很好，我上前两步，回家去烧壶水。菊香你引着金先生慢慢地走了来。"淡然道："你倒是不必客气。"周家外婆向他嘻嘻地笑道："实不相瞒，家里满地都是鸡屎，桌子板凳上都是灰尘。我也要去打扫打扫。"说毕，也更不必淡然拦着，很快地走了。菊香似乎有点儿不好意思，低头在前面走。淡然也就跟在她后面，上着那山坡。周家外婆到了山岗子上，向下叫道："哟！菊香你引着金先生慢慢地来啊。若是这样快，那还不如我们三个人一路走呢。"菊香手扶了小松树，身子一歪，在山上长草里坐着，低声道："哪个叫你先走呢？"

淡然慢慢走了过来。站住笑道:"你怎么又不走了?"菊香道:"她让我们慢慢走吗,索性坐一会子。"淡然将布伞收起交给她道:"你秃头晒着不热吗?"菊香道:"我坐在树荫下,不要伞。你城里人晒不惯,还是你撑着吧。"说着,站起来将伞递还给淡然。淡然手接着伞,眼光可向她身上望着出神,见她手臂圆圆的,微黄黑的皮肤,透出浅红来,是一种健康色。头发梳得清楚不乱,围了耳根。颈脖子上也用条旧花布手巾,围了白衣领子。这种装束,不像乡下人,怪不得她父亲要想在她身上发财了。菊香见他只管望着,忽然身子一扭,就跑开了。

十、小村里的闻与见

　　四周是长着松树的小山岗，中间一所平谷，梯形的稻田，由南向北斜上，约莫有几十层，就在田与山岗之间，一丛竹子拥着五六重房屋，草盖瓦盖的都有。勉强地说，也算是个小村落了。周外婆牵着菊香的手，在前面引路，淡然在后面跟着，便向这个村子走来。周外婆将菊香的手捽了两下，因道："你这么大的姑娘，一点儿事情也不懂。人家金先生特意来看你，你就引着金先生走。让我先走一步，也好告诉你娘一声。"淡然被她这样说了，承认是很难为情；不承认又让她难为情，只好默然在后跟着。走近了这个小村子，先是在田的包围中，有一口草塘。塘堤上长满了两三棵老柳树，都弯曲了童秃的老树干子靠水面倒下去。有一棵最老的柳树，大半截树身倒在水里，却又从水里再直立起来，斜出了一杆横枝，上面拖了许多长条，正被风吹得摇摇荡荡。一只小翠鸟看到人来，由水面飞过塘去。淡然周围看了一看，笑道："山里头倒有水边的景致。"这一赏鉴，不免走得缓一点儿。周家外婆笑道："这样最好，请金先生在这里站会子，我先去告诉黄大嫂子。"她说着，先奔向那村子去了。

　　菊香站着离他有丈来远，却回转头来向淡然微微一笑，也扭身跑走了。她这样一笑，淡然却有些莫名其妙。不过想着，在这些人面前总不宜做出那小孩子气，便放着很自在的样子，沿着山脚下一条小石板路缓缓向前走去。约莫到人家还有四五丈远，首先便是一个露天茅坑，拦着了去路。在大雨之后，那粪汁齐满了缸沿，要流到路上来。淡然赶快将手捏了鼻子，头偏到一边去，抢着走了过去。其实不到两丈远，又是一所茅坑。不过这个茅坑是用焦黄的松枝绕了四周的，多少算有些遮掩。

紧邻着这个茅坑，便是一个猪圈。一道土墙围了茅屋三间，本来看不到猪关在那里。但是墙角下挖了很大的一个尿池，由里通到外，除了有一个猪的屎尿臭而外，还有猪在墙里叫唤着。

过了这猪圈，墙角一转圈，便是一所人家的屋门。大概这人家很穷，门里是个长方形的矮屋子，最前面是土灶，土灶后面堆了几堆柴草。柴草里面是一张灰黑的烂腿桌子，两只竹箩和大小几件餐具，再过去便是一床灰黑的蚊帐，像棺材似的长方，罩在一张竹床上。这里不但合一家于一屋，而且是人猪共处。心里也就想着："这大概是个贫民窟。若菊香也是寄居在这么一个人家里，那就不进去也罢。"不过这样想着，也不能站在进出门口发呆。犹豫了一阵子，两脚慢慢地向前移了去。这里首先所遇到的，便是一个圆顶的牛栏，四周拖垂着上面盖顶的稻草茎。在牛栏外面，牛粪裹着稻草，总有尺来厚。由这稻草上踏了过去，又是一间厨房。因为这是一间歪斜着的瓦屋，所以厨房里没有接连着什么，里面仅仅是一座土灶，不带卧室。土灶之外，有一张矮桌子，配了两条小板凳。其余只是柴草箩筐了。

淡然正这样向里面打量着，却看到一个女人的头由灶口前冲了起来。随后又是一个人头伸出来，便是周家外婆了。她笑着点头道："金先生，就是这里，请进来坐吧。黄家大嫂子，你还不认得金先生吗？"她说时，手扯了那个女人出来。淡然见她穿一件深蓝布褂子，虽终有几个补丁，却还浆洗得干干净净的。四十来岁年纪，瘦白的面孔，也不像平常乡下妇人那般焦黄难看。她绾了一个小圆髻在头上，两耳还挂了一对大圈银环子。还觉得不怎么讨厌，便向她点了个头。黄大嫂子抖着褂子上的灶灰，笑着出来道："金先生，你真是贵人脚踏贱地。怎么办呢？真没有地方好请你坐。这可不像田先生那农场上。"她说着，在桌子下面拖出条板凳来，用手抹了几抹灰。淡然看那屋子里时，地面上星罗棋布地撒有好些鸡屎。便是那张小黑桌子，百孔千疮之下，桌面上也是厚厚地铺了一层灰。瓦壶、煤油灯、破碗、破碟子占了半边桌子。他想着："这不但未能进屋，就是进了屋，也觉着没有个下脚的地方。"因之只向屋门口近了一步，并未再向前走。

　　黄大嫂在灶头上拿了一把稻草叶的扫把，就在桌上乱揩抹了一阵，笑道："好在金先生最喜欢庄稼人，要不然，我们也不敢请金先生进来坐。"周外婆笑道："呀哟！我的大嫂子，你就请金先生在门外边坐坐也罢了。满地都是鸡屎，也没有扫一扫。"说着，就把那条抹过了的板凳先接过来，放在房门口，笑道："金先生，就在这里坐坐吧。乡下没有什么好点心，炒一碟南瓜子嗑嗑吧。菊香这孩子哪里去了？"黄大嫂子手扶了灶门，没个做道理处，周围望着。周外婆笑道："大嫂子，你到灶口上烧火去，我来吧。"淡然道："不必客气，我特意来调查调查村子里情形的。"周外婆叹了一声道："苦哟！还有什么说的。"她说着，在矮凳子上踏着脚，站起来，伸手到墙上挂的篮子里去，先摸索了一阵，摸出三个鸡蛋来。淡然两手同摇着，笑道："老太太，你千万不要这样客气。"正待起身要走开，却看到斜对门竹篱笆子缝里露出几个女子的人影。那篱笆有一半是拆散和倒败了。所幸爬满了南瓜和扁豆藤将七零八落的竹竿子还联络着在一处。那绿叶子缝里，有几个女子笑嘻嘻地说话，露出花衣裳和白脸。淡然听声音，知道其中有一个是菊香。心想："若是起身向那边走时，透着欠几分端重。"只好又坐下了。

　　这时，黄大嫂子已经在灶下烧火，周外婆已舀了一瓢水倾在锅里，将锅盖盖时，但见一阵风来，刮着横梁上挂穗子似的尘灰，落了一阵在锅盖上。周外婆一点儿也不介意，在灶上取了一只碗，伸到屋角的水缸里去舀了半碗水，荡了一荡碗，倒也干脆，就把水泼在灶脚下。锅里水沸了，周外婆将鸡蛋在灰灶上敲着，把蛋黄、蛋白打在碗里。当那水蒸气向上冲时，淡然远远地看到那横梁上的吊尘，摇摆不定，心里想着："我若吃下去，准是一场肠胃病。"因笑道："周老太太你不用客气，我不吃鸡蛋的。吃了鸡蛋，我会肚子疼的。"黄大嫂子在灶门口接嘴道："没有这话。我们菊香说，金先生吃饭，餐餐都吃蛋的。你不吃，除非是嫌我们腥臜。"淡然让她一语道破，倒不好完全拒绝，笑道："那是我家里人吃蛋，其实我自己是不吃蛋的。"

他又这样声明了一句，态度是相当地坚决。不过周家外婆将三个蛋都打下了锅，绝不能捞起来自己吃，只得笑道："这怎么办呢？老远地到这里来，连水也不喝一口。大热的天，金先生一定走得渴了，喝一点儿盐水吧。"说着，她在灶墩上取下一只破盐罐，伸着颇为灰黑的手指，撮了几粒盐放到锅里去。然后将那喝滚水的粗碗，连水带三个荷包蛋，一齐盛着，就在灶顶挂的小竹子篓里，抽了一双油黑的竹筷子，架在碗面上，两手捧着送到淡然面前来。他坐在屋檐下，并没有一个放碗的地方。周家外婆就毫不犹豫地放在门槛上。正是那里还有好几块干鸡屎印子。淡然且不说吃，先望着做了一个恶心了。

正在这时，有个老头子来了。他头上养了一撮鸭屁股式的灰白头发，尖削的脸上养了两撇八字胡，赤着膊，将蓝腰带系住一条青布短裤子，光了两条黄泥巴腿。他手扶了竹干旱烟袋，放在嘴角，一路喷了烟走过来。他老远地就带上笑容，看到淡然便鞠了一个躬。淡然坐在这里又窘，又没有人说话，正是感到万分的无聊。看到这老头子来了，多少有了说话的机会了，便起身向他点着头道："老人家，这里坐。"他站在路头上，隔着裤子伸手搔了几搔腿，现出了一份踌躇的样子。淡然道："老人家，贵姓？请坐一坐，我是来调查农村情形的，还有许多事要请教呢。"老人笑道："我姓刘，刘小胡子就是我。"周外婆伸出头来望了一望，笑道："刘老板你就陪金先生谈一会子，他为人极好。一点儿没有官牌子。"淡然笑道："我和你们一样，也是庄稼人，谈什么官牌子。"周外婆将头一点，向他笑道："你不要骗我，我知道你从前就在城里做官，一个月要挣好几千块钱呢。你是那鼓儿词上的话，现在把钱挣够了，告老还乡了。"淡然不由得扑哧一笑。周外婆又点着两下头，表示她之才识渊博，很为得意，因道："我猜中了周先生的意思，周先生就笑起来。"淡然无话可说，还是笑。

刘胡子在路边一块抛弃的破磨子上坐着，笑道："周外婆家里这几天常来客。"周外婆手扶了门框站着，笑道："若不是黄大嫂子来到这里，金先生怎么会来呢？啊！金先生你不口渴吗？喝一口蛋汤吧。"黄大嫂子也由灶门站起来，两手拍了灰，笑道："金先生，就是这么一点儿意思，你随便用一点儿。要不，周外婆心里不好过的。"她这样一说，淡然就不便始终不理，便在门槛上端起碗来，在鼻子头上嗅了一嗅。经不住周外婆只管在旁边说着："请喝口汤，请喝口汤。"淡然觉得是不能再拂逆人家的意思了，于是将碗边碰着嘴唇皮，呷了两口蛋水。抬眼看那刘胡子时，口里衔了旱烟袋，口涎顺了嘴角流将下来，拖了好几寸长一根线。便向周外婆笑道："你这番盛情，我总算拜领了。我请这位刘老板当我的代表，替我吃这碗鸡蛋。"周外婆还没有说话，刘胡子首先啊哟了一声，表示他十分地惊异。周外婆是曾在城里头混过的人，倒不惜便宜了这老头子，因点了头笑道："金先生这番好意，我明白了，听你老人家的便。"

淡然见她并不反对，就把这碗蛋送给刘胡子。这老人听了这话，早已把旱烟袋双手取下，放在地面上，人还不曾站起，两手早已伸过来，接住了碗。接上又笑着一鞠躬道："这是周外婆请客的，我怎好……"说着，笑嘻嘻地望了主客三位。周外婆笑道："刘老板，金先生有这番好意，你就尝尝吧。"那老头子满脸的皱纹，成了中国画的墨笔山水，笑道："我真是有口福。"说着，就站在当地，几筷子就把三个蛋吃了下去。最后是端起碗来，仰着脖子，把那大半碗略有咸味的白水一饮而尽。将筷子碗放在门槛上，然后将手掌一抹嘴巴，笑道："多谢多谢，我一下子吃完了。"淡然笑道："这是我借人家的礼物做东，那不算。改天，你到田先生农场上去找我，我请你吃酒，还有许多事要请教呢。"刘胡子一串地说着"不敢"。

周外婆由里屋抢出来，笑道："好，连金先生要向你请教，也是不敢呢。"这话提醒了他，伸起他的秃指头搔搔下巴颏。淡然点头道："刘老板，请坐，我倒真有两句话问你。"刘胡子道："我可不懂得什么，先生。"淡然笑道："我自然问你所能知道的。我现在很想知道你们种的粮食，一年能卖多少钱？"刘胡子哈了一声笑道："我们还有粮食卖钱吗？"淡然道："自然是有。庄稼人无论什么东西，都出在地里。

除了吃的米，穿的用的住的，你不还是别人一样，件件都要拿钱去买的吗？粮食卖不到钱，你拿什么钱来用呢？"周外婆笑道："金先生这句话问得很在行。我们是怎样过日子的，刘老板讲给他听。"刘胡子又摸了一下嘴。在这情形中，看他脸上带了几分笑意，然后向淡然一摇头道："我们弄钱，不靠种粮食。"

这一大前提，吓了淡然一跳："庄稼人弄钱，不靠种粮食，他有什么法子弄钱呢？难道……"他心里怀疑着，却向刘胡子脸上看了出神。刘胡子笑道："城里人都是这样想，乡下人的钱出在土里。那些有田有地的财主，可便这样说。我们无非是租个东家的田来种，年成好，或者除了耕牛、种子、肥料，有个二一添作五。人口少的人家，一年的吃可以不愁。人口多，佃的田少，就不能说不搭些杂粮吃。"淡然道："这我又不解了。人口多，怎么租的田还少呢？"刘胡子道："先生，租东家的田，不是白出人工就了事的，也要拿出押租来。人口多，拿不出钱来，有力气也是枉然。何况一家人，有老有少，不能都是出力的。像我家里，上面我和老婆子两个人就不能出力。下层有七个孙子孙女，都小呢。就是中间儿子出力。你想，这一家十几口，不是吃闲饭的多似出力的吗？"淡然点着头道："诚然诚然！那你们何以度日呢？"

刘胡子道："这就看各人勤快不勤快了。不瞒你先生说，我家是常年养两口猪。一口猪养到一百多斤，用不到一年工夫，好可以卖三四十块钱，不好也可以卖二三十块钱，牵长补短，一年在猪身上可以寻出五十块钱来。我是身体好的时候，江边上有口罾，运气好，也可以打十来斤鱼一天。不过到城里太远，一来一去，是一整天工夫。勉勉强强，每个月在鱼身上也可以找几块钱。女人让她打个草蒲团呀，搓搓麻索呀，编草绳呀，送到城里去，总也可以卖钱。"淡然道："这样说，你们的生活，竟是离不开城市。在乡下住家，靠在城挣钱。"周外婆道："可不是吗？就说我吧。到了冬天，糊着纸元宝锭子，到了两三百串，就送到城里去卖，搭了下水船去，慢慢走回来，两天起早歇晚，也要挣一两块手工钱。就是养个十只八只鸡，也是卖给进城的鸡贩子。"淡然点点头道："本来附城的贫农，总是靠手工艺来维持生活的。"刘胡子道："先生，你问这里的龙吗？灵得很啊，龙王庙在江边上。"

淡然笑了一笑，因道："我问你们还有什么手工艺。"刘胡子皱了眉道："你先生问的什么？"淡然道："你们除了种田，还用手做些什么去卖钱呢？"刘胡子大笑道："先生真是城里人，哪一样东西，不是用手做出来的呢？"淡然笑道："糟了，这样说，越来越糊涂了。我所问的是你们除了种田，还有什么法子挣钱呢？"刘胡子摸了一下胡子，笑道："这个，我懂了。除了刚才所说的，多了。砍柴呀，打草皮呀，上街挑粪呀，晒炒米呀，就是到公路上去拉黄包车呀，不都可以挣几个现钱用吗？"

说到这里，他们还是没有了解什么叫手工艺。这位周外婆虽然什么事都明白，谈起这些问题来，她依然也是眼前漆黑。淡然便笑道："百闻不如一见。尽管问，恐怕也问不出个所以然来。还是请这位刘老板引路，引着我到村子里去参观一下。"刘胡子又伸手搔了两搔头发，笑道："我们这里，有什么可以参观的呢？"淡然笑道："各人看法不同。你认为不足参观的，在我看来，也许是我看着很有意思。"周外婆撑了门框站住，也是说不出什么来。倒是黄大嫂挤出来笑道："是的，刘老板，你引着金先生走走吧。他问什么，你答应什么就是了。以先田先生到这里来办农场的时候，也是先在附近的大小村庄调查了一个周到。他们做官的人，把官做得烦厌了，也要下乡来吃吃苦。"周外婆笑道："真的没有吃苦之先，倒也要调查调查苦是怎样吃的。"那刘胡子代表金淡然吃了三个荷包蛋，对于引道一层，却也是义不容辞。因之先站起身来，在前引路。经过这里，首先就是那一堵篱笆了。还没有走过去呢，便看到藏在瓜豆藤下的人影，一阵哄地笑着。

到了那门口，两扇灰板门，随了稻草盖的门楼子，一齐歪斜着。门里有一条长院子，上面三间黄土墙的瓦屋。正中是堂屋，虽然瓦檐上，有几条椽子之间把瓦落下了，成着残缺的样子，但正中还摆了一条长桌子，壁上贴了天地君亲师的大红纸条子，堂屋左右两靠壁，摆了磨架子耷子扇稻皮的风箱。墙上横挂着一串干烟叶子，顺挂着几把艾叶子。这都还罢了。唯有屋檐下一截阳沟，臭泥水浸有一尺来深，一只母猪带了八九只小猪在泥水里滚着。沟上是碎菜叶子和水渍过的稻粒，洒了遍地，两只大白鹅和几只鸡正在这里找食吃。自然那鹅粪和鸡粪就混在这些碎菜稻粒一处，越是一种不可形容的龌龊。淡然笑道："远处看，这是村子里最好的一所屋子了，怎么到了近处看来，比别重屋子还要……"这有点儿不好向下说，他拖长着声音，笑了笑。

刘胡子笑道："乡下不总是这样子吗？一不娶亲，二不做寿，把屋子收拾得漂漂亮亮做什么？"淡然哦了一声，因笑道："娶亲做寿，这屋子轮到过没有呢？"刘胡子道："我住在这里不久，不知道。原来这重屋的主子倒是种着自己的田，周围这些山岗子上的树木，都是长得密森森的，连蛇都钻不进。后来主子穷了，先卖山上的树木，后卖山，最后又卖田，剩了这所屋子，带门口的几丘田，光景就越弄越坏了。"

说着话，转过这篱笆的屋角。却看到土砖墙倒了一方，里面是住房，只扯起一块芦席子把大窟窿给挡住。在外面还可以看到里面的床帐桌子。因问道："现在这位主人翁大概是穷得可以，为什么这样跌下去爬不起来呢？"刘胡子道："先生，我不是告诉你，我们在田里找不出钱来吗？这位小财主，先是田地多，用两个长工，坐在家里吃租谷。后来慢慢地不够，慢慢地借债。总因为舍不得卖了产业还债，债越久越多，利钱自然也一年多似一年，利上滚利，借两百块钱的债，就是一文也不再借，过年二分息，这样在本上一滚，三年一过，就变成四百块钱债了。到了那时，虽然卖了田，也还不清旧债了。我们有时候过不去，也借个二三十块钱小债，老早地养上一口猪，或者赶完了忙时，两个儿子都到城去卖几个月力气，拉车也好，当挑夫也好，马路上当小工也好，可以挣些现钱回来把债还了。若是只管在家里享福，想靠田里出来的东西开销家用，一年不多个百十担谷子，那是混不过去的。"

淡然道："你这话我就不解了。照现在的谷价，一担可以值四五块钱，就算多个八十担谷，可以卖出四百块钱来。乡下人家，吃饭住房，全不花钱，零碎开销，哪要许多?"刘胡子引着路，屋后是一片野竹林子，两人站在竹荫子下，挡住了东南风歇了一歇。刘胡子道:"金先生，你看，这竹子不是很稀吗? 这一来是主人没有好好地养着，二来乱砍了卖钱。越不出货，越没有本钱养山种田，田里山上，更不出东西。"淡然道:"你答的话，不是我问的话。"

刘胡子道:"那原因是差不多。这竹子是卖了缴款了。现在一两银子的粮税，涨到十好几块钱了。另外地方上要办的事，也无非照田亩摊钱。平常七八口人过活的人家，能多七八十担谷子的话，总也要摊几十块钱完钱粮，几十块钱摊地方公款。还剩个一二百块钱。全家的衣袜油盐，人情来往。三百六十日过下去，一天摊几个钱? 而况家里多几担谷子的人，人事也就更多。所以在这样小财主人家容易发达，也容易倒败。怎么讲呢? 粮食垫了底子，若是像别个庄稼人一样，养猪、养鸡、打草、卖柴，多找几个活钱，那就平平有钱剩。反过来，指望了那多余的几担粮食，坐在家里享福，一年跌下去就十年爬不起来了。你认得的那黄大嫂子，就是这样的，十年不到，穷得卖儿卖女了。昨天晚上，我们还谈了很久。若是她把姑娘给了人，自己到城里去帮人，一年总也可以帮一百十块钱。有五七年下来，也就不愁下半辈子了。就是菊香那孩子，送到城里去也可以找碗饭吃。她娘儿两个，一不能耕，二不能种，住在乡下做什么?"

淡然笑道:"说到归根结底。乡下人只有进城是一条大路了。"刘胡子道:"谁说不是呢? 钱都出在城里吗?"说着，将脚拨了路边的草皮道:"你看，这东西在乡下值什么? 送到城里，论方数卖洋钱。要找钱不到城里去，还到乡下来吗?"淡然听了这一番话，默默无语。弯腰在地面上掐了一朵黄色的小野花，只管将两个指头抡着花蒂出神。

十一、意志动摇了

　　钱出在乡下呢，出在城里呢？淡然原来的见解，钱都出在乡下。都市里，不过是金钱的流通所在罢了。现时在乡下实地研究的经过，分明这金钱又是都市里的产物了。这一个是非不能答解，却不仅是学理上的一个问题，简直关系到自己生活的进退。他顷刻之间，把这事放在心里，打了几个转转，就低了头想着心事，没有答复刘胡子的话。忽然有人笑道："我们烧好了一壶香茶，金先生回去坐着歇一歇吧。"

　　淡然抬头看时，见周家外婆和菊香远远地站在一丛树荫下，不住地向了自己笑着点头。淡然有了心事，也就不高兴调查与研究了，就随着她两人一请后，又回到黄大嫂家来。果然，黄大嫂泡了一泥壶茶，放在门前阶石上。她用饭碗斟上一碗，两手颤巍巍地捧着，送到淡然面前来。淡然觉得人家过于恭敬，倒不可过拂盛意。立刻抢步向前，两手捧了那碗。看那碗里时，绿茵茵的茶色，清可见底，这就觉得不坏。同时，还有一阵清香送入鼻孔。喝了一口，简直有些橄榄滋味。于是连说了几声好，笑着向黄大嫂点了两点头。黄大嫂见他站着的，便笑道："金先生当然喝得出来，这是一种好茶，请坐下来再喝一碗。"

　　她这样说着，菊香笑嘻嘻地将靠了土墙的一条板凳端了过来，放在淡然身后。淡然正在赏玩这茶的滋味，却没有理会到身后来。周家外婆倒很性急，在屋子里伸出半截身子来，向他笑道："金先生，人家端了凳子请你坐呢。"淡然回过头来看时，倒把菊香一张脸臊得通红，低着头走开了。自然，淡然还是连声说着谢谢。

　　黄大嫂子倒以为他很谢谢这茶，便笑道："这是我们亲戚在山上折的新茶，自己制出来的。家里还有一点儿，太少了。改日我在亲戚那里要斤把来，送到府上去，让老太太和太太都尝尝。"淡然连连摇着头道："那倒不必，平常我们家里都是喝白开水，你倒不必那样费事。"菊香道："金先生这话就不是真的。我到你们家去，就看到你们家里常泡着好茶。我晓得，我们送东西去，他太太不高兴，他不敢让我们送去。"这几句话把淡然心里一个哑谜完全揭破。淡然不但是把脸涨红了，而且眼皮都有些发涩。

周家外婆在屋子里咄的一声，先喝了出来，接着站在门口道："你这么大姑娘，是怎么个说话？"黄大嫂也道："你这个丫头，真是不懂规矩，应该打嘴。"淡然见菊香跑到老远去，藏在一棵树干后身，把头低着，不能抬起来，便向黄大嫂笑道："我们是很熟的邻居了。彼此说两句笑话，这很算不了什么。我有时不也是和她开开玩笑吗？"周家外婆笑道："真是的，金先生看着菊香，就像自己一个小妹妹看待。哪里曾介意什么。菊香这孩子也真是好造化，先遇到了一位田先生，现在又遇到一位金先生。不怕她老子转着什么坏念头，有了这两位先生帮忙，没有什么事情办不通的。"淡然听着这话，越来越不是道路，便向黄大嫂子点了两点头道："我出来的时候太久，应该慢慢地走回去了，改天见吧。"说着，人就向原来的路走了回去。黄大嫂子由后面追来道："真是的，怠慢得很，老远地来，我们是一点儿款待也没有。"淡然想到由初来直到回去，她们始终认为自己是为了看菊香而来的。不否认那是引起她们一桩很大的误会，可是要否认呢，又太不给人家面子。于是向她们笑笑，缓缓地走了回去。

半天的勾留，到家时已是红日西沉，西半边天的云彩，白的变黄，黄的变红，那云霞的光彩反映到田园房屋上，似乎都抹了一层新的朱红颜色。在这霞光笼罩中，远近几处村庄都有一缕缕的炊烟从人家屋顶上射到半空里去。随着挑柴的走下山来，横了柴担子在田中的小路上走。牧童横坐在大水牛背上，让它缓缓地驮了走，昂着颈脖子，口里还哟啊哟啊地唱着山歌。东南风由水田上吹了过来，身上自有一种说不出来的凉爽滋味。心里也就想着："乡下为什么不好呢？在都市里面，太阳刚沉西，哪里去找这样一个乘凉的地方？"如此想着，索性放慢了步子，一步比着一步地向家里走。

老远地见到家小路上，刘妈站在那里东张西望。彼此看到了，她就一直迎到面前来，笑问道："先生到哪里去了，午饭也没有回来吃？我以为你也进城了呢。"淡然道："你找我有什么事吗？"刘妈望着他笑了一笑道："留着我一个人在家里，我有点儿害怕。"淡然哈哈一笑道："这就奇怪了。青天白日的，你怕些什么？"刘妈道："这可不像在城里头，家里虽然只剩一个人，邻居挨着邻居，还是很热闹，乡下呢，就是正午，也是一点儿声音听不到。"说着，两人向家里走。淡然道："你不是乡下人吗？你怎么会在乡下住不惯？"刘妈笑道："我原是乡下人。但在城里头帮了几年人，下乡就住不惯了。先生，我看你住不惯，太太更住不惯，倒是老太太倒勉强可以住在乡下。"淡然笑道："这真奇怪，你都料我在乡下住不惯，何况别人。你在哪一点上看出了我在乡下住不惯呢？"说着，大家同走进了屋子，自己赶快脱了身上所披的一件西服，看到洗脸架子上，盆里还放着大半盆凉水，抽了一条手巾，立刻就弯下腰来洗脸。

刘妈站在一边看到，笑道："这还用得着多说吗？就是这一件事，也可看得出来先生在乡下住不惯。乡下有多少人家预备好了随时洗脸的？可是先生在外面回来，流着一身的汗，你不洗脸，忍受得过去吗？"淡然笑道："我也不和你们这些无知识的人多辩，可是隔壁田先生就是一个好榜样，人家怎么样就能在乡下住得很好呢？"刘妈笑道："田先生也不过是暂时看了钱分上，把钱挣够了，就会进城去盖洋房子住公馆了。我们是刚刚反过来，有公馆不住，来乡下吃苦。"淡然叹了一口气，笑道："真是其愚有可及也，我也懒和你们说得了。"刘妈也不知道淡然说的是一句什么话，也许这是很大一个钉子，只好不言不语地走开。

屋子里剩了淡然一个人，隔了纱窗，看到外面暮色苍茫。对面一带小山，在背着晚霞的一面，那草木全变了阴暗的青色。但在山顶上的一丛树木，掩映着山后的那片云霞里的红黄光彩，影子深浅分明。心里这就想着："我是不会画。假如我握着一支灵巧的笔，就把这眼前的环境画了出来，就是绝妙的作品。世界上随处都是钱，就怕你没有本领去提炼出来。归根结底还是自己本领不济，拿不出一项换钱的真实本领，只有去做公务员。做公务员虽然挣钱不多，在都市里的衣食住行，每月总算维持过去了。现在每月得垫钱出去，自己还要吃苦，至于将来的收获，那可是渺茫得很。"

他望了风景，先是站着看，随后却坐在桌子边，两手拐撑住了桌子，将手掌托住了腮，对着窗子外面，只管傻想。忽听得有碗碟响声，回头看时，才知道屋子里已点着灯，桌上摆着饭茶。刘妈垂了手在身后，正待请自己吃饭。淡然笑道："正是的，今天跑了大半天，还只喝两口鸡蛋清汤，我也该吃饭了。"刘妈道："先生不是到田先生另外一个农场上去了吗？"淡然并不思索，随便摇着头道："不，哪个走到那样远去？我随便就在这山前山后走走。"说着话，坐到桌子边，扶起筷子来吃饭。刘妈道："山前山后，走这样一天吗？又在哪里喝的鸡蛋清汤呢？"淡然也正拿起桌上的调羹，舀了一勺汤待喝，便随口答道："在……"说着，突然顿住，却又改口笑道："在什么地方，我说不上了，我把地名忘记了。"他说着这话，脸上带一些红晕。

刘妈看到他有些尴尬的样子，倒有些莫名其妙，只管站在屋一边望了他。淡然且不理会她，低头先吃了半碗饭，等着抬起头来，看到她还在这里时，便笑道："咦！你尽管望着我做什么？我是哪里新来的唱戏的吗？"刘妈本有一句什么话想说，见主人喊破了来质问，这就低头一笑地走了。淡然也觉得自己的举动欠些自然，所以引着刘妈这样注意。饭后，再也不做其他打算，拿了一本书，就在灯下安下心来看。刘妈几次送着茶水进来，都没有交谈。这一晚上淡然倒是很得了一些书味，看了大半本书，方才安歇。

次日清早起来，倒起了一点儿兴致，决计邀着行之到小镇市上吃早茶去。匆匆地漱洗过了，就向田家走去。还不曾走到他家屋檐下，田太太却在身后叫起来道："金先生，行之不在家。昨日下午进城，赶火车到江北去了，还有几天回来呢。"淡然回头看时，田太太带着两个小孩子，在门口花圃里散步。便回身迎着她道："事先并没有听到说他要出门，竟是说走就走了。"田太太道："事先他也是没有这计划的。临时接着一通电报，说走就走了。"淡然道："他是一天也离不开这农场的人，非有十二分要紧的事，他不能这样说走就走。"田太太笑着点点头。淡然想着："这话是不能再追着向下问。再要问时，就有点儿干涉之嫌了。"便笑道："我也没有什么事，不过想请他去吃早茶。回头会吧。"说着，顺原路走回家去。自己的打算，以为行之在家，可以计划计划将来农场的事，心里闷着一个疑团，也是急于要打破，到底什么时候能赚钱。现时每个礼拜都到银行拿出一笔存款来用，可是要垫用得久了，却是怕无以为继。然而行之到江北去了，这事就恐怕再要耽搁一星期才得答复了。

人一发生了烦闷，精神也就振作不起来，回到屋里，随手在书架子抽了一本书，就躺在竹床上看。为了精神不振，连累着目力也不济，不但看不出书上什么意义，竟是每行小字看得都有些模糊不清。闷睡了两个钟头，清醒白醒的，翻着两眼望了屋顶。这就突然一跳站了起来，自言自语道："还是出去走走去。"正好刘妈送了茶水进来，见淡然手提一柄布伞，将西服上装，搭在手臂上，便笑道："先生又要出去，今天回不回来吃午饭呢?"淡然将伞倒提着，在地面上轻轻顿了几下，沉吟着道："我要到这附近四乡去看看，不一定回来吃饭。但是你可以把饭菜做好了等我。"刘妈也晓得主人翁在家十分无聊，就不必打听他的行动了。

淡然这一出去，又是半下午回来，以时间算计，比昨日出去得还要久。刘妈和他舀着洗脸水，顺便问："还吃饭吗?"淡然笑道："我已经在外面吃过，不用了。这样倒好，全家都不在家里吃饭，家里可以不必开伙食，省钱多了。"刘妈道："先生在朋友家里吃饭，算是省了钱，太太到城里去吃馆子，也许一顿饭就要吃一二十块。那省什么钱?"淡然道："你这话恰好是倒过来说。太太到城里去，有许多朋友公馆里可

94

以去找饭吃。我到这乡下来才共几天，除了田先生家里没有第二处朋友，我到哪里找饭吃？你听到哪个说我在朋友家里吃饭？"刘妈笑道："我没有听到哪个说，我不过这样猜罢了。"淡然弯了腰对着脸盆里洗脸，听着这话，倒像是猛吃一惊似的，手提了湿手巾，水淋淋地仰起了脸来问道："你怎么会猜着我有朋友在乡下的呢？你说，是一种什么朋友？"

刘妈随便地说了一句话，倒不想引起主人这样注意，便笑道："我是胡乱说的，哪里晓得先生在乡下有什么朋友？"淡然在脸盆里洗擦了一把脸，笑道："你是胡乱猜的吗？我怕有什么人对你这样说了。太太回来了，你可不要这样乱说。"刘妈听了这话，越发地奇怪，先生在乡下有个朋友，这也是很平常的事，为什么先生不许对太太说？她这样想着，垂手站在一边，望了淡然。可是立刻又想到直眉瞪眼地望了主人有些不妥，于是又微微地笑着。淡然道："你笑什么？你晓得我到哪里去了吗？"他说着这话时，却并没有一点儿主人所有的威严，倒是和颜悦色地向刘妈望着。刘妈看他这样子，倒越发笑了。

淡然坐到书桌边，自斟了一杯茶喝，摇摇头道："这事真有点儿奇怪。我觉得我的行动很是平常，倒想不起来会引着你们这样注意，这可是笑话了。"说着，端起茶来喝了，笑问道："你今天出门去了没有？"刘妈道："家里前前后后，就剩我一个人，我要再走开了，连屋子里被窝褥子都给别人拿了去了。"淡然道："没有出去，有没有人到我们家来呢？我想，定是有人和你说了什么话。"刘妈笑道："先生不是说了吗？除了田先生家，并没有第二家熟人，哪里还有什么人到我们家来？"淡然听她这样辩说着，手拿了茶杯，对着茶，要喝不喝的样子，偏了头慢慢想着。刘妈笑道："你想啥？哪里有什么人告诉我的话呢？"淡然端了茶杯，慢慢地喝着，眼望了茶杯边沿，很久很久才笑道："我想着，也不会有什么人对你说什么。可是太太回来了，最好你我所说这话都不必告诉她。"

刘妈本没有注意到淡然私人的行动，经他这样再三再四地说着，她就很有几分疑惑，定是主人在外面做了不能告诉太太的事，因此点点头笑道："先生交代了，我就明白了。太太回来的时候，我就告诉她，先生天天都在家里看书，没有出去。"淡然笑道："你特意这样对她说那也不好。你必定等她问你，你才可以这样说，明白不明白？"刘妈笑道："明白明白，先生的话我都明白。"

她最后补充的这一句话，又让淡然心里动了一动。想了一想，要用话来追问她。可是她有了别的事，已开着纱门出去了。淡然竟不便于把她叫进来再加追问。在桌子抽屉里找出纸烟来，燃了一根，放在嘴角里，然后反背了两手。在屋子里踱来踱去，心里不住地忖度着："真是若要人不知，除非己莫为。怎么自己的行动这刘妈都明白。这无知识的妇女，无事还要找些是非搬弄。她既然很明白，等了太太回来，想要她一字不提，这却是个老大的困难，只有给她一点儿好处，也许塞住她的嘴。可是真给了她一点儿好处，这是一个老大的把柄，她拿了这个到太太面前去作为报告的证据，那岂不更是糟糕吗？"越想越得不着一个办法，也就越是脚不停步地加紧在屋子来回地踱着。直走得这两只脚有点儿疼了，才停住了脚。

刘妈却在外面问道："先生，我把凉床已经抹干净了，放在走廊上，你不出来乘乘凉吗？我看到你在屋子里来回地走，我怕你在想公事，没有敢插嘴问话。"淡然笑道："你以为我是在城里住呢，回家来想起公事稿子。我现在种菜种田，完了粮，纳了税，我就有了自由，我还费什么心事去想公事？"心里也就想着，可以这样胡乱和她谈下去，就谈到不要她乱讲的这件事上来。于是一面说着，一面向外走。可是走到了外面，却让自己大失所望，原来刘妈和田家一群男女雇工，同坐在廊下花圃里乘凉。淡然出来了，大家倒不约而同地叫了一声"金先生"。在这种情形之下，淡然总要维持一点儿威严，只得随便答应了他们一句话，就在凉床上躺下。

这时，天色已是十分昏黑，那星点像铜钉子密钉在蓝布上，照耀着地面，有一丝丝的微光照见花圃里的草木，现出了高低影子。那些人坐在椅子或凉床上，半空里现出两点细小的火光，倒可以知道乘凉的雇工们在抽着旱烟。他们终日辛苦，这个时候坐着乘凉抽烟，谈谈鼓儿词，那是最享受的一个阶段了。既看定了这一点，这时候他们正在谈着鼓儿词，那就由着他们谈下去，不必从中打岔。这时，有一位老佣工讲着唐三藏取经，猪八戒大闹高家庄，全体乘凉的人连咳嗽也没一声，全体听得入神。淡然听着，虽然他所讲的，也是以《西游记》做蓝本，但有许多地方是他插入主观的见解的，就很有趣味。如姓高的不做屠夫，就是一例。淡然在外面跑了一天，倒实在有些疲倦，凉风习习吹在身上，便情不自禁地昏然睡去。蒙眬着兀自听到他们讨论一个筋斗云十万八千里，自是等不到刘妈来谈话，只好罢了。还是他们夜深散会，刘妈来请淡然去睡觉，方才进屋。

次早醒来，又不便无故找着她谈昨天的话，因为那样是太着痕迹了。依然是随便在屋子里看了几页书，觉闷得慌，丢下了书本，便在走廊上来回地走着。乡间九十点钟的早晨，太阳已如火球一般在天空里悬着，大地上一片白光，照见那些绿老了的草木，似乎都泛出一层光芒。蝉在高枝上喳喳地叫着，前后闹成一片。相反地，田野里没什么人来往，也没有什么声息。夏日的午天，在空气闷燥的时候，大地上是另外有一种静止的姿态，这在乡下是格外地可以看得出来。然而领略这种姿态，却不是一件容易的事，就以自己而论，每月要二百块钱以上的开支才没有问题。这个夏天，是无问题地可以领略下去。然而明年这个夏天还能不能如此从容领略，那就大是问题了。想到了开支，这就是让人扫兴的一件事，不免背了两手在走廊上只管来回地踱着。

不久的工夫，却见一个乡下妇人提了大篮子瓜菜，向走廊上走来，见淡然在这里散步，她又缩了回去。淡然道："你是到田家还是到金家的？"那妇人望了人发呆，然后又笑道："是这里太太叫送来的，又不要了吗？"刘妈倒是由屋子里追出来，笑道："昨天就指望你送菜来，怎么今天才送来？"那妇人道："我们以为你们自己有菜，不要了。"刘妈道："我们住在乡下，也像在城里过日子一样，柴也买，米也买，除了水，项项都要花钱。"说着，提了那篮子菜，把这妇人引到厨房里去了。淡然想着："这真是实在的话，除了水项项都要花钱。这也因为这一条清水沟就在屋边，总算相隔得近，让女仆去舀。若是远一点儿，还不是要花钱请人挑吗？下乡两三个礼拜了，还没有想到一点儿生财之道，连安家带平常的支出，可是已花了好几百块钱。这个算盘，果然还得重新考虑一番。"想到这里，又烦躁起来，还是找一点儿事儿混混吧，越想是越会感着苦闷的。于是进屋子去拿了伞在手，却又跑出去了。

他这一出去，自然又是找个可以落脚的地方去坐坐，虽是回来得早一点儿，可也在吃过午饭以后了。他刚进门，就见屋里满地堆了大小篮子和蒲包，脸盆里盛着洗残的水，桌上放了几杯茶，自己的孩子在屋子里说话。不由得怔了一怔，然后向屋里问道："刘妈，太太回来了吗？"刘妈可没答复，素英笑嘻嘻地走出来，向他点了头道："让你大吃一惊吧？你想不到我今天会回来的。"淡然心想："大吃一惊？为什么大吃一惊呢？"于是强笑了一笑道："这也无所谓大吃一惊。"正说着，刘妈笑着低了头由太太屋里走出来。心想："这糟了，她抢先报告了。"便搭讪着问了一声："老太太呢？"向母亲屋子里走去。然而这是无益的，他的太太正找着他说话呢。

十二、泄露春光

　　做错了事的人，总好自己掩饰。而事情之糟，就在这掩饰上，第一是掩饰的人，行动不免有些失常，让旁人一看，就要发生疑心。淡然于太太回来了这一层，既不能自然地表示她们回来得快，也没有很平常地问问她们买了些什么，只是慌里慌张，向内外张望着。素英看到，连叫了几声"淡然"，他才回转身来和她笑道："怎么不在城里多玩两天呢？是让城里的高温度把你们热回来了。"素英笑道："不容易到城里去的，到了城里，我们自然愿意在城里多玩两天。但是为了你的缘故，不能不赶紧回来。"这句话吓得淡然心房乱跳了一阵，不由把脸红了，瞪了眼笑道："为了我什么事呢？我在家里除了看书，就是睡觉，也不至于要你们赶快地回来。真的，这笔账可不要写在我的身上。"说时，扛着肩膀呵呵地笑了几声。

　　这个不自然的笑声，素英看到倒有些莫名其妙，偏了头向他周身上下看了一遍，微笑道："你这是怎么了？神情慌张，好像有什么心事似的。"淡然啊哟了一声，连连摇着手道："我有什么心事呢？"素英说着，弯下腰去，清理着带回来的篮子里的东西，看看这样又看看那样。素英本来是不吸纸烟的。这时忽然有了一点儿吸烟的兴趣，就把桌上烟听子里的纸烟取出一支，塞在嘴角里衔着，由外屋找到里屋，找了火柴将烟点着。然后回到外面屋子来，见淡然依旧蹲在地上翻捡篮子里的东西，便笑道："淡然，你好像找不出事情来做似的。你起来坐着，我有话和你说呢。"淡然这才站起来坐着。见夫人很坦然似的，嘴里斜衔了烟卷，缓缓地喷了出来，便笑道："真的，为什么不在城里多玩两天？"

　　素英喷了一口烟，笑道："我说了为你回来的，你又神头鬼脑的，不愿我把话向下说。我不管你怎样，我把话直诉了你吧。我到城里去，看到许多朋友，都说我们为什么向乡下一跑呢？我把大致的情形说了一说，他们都认为你受的刺激大。虽然说到农村来找出路，也是一个办法。无如你是一个外行，那是绝对干不好的。就有两位朋友把你这事告诉了林次长，林次长听到，也很不过意，他已经答应和老总说一声，和你想点儿办法。林次长并约你到城里去谈谈。我急于回来报告你这个消息。"

淡然听到了这话，心里这块石头方才落了下去，便笑道："我已经出家受戒了，你又把这些事来勾引我。依你这话，不是又让我回到城里去，弄个小官做做吗？"素英道："假如可以谋到很好的工作，每月可以收入四五百元的话，那不强似你痴汉等丫头吗？你要等两三年农场才有出息，我看你也未必熬得了这些个时候。倒不如马上弄一份可靠的工作，还可以捞几文现的。你真是舍不得这农村风味，也有个折中办法。好在这里到城里有长途汽车。你去工作，我来和你主持农场。每到星期六你就回来。"淡然笑道："那是个笑话了。我到城里去做官，你在乡下做农妇。"素英道："这有什么笑话。把黄脸婆子丢在乡下，跑到都市里去做官的那还不止一个吗？"

淡然笑道："这个例根本举得不通。无论你是不是黄脸婆，我都不是来自田间的人物。而我们下乡来的目的，是我要换一换生活的方法，而把母亲和你也连累着来了。我若再回到公务员的环境里去，那是我主动人物取消前议了。整个计划，便不存在。你是一个被动人物，倒反替我在乡下主持农村，这话怎说？根本我就是一个办农业的外行。你虽不至于把麦苗当韭菜，恐怕也是不知道白菜哪一日下种，萝卜哪一日浇肥。让你来主持这农场，那不是笑话吗？假使我要回到城里去的话，当然大家一路去。不过……"说到这里，他也取了一支纸烟来点着抽，微偏了头坐着，不住地发笑。这样有三十分钟之久，最后摇摇头道："这事谈不得，这事谈不得，摇旗呐喊地到农村来，一点儿事情没有做，现在又回到都市里去，这不但让朋友们笑话，就是检讨自己也就太不争气。"

素英道:"虽然你整个计划不愿推翻,朋友那番好意你也不应当埋没了,应当到城里去和大家谈谈。就是你办农场,你也愿意资本增多,事业发达,和政治上的人来往来往,也可以请他们在事业上帮一点儿忙。"淡然吸着烟,又沉思了一会儿,接二连三地吐出了几口烟,微笑道:"最好是不和这些政治上的人接近。接近之后,就要传染上政治病。"素英将鼻子一耸,哧了一声笑道:"你这就算什么天大地大,了不得的人物了。连什么传染政治病的顾虑也有了。哪里有了无人过问的政治会让你传染?"淡然笑道:"这话不是那样说。官有个大小不同,而传染的政治病,也就因人而生。虽然我在政治上没有地位,但做官一切习气,那是人人有的,小至于一个录事,他也有他的录事习气,这就叫传染病。"

素英道:"若是这样说,你就传染上了政治病,有什么关系呢?至多让你回转去,还做一个一等科员就是了。"淡然笑道:"你还让我回去做科员,我也就十分无聊了。"素英听到他这句话,倒感觉到无话可说,望着他笑了一笑,然后答道:"假使只能办到回转原职,当然我也不必鼓励你进行。不过据林次长的表示,你若肯回去的话,一定让我们一家的生活足够维持。既是这样说,我想,至少他要给你一个科长做做了。"淡然道:"好吧,这事情不简单,让我仔细考量考量。"说到这里,他已把太太进门时候的那个岔先给忘记了。自自在在到太太屋子里去,和老太太谈些进城的事情。

刘妈很高兴,进进出出,一个人就把饭做出来了,淡然看到了刘妈,才想起对刘妈说过不要乱说这一点,她可能守着信约?在大家不经意的时候,曾向她注意过几眼。然而她好像不曾觉得一样,丝毫也不理会。好在她这时候很忙,也没有和女主人说闲话的机会。暂时放过,到了有空当的时候,悄悄地再叮嘱她一声就是了。偏是大家桌上吃饭的时候她和太太盛着饭,却漏了一句。她笑道:"饭让先生赶上了。不来都不来,一来就都来。"淡然拦着她道:"你这是找话说。我一个人在家里吃饭，可早可晚，有什么赶这餐不赶的？"他说这话时，声音格外地重，而且还向刘妈横瞪了两眼。刘妈吓得把头低了。淡然皱了眉道："刘妈做事，样样都好，就是有一层不妥当，喜欢无中生有，随便乱说。"

素英对淡然看看，又对刘妈看看，见淡然虽是生气，脸却红着，好像有点儿心虚。刘妈虽是低头不作声，脸也红起，好像有些不平。便笑道："淡然，你为什么平白地生气。刘妈也没有说什么话呀。"淡然见夫人向自己注视着，因也随了她笑道："我也没有说她乱说什么。不过……"他正扶了筷子吃饭就把手乱摇着道："不说了不说了。"素英笑道："说也是你，不要人说也是你。越说你，你倒越是这样颠三倒四。"淡然没有敢接着再下说，只是低了头吃饭。这样，素英倒疑心淡然这两天在家里有了什么问题了。可是仔细一想，这乡下一切不正当的娱乐都没有的，他也不会有什么问题。然而没有什么问题，他又何必这样坐立不安啼笑不是呢？心里有了这么一个估计，当时也不跟着向下说什么。但是过了两个小时，等着大家把这事忘记了，素英却悄悄地走到屋后菜园里去，老远地抬起手来，向在厨房里做事的刘妈连连招了几下。

刘妈会意，带了笑容迎上前来，低声道："太太有什么话对我说吗？"素英脸色正了，因道："我知道先生已经叮嘱过你，叫你什么话都不许对我说。但是你想想，若要人不知，除非己莫为，做了的事，迟早我会打听出来的。与其让我日后打听出来，倒不如告诉我还好些。我自然也不会怪你。"刘妈突然听了这话，自不免顿了一顿，摸不着头脑，只管看了素英的脸。素英道："你为什么不说话，你怕先生和你为难吗？"刘妈这才醒悟过来，不由得笑道："我以为太太怪我有什么事瞒着呢，倒叫我不好说什么。你若问先生的事……"素英昂起头，向菜园外面张望着，一面向她摇着手，低声道："不要叫，不要叫。"刘妈站在素英面前，却向后退了两步，又仰着脸望了人。素英放出了笑容，向她点点头道："你也总知道我的脾气的，我不是那样不知好歹的主人，也不是要别人扛石磨的人。你和我说了什么，我绝不会说出来是你告诉我的。若是先生要盘问你，你只管说不知道我怎么晓得的。有什么大锅，我都一力承当。"刘妈笑道："你老人家倒把事看得这样重大。我不过看到先生终日在外忙有些奇怪，和先生说几句笑话，这也没有什么隐瞒我的事。"

素英见她如此说着，她却向周身上下很快地看了一眼，摇头道："没有什么隐瞒我的事，不能够吧？"刘妈道："家里实在没有什么事。"素英道："你说先生在外面忙得奇怪，你就说他是怎样忙得奇怪好了，别的你不必谈。"刘妈道："先生也没有什么事。"素英板着脸，将手一挥道："你这简直是不识好歹了。我这样和你客气，无非要你说两句老实话。你倒偏是这样推三阻四的。"刘妈这才带了笑容道："其实先生没有什么了不得的事情，就是每天上午就出去了，到了下午才回来，连午饭都不吃。"素英道："难道他天天都在小市镇上吃饭不成？那小饭馆里东西脏得很，他也不肯去吃呀。"刘妈道："他并没有在那小镇市上去吃饭，他说在朋友家里吃了几个鸡蛋。"素英道："胡说，这里除了田先生，他哪里来的朋友？"

刘妈道："我也是这样说。问起先生来，先生就很不高兴。所以我觉得很奇怪。"素英道："你所晓得的，就是这一点点吗？"刘妈道："太太，你老人家明鉴。先生出门去了，我也不能在后面跟着。只有等先生回来了，我才晓得做了什么。我总没有这大的胆子敢问先生在外面做了什么事回来。"素英道："当然，你不敢问。可是你暗下里打听，总可以打听一些事情出来。"刘妈笑道："平时一向无事的，一个女用人，怎好打听男主人的事呢？我也是在昨日下午才想起的，先生为什么天天不在家吃饭？随便问过先生一句，先生就很生气，这就吓得我不敢再问了。太太，你总不会疑心我什么吧？"她说这话时，把头微低着，倒有些尴尬的样子。

素英虽然好笑，却也觉得自己过于追问她了，便笑着点点头道："你不要急。我知你很忠心，绝不会听了先生的话把事情瞒着我。我也是因为他在家里进进出出，总瞒不过你一双眼睛，所以问你一声，这完全说不上和你有什么关系。"刘妈道："我就只知道这些。不信，你问先生，总可以问得出来。"素英笑道："我要问他问得出来，我就不问你了。"刘妈听着，点了两点头，因道："太太，以后我同你留心吧。"素英觉得尽管问她，也透着无味。借了她这句话收场，便道："好吧，以后你替我留心吧。"刘妈呆呆站了一会儿，才道："那么，我做事去了。"素英已经忘了身边还有一个人，走到菜园角落里一丛芭蕉荫下，手扯了一片芭蕉叶子，慢慢地撕那叶子，一个人沉吟着道："这件事情，倒很有点儿神秘。"说过这句话，不知经过多少时候，自己自始至终站在芭蕉叶下出神。在心里念念不忘的情形下，又接着自言自语了一句道："这倒有些神秘了。"忽然有人在身后接嘴道："金太太回来了？"

素英回转头看时，见田太太撑了一把油纸伞站在墙外葡萄园里，监督着几个园工在摘新熟的葡萄，便道："田太太真是了不得的一个人。在家里主持家务，教小孩子念书。到了外面来，你又要做农场上的园丁。"田太太笑道："这不过看看工友们动手，怕他们粗心，把不熟的也摘了。我一点儿也不吃力。金太太怎么不在城里多玩两天呢？"素英笑道："你看，田太太在乡下这样粗细一把抓，什么工作都做。我们好意思在城里贪玩吗？"田太太被她恭维着，倒不便将话跟了向下说，就走了两步，隔了短砖墙，伸头向里面张望了一下，因道："金太太一个人在这里吗？刚才……"说到这里，她觉得有点儿不妥，怎好问人私自在这里说话？所以把话音拉长了，没有把话完全说出来。素英笑道："刚才和我们家女用人说话。她说常常和我们帮忙的那位小姑娘，好久不见了。"

田太太笑道："啊！你说她有点儿神秘吗？其实她也是不得已。她命里有了一个见钱眼红的老子，只管打主意要卖她。她娘带她躲到一个山窝子里去了。"素英不想误打误撞，得了这样好的一个消息，便笑道："是吗？她躲到哪里？我倒愿意去看看她。"田太太道："那不必了。由这里去至少也有十里。而且那全是山径小路，不大好走。"素英道："有地名就好找。路不好走，可以坐了轿子去。"田太太道："那么你是好意去看她，倒给她惹下了祸事。她父亲还没有进城，整夜在打听她的地方，这样有了坐轿子的人去拜访她，她那财迷父亲就有路线了。"素英听了这话，倒是意外的一种收获。就站在芭蕉荫下，和田太太谈了约莫一小时。

淡然正在注意着太太的态度，见太太忽然不知所在，心里便有些不自在，在屋前转了两个圈圈，然后又绕了大弯子，绕到屋子后面小竹林子荫下站着。先看到刘妈由菜园里出来，低了头空着两手，这就有点儿奇怪。顺着竹林子，绕到菜园短土墙下，却见夫人站在芭蕉绿荫下，不觉大吃一惊。这是毫无问题的，太太把刘妈叫到菜园里背审了一番。那么，昨天所希望于刘妈不要告诉太太这一层，正是在背审时间所必要问的话了。这就闪到竹林子后面去，自己细细考虑一番，究竟要用什么方法来把这个难关打通过去。自己细细地想办法，也就正对了太太在那里出神。互相地消耗着时间，这空间就格外沉寂。忽然听到太太说一句"这事太神秘了"，接着又是田太太一遍谈话，三言两语，索性就谈到菊香身上去了。直听到田太太告别走了，怕太太要走出菜园了，立刻就扯步子，向屋外的果圃里奔了去。又怕脚步重了，太太会听出这脚步声的，便改作每一步是轻轻地一跳，一直跳过二三十跳，算是越出了危险区域，便向家门口看去。

这时，太太是从从容容地由屋后走向前面来了。远处虽看不到太太的脸色，但在她那每一移步，都很沉着似的，就像这里面有点儿气。真是：张君瑞眼里的崔莺莺，脚跟下已把心事传。淡然自想着，这在自己看来，好像也没有什么了不得的大罪。可是，这又要反问自己一句了。既是没有什么了不得的大罪，为什么鬼鬼祟祟地不敢大胆向太太说明自己的行动？想到这里，自己自然也是发了痴。很久，觉得眼前已有些昏黑。抬头看时，但见天幕又成了深青色。西边天脚在青色的云彩里，更涌出了一堆堆的金黄色的晚霞。那金黄色的反光映照到地面上，却在草木上又轻轻涂了一层浮光。半空里三三五五的归鸦，背了霞光，很快地飞了过去。这是天色告诉人，时间已经不早了。淡然呆站着，忽然自告奋勇地向自己道："回去，丑媳妇总要见公婆面。"说着，他挺起了胸脯，牵牵自己的衣襟，径直就向家里走去。可是走出果园几步，便觉得今天回家去，少不得有一场是非。按着夫妻拌嘴是常情而言，也不要紧。可是夫人若要生是非的话，今天拿出来的题目，却不怎样受听。尤其这话让隔邻的田太太听到了，最是不妙。因此第一个感想跟着上来，自己是不知不觉地一缩，又退回果园子里来。他也不是把果园当了什么退路，但觉藏到这里来还可以想想，否则太太看到了，只有硬着头皮回家了。然而始终不把头皮硬起来，那又可能呢？

十三、被迫着去履行协定

天色渐渐昏黑，星光慢慢在天幕上增多，淡然所站在的果园里，蚊子已开始在活动。皮肤上是否让蚊子叮过，一时还没有感觉，可是两耳边，嗡嗡的蚊子叫唤声，正像某时期伦敦城里的警报，飞机来过了，警报器才发着悲鸣。淡然慢慢地踱出果子园，以避免蚊子的空袭。到了屋门外走廊下时，见夫人很自在地坐在藤椅子上。自己不敢正眼去看视她，也不敢把脚步走快了，在花圃的人行路上站了一下，又抬头看看天色，这才放步向屋子里走。刚要推那纱门，素英却很和缓地在身后道："淡然，你给我倒一杯茶来。"淡然答应道："好好，凉的呢，温热的呢？不是温热的吧。"说着，立刻在屋子里斟了一玻璃杯子茶出来。因见藤椅子边并没有放杯子的所在，又端了一只茶几出来放在椅子边，笑道："蚊子很多，你也不拿把扇子来赶赶。"说着，又取了一把扇子来，放在茶几上。素英道："你不在这走廊上乘凉？"淡然笑道："我倒不怎么热。我想把你带回来的报在灯下翻翻。你说好吗？"素英笑道："你也太爱问了。你看报不看报和我有什么关系？"淡然碰了这么一个钉子，倒不好意思还在走廊上站着，只好静悄悄地走回屋子里去。刘妈将煤油灯送到桌子上来，淡然虽不免向她盯了一眼，可是脸上也不敢带有怒色。刘妈倒是见机，放下灯，扭转身就走了。淡然一面看报，一面侧身向窗子外听了去。却听到夫人喝着茶低低的声音，唱着英文的《璇宫艳史》歌曲。这样，倒让淡然心里提起来的十二块石头，放下去十一块半，且自看报。心里想着，刚才自己那一番惊慌，也许是自己心理作用，把事情弄错了。下午太太回来，也是自己神经错乱，把事情看得严重了。本来无所谓，这样一来，倒反是露出马脚来，这就叫作天下本无事，庸人自扰之。这就只有自己镇定些，不要再闹出乱子来。

这样看完了两份报，素英进房去安歇，淡然也就从容回房去。见素英靠了椅子背坐着，手撑梳妆台托了自己的头，似乎有所待，虽极力地镇定着，心房还是有些蹦跳。便向她笑道："你不觉得疲倦吗？可以睡了。"素英笑道："你把房门掩上，我也和你办一办秘密交涉。"淡然笑道："秘密交涉？"说着这话，把门关上，扛了肩膀两下，笑嘻嘻地坐在她对面。素英道："话要分开来说，交涉在我这边，秘密在你那边。"淡然道："这话怎么说？"素英微笑道："你自己说，我不在家，你干了什么秘密的事没有？"淡然被太太如此一质问，脸色立刻红了起来，笑道："你不要听老妈子散布的谣言，我不过因为我一个人在家里苦闷得很，撑了一把纸伞，不免到外面去游山玩水一番，其实并无什么可言。"素英听到这话，就淡淡地冷笑了一声，接着道："你不承认，我也没法子。但是我有一天拿到了证据在手，那你就无以自处了。据我看来，倒是你所犯还未遂的时候，完全和我说了，倒可以减轻你的罪恶。你不要以为我完全不知道这事，我是顾全到大家的面子，只好隐忍着。尤其是隔壁先生的关系，我不能不顾虑到。请你告诉我实话，你对那个要被父亲卖掉的女孩子，打算怎样去帮助她？"淡然笑道："我猜着你，会疑心到这上面来的。"说着，抬起手来，连连搔了几下头发。素英将脸一板道："我和你好好地谈判，你还只是推诿。你对我不忠实倒不要紧，你简直把我当小孩子玩弄。这种欺骗……不仅是欺骗，我简直说不出来这所以然了。"说着，把脚在地面上连顿了两顿，一红眼圈就垂下泪来。自然在这时，嗓子是哽了，无法接着向下说话，她低着头，半背转身去。

淡然到了这时，却不知道用什么话去安慰她为是，不安慰她，又怕她哭声放大了，要惊动老太太，急得只管搔着头发，口里不住地吸着气。站起来，走上两步，却又坐下。坐下不到两分钟依然站起来。素英的眼泪像线穿珠似的，在脸腮上挂着。在衣袋里抽出一方手绢来，擦着鼻涕哽咽着道："这件事，你不能怪我生气，你想想，你所干的事未免太不近人情。人家还是一个发育未完全的女孩子，而且是你朋友的学生，你竟不管这些去引诱人家，这让外面朋友知道了，你自己固然是斯文扫地，就是我们，也觉见了人要矮上三尺。"淡然道："一个人不过四尺多长，若是矮掉了三尺，那还有多高？不是摸不上这椅子了吗？"他说时，弯了腰，伸手在桌子腿边比着。

素英也情不自禁地扑哧一声笑了，接着可就一板脸骂道："哪个像你这样无耻。我都气疯了，你还有脸说笑话呢？"淡然笑道："你真是爱生气，今天刚由城里回来，你也该休息休息，为什么听了这些闲话来生气？"素英将桌子轻轻地拍了两下道："你不要和我假惺惺。你不要避免责任，我所问你的话，你要痛痛快快，在我对面答复出来。"淡然默然地垂头坐着，没有敢说什么。素英道："你为什么不说话，你不说话就可以把这事含混过去吗？"淡然皱了眉，低声向她道："你这是何苦？无论如何，我有碍体面，也就是你有碍体面，你不可以低声一点儿说吗？"素英向他点着头道："哦！你也知道这事是有碍体面的。无论如何，你得把这件事的实情告诉我。你告诉我之后，我当然可以斟酌情形原谅你。"淡然笑道："斟酌情形原谅我？"素英道："你不用害怕，只要你肯对我说实话，无论什么情形，我都可以原谅你。你说你到底把这坏事做到了什么程度？"说时瞪了两眼向淡然望了。

淡然有了这长久的犹豫，肚子也就颇有成竹了，因微笑道："这事情本来不值得一谈。可是我要不谈一谈呢，越发要引起你的误会。现在我就对你实说了吧。"素英指着桌上的钟道："现在九点差五分。到了长针指达十二点的所在，你如不对我说出来，我就和你拼了。"淡然见夫人脸上，全罩着一片肃然杀气，还敢怎么样呢？只得按了夫人指定的时刻，缓缓地说了下去。当长针指到六点钟的时候，淡然已把他的话完全说完。

素英却是能忍耐，只是将一只手托了头，把话静静地听了下去。等着淡然报告完毕，才将两道眉毛一扬，笑一声道："你这一面之词，倒也说得个人情事实面面俱到。倒好像是人家穷人家眼光小，见了你这个由城里来的阔老官未免眼红，设了法子来勾引你。要不然，你的长相是天下无双的美男子，连乡下人看了也动心。据我看来，这完全是你主动。你看了乡下女孩子天真烂漫，是个便宜货，想花很少的钱，讨一个最年轻的姨太太。这事就算我不干涉，我倒要问你，有什么脸去见一班朋友？你丢了公务员不干，唱着高调要到农村去干生产事业。原来就干的是这种生产事业。那不但你的前程断送干净，便是你在这乡下也不能混下去。"

淡然道："我仔细想了，实在是我的错误，要不然，我也不会告诉你实在的情形。"素英道："你知道了你错误了，我不相信，在这谈话前一小时，你还存着非分之想呢，我也没有多话和你说。最后问你一句话，便是你对于这件事，打算怎样来结束？"淡然道："这无所谓结束，根本我就没有惹起什么问题。从这说话时起，我丢了这件闲事不管。哪怕她父亲在我面前拖了她过去卖给人，我也不看上一看。"

素英又连连地将桌子拍了两下道："你说这话，就未免太气人。你到现在，好像你还是无心转她的念头。只是看到她父亲要卖她，你是出来救人的。这样你是个好人，我拦着你，倒是不许你做好事。你这未免太欺人，你这未免太欺人。"说着，向床上一倒，同时道："今天夜深了，我且不说什么。明天我有法子和你算账。"她一个翻身向里，不再作声。她不过脚上拖了两只拖鞋，还不曾脱下，却也不一定是就要睡觉。

淡然在屋子里来回走了几趟，然后站在床面前，对床上呆看了一看。但素英是背朝外睡着的。她是一种什么态度并不知道，又在屋子里来回地走了两趟，然后侧身坐在床沿上，手抚着素英的身上道："你又何必生气……"素英突然地坐了起来，将他的手一推道："哪个和你动手动脚？滚过去。"淡然受了这严重的拒绝，虽觉得脸色一变，可是瞪眼望了夫人之后，夫人也回瞪了一眼。淡然的心房连跳了几跳，便站将起来，低声赔笑道："你这是何必？我们的感情，永远地维持着这一份浓厚的情形的。纵然我十分无聊，我也不能为了一个乡下女孩子，来破坏我们这十年的结合，无论什么事，总有个值不值得一拼的看法，你和我想想，我肯这样牺牲吗？"

素英道："那有什么准？你只要弄个女人痛快一下，至于弄出什么结果来，不妨将来再说。哪个在胡闹的男人，肯这样前后仔细地考虑。你要肯这样前后仔细考虑，那也就不胡闹了。我想不到你会做出了这样的事，做出了这样的事又这样地狡赖。好，明天我们一路到一个地方去评评这个理。"她说着说着声音就大高起来。

淡然抱着拳头，连连和她拱了几下，笑道："太太，那何必，那何必，你低声一点儿吧。我已经后悔就是了。一定要扩大起来，也不过要我认错。还有比这更严重的结果吗？"素英道："怎么没有？你向后看！"淡然道："难道为了这事，还会引起我们离婚吗？"说着，脸子一板，将头连摇了几下。素英道："好哇！你就是这样对待我吗？"说着，哇的一声哭了起来，站起来自床上一奔，就伏在床上呜呜咽咽地哭。淡然道："你看，说也是你，闹也是你，凭空无事的，就是这样自寻烦恼。我已经承认事情做错了，你就该满意。便是不满意，要怎样才能够满意，也该对我说出这个办法来。我办得到，自然应该云消雾散；我办不到，你再和我发脾气也不迟。"

素英又坐起来，睁着泪眼问他道："你要办法吗？我有办法。明天我们一路进城去见律师谈谈。"淡然道："你为这点儿事，居然向决裂的路上走？"素英伸手指到他脸上道："你刚才那情形，正是料着我不敢决裂，倒向我狠起来。这是叫你发痴。无论在哪一点上，我也不怕和你决裂的。"淡然坐在小藤椅上默然地想了一想，觉得再要顶撞两句，一定要逼得夫人走绝路，只好默然地坐下来了。

俗言道:夫妻无隔夜之仇。这卧室的灯火熄了，这屋子里的一切声音也没有了。到了次日早上起来，夫妻两个和老太太在一桌上吃稀饭。老太太笑问道："你这是怎么回事，闹到半夜里，你夫妻两个还在叽叽咕咕地吵着。"素英将筷子头指了淡然道："你问他呀。"淡然笑道："你老人家看，直到现在，还是城里乡下问题。她说，我的旧上司希望

111

我回去。我要不回去吧？这办农场的事情，经过了这些日子的实地观察，似乎也不敢说有实在的把握。回去吧？落个官还原职，那我们又何必到农村里来？商量的结果，我到城里去看。好在这一两个星期，行之也不在家，我倒是可以离开这里一下。"老太太道："你自己的前程，你自己知道，我本来不愿干涉。你既有了这意思，进城去看看未尝不可。有道是求官不到秀才在。你去几天回来呢？"素英道："在乡下也无事，他无非撑了一把雨伞到处乱跑，让他在城里多住几天也好。这样，到底还可以在城里多遇着一点儿机会。"老太太道："在城里住久了，就怕是花费很大。"素英道："虽然花费很大，我倒也是很愿意的。反正金钱的损失，那是有限的。"

淡然便将筷子头指了她，微笑道："啰！啰！你又来了。"老太太皱了眉，望着他两人道："你两人到底闹些什么，叫我好不明白。"淡然笑道："没有什么，没有什么，她不过希望立刻得着实在的工作，不要再犹豫下去就是了。"老太太点点头道："本来呢，我们要靠了农场发达了，再来维持一家生活，究竟有些远水难救近火。就是你不愿把农村生活丢了，你一面在城里找工作，一面在乡下办农场，那也没有什么妨碍。"淡然见母亲今天特别富于议论，又怕继续下去会接上太太那个话柄。因很忙地喝完了那碗粥，就立起身来，因道："我马上就动身到公路上去等车子。老太太有什么事需要我办的吗？"老太太道："我刚由城里回乡来，没有什么事要你办的，你把你自己的事办得好好的，就比替我办了什么事还好得多。"

素英由座位上回过头来，向淡然笑道："听见了吗？把你自己的事要办得好好的。可是你……"淡然正站在旁边洗脸架旁，弯了腰对着脸盆洗脸。这就手脸湿淋淋地走过来一步，向素英鞠了一躬，笑道："你又何必这样呢？凡是一个问题，总有告一段落的时候，老是这样说下去，也无所谓。"素英笑了一笑，在菜碟子里夹了一块咸萝卜干放到嘴里将门牙对咬着，转了眼珠只管出神。淡然怕他夫人又要说什么话，只好避开去洗脸。老太太道："淡然说有什么问题？"素英笑道："总有一个问题吧？将来，你老人家自会明白。"淡然将手敲着脸盆大声叫道："刘妈！你是怎么办的？怎么也不和我舀一杯漱口水来？"素英听到他这叫唤声十分猛烈，也就没有接着向下说去。

饭后，淡然回到屋子里去，匆匆地收拾了一只小手提箱子，就走了出来。他推开纱门跨出走廊的时候，脚步走得非常地重，那皮鞋底啪哒作响的当儿，正像在那里告诉着素英，我走了，我走了。他仿佛是表示一种威胁，那意思说，我去了就不回来了，看你怎么办？这样很快的步子穿过了花圃，到了水沟的人行路上，因时间还不过是八点多钟，而早起的太阳，又让沟那边的树木遮住了，因之那路边的深草，还是湿淋淋地沾着昨晚上的露水。淡然在两行冬青树下走着，有一股清芬之气送入鼻端，颇也觉精神为之一爽。于是放缓了步子，在小路上下慢慢地前进着。

走路的时候，不免徘徊回头，看着这附近的风景，心里也就想着很不容易地搬到乡下来住，看看夫人这情形，又要搬回到城里去住。以物质而论，本来极不容易满足夫人的希望，都只为了顾着这一份到民间去的好名义，未便推翻了，硬撑住这口气，只好和自己比着，于今是自己把这个静穆的局面打翻，她正好把这罪过加在我身上，可以回到城里去了。其实自己明白，凭着自己的才学，未尝不可以做次长，做司长。论到政治上一点儿援引没有，那就做个小科员，都是有些侥幸。而自己大张旗鼓地说了到农村来，竟不上三个月又回去，那才是见笑社会呢。现在且避一避夫人的压力，等到气消了，还是进行农林事业。在城里混几天，回来就说没有什么结果，也就交代过去了。

一面走着，一面想着，后面忽然有人叫了一声"淡然"，夫人撑了一柄花纸伞，已是追上来了。淡然便站着路边，等她到了面前笑道："夫妻究竟是夫妻，虽然昨晚上冲突过一次，今天我要进城你还亲自送行。"素英笑道："我倒不这样假惺惺，我愿对你说实话。就是我要向你请求，这次进城务必在城里做出一些眉目来，不要在城里鬼混几天，回来还把没有头绪的话来搪塞我。我在另一方面，会向朋友去打听的。

说不定我自己也会追到城里去的。你既然对我说了实话，你就不能在我面前再耍手段。"淡然听着，心里颇是难过一次。可是自昨晚起，仿佛是有点儿把柄操在夫人手上，却也于此紧要关头，得罪夫人不得。便笑道："你也太仔细了，我虽然拆烂污，也不会和自己的前程开玩笑。我既然进城去，当然要把你告诉我的路线完全走到。"淡然说时，自不免站在路边。素英道："走吧，我送你到车站上去。"淡然道："那你还是太客气了。"素英眼睛斜瞟了一眼，因道："一方面可以说我向你客气，一方面也可以说监视你上车。万一你不上车，藏在乡下什么地方住两天再进城去，你不更是如愿以偿吗？"淡然注视了她一眼，面孔红起来，接着长叹一声，又是微微一笑。

十四、无　聊

　　金淡然终于是被太太监视着，上汽车进城去了。素英得着全盘的胜利回来，心里便实在得多了，觉得淡然进城以后，朋友们必然会劝他再回到做公务员的路上去的。纵然他不肯听朋友的劝，在城里总也有一个星期以上的勾留。在这七八天里，他和菊香疏散开了，再在乡间加以破坏，就不会有问题了。她如此想着，由乡镇回家的路上，便不断地想着主意，到家以后，一分钟也不能犹豫，立刻就开始破坏的工作。虽然，明知道菊香是认识不了几个字的乡姑娘，但是也许有和淡然写情书的可能。

　　于这"也许"与"可能"的两个假设之下，她就把淡然写字桌几个抽屉翻找了一个遍。淡然自到乡下来之后，没有了公文草稿，而朋友的来往信札，也少了百分之七八十，屉子里简单明了地放些纸张，若有什么秘密文件，却也不难找出。素英看过一遍之后，自己也说自己糊涂，他有情书，会放在这里吗？关上了抽屉，回头一看桌子角上，放着一只字纸篓。便拖了过来，把字纸都倾倒在地面，然后自己蹲在地上，一张张地清理着，再放到字纸篓里去。其间有几张纸片，是撕成了碎块的，素英更是注意，抓来放在桌上，费了二三十分钟工夫，才拼拢完成。便从头至尾一看，却大是没趣，两张是家里的日用账，一张是淡然起的诗稿。老太太由里面出来见了，便问道："你又是丢了什么重要字据？你们年轻人收藏东西，总是这样的大意。"素英站着蹲着，两条腿都感着有些酸痛了，便在桌上地上一阵乱抓，把字纸都塞到字纸篓里去，笑道："我有一封同学的信，不知丢到哪里去了。上面有回信地点的，找不着那信，我就无法答复人家了。"老太太见她答复得有理由，

115

自也不去追问。

　　素英累了，便回到屋里，躺在床上休息。人虽然躺着，两眼却不住对屋子周围打量。她想，也许在不经意的地方，可以找出淡然一点儿破绽。她忽然看到墙上挂的淡然那半身像镜框架，有点儿歪斜。猛可地站了起来，像得了什么秘诀似的，便用凳子垫了脚，解开悬吊镜框的绳子，把它取下，再把镜后面钉子拔了，打开板子，抽出画片，直透出了前面光滑的玻璃，这才放心，里面实在没有什么夹带。可是取下画镜框子来，那有股勇气，于今再要装置好，那就透着麻烦了，把东西放在桌上，只望了它发呆。她忽然一转念，丈夫对于那个女孩子有点儿念头，大概是真的，但是说到有了恋爱的程度，也许自己过于玄想。淡然既是走了，把这事丢开吧。因之带了小宝宝就到屋外田里去散步。为了要和田太太说话，便故意绕路绕到田家短篱笆外面逡巡着。但行之不在家，田太太要里里外外料理着家事，却没有工夫同人闲话，见面的时候，只点着头微笑一下。素英在外面转了两个圈子，觉着没有什么趣味，还是带了小孩子回来。

　　夏末秋初，日子还正长着，坐在家里，看到太阳斜照着树上与山上，晴光反射过来，还有些逼眼睛。草木不是那样阴森森的样子，在阳光里泛出了一些黄色。西风吹了面前的大树叶唆唆作响。那秋蝉在高枝上吱啦吱啦发出断续的声音。老太太是在屋子里睡午觉，小宝宝是小大子带着玩去了。淡然在家，两个人还可以谈谈天，外面同阵散散步，一个人在家里，却什么混光阴的也没有，只好在书架子上抽出几本旧杂志来摆放在桌上，随意地翻着。杂志这种东西，多少有些时间性，虽然眼下所看的这几篇文章却很是可以玩味，但这书页全弄脏了，第一便引不起自己的美感，于是放下杂志，抽了两本别的书看看。但这书架子上的书，不属于政治，便属于文学，谈不上趣味。最近淡然预备了一些园艺农业书，涉及技术问题，更非自己所喜，翻弄了一阵，还是把书本放下，把塞在书架子下层的几本杂志拿起来看。其实这几本杂志，除了在城里时看过一遍不算，拿到乡下来，又消遣过两三遍，再看也透着乏味。

勉强消磨了两三小时，抬起头来，窗子外面，太阳已经偏西。起身时，见老太太两手捧了一件旧衣服，鼻子上架了老花眼镜，在打补丁，似乎也很感着无聊。自己走出门外，在走廊上站了一站，看那对面的小山峰，平平的也没有什么峰峦，不觉什么趣味。而且就是有趣，天天看看，时时看看，也觉是熟而生厌了。心里有了烦厌的意味，就不能在这里站着赏玩山景了。绕了屋子墙角，便走到屋子后面去。这里在果园之侧，编了一带疏篱，上面爬满了扁豆、牵牛花的绿藤蔓，密密层层长着绿油油的叶子。这时扁豆正开着一串串的深红浅紫豆花，像小蝴蝶儿团聚着。篱笆外面是一口浅水塘，隔篱看到水浪纹，已有一两只青蛙咯咯地叫着。豆篱底下，滴吟吟的各种虫弹了翅膀，却不露出形影。素英站着这里，出了一会儿神，心想："果然有钱，不愁衣食，在乡下住着也好，这大自然的声与色，都可以怡情悦性，老是这样着住下去，人也可以多活两岁。"正是这样想着，刘妈却请去吃饭。

素英回到正屋子里来，见桌上已摆好了碗筷。看那菜时，是一碗炒豇豆、一碗煮萝卜菜、一碗红烧冬瓜，还有一碗剩下来的咸菜烧肉，这肉都是肥的，早上一餐饭就没有下筷子的。素英见老太太已入座了，自己便也坐下，扶起筷子来，将菜碗里的菜拨了两拨。见刘妈站在身后，便道："你是怎么弄的，一项下饭的菜也没有。"刘妈笑道："太太，这可比不得城里，随时出去买东西都有。这就是早上一会子工夫可以买到肉。天气热，猪肉铺里，不敢多预备。至于鱼呀虾呀，那是十年难碰金满斗，哪里天天买得到。煎几个蛋来吃吧。"素英道："餐餐吃鸡蛋，吃得腻死了。你预备的是什么汤？"刘妈笑道："汤还可以，在竹园里找到了一把小白菜，做的是白菜汤。"素英道："白菜汤要多放一点儿材料才好。你放了一些金钩虾米在里面没有？"刘妈道："今天是真巧了，那家杂货铺子里，什么都卖完了，虾米、香蕈都没有，我只买了一些虾子回来烧冬瓜。"素英道："我无所谓，日饭也可以吃下去两碗，怎么也不和老太太预备一点儿合味的菜？"

老太太笑道："没关系，这虾子烧冬瓜就很好。小宝宝可没有菜吃。"那孩子扶了筷子，正把两只小眼向满桌子上菜碗里眯着，听了这话，索性放下筷子，两腿向凳子下一伸，溜了下去。素英笑道："你看，一说你就来劲了，不吃就不吃吧，回头摸两块饼干吃吃。"小宝宝听说可以吃饼干，径直就向屋子里跑了去了。素英慢慢地陪了老太太吃了两碗饭，自己碗里的饭，却还剩下了一大半。于是将温水瓶子里的热水泡了那半碗饭，方才就着咸菜，勉勉强强地吃了下去。自然再也不想吃第二碗了。

饭后，和老太太闲话了一阵，烦闷不过，还是到书架子上寻找书看。无意之中，寻到了一套《封神榜》，这倒是一样消遣的玩意，于是将茶几放到床头边，移过煤油灯来，躺在床上看小说。这些不可思议的神话，还是做小姑娘的时候，翻过一回的，于今重新看起来，颇也觉得有趣。在精神振奋之下，并不要睡，竟把一部《封神榜》看了一小半。还是煤油灯芯，慢慢地挫了下去，看来灯油座子里，已是没有了油，只得起来，移开了茶几，然后安睡。自从迁居到乡下以来，便养成了一个早起的习惯，入晚不久便睡。到城里去住了几天，又变着起晚了。这晚看了半夜的书，醒来便已经红日满窗，而且那秋蝉还在树上噪叫，简直是上午了。在枕头下面摸出手表来看，竟是九点半钟，平常吃过早稀饭之后，又做了若干事了。

小大子听到屋子里脚步声，便进来拿洗脸盆打水，抢着道："太太，你看，怎么办？今天又没有买到肉。"素英道："没有肉，就吃素吧，在乡下住家，哪里能像在城里一样餐鱼顿肉的。"小大子见女主人并不见怪办菜的刘妈，自己无功可禄，就不再说什么了。但素英心里，究竟不能十分舒适。漱洗以后，手里捧了一杯热茶，缓缓地走到厨房里去，只见刘妈坐在厨房门口树荫下面择菜。箩筐里盛着一大捧老苋菜，水盆里浸着拳头大的茄子和一些牛角辣椒。她先笑道："这镇市上今天只有半片猪，不到天亮，就让人家抢完了。"素英皱了眉道："你看这都是下了市的蔬菜了。费了油盐，做出来也不会好吃的。"刘妈道："我到对过那茅屋里去，买两只小鸡来吧，就把这辣椒炒子鸡吃。"素英道："无故杀生，老太太不愿意的。"刘妈笑道："先我们不要作声，端上了桌子，就说是东镇市上买来人家已经洗剥干净了的。"素英走到厨房里去，见桌上也只放了两块豆腐，因道："我倒不要吃肉，只是蔬菜里面放下肉丝肉片，比较地有味些。既是可以买到子鸡，你就去买两只来吧。"刘妈正也是愁着做出菜来，太太和老太太吃不下饭去，既是太太说可以去买子鸡来炒得吃，就不用迟疑了。她站起身来抖了两抖身上的菜叶子，便走出了庄子去。

素英想着，没有肉，就杀鸡杀鸭吃，这透着不成话。不过只干一两次，大概也不会引起老太太的闲话。如此想着，复回到正屋子里来，正好老太太笑嘻嘻地由里面迎将出来。她笑道："我们淡然向来就提倡素食主义，说是那样才卫生。于今用不着提倡，逼得人不能不素食了。"素英道："我们初来的时候，这镇市上也什么都买得到，现在越住久了，倒越觉得不方便了。"老太大笑道："就是买不到肉，这也没有多大关系。方便不方便，倒不在于这上面。"素英笑道："虽然不在乎这上，可是肉也买不到，其他的东西，更是买不到了。"老太太道："这问题也快解决了。你不是把淡然送到城里找工作去了吗？他有了工作，我们自然都会回到城里去。我看淡然在乡下也不见得有十分趣味，这回进城，他必定会想出一个最后的决定的。你倒不必心里牵挂不下了。"

素英听了老太太这话音，颇有点儿讥诮的意味，也只好微微地笑着，自向房里去看《封神榜》。到了吃午饭的时候，除了几样老蔬菜，果然有了一碗辣椒子鸡和鸡肝汤。老太太坐在桌上等刘妈盛饭的时候，向她笑道："你倒会调理饭菜，没有肉就吃鸡。可是先生回来了。不必这样办了，他多少还讲点儿孝心，以为我非这样吃不可。乡下买鸡买鸭，又比较地容易，先生天天和我买鸡买鸭杀着吃，那我的罪过大了。为了先生反对我吃花斋，一个月三四次吃斋，我也只好取消了。我又何必让他为了我天天杀鸡杀鸭？"素英在桌上，低了头吃饭，脸上带了微笑，微微地摇摆了头。刘妈看到太太这种表示，也只好代人受过，不敢作声。

在这日晚餐，刘妈本想再去买一只鸭子来红烧了吃。经老太太这样一说，也不敢再弄了，还是把主人吃腻了的鸡蛋，炒了一碗当荤菜。素英为了午餐吃炒鸡，引起了婆母的非议，自不敢再说菜不好吃，依然是用开水泡了大半碗饭吃，缓缓地吃着，等老太太吃完了，方才放下碗来，免得老太太又看到自己吃不下饭去的样子。好在由城里带回来的饼干还有半听，晚上在屋子看那半部未完的《封神榜》，抓一把饼干放在茶几上，一面看书，一面抓了饼干吃。虽然这是一种消遣，可是在不知不觉之间，也就把那半听饼干消耗了一大半。因为自己急于要看这封神的结果，丝毫不停留地，一个劲看下去，在晚间十二点钟，也就把书看完了。

次日又是起了个晚，九点半钟起床。但因为小说已看完了，没有什么可消遣的了，就到外面树荫下散步一会儿。回到家里看钟时，却是十点一刻，这时间离午饭还早，在屋子里坐着喝了一杯茶，还是无聊，又溜到屋外面花圃里去散步。却遇到田太太老远地招着手，隔了冬青树的短篱笆，笑着叫道："金太太，今天闷不过吧？可以到我们这边来坐坐。"这个约会，倒是正中素英的下怀，慢慢地走向前去，因笑道："我不像田太太这样贤惠，可以干着里里外外的工作。看看书吧，那书架子上的书，都不合我的口味。闲散着两只手，只有在外面散步。"田太太道："金先生进城去了吗？"素英道："是的。田先生出门去了，关于布置农场的事，没有人指教，他也无法进行。他又是个好动的人，让他在家里闭门看书，哪里办得到呢？"田太太道："天气也渐渐凉了，这日子进城，倒也不见怎么热。"素英道："我有一件事请教，这两天为了什么缘故呢，镇市上买不到肉？"田太太笑道："那倒是正常态度。上两个月这镇市比较的繁华，那是有两个人多的机关，暂时驻在附近，现在那机关搬走了，乡下人吃肉是有次数的，所以屠店里，不能天天杀猪。"素英哦了一声，因向前面几间茅屋指着道："我们家用人忘记了是在乡下。为着买不到肉，还在那乡下人家通融着买了两只小鸡回来

120

吃。我们老太太倒说了她一阵。"田太太道："府上有一位老人家，又有小孩子，倒应当预备一点儿荤菜。"

素英做出一个因话提话的样子，突然问道："我想起来了。菊香那个孩子，不是住在茅屋那里的吗？现在回来了没有？"田太太道："原来是住在一个亲戚家里，相隔约莫十来里路。这孩子也是魔星照命。偏偏又让人通了风，她父亲知道了。昨日一早，我派人去看她，她母女几个人逃到江北去了。不识字的女人在社会上有多大办法呢？这还不是流落的下场？"素英点点头道："我真同情她。也许不是到江北去了吧？"田太太道："这个我也不晓得，我是叫工友去看她的，工友这样回来报告我的。"素英听田太太所说有来历，自也不用再事疑惑，因笑道："若不是田太太忙着，我倒真想邀了田太太一路去看看她。"田太太道："真是的，行之不在家，有许多事是我代办了，真透着太忙。"说毕，扭了身就跑，她像是想起了一件什么要紧事似的，跑了几步还回转身来道："回头我们再谈吧。"

素英得了这个消息，把心中不安的那份情绪，压平下去了很多。两日来坐立不宁，也为的是这个消息未曾得着，既有了这个消息，倒是可以回去休息休息了。她这样一转念，人便到了家中，坐在淡然的书桌边，拿起他的纸笔，很不在意的，写着大小字。等到吃午饭的时候，方才放下了笔。

为了老太太不赞成杀鸡杀鸭，鱼肉买不到，鸡蛋又吃腻了，索性是一桌子素菜。接连吃了好几餐开水泡饭，便是勉强可以送饭下肚的开水，这顿也不愿用，只是忍耐着，连吞带嚼吃了大半碗饭。老太太看她用筷子非常迟缓，使不出一些精神来，便道："明天你自己上镇市上去买菜吧，虽然买不到荤菜，也可以买点儿合味的菜吃吃。"素英笑道："我倒不是为了没有菜就吃不下去，这两天我心里搁着许多问题呢。"老太太道："有什么问题呢？"素英先是红着脸说不出来，接着便微笑道："那也无非是我们一家生活问题，也就是淡然个人的工作问题。"老太太点了头道："那倒是不错。我们在乡下这样吃苦，并不能得着什么出路,那又何必吃这苦呢?"素英也不实说什么,只是微笑。

　　午饭吃得早,饭后长午无事,躺在藤椅子上想心事,便觉这在城里,正是出城游湖的时候,要不然,逛逛商场,买两包零碎吃物,可以上电影院看第一场电影。叹了一口气,便起身走到廊檐下来站着。可是出来之后,所看到的还是那熟极了的一带平整的山岭,正如餐餐吃腻了的鸡蛋一样,十分讨厌,于是再叹口气,又回到屋子里去了。

十五、转变了

　　将城市看烦腻了的人，总不难在城市里找到新的刺激。而把农村看烦腻了的人，想要在农村里再去找一种新的刺激那却是困难。乡村未尝没有刺激，但那刺激却是文静的，必须人慢慢去赏鉴才有所得。而况这也只是让人感到一种趣味，绝不是什么兴奋。金太太素英，这时对农村没有了趣味，在兴奋不起来的情景中，越是懒洋洋的。她闷过了这个半天，也曾想到逐日这份无聊不能忍受，明天当找个地方去消遣半天。也许有意无意之间，能发现那菊香所住的地方，把这事办妥了，却也是一件称心如意的事。

　　她如此想着，晚上便找出了一件很久未穿的短衣服。此外，布伞、小照相机、旅行袋一一清理出来，预备做一个足可消磨一日的旅行生活，而旅行所需要的东西都不让缺乏。可是，这晚就很热，不像是个深秋天气。看看天上，月亮没有，星星也没有，漆漆黑的，分不出高低远近。但听到那屋子外的树叶，呼呼地被风吹着响。不多大一会儿工夫，风势来得更大，震天动地，把所有的摇撼发声的东西，一齐都震动得响，风刮着野外的干沙，也就嘶嘶地由门窗两处扑了进来。这是暴雨要来的前兆，也不怎么介意，天气转凉了，老早关门熄灯睡觉。哪知道这风闹过之后，虽下了一阵暴雨，却不怎样厉害，倒是下雨的时间拉长了，由晚上九十点钟，淅淅沥沥下起，始终不曾停止。

　　素英心里感到烦闷，晚上被雨声吵闹着，倒反是睡不着。迷糊了一阵，在枕上醒过，却是大半早晨，小大子已经在屋子里开始工作了。睁眼向外看去，见窗户外面的檐溜，正是牵绳子一般地向下落着。玻璃窗户开了半扇，风带了蒙蒙的雨烟飞进窗子里来，身上还有些凉飕飕的。

在枕头下面掏出手表来看了一看，竟是八点半钟了。于是加上了一件长衣，首先跑到外面来，站在走廊上观望。那看厌了的对面小山，现在变了个样子，云雾飞腾着，遮盖了大半边山腰。天仿佛是矮了若干，直接罩到山顶上树头下。雨正在下着，既不是雨烟，也不是雨丝，很浓重的乌云里面，夹杂着零落的雨条。眼前的树木，被雨水洗着，都变得更绿，可是远处的树木，也就为了这情形，和云雨搅成一片，把眼界缩小了很多。只听到远近一片淙淙之声，正是田沟里积水在流着。在这个情形下，绝对是个下连阴雨的天气，昨晚打算出去游历的计划，这可要全盘推翻了。

这虽是一件小事，这却也加增了一次失意，无精打采地漱洗完了，便捧了一杯茶坐在走廊上看雨。原来觉得这雨景换了一番眼界，却也耐得一看。可是到了这时，雨更下得细密，原来模糊着藏在云雾里的山影子也消失了，那方兴未艾的雨雾，差不多笼罩了面前一片果园，那些树木像投影画，在阴雨里立着一些高低不齐的轮廓。虽然素英也知道这种风景，曾被艺术家摄取去了，成了中国的米派山水。可是在她今日看来，只有感到烦厌。在走廊上坐得久了，还是回到屋子里去找旧书看。

在她这种烦厌的情绪中，老天爷偏是不作美，竟接连下了四天的雨，那屋外的潮湿浸上了走廊，台阶石上新长了一片青苔。这也就禁止了人半步下台阶不得。素英将一些不爱看的书，轮流地拿到屋子里去，躺在床上看。每每抬起头来，便看到窗户外屋檐上落下来的檐溜像垂了一幅直穿的珠帘。恰好是这窗户外面，去菜园不远，这日子瓜豆藤蔓，全已长老，雨打在那老叶子上，大声哗啦，小声滴沥，非常吵人。在晚上，素英总是为这声音吵醒。这样，虽是次日可以睡场早觉，然而起床之后，还是闷闷地看书了。在城里住家，遇到了阴雨天，虽也是极可烦腻的一个日子，但穿上皮鞋，罩上雨衣，再又有车子可坐，随便什么时候，也可以找到消遣的地方。便是每日早上，看看几份日报，也可以消磨一两小时。于今在乡下遇到了雨，除着躺在床上看书，可没有第二个方法。

老太太看到她整日地在屋子里睡觉看书，便也找着她去谈话，因笑道："我看你这样子简直闷得很，不要弄出病来，没事，你可以找隔壁田太太谈谈天去。"素英摇着头道："那不好，人家是持家的人，天晴有天晴的事，下雨有下雨的事，我去找人家谈话，耽误了人家正当工作。"老太太伸头向窗户外边看了看，因道："天上云开了，也许今日下午可以晴。天晴了，淡然就会回来的。"素英笑道："他回来了，也未见得就是解闷的人。"老太太道："不是那样说。我觉得他这次进城，必定要把这生活问题做个根本解决。说不定他回来了，马上可以带你先进城去一趟。"

素英虽觉得进了城去，就可以解除烦闷，可是对老太太这句话，可不肯承认，因笑着又摇了两摇头道："并不是到了城里去有得玩，有热闹可赶就不烦闷，最主要的原因，还是生活方针没有确定。"老太太笑道："本来呢，淡然一肚皮春秋，以为下得乡来一劳永逸的，生活就确定了。哪晓得事情是适得其反，到了乡下来，天天掏出老本来垫着花。这样垫下去，不必多，只再过三个月，我们银行里那点儿小存款，也就可观了。"素英道："到乡下来垫款花呢，这个倒是我们知道的，办农场这种事，并非立刻就可以生利的。但是不生利，总也要继续工作。现在淡然不但没有工作，连一点儿计划也没有。按着田先生说，有些农作物，在前一年的秋天，就要动手布置。你看，田先生不在家，已是没有了尊师，而淡然自己又是慢条斯理地毫不着慌，把这个当预备的日子错过了，明年耕耘的日子一到，还是白过。我想着，在淡然这次进城，应该有个决定才好。"老太太道："这话倒是诚然。我们不比田先生，人家是大小农场几所，办得很有规模，自己偷懒一点儿，也不过是歉收，庄稼在田里总会生粮食，树木在地里，总会长果子。我们这屋是借住的，田地还不知道在哪里吧。"

素英知道老太太对于整个生活计划，并没有什么成见的，现在老太太的口风，显然也有着动摇的意味，这可见得在由城市生活改到农村生活，实在不是一件易事。等着淡然回来看他表示如何，实在是要做个根

125

本解决。她如此转了念头，便在老太太面前沉沉地想着。老太太笑道："大概你顾虑到我铺张扬厉地到乡下来，现在一点儿事情也没有建设，又悄悄地回到城里去，怕人家笑话。其实我们回去，大概还有许多人赞成，因为他们根本不以我们下乡为然。他们就是笑话，他们也不过笑话我们两三次，那没什么痛痒关系。"素英笑道："既是要回去，当然不去顾虑到人家笑话。若说笑话我们，恐怕隔壁的田先生夫妇，第一就是要讥笑我们的了。你看，我们未到乡下的时候，托人家费了多大的力量，人家觉得在这大家求物质享受的时候，有了我们这享受大自然的同志，真是半天云里落下来的宝贝。"老太太笑道："这一层我也想到的。那倒好办，明天要走的时候，你悄悄地和淡然先走，留我在这里看着家，到了搬东西回城的时候，由我来和田太太说明。那么，人家所要笑话的言语，只有我听到，与你们就不相干了。"素英笑道："倒要老人家和我们做挡箭牌。"她口里如此说着，心里头对老太太这个建议，却十分赞同。

　　是商谈的第二天正午，淡然回家了。老远地他看到素英在走廊上徘徊瞻望，很有个等候的样子，便先笑起来道："耽搁久了，耽搁久了，下着五六天的雨，你们在家里头，未免闷坏了吧？"他说着走回家来，看到老太太坐在堂屋里，笑道："母亲说我在城里贪玩吧，我打过好几次喷嚏。"老太太道："你还来这一种迷信。我知道你是有些应酬的，根本没有说到你回来迟早的话。就是素英，她也没有提到过。"小大子看到淡然回来了，抢进屋来伺候茶水，可就笑嘻嘻地望了他道："先生回家来这样高兴，一定发表了差使，我们哪一天搬回到城里去呢？"淡然道："哦！你倒比我们任何人还要心急，我一回家，你就打听哪一天搬进城。"小大子噘了嘴道："哟！就是我一个人急着要进城吗？"她这样说着，素英已是笑着把眼睛瞪了她道："你倒是说，还有哪个急着想进城呢？"小大子看到太太有点儿生气，便不敢说，低着头走了。

　　这时，淡然表示着有种很得意的样子，将两只巴掌互相搓着，却望了老太太笑道："这次到城里去，交涉总算办得不错。各位上司老朋友都肯帮忙。换句话说，就是同情我们。"素英笑道："这样说，你是把职业问题找得一个解决办法了。"淡然道："这事还得从长商议。"素英道："你不是说朋友和上司都同情与你吗?"淡然道："机关那一方面毫无问题。只要我肯干，立刻可以发表命令。现在所可考虑者，倒是我们自身。我们很是费了一番周折，才搬到乡下来住，怎好没有一点儿表现，又回到城里去呢? 这显然是给许多朋友们笑话。"老太太听了这话，望着素英，素英也望着老太太，微微地有点儿笑容。淡然站在一边看到，因问道："这是什么意思?"素英道："我和老太太在家里讨论这件事，也是顾虑到这一点。不想你所说的，却和我们的见解是一样。"淡然笑道："我在城里就觉得这几天的雨，下得十分闷人。你们住在乡下，一定是更闷人。我想这一点儿刺激，足以使我们发生不顾人家笑话，也要搬进城去的反应。素英觉得我这话对吗?"素英将脸色微微地沉着，因道："我虽主张搬进城去，但那个原因，生活费无着落与没有什么消遣，那实在只占到百分之几的因素。那最大的原因，实别有所在，也许你能够明白。"淡然听了这话，如何敢向下接着说，因回过头来向窗子外叫道："我还没有吃饭呢，刘妈快做饭来我吃吧。"

素英小小地给予他一个打击，就让他无可还手，心里自是得意。可是她一转念到正须鼓励淡然努力仕途，他是刚刚努力回来，却也不必扫了他的兴致。因之等掉转来的时候，却也笑脸相迎，点着头道："我知道你这番进城，一定是很费了一些力气的，把接洽的经过，说给我们听听看。"她说着这些话时，一面斟了一玻璃杯子菊花茶，双手递给他。

淡然接着茶，见太太把这个关节揭过去了，也很是高兴，便喝了一口茶先润着嗓子，然后将杯子放在茶几上，把两手互相揉搓着，表现了他踌躇满志的样子，笑道："天下事，就是这个样子，你越将就，越是没有人理会你。可是你要表示着毫不在乎的时候，那又有人来找你了。这回进城，不但与二老板见面多次，便是大老板也会面了好几次。他说我的汉文既很好，英文也不坏，他手下也正缺少这样一个秘书，就劝我就这个职分。他并且知道我已经在乡下办农场，他说办实业原是好事，但这绝不是一个书生所能办的事。一定要这样办下去，那无非是劳民伤财。最后他还笑着说，我知道，你之所以离开都市，无非有激使然。其实可以不必，一个人在社会上服务，总有起有落，偶不得意就消极起来，透着青年人没有弹力。谁又是一蹴即至的呢？"

老太太笑道："你这话恐怕有些添酱添醋，哪个做上司的人肯这样客客气气地和属员说话呢？"淡然道："若在平时，上司当然不会和属员说上这些话。可是当他用人之时，又是在他公馆里，他就不必板着面孔，说那些讨厌的公事话了。"素英道："这些枝节我们都不讨论了，最要紧的一句话，便是到底能拿多少钱一个月？"淡然笑道："既是大老板、二老板都这样表示好感了，那总可以拿到四百元一个月。以往我们在城里的开支，总是三百元上下，假使我们能拿到这个数目的话，以后的日子，却是比较可过的了。"他说到这里，不觉抬起手来搔了两搔头发，笑道："还有一件事，说起来你们未必相信，二老板还体恤我没钱搬家，答应先垫付一百元给我做搬家费。而且这一笔搬家费……"说着在口袋里一掏，掏出一张支票来，将手指夹着，晃荡了几下，笑道："这绝不是我信口开河吧？我为慎重起见，还没有去兑现。万一我们不能搬进城去，把人家的搬家费用了，那不是桩笑话吗？"

素英听说，还怕他所拿的支票有些含混，走近来接着看了一看，果然是一百元的支票，笑道："根据这张支票，我相信你接洽的事情果然有七八分眉目。可是愿不愿搬进城，这权操之于你，你还为什么犹豫着不去兑现呢？"淡然笑道："老实说，这次进城我心里有点儿动摇了，因为拿到了这多薪水，而且又和大老板二老板接近，前途比较有点儿希望。假使再熬个周年半载，熬到调一个外任，那就有办法了。"素英笑道："哟！你不干就不干，要干起来，还想到外面去刮地皮呢？"淡然听说，不觉面皮红了，因道："难道一放外任，就要刮地皮吗？非要刮地皮才有办法吗？其实事在人为，不刮地皮也许比刮地皮的还有办法。"老太太笑道："说着说着，你们又把话说远了。话还是谈入本题，既是上司肯这样帮忙，这也不能不算是一个时来运转的机会。若是把这个机会失掉了，再想得这样一个机会，大概是不可能。你那上司说的话也是对的，天下哪有一蹴即至的事情。像你这样每月拿二百元以内薪水的人，一下子跳着拿四百元，这也就差不多是一蹴即至了。"素英也笑道："果然有这样多的收入，那我们实在用不了。算着浪费一点儿，把我打小牌，淡然吃馆子看电影的钱都算在里面，也还会有点儿富余呢。"

淡然看老太太和夫人的态度，对于这个消息，都十分高兴，自也不说反对入城的话，免得扫了她们的兴致。便是家里两个女用人听说先生又在城里头就了好差事，不久大家都要搬进城去，也是十分欢喜，各人笑嘻嘻的，给淡然做了饭来吃。大家既有了一个指望摆在目前，在这长天日脚里也不像是往日那样无聊，各人都干得很兴奋。倒反是淡然自己，感到眼前这个地方未必可以久住，自己无端地搬到乡下来住上几个月，于今又要丢开它，回想到在这里对于大自然的亲近，未免过于疏忽。心里这样一转念头，便走出屋子来，在小花圃里散步。雨后的秋晴，虽还是太阳照着，可是日光偏西的时候，树梢上的西风迎空吹了来，在人身上，倒觉是凉飕飕的。那树枝上半绿半黄的老叶子被风吹着转动，发出瑟瑟的响声。抬头看看天上，有几片薄薄的白云，在蔚蓝色的天空下，要动不动地停涩着。只这些声色，这就显示着秋意是很浓厚了。淡然两手背在身后，缓缓地踱了步子，不住地向上下周围看看。

素英站在走廊上对他注视了很久，然后也跟着走下来，抬头向天空上看看，因笑道："你只管向天上打量着做什么？怕下雨呢，还是怕天晴？"淡然道："我觉得我们在乡下住的几个月，糊里糊涂地过着，实在没有把大自然的滋味，仔细领略一下。将来回到城里去，人家问起我们乡下的情形，我们实在没有什么可以答复的。"素英道："这个问题，可以做两种看法。说到自然的风景与情调，那倒是我们或早或晚会有那么一种印象。若说是农村情形，我们可就隔膜多了。说起来我们这里是乡下，其实我们的环境，完全是受过科学洗礼的布置，与真正的中国农村，那还差得远。我们在乡间住上几个月，风景的确是乡间，若说到生活，我们还不过的是城市生活吗？"淡然笑道："若说到这一层，我倒是比你要胜似一筹。这里一部分农村的情形，我倒是实地调查过。那一份贫寒和不卫生，恐怕说出来你不会相信。那种地方，漫说住上几个月，就是几小时，你也不能忍耐。"素英道："你又到过多少农人家里呢？"淡然一时高兴，不觉把前几天游踪所到说了出来。这时素英真问他到过什么农人家里，他却没有那勇气，敢把所到的地方说出来。因笑道："我走到最远的所在，离开公路有十多里呢。大大小小的农村，我都进去张望了一下。乡下人有趣，看到我穿短裤衬衫，说我粗人不像粗人，斯文人不像斯文人。你看，有公路可通的乡下，人民的知识水平还是这样地低。若是再到内地去一点儿，那更不成话。归农，谈何容易？"素英笑道："不想你也会说出这样的话来，你的思想转变了。"她一高兴，说话的声音，未免提高了一点儿。

隔壁的田太太带了孩子们也在空草地里玩，正待向这边打招呼，隔着短篱便接嘴道："金先生思想转变了？是指哪一点而言呢？一个城市里生长的人突然变着到乡下来过农村生活，早就转变了。"淡然笑道："她所说的，是指新的转变。"田太太笑道："什么新的转变呢？不能由农村再变到都市里去？"淡然心里想说，正是这样。然而他有他的感觉，就在这时向素英看了看。见素英脸色淡淡的，只管向自己丢着眼色。便笑道："人的心境是难说的，也许我们变到会再转进城市里去。"田太太听了这话，忽然有所醒悟的样子，点点头道："是了，自从行之走了，关于金先生所以要进行的事，耽误了没有进行，再有个两三天，他也就回来了。这几天下雨，金先生又进城去了，金太太觉着闷得慌吧？"她说到这里，向素英脸上看来。她将两件并不连串的事，放到一处来说，那意义却是很连串的。素英想着："莫非她已知道我们要进城去了？"想到这里，心里不自在，却也没有话说。可是在田太太看来，越发认为是他们感到农场的事情延搁里，减退了他们下乡的热忱。她觉着必须自今为始替他们努力了。

130

十六、到城里去却成功了

在这天晚上，田行之太太为了心里那一番过意不去，特意来找淡然夫妻谈谈。正是晚饭以后，桌子擦抹得干净了，桌上放了一壶新泡的好茶，另放着一碟瓜子、一碟松仁，倒是下茶的好食品。秋雨之后，屋子里便很凉，大家散了在屋子里坐着，却也很自在。

田太太因淡然新从城里去，先问了一些城里的闲事。后来素英抓了一把松子仁，送到她坐椅边的茶几上，笑道："我们到乡下来这久，总还不能把住在城市里的习气完全改掉。淡然喜欢吃这些香脆的东西，还要带些下乡来吃。"淡然笑道："说起来吃，瓜子松子仁本来都是乡下东西。结果是乡下人想吃这种东西，还要到城里去买。"田太太笑道："乡下两个字，广泛得很。山上是乡下，平原是乡下，甚至水里也是乡下。不能任何一个地方，什么都出产。城市里呢，却是货物集中的所在，要买东西的，当然都要到城里去买，以省手续。"

淡然笑道："我的意思，不是那样说。正是说出产某种东西的地方，某种产品，还是要到城市里去回买来，才可以适用。比如这瓜子吧，乡下人就必得晒干了，整担地、整船地送到城里去，制造过一番之后，或者是甘草的，或者是玫瑰的，才好出卖。你住在出产西瓜的地方，就不会买到这些瓜子。"田太太笑道："金先生是学农业经济的人，这有什么不明白。乡下是供给原料品的，城里是出售制造品的。"淡然笑道："这倒是个事业大前提，好像在城市里，一样也可以成为农业生产者。"田太太点点头道："本来是这样。乡下人供给城市里棉花，纱厂里把它纺成纱，布厂里把它织成布。乡下人供给城市里麦子，面粉厂里把它磨成面粉。乡下人不过是个原料生产的人而已。照生意经来说，供给原料的人，是最吃亏不过的。比如我们中国就是一个供给原料的国家，尽管无分春夏秋冬供给人家原料，而我们自己却是很穷。"素英笑道："说来说去，竟是供给原料的不可为。田先生固然做了多年的原料供给者，而我们也跟在你们后面来做这傻事。"

淡然觉得太太这话，颇有些露痕迹，便笑着要插进一句话去解释。田太太笑道："这就因为各人的人生观大有不同。学农业的人，喜欢接近大自然，多半是乐天派。乐天派的人，需要的是自由、快乐、简单、和平，总之，他们是求精神上安慰的。人到了求精神上的安慰，物质方面就看到轻些。不瞒二位说，我在大学文学院，念过了最后一篇讲义。我要是看重物质的话，我可以在任何一个学校，去弄个教授混混，或者弄个秘书当一当，不比天天在这农场上看花开花谢要强得多吗？但我的意思，也就是愿意得着这点儿享受。所以金先生一个做官的人，肯加入我们这个社会，我们十分高兴，但我们也十分惊奇。"淡然笑道："果然，我们自己也十分惊奇。不过周公恐惧流言日，王莽谦恭下士时，竟不过是为人片段中的一个片段，那不能作为言论，也许若干时日以后，我们还会回到城市怀抱里去的。"田太太笑道："我也晓得金先生有些着急。好在行之在这个星期以内一定要回来的。他回来之后，首先一件事，当然是和金先生布置农场。"淡然道："现在还是刚踏进秋季，明年的农事今年这个时候布置，也不见得晚，我们并不为了这个着急。只是一些老上司说，世界局势，恐怕要发生变化，你不可以认为我们是世界上一个渺小人物，可是世界上真有了变化，我们的生活，就要跟着受到影响。"

素英坐在淡然对面，觉得他这个伏笔，倒安得不错，回转头来向田太太笑道："你看他是杞人忧天不是？"田太太笑道："虽然说离着远一点儿，倒不能说我们不会受到影响。不过这种大问题来了，我们老早地发愁也没有用，只有做一天是一天。我们是干什么的，在战事未来临以前，我们还得干什么。行之走以前，就是离这里不过四五里的地方，地名叫丁家山，那里有几百亩荒地和两座荒山。金先生明天先去看看也不妨事。"淡然笑道:"这里的地方我还是没有跑熟,我知道哪里叫丁家山,哪里叫丁家河?"田太太道:"那金先生若要去看,我自然要派一个工友,引了金先生去。"淡然向素英笑道:"你有这个兴致没有,明天我们一路去看。"素英道:"好啊,明天我们一路去看看。"田太太把话交代到了这里,觉得总算做了一点儿成绩,便起身告辞回去了。淡然低声笑向素英道:"你看,我们越是要走,田太太倒是越做人情,这倒让人不怎么好处分。"素英道:"那有什么好难处分,明天她派人引我们去看地,我们跟着走上一趟就是了。好在现时又不要你买了那地,难道你还怕黏着手脚不成?"淡然对于她这番解说,也就一笑了事。

到了次日上午,刚是吃过稀饭,田太太就派了一名工友来,说是请金先生金太太去踏看田庄。素英向淡然道:"你去一趟就是,太阳又出来了,来回上十里,走着又是一身汗,我不去了。"淡然听了田太太约着去看荒地的消息,正计划了一夜,如何才能够单独成行。虽然也想得了几个说法,总还不敢开口,怕是说出来引着太太疑心,倒牵动了大局。所以听其自然的,并没有说什么。这时素英说是不去了,正抓着痒处,因笑道:"我也是怕你走不动许多路。你要散步的话,到了今日下午,太阳落山了,我再陪你散步一番,你看如何?"素英笑道:"你去吧,这样的机会,我失掉几个并无所谓。在乡下住了这样久,还怕新鲜空气呼吸得不够吗?"淡然得了这句似骂非骂的话,周身倒很觉畅适。因为这可以证明夫人实在是不愿一同去看荒山了。

走出门来,田太大打发来的那个工友李老四还在走廊上静听着。他笑道:"金太太不去? 不去也好,荒山一片,连木也数得清几根。看了什么意思。"淡然且不作声,自在前面走,让他随在后面,因道:"李四,你很喜欢喝两杯吧?"李四笑了一笑,因道:"金先生也能喝?"淡然在身上掏出了一元钞票,交给他,笑道:"我送给你到镇市上去喝酒。"李四接着钱,啊哟了一声。淡然道:"你不必跟我去了,你到街上喝一阵早酒,就可以回去。田太太问你,你就说已经引着我去过了。丁家山那地方,我也到过的,我一个人自由自便地去好些。"李四笑道:

"对的。那荒地虽不是个东西，那主子还住在附近呢。我带了金先生去，人家就疑心我们是要收买这荒山的了。"淡然点点头道："对对对，你请便吧。"说着，自走开去。李四见他走远了，却扬起手上捏着的那张钞票，因叫道："金先生你这钱我是不敢收的，请带回去吧。"淡然也没有去理会他，自照着自己的目的地走了去。

约莫有一小时上下，他慢慢走着，到了那目的地。那就是上次受着周外婆招待的那草屋小村了。顺了山岗的小路，踏入那个小山坳。第一个相逢的，便是两只猪，它们滚了周身的污泥，在路边的草丛上挨蹭着。不用谈那不到一尺宽的石子路，被两只猪挤得没有了一点儿缝隙。而且人在下风头，猪身上吹了来的那股臭气，也着实使人欲呕。扬着手向那猪呵斥了几声，无奈它就是天下最蠢的动物，丝毫没有走开的意思。它还是颤动着一身肉在草上摩擦。淡然实在不敢挤上前去，就在地面捡了一块石头，向那大猪头上砸了去。那一下子不偏不斜，正好打在猪眼睛上。猪喳的一声叫着，扇着耳朵跑开了去。另一头没挨揍的猪，也跟着后面跑。却在路转角处，竹林子里面，有个妇人骂声迎了出来。她说："哪个砍头的东西，欺侮我的猪。猪是畜生，难道你……"

随着这一声骂，转出来一位老太婆，那正是周家外婆。她看到了来的人穿的是西服，并不思索，便断定是金先生，立刻将话顿住，哟了一声道："原来是金先生。"说时，把手上赶猪的竹棍子放到石头上，飞奔着迎上前来，笑得满脸的皱纹都扇动起来。支手舞脚的，表示了欢迎的样子，笑道："我真想不到金先生会来，听到人说金先生又做官了，恭喜呀。"淡然刚说的一声："你的消息也很灵通。"周家外婆接着道："金先生在城里头……"说到这里，把声音忽然低下来，笑道："那些情节，昨天黄大嫂子回来都对我说了。那还有什么可说的，这样一来，女孩子免得漂流了。黄大嫂子她自己有了这几个钱，找个安身立命的地方，也免得去受赌鬼的气。"淡然听他这样说了，也只得微微一笑。周家外婆道："黄大嫂子一大早就走了，她怕赌鬼晓得了，又会追了来。金先生恭喜你是双喜临门。"她说着，倒真做了一个万福式的老揖。

淡然这就觉得有一股红晕飞上了脸腮。因为两脸泡上，自感到热烘烘的，便笑道："你这位老人家，可不要为了一时高兴随便乱说。我对于她们也无非一番好心，其实，我并不想占什么便宜。菊香送在工读学校里，我不过卖个面子介绍一下，她也并不花我什么钱。"周家外婆正想十足地恭维一顿，倒不想碰了这么一个钉子，急忙中无话可说，却只管手在自己衣服上搓着。淡然看了她受窘的样子，倒有点儿不好意思，便在身上掏了一张十元钞票交给她，笑道："我本来想在城里买点儿东西送你的。坐汽车又不好带，还是干折了你自己去买吧。"周家外婆先见他突然交出十元钞票来，倒是伸手去接着。现在听到他交代着给钱的理由，便把手缩了回来，连道："那怎样敢当？"可是依然把眼睛望在钞票上。淡然笑道："你嫌少还是怎么样？为什么不收下呢？将来，我还有许多事要托重你呢。"周家外婆笑道："那么，我就收下了。昨天黄大嫂子回来，也带了许多东西给我。我和黄大嫂子说了，请她放心。这件事，我绝不和另外一个人说。金先生肯破费许多钱救她母女两个，我只在嘴上积点儿德，有什么做不到。请到家里去坐坐吧。"淡然道："不必了，我不过来看黄大嫂子走了没有，倒不想她走得这样快。她临走还交代了什么吗？"周家外婆道："哟！难道金先生不晓得，她就是赶回城去，好把人交给你，鞋袜买了，衣服做了，把菊香寄住在我侄媳妇那里，你放心她还不放心呢！金先生哪天进城去？听说你太太、老太太都要进城去了，这个……"她说着，眼望了地上，做个沉吟的样子，然后又抬头向淡然看着微笑了一笑。

淡然道："这是黄大嫂子对你说的？"周家外婆笑道："金先生做了官，自然是在城里又做起大公馆来。太太和老太太怎会不去呢？"淡然点点头道："我也知道她们的意思。今天下午我就赶进城去，我可以和黄大嫂子细细地说一说，总之，希望她们不要误会了我的意思才好。我去了。下次你进城，可以叫你侄子通知我一声。"说着，扭身便顺了山坡向下走。周家外婆在后面送着，一面笑道："老远地来了，坐一会子去吧。乡下人没什么，煮个鸡蛋也是一点儿意思。金先生做了官了，不是为了有事，还到我这地方来吗？"淡然回转身来向她连连地摇撼了几下手道："好了好了，不用你送了。一切好意，我都敬领了。"说着这话，已是去那老婆子很远。在大路上走着，就头也不回了。

走回来时，没有径直回家，先绕道向镇市上去看看。只走了一半的路，就看着冬青树荫下草地上，有个人把草帽子做了枕头，弯曲了身子在睡觉。上前看时，正是李四。便站在他身边，连连喊了几句。无如他睡得很熟，再三叫之不醒。便笑道："喂！李四哥，我还没吃午饭，等着你上街再喝两杯呢。"李四一骨碌坐了起来，淡然拍了他的肩膀笑道："吃午饭了，该回家了。"李四擦着眼睛笑道："早酒喝不得，喝下去了，人是真要睡。"淡然笑道："你虽然喝得躺下了，可是你并没有喝够。你若是能够替我办一回事，我晚上再请你喝一顿。"说时，又在身上掏出一张钞票来，当着他的面晃了一晃。

李四再一骨碌由草地上爬着站起来，因笑道："金先生，你说有什么事叫我做吧。只要做得到的，我没有不卖命的。"说时，笑得眯了两双眼睛。淡然道："何至于要你卖命。不过是你看到我太太的时候，可以对她说，有个骑脚踏车的人由城里头来，见着我，和我就说了许多话。说什么话，并没有听清楚，只听到一句要我进城去。"李四点点头道："骑脚踏车的人在哪里？我并没有看到。"淡然笑道："不管你看到没有看到，你这样说就是了。你会不会呢？"李四望了他手上的钞票，只是笑。淡然将钞票交给他道："就是这点儿话，你可别忘了。"李四拿了钱在手上，接二连三地说"晓得"。

二人一路行走，到了农场口上，正好素英迎接了出来，她笑道："看得那山地情形怎么样？"李四本随在淡然后面走着，这就抢走了两步，抢到淡然前面去，笑道："城里有个骑脚踏车的人来找金先生，说了许多话。说什么我没有听清楚，只听到一句，要金先生到城里去。"淡然听了他的这串话，气又不是，笑又不是，因道："好了好了，这就够了。我的朋友！"说着这话，他两手连推带送，将李四推着走开。素英笑道："他说一说也不要紧，你倒像怕他泄了秘密似的。真有人来找你？大概是二老板派来的人吧？有信没信？"淡然道："这家伙有点儿荒唐，二老板叫他带个纸条来，他骑在脚踏车上，半路里丢了。可是二老板另外口头上告诉了他几句话他还记得，所以传达给了我。幸而有此，要不然他算白跑了一趟。"

素英低头想了一想，又向田太太那边屋子看了一看，低声道："既然如此，你就去吧。反正我们的行止已经决定了，等着你把房子弄好了你再回来。乡下也没有什么事，你尽管跑来跑去做什么？无非是多耗费川资。"淡然笑道："我总怕你一个人在乡下寂寞得很。"素英笑道："这倒用不着你来甘心疼我，只要你把工作弄得稳稳妥妥的，大家都有了钱花，这就比好言好语强得多了。"淡然料想不到最难的一着棋子，却是最容易地将它解决了。这日是高兴地吃过了午饭，就笑嘻嘻地上汽车站去了。素英私下对老太太道："不要看淡然满口子是到农村去。你看，现在要脱离农村了，他可是高兴得不得了。"老太太也就笑笑而已。老太太之不求甚解，却是比素英觉得很有点儿明白，却还强得多。淡然虽然高兴，他哪里为的是能够搬回城去这一点上呢？

这日下午他到了城里的时候，一切事情没有办，却向城南一条冷静的小巷子走了来。天气虽还早着，那电线杆上却也亮了电灯。旧式人家的妇女们，都已走到门口来站着望街。这倒是他所注意的，却看这里面有熟人没有。在小巷转角的所在，有四五个衣服肮脏的孩子，打了赤脚在跑着跳着，有个少女站在一边，笑嘻嘻地看着。她穿着一件翠蓝色花布的短袖长衫，却也光了两腿，穿着红边白袜套白帆布鞋，童式发梳得溜光，在鬓发边押了一朵黄丝线编的菊花，她并没有抹擦脂粉，便是这样，已充分地暴露了她的处女美。这人正是受过一番城市洗礼的黄菊香。

她看见淡然来了，便迎上前来笑道："我在这里等你好几个钟头了。你说带我去逛公司看电影吃馆子。"淡然笑道："我没有失信吧？你母亲进城来了吗？"菊香道："她也等着你有话说呢。"淡然道："那么，我们一路到你表姊家里去。"菊香将身子一扭道："怪难为情的，你一

137

个人去吧。我在这巷口子上等着你。"淡然笑了一笑，也就由她在这里站着。他走到黄大嫂子寄住的人家那里，约莫谈了十分钟的话，就走到巷口子上来了。菊香迎着他，第一句便笑道："公司里我倒去过两回了，又不要买票的。"淡然笑道："那么，用不着再去了，我带你去看电影吧。"菊香道："百货公司我虽去过两回，身上没有钱买东西，光看有什么意思？"淡然笑道："好！我再陪你去走一趟。不过你是要去当工读学生的人，有许多东西不能用的。"菊香道："我也不买什么了不得的东西，不过是买些手巾袜子。"淡然笑着点点头道："那可以，那可以。"说着话，走出了冷巷子，雇着街头两辆人力车，坐了直奔大街。

这时，天上的夜幕张开，遮掩住了一切大自然的光明。可是两旁店铺的灯火把人为的光明照耀了市街。商店屋檐下的五彩霓虹灯，闪烁不已，和玻璃窗里陈设的绸缎、化妆品，以及装潢美丽的点心盒，造成另一种炫耀目光的世界。菊香坐在车上，只觉眼睛不够看的。到了商场门口下了人力车。出来的时候，两人却都夹了一个包裹。淡然看看手表，笑道："现在看电影正是时候，我们去吧。"顺着马路边的水泥面，带走带滑地溜过半截街。走到一幢立体式的五层洋房前，只见那红蓝霓虹灯光，绕了几个无大不大的光圈，仿佛那高墙，都受了红蓝颜色。大门外是大理石的台阶，人像流水般地涌进去。门里的大厅，地面是花瓷砖，楼上是雕花天花板，白瓷罩的电灯泡，有面盆那样大，照得地面雪亮。

菊香虽是到过城市里来，这样的场合，却还未曾经历过，淡然买了票子，将她引到楼上的看厅去，脚下踏着柔软无声的地毯，走到了座位上。她觉得这戏院子大得骇人，心里估量着，便是农场那个果木园子，塞在这里，也容纳得下，但是曾经淡然叮嘱过，到了城里，一切都以大方处之，不要露出乡下姑娘的样子，所以也不东张西望，在柔软而又颤巍巍的椅子上坐下，便觉得有一阵阵的香气袭鼻，偷偷地一看，总是一个男人带一个漂亮女人同坐，那香气便是许多女人身上传来的，心里也就想着：城市里真是天宫，不是金先生的好意，哪里能开这个眼界？就是金先生不帮我的忙，我也不下乡去了，你看这些来看电影的女人，穿着得多好！正这样想着，淡然却递了一张纸单过来，接着看时，许多小字前面，有一行大字题目："今日隆重献映《城市之罪恶》。"因问道："金先生这是什么意思？"

淡然将一只手搭了她所坐的椅子背，一只手指了字告诉她道："这就是今天映的影片名字。"菊香道："城市有什么罪恶呢？好得很啦。"淡然道："你别忙，看了就明白了。"在这句话中，电灯完全熄了，银幕外的绣幕揭开，而影片《城市之罪恶》就出现了。一口气把这张影片看完，菊香又在这上面看到了许多城市的新鲜玩意。电灯大放光明，淡然携了她一双手，站了起来，笑道："我们吃晚饭去。"两人一转身，见大批的男女拥出了场，却有人在面前问道："菊香，你现在明白了什么是城市之罪恶了吧？"看时，正是金太太素英，在紧挨的后一排座位上坐着，还不曾起身呢！淡然看到，只觉得周身像触了电一般，一切知觉全失。素英先抿着嘴微微一笑，然后点点头道："我们到农村去是失败了，但把农村里人带到城市里来却是十分成功。"淡然知觉恢复过来，苦笑了一笑，于是银幕上的故事完结，银幕下的故事开始。到城市里来的故事开始，到农村去的故事告终。

平沪通车

第一章

一个向隅的女人

我们若是在车站上有一份职业，在清闲一点儿的时候，一定会奇怪着，每次火车到站的时候，何以有这些旅客蜂拥了来？而每次火车开着走的时候，又是那样载了无数的人去？火车每日这样来往不断地走，旅客也是这样不断地拥挤，这是一个有趣味的问题。因为回想往昔没有火车的时候，做远路旅行的人，何以不会这样地风起云涌呢？这不是我们一种架空的设想，在火车站上有几位送客的朋友，正是这样地讨论着呢。

这是民国二十四年一月三日下午两点四十分钟，离那平沪通车开行的时间，只有二十五分钟了。北平正阳门外东车站的旅客，流水似的由外向里走。只听那各种的鞋子踏着站台的响声，稀沙稀沙，可以知道人是怎样的多；可是旅客虽是这样地热闹，却不能减少空气里一丝丝寒冷的意味。站台外的铁路上，还堆积着那打扫未尽的残雪。这雪虽是不多，和那站北城墙砖缝里留下的残雪一样，在行人眼里看来，便增加了不少的冷意。

这虽是个晴天，可是到了下午，太阳偏西以后，就不知道它藏到什么地方去了，因之半空里阴沉沉的，没有什么颜色。那寒风呼的一声，偶然向站台上扑了来，把城墙上所积的干雪刮了起来，像撒细沙子似的，向人群里袭击。虽是穿了皮领大衣的阔旅客将脖子缩着，把领子紧紧地裹着，然而在每个行人的鼻子尖上，都冻得红萝卜皮似的。

火车头透气管子里的白汽，虽向外射着，然而在那下面的轮轴上，冷气滴成的冰结得很厚。这和那肩行李的脚行，情形正是一样，嘴里向外透着热气，红鼻子尖上还是不住地向下滴着清水鼻涕。所以那些穿短衣服的人，两手都插在衣襟底下，借这个取些暖气，头上戴的兔皮帽子，虽把两只护耳放了下来，掩着两只耳朵，可是脸上都冻成了青灰色。凡是这些，我们可以知道这车站上是怎样地冷，可是火车里面头等包房里，却还另是一番景象。

三四个送客的陪着一位旅客，同拥挤在屋子里，虽是各把皮大衣脱了，皮帽子摘了，然而各人身上还是向外冒着热汗。这包房里的主人胡子云，是位财界上的二三等人物，白净的圆脸，在嘴唇上略微带一撮小胡子，配上他那副玳瑁边圆式眼镜，果然是有些官派。他身上只穿了一件极薄的蓝绸驼绒袍子，卷着两只袖口，卷出里面的一截白绸小褂来。手捏住烟斗的头子倒拿着烟斗的嘴子，向人指挥着说话。

送客的人，到了车子上来送人时，那不过是一种仪式，七嘴八舌地，说不到正经话上去，有告别的话，也不待到这时才说。这位胡先生除了抽烟，就是向人微笑，因为送的人太多，他也不知道向谁说话好，只有微笑而已。

这时，忽听得娇滴滴的一阵妇女喧叫声音。听时，她道："茶房，一个空铺位子都没有了吗？"又听了茶房答道："一张铺位也没有了。要是官客呢，半路上还可以想想法子，堂客可不成。请到饭车上去坐着吧。"又听到那女客叫道："你这人怎么这样不讲理？官客倒可以凑合，女客就不行。为什么女客不行呢？你这不是明明说欺侮人的话吗？"茶房道："小姐，您别着急，听我说。车上的规矩，官客只能和官客并房间，堂客也只能和堂客并房间，现在这车上的房间都坐满了。一间房间原是两张铺，若是有一位堂客在里面，还空着一张铺呢，我可以把你向里让。若是里面是官客，就是空了一张铺，我怎好把你向里让呢？"

这女客和茶房这番交涉，早把全车的人都惊动了，就是胡子云也不免伸着头向外看来。只见一位二十附近的女人，穿了一件高领子皮大衣，在皮领子中间，露出那红白相间的粉脸来，两片翠叶耳环子，只在领子上面不停地打着秋千。看她那漆乌的眼珠、闪动的两个旋涡、蓬松

144

着的头发，没有一样不是勾引人的。她偶然抬起手来，抚摸着自己的头发，却在她无名指上，露出一粒蚕豆大的翠石戒指。这样摩登的人物，怎么连坐火车的规矩都会不知道呢？那女客见许多人都向她望着，这才道："那么，我现在到饭车上去坐着。半路上有了铺位，可得去打我一个招呼。"说着，她提了两只手提箱子，一扭一扭地走了。

茶房一个人自言自语地道："上车没有铺位，应该找车守去设法子，和我们茶房说这些个有什么用？这么一位摩登女士，会是第一次坐火车，你说怪不怪呢？"胡子云正想和茶房说什么话时，车子上的电铃，已是叮叮叮地响，这是到了开车的时候，车上的人一阵纷乱，陆续地走下车去，旅客反是要向车外送送客的，于是把刚才这一段事，也就揭开过去，不加理会了。

胡子云这间房里就是他一个客人，他买的是下铺，上铺还空着。车开以后，他拉上了房门，车子里更是热不可当，于是索性把身上这件轻飘的驼绒袍子也给脱了，只穿了一件小小的短夹袄，隔了车窗，向外看看风景。因为他自到北平以来，有两年多不曾出得北平市市境一步，久静喜动之下这是很感觉到有趣味的了。所以在火车一开过了永定门的时候，渐渐走上了荒野，前若干日子下的雪，依然是漫田漫地地堆积着，在雪地里的人家，似乎都缩小在两三株枯凋的树下，不见有个行人在田野里走。不过这景致虽是极其萧瑟，但是这白汪汪的一片颜色与天相接，那是在北平城里所不容易看到的。

身上穿着短夹袄，又可以看这样的雪景，那是很称心的一件事了。一直眺望到了丰台，只见站台上的小贩，来往在车窗外奔走着，却有两件事是值得注意的，其一是卖蜡梅花的，捧了几把花枝在手上，高高地举起；其一是卖黄瓜的，将手指般粗细的黄瓜，用干苇子捆来了，四条一捆，放在筐子里卖。

胡子云正推开窗户，伸出头去，待要问价钱，有一个人手上拿了两捆小黄瓜，向他点点头。子云道："啊哟！原来是李先生。你也在车上，好极了，快请到我这房间里来坐坐，我正自发愁着一个人是十分地寂寞呢。"这李先生也是一个人出门，同样地感到寂寞，见有熟人在这里，立刻走上车，进了房间来。胡子云握了他的手道："诚夫，你何以有工夫在这个时候出门？"诚夫将黄瓜放在窗前茶架上，笑道："吃黄瓜，这是这截铁路的新鲜味儿，是地窖里烘出来的。"说着，坐下来，才答复道："学校里要在上海买点儿东西，叫我跑一趟。"

子云道："你住在哪号包房？"诚夫笑道："我们穷教授，不能和老爷们打比呀！我坐的是二等车呢。"子云道："你一定是用公款了，又何必为公家省那几个有限的钱？"诚夫道："公家就是这样规定的，我也不能自掏腰包，垫钱来坐头等车。我那屋子里虽有四张铺，却是我一个人，也和你坐了头等车差不多。"说着，皱了眉道："哎呀！你这屋子里未免太热。"子云道："中国人起居饮食的设备，那总不能科学化的。有了热气管的设备，这热气来了，就是让它自由上涨，没有一点儿限制。若是在外国，那就不然了，屋子里需要多少高的温度，就把热气放到多高。"

这时，茶房提了茶壶进来，只看他单薄薄地穿了一件制服，可知他也是很怕热的。子云道："你们也知消热，何不把热气管改良一下？"茶房操着天津话，笑答道："好吗，您啦！不瞒您啦说，今天由东向西来的敞车里面，在塘沽冻死两口子，我们热得难受，也就凑合了。"诚夫点头笑道："他这话有理，我们倒是应该凑合凑合。"

子云道："你说凑合，我倒想起一件事。开车的时候，上来一位女客，找不着头等包房，只好上饭车去了。据你说，二等还很稀松，她何不改坐二等？有地方睡，还可以少花钱。"诚夫道："但是天津方面，订铺位的很多，大概是在天津方面卖出去了。子云兄总是个多情人，肯为女人留神。"子云笑道："我不过这样地想着，我已经有三个太太了，还会打别人的主意吗？"诚夫笑道："银行里的老爷有的是钱，就讨四个五个又何妨？"子云笑道："却也是不在乎，只是身体有些吃不消吧？"说着，哈哈大笑。

诚夫将架盘上的茶壶提起，斟了一杯茶待喝。子云摇着手道："这茶太坏，我们到饭车上去喝杯咖啡吧。"说着，他已站起身来，穿上了长衣。诚夫也觉得这屋子里太热，于是先走出房门来。

隔壁这房间的门却是半开着的，诚夫对于这个，也不曾理会，便站在那房门边。手原是垂下来的，猛然之间，却有一种软而微凉的东西，在手上接触了一下，低头看时吓得身子一跳，向后退了两步。原来这屋子里有一条灰色大狼狗，由门帷幔下伸出一只长嘴来，刚才手上接触的，就是它这嘴。看那屋子里时，有两个西服青年，其中一个黑胖青年正拿着拴狗的皮带。狗在火车上是要买票的，那人坐头等车而带狼狗，其为阔气也可知。诚夫本意是想招呼一句，叫他把狗带紧一点儿，可是心想着，自己又不坐在这截车上，管那闲事做什么？阔人架子总大的，也犯不上去碰他那无味的钉子，于是再将身子退后一步。

子云出来恰是看到，一句话没问出，那狗索性钻出半截身子来，伸了尖嘴怪鼻子在子云身上嗅着。他猛然看到，也是向后退着。这包房外面的过道，也不到二尺宽，两个人挤着，不免撞个满怀。那黑胖青年看到，不但不将狗拉进去，反是眯着一双肉泡眼微微地笑了。子云瞪了他一眼，也没作声，转身走了。

穿过这辆头等车，便是饭车。这时，离开晚饭的时候还早，各桌子上多半空着，只有一个西洋人，在正中一张桌子上打扑克牌消遣，桌上搁了一个啤酒瓶子、一只杯子。靠那头，几个穿白色制服的茶房，站着坐着在谈天。

子云将手上拿的一听烟卷，顺便向靠进门的这张桌子上一放，正待转身坐下去，回头时，却看到靠壁的这椅子上，坐着一位女客，正是开车的时候，要找铺位的那人。她手上捧了一本洋装书，斜靠在椅子角落里看着。那烟听放在桌上，当然有些响声，她由书头上向外射了眼光过来，二人却好打个照面。这在子云是一件冒失而失礼的事情，不免脸上一红；但是她并不介意，还是坐着看她的书。子云用很细小的声音向她道："对不住。"于是将烟听移到隔座的一张桌子上来，倒退一步，向前坐着，诚夫就坐在他对面。

147

茶房过来，子云要了两杯咖啡，眼光已不免向对面那女人看了去。她这时已脱了青色的高领皮大衣，身上穿的是一件枣红色的绸旗袍，在衣服边沿和袖口上都滚了两道细微的白条纹。袖子小小的，身腰细细的，在那胸前，隆然而起地有两个影子。这衣服虽不是十分地时髦，然而这颜色和那身材多少含有一点儿刺激性。她两只雪白的手捧了那本洋装书，很大方地在那里看着。

子云心里也就想着，这个女人，究竟是哪一路角色呢？若说是女学生，年岁大一点儿，而且这服装，也偏于奢华，不是个读书的样子。若说她是个姨太太式的交际人物吧，这样斯斯文文地坐着看书，而且是洋装书，比较的是文明点儿的人儿了，也不像。他心里想着，眼睛又不住地向那女人身上看着。茶房将两杯咖啡送到桌上来了，子云慢慢地拖着托咖啡的杯子到面前来，左手扶了咖啡杯子，右手拿了小匙子，只管在咖啡杯子里搅着。

李诚夫道："你喝咖啡不搁糖吗？"子云依然向杯子里搅着，好像是没有听到。那个看书的女人虽然坐得远，却是听到了，将两手捧着的洋装书，慢慢地放了下来，由书头上射出两只活动的眼珠来。虽然看不到她的嘴角，然而便只看她活动的眼珠，已经是充分地露出笑来了。可是她由书头上射出眼光来看人的时候，也不过是若干秒钟，很快的工夫，她又把两手捧起书来看了。

直到这时，子云将小匙舀了一满匙子咖啡向嘴里送了去，那舌头接触着，简直是苦得卷不起来，低头一看，糖罐子可放在桌子中间，原来是自己不曾放糖下去呢，见李诚夫对了自己也有点儿笑的样子，未免难为情，便笑道："我喜欢喝香茶，不怕苦，所以很清淡的咖啡，也不搁糖。不过这咖啡熬得很浓，倒是非加糖不可。咖啡这样东西，不像喝茶，只图个热图个香，味是谈不上的。这咖啡倒是熬得很香。"说着，夹了两块糖，放到杯子里去，趁着诚夫偏过头擦火柴的时候，又夹了一块糖到杯子里去。他自己觉得也是有些失了常态，就不敢怎样地向那女人看着了，那女人是否向这边注意过，那是不得而知，可是那女人在那里说话了。

她道："茶房，你们这咖啡是新熬得的吗？"茶房道："新熬得的。"她道："好！你给我也来一杯。"那茶房听了，送了一杯咖啡去，把这桌上放的糖罐子，顺便地带到那女人桌上去。那女人将小匙子在咖啡杯子里搅着，向茶房道："这咖啡是要热的才好喝。"茶房道："我们这饭车上，不敢预备次东西，这咖啡香着咧！"那女人道："咖啡就是喝这点儿香味儿。"

子云在这里听着，不由得心里一动，这女人说的话怎么和自己的口吻一样？这岂能是完全出于无意的吗？因之又抬头向那女人看去。那女人将那本洋装书放在桌上，用一只手胳臂撑在书上，托了自己的头，那眼光半射在桌上，半射到对面的桌子上来，要说她是在偷看人可以，要说她态度大方、毫不在乎也可以。因之子云虽满抱着偷看她的心事，又怕她是个过于摩登的人物，那她不但不怕人，简直会明白地质问人，为什么偷看她的。可是在她这样每次略略用眼光射到人身上来说，又像是并非不可纠缠的。于是对了李诚夫说话，将眼光略射到那女人身上去，这就放大了声音道："市面尽管是闹着不景气，由北往南、由南往北的人，还是这样地拥挤。简直有人买了头等车票，找不着铺位的，你说这是怪事不是？"说到这里，那女人竟是端端正正地看着，大有正式向这里说话之意。

诚夫先是见他魂不守舍，已经有些纳闷，现在听到他说这种话，心里就很明白，这岂不是说那椅子角落里的那个女人吗？他先说有个买头等票的女客坐在饭车上，就是这一位了，心里想着，也就不免回头看来。只见那女人跷起右手的小指无名指，夹着小茶匙，只管在咖啡杯子里搅动，那无名指上亮晶晶地戴了一个钻石戒指。这自然是阔人之流的家眷，何以是一个人出门？这倒可怪。不过他是回过头来看的，不便注视，看了一眼，立刻也就回转过脸去。

子云道："诚夫，你何不搬到我屋子里来住？也不在乎加三四十块钱。"诚夫笑道："刚才你说了，市面闹着不景气呢，省点儿花吧。我

149

也说过的，我们吃粉笔的人，那是不能和你们要人打比的。"子云淡淡地笑道："你把我太高比了，我哪里能算是要人？也不过有碗饭吃而已。现在我每月的经常费，就是一千四五百块钱，自己想了起来，也是不得了。"诚夫道："用到这样地多吗？"子云道："可不是！我也是非常地纳闷，糊里糊涂的，何以一个月就用这些个钱呢？至于我自己在外面的活动费，还不在内。"

子云正说得得劲，那女人却大声地叫着茶房。茶房过去了，她问道："你们这里有加力克的烟卷吗？"茶房道："只有三炮台。"那女人对子云桌上一努嘴道："那不是加力克？"茶房微鞠着躬道："小姐，那是人家由北平带来的，车上不预备。"女人道："你们饭车上的人，总是守死老规矩，稍微变点儿花样，就是不行。去吧！"茶房只好笑着走了过来。

子云不是个聋子，如何不听见？而况他也是有意于那女人的，这几句话，也就是字字入耳了。等那茶房走到桌子边，就把那茶房叫住，低声问道："那位小姐是要加力克的烟吗？"茶房道："可不是？可是车上没预备。她以为你这一听烟，是车上买的呢。"子云笑道："茶烟小事，随便可以敬客，你把我这筒烟送了过去。在火车上非常地寂寞，不抽烟解闷，怎样行呢？"说着，将桌上这筒烟交给了茶房。

这不但茶房觉得他有些冒昧，便是诚夫心里也捏着一把汗。和人家萍水相逢，男女有别，怎好突然地送人家烟卷抽？可是茶房拿着烟在手上，远远地偷看那女人时，见她脸上兀自带着喜容。子云说送烟她抽的话，她绝不能没有听见，听见而不见怪，那是不会拒绝的了，便故意举起那筒烟来，放到那女人桌上，笑道："这是那位客人的，他说茶烟不分家，是敬客的，请您随便用。"

那女人先看了那筒烟，然后咯咯地笑着站起来，向子云远远地点了个头道："多谢！不客气。"子云也站起来道："车上买不到这个牌子的烟，这位小姐就请用吧。"女人笑道："那么，多谢了。"她在烟筒子里，抽出四五根烟卷，就把烟筒子交给茶房，让他送回来。子云还是站着的，老远地就摇着手道："这没有关系，你留下吧，我网篮里带着很多呢。"那女人又笑着道："那么，我留下了。谢谢！"她说毕，很自然地坐下，吸着烟，翻了书看。

子云心想：这女人的态度，总可以说是很大方，不过比较规矩的女人，一个生人送她一筒烟卷，那是不会受的。不要她是舞女之流吧？然而舞女岂能这样规规矩矩地看书？他正觉得这个哑谜，是不大好猜。

那女人忽然又把茶房叫去了，她道："这车子什么时候到天津呢？"茶房道："六点到了，您在天津下车吗？"她道："没有铺位，我能够在饭车上坐两天两宿坐到上海去吗？我只好和站长交涉，在天津下车，改坐别班车子走了。"茶房道："您要是来回票的话，下车就得了，用不着交涉。上海到北平来回票是四十天的日期，在四十天以内，您赶回原处就成，中途在哪儿下车，也没关系。"女人道："天津有好几个车站，我要是找好旅馆的话，应该在哪儿下车呢？"茶房道："老站。"女人道："什么叫老站？"茶房道："就是总站。"女人手按了书面，抬着头，微转了眼珠，沉思了一会子，笑道："哦，是中央车站？"

子云听到她说得很文雅，觉得刚才猜她是下流女人，那又错了。这时，她说着话，却把手边上的小皮包打了开来，取了一张五元钞票，交给茶房，向子云这边桌子上指着道："那两位先生的账，都由我这里代付了。"子云真是做梦想不到，这女人是这样地大方，站起来连说"不敢当"。就是李诚夫也站起来，说是"不必"。那女人向二人瞅了一眼，微笑道："刚才这位先生，不是说过了茶烟不分家的吗？"这句话，说得非常扼要，叫子云简直无法可以答复，只好听她的便，由她付了账了。

第二章

萍水相逢成了亲戚

男人和女人在一处吃喝逛，由男人去付账，这好像是成了天经地义。假使这笔账转到女人身上，男子们不但是会感到受恩深重，也就很觉得有点儿出乎常情。这时那个女旅客和子云会了咖啡账，却之不恭，受之有愧，却不知道要怎样的好。照说，可以请她吃一顿晚餐，把这人情也就报复过来了。可是她刚才说了，车上没有铺位，她不能在饭车上坐两天两夜，坐到上海去。到了天津，她就要下车了。这趟车到天津，也不过是刚刚六点，去开晚饭的时候，还有一个钟头呢。子云心里在计划着，坐在原椅子上，只管出神。

当那茶房替那女客找回三块多钱来时，她又向茶房问道："在天津订了铺位子的客人，也有临时不上车来的吗？"茶房笑道："来不来，全在乎客人，车上的人，事先哪会知道。"她踌躇着道："这事真不凑巧，我若在天津住下一天，又怕耽误了上海的事。若在车上候缺，又怕始终是候不到。"子云就大着胆子道："这位小姐，若是能够在饭车上坐到天亮去，那就有办法。我想沿路济南、泰安几个地方，总有人下车。"她笑道："我这里还有两本书，是很好的旅行伴侣，没别的可说，多喝点儿咖啡，提提精神，大概只坐一宿，勉强总可以办到。未请教你这位先生贵姓？"子云只恨自己不能平白地报出姓名来，既是她先提出话来问着，那就正中下怀，便笑道："不敢当！贱姓胡。"同时站起来，向她微鞠了一个躬，也就伸手到袋里去，掏出一张名片，两手捧着，送到那女人面前去。

他本来是想把名片放到桌上去的，不想那女人见他将名片送过来，已是起身相迎，两手接着，似乎还在那接名片的时候，微微地带点儿笑容鞠着躬。她看了那名片上的字，先就啊哟了一声，好像是很吃惊地哦了一声，接着便是用两只手捧了那名片哦哦哦地笑了。她向前一步，对子云一鞠躬道："原来是胡老伯，这真可以说是巧遇了。"子云忽然地听到她叫起老伯来，这倒有些愕然，但是他究竟是久经交际场合的人，回着礼道："不敢当，不敢当！这位小姐，如何这样地称呼呢？"那女人道："家叔杨子林……"子云道："哦，你是子林的侄姑娘。"她笑道："不，我姓柳，我外子，是他的侄子。"子云道："哦哦！我明白了。但是子林昆仲有五个呢，尊翁是行几呢？"女人道："是大爷，胡老伯和我们老太爷不也很熟吗？"子云道："在十年前，我们是常在一处的。后来他回南方去了，就生疏了，连书信都不通。不过在子林那里，还可以听到他一点儿消息。他好吗？"女人笑道："托福，倒是很康健。"说着话，她竟是走到这边桌子面前来。子云就坐到李诚夫椅子上，让她在对面坐下，笑道："府上不全是在南方的吗？何以杨少奶奶又是由北向南走的呢？"她将手上的小皮包放在桌上，两手按定了，却红了脸低着头，在两只手胳臂空当里，向怀里看着。她强笑道："不瞒老伯说，这样的称呼，我是惭愧得很呢。"

子云看她按住皮包的两只手，既丰润，又洁白，心里早是一动。听她这话，显然是有缘故，不然，岂有个身为少奶奶的，怕人家叫她作少奶奶的道理呢？不由得就向着她脸上瞟了一眼。她似乎也有些感觉了，将皮包收着，放到怀里去，依然是两手按着，叹了一口气道："这话我说出来是很惭愧。总而言之，我们在这过渡时代做一个青年，总是容易被牺牲的。"

子云听她如此说，这话就更明了了，大概是在婚姻方面，发生了什么问题。这自然是不便直接去问她，便由侧面去探询她的态度，问道："我们这位世兄，现时在什么地方工作呢？"她道："工作？这两个字，怎么能够和他发生关系？不过娱乐的事，他倒样样在行，滑冰、游泳、跳舞、唱戏，都很好。此外，嗜好很多，有生人在这里，我也不便细说。"她说这话时，眼睛珠子呆定了一下，似乎有两汪眼泪水，要由里面流了出来。她于是低了头，去打开怀里的皮包，抽出一块花绸手绢来，捏成了个小团，只向两只眼角上去不断揉擦着。擦完了，将那小手绢再收到皮包里去。可是她这一收之下，那时间总在十分钟以上，显然她是不敢抬起头来，借这个举动来消磨时间的。

子云也曾听说，杨子林的侄少爷之中，有两个是很不成器的。但是究竟是哪一个不成器，因为事不相干，并不曾去打听。依现在看起来，不成器的就是这位少奶奶的丈夫了。不过和她还是初次见面，虽是明知道她心里十分地不好过，也不能去劝解她，只得用不相干的话，继续地谈着，以便扯开她的难为情。因就问道："杨少奶奶好久没有到南方去过啊！"她这回不难为情了，笑道："我已经声明过了，这种称呼，我是不敢当的。"说着，她就在衣襟上解下纽扣边的自来水笔，把胡子云递给她的名片，翻转面来，在上面行书带草写着"柳系春"三字，送给子云看，笑道："这是我的姓名，就请老伯叫我的名字吧。关于杨家的事，我是不愿去再提的了。"

李诚夫坐在一边，他始终是不肯从中插言。听到这里，他胸中可有些纳闷，既是不愿提到杨家的关系，请问老伯这个称呼又是从何而来的呢？他想着，不觉是向她看了一眼。这柳系春真有以目听、以眉语的能耐，看到之后，立刻向诚夫笑道："不瞒你先生说，我自己觉得是很矛盾的。我虽然愿意和杨家脱离关系，然而杨家这些尊亲长辈，我依然是要尊敬他们的。胡老伯和你先生住在一个房间里吗？回头我去奉看。"李诚夫笑道："不敢当，我坐在二等车上。自过了丰台，我就到饭车上来坐着，我也应当回房间去看看了。"说着，他就站起身来。

子云在这时，要挽留他再坐一会儿，却不是心中所愿意的；任他走去，不做一点儿客气的表示，也不是为朋友之道。便笑着站起来，握了他的手道："你住的是八号不是？回头我去看你吧。"诚夫点着头说"是"，也就走了。柳系春在这时，也略微站起身来相送了一下，但是人去了之后，她依然在这边椅子上坐着，并没有回到原来地方去。子云坐下来笑道："在火车上遇到了亲戚，这是想不到的事。柳小姐在饭车上是一个人，我那房里也是一个人，彼此都寂寞得很，我们不妨在饭车上多谈一会儿。"

柳系春笑道："听老伯多一点儿指教，那是好极了的事。"子云于是又叫茶房端了两杯柠檬茶来，彼此相对着，继续地谈起来。但是谈来谈去，只能说些闲话，谈到杨家的家务，她就做出那冷冷的样子来，好像关于这个问题，所要说的是很多，但是不愿意谈。子云并没有意思要调查她的什么家务，她既是有意躲闪着不肯谈，也就不向下说。

系春所说的，北平的戏院怎样，电影院怎样，饭馆子又怎样，大既子云所喜好的事，她都能说点儿内行话。子云无意中得了个知己，那就谈得更起劲。不知不觉地就到了杨村。特别快车到这里虽是不停留，然而这里，究竟比较的是个大站，火车进站的时候，速度慢了许多，她在车窗子里向外一张望，只见站台上灯光明亮，在灯的玻璃罩子上，可以看出来，上面有"杨村"两个字。她扶了桌子站将起来，不由得啊哟了一声。子云看她那情形，明知是惊讶着，怎么就到了杨村，是否在天津下车，现在还没有决定呢，便假装不知，故意问道："柳小姐丢了什么东西吗？"系春道："我倒没有丢什么东西，可是我不知怎么好了。说话就到了天津，我还没有和车上办公人打听，这铺位是不是可以想法子？"

现在子云和她谈得很熟了，就不必太客气了，因道："柳小姐你不必着急，我已经有法子了。若是过了天津还没有铺位的话，我可以并到别个男客屋子里去。头等车里，下铺卖出去了，上铺往往是没有人要的，结果总是买下铺的人独包了一间屋子。我想，到别间屋子里去找个上铺，总不会怎样地难。我那间屋子空出来了，柳小姐就可以搬了进去。"系春笑道："那实在是好，不过我把胡老伯挤走了，我心里可不安。"子云笑着两手一扬道："这很无所谓。不过由下铺搬到上铺去罢了。假使我急于要走，买不到下铺，那上铺我不是也要睡的吗？"

系春手扶了柠檬茶的空杯，转着眼珠出了一会儿神，因微笑道：

"这自然是我很愿意的。不过今天这车子是相当地挤，假如别间屋子里，就是上铺也没有空的，那怎么办呢？"子云笑道："据我想，那总不至于。比如我现在的屋子，就空着一个上铺。假如我是女客，或者柳小姐是男客，这就不成问题了。"系春笑道："若我是个男子，何必在饭车上坐这样子久，由正阳门上车，我就有了铺位了。唯其是这样，所以发生了困难。"子云笑道："其实也没有什么困难，万一真找不着地方，今天晚上，我可以坐在饭车上，柳小姐到我屋子里睡去。明日柳小姐起来了，到饭车上来坐着，换我去睡。这样地来回倒换着，这一样也就可以安然度过去了。"系春摇着头微笑，把那两只耳坠子摇摆得在脸腮边打来打去，增加了不少的妩媚。她笑道："你是我的长辈，那样让铺给我睡，我更是心里头不安。我现在决定了，不下车了，难得在车上遇着老伯，凡事都有个照应。到了上海，我还有许多事要求老伯帮忙呢。"

子云听到她不下车，好像与自己有什么关系，一听之后，心中大喜，便笑道："我们这样的两代世交，只要能帮忙，绝无坐视之理。到了上海，我会留个地点，你去找我好了。"系春笑道："多谢老伯。说话就到了天津了，希望老伯不要让人搬进你那屋子去才好。要不然，老伯所说腾房子的那句话，又成画饼了。"子云皱着眉，想了一想，苦笑着道："要说我硬霸占着一间屋子，不许人进去，这未免有相当的困难。最好……"系春道："这样吧，我就不客气了，把东西先搬到老伯屋子里去，我也在老伯屋子里坐着。屋子里有了两个人，别人就不会搬进来了。"子云连连鼓掌，大笑道："这就很好。若是这样，就是有人在天津订了铺位，看到屋子里有女眷，也不会进来的。事不宜迟，我去叫茶房来搬东西。"说着，他就向饭车上的茶房要了账单，匆匆地签了字。这回系春不再说客气话了，五分钟之后，系春连人和行李一齐都进了子云的屋子。

子云让她坐在铺位上，自己让到洗脸柜边，那张小椅子上去。系春微微地伸着懒腰，打了半个呵欠，笑道："饭车虽然也很暖和，究竟没有房间里舒服。"子云道："请你放心，这间屋我决计让给你。纵然天津有订了铺位的要上来，我说这下铺是你的，人家也不好进来。"系春笑道："好吧！一切我都听便老伯的主张。"这时，火车已经停在新站，只寥寥的几个人上下。子云只暗祷到了总站也是如此就好。可是到了总站以后，上车的客人却是不少，只听到门外夹道里，来往的人声不断。

果然也有两个人问铺位的，所幸车上茶房都答复没有地方，一个个地打发走了，最后人声寂了。茶房敲着门，然后进来，向子云笑道："大概没有人来了，我都替您挡走了。回头车开了，您补上一张卧铺票好了。车开还早着啦，不下车去走走？我给您锁着门，不要紧的。"

子云就怕系春偶然感到不妥当，又要走，只是没有法子可以挽留得住她。现在大家下车去玩，那就是无形地分开她的心事了，便笑道："屋子里空气闷得要死，下去走走很好。柳小姐，加上大衣吧？由热处到冷处去，衣服穿少了，那会得感冒的。"说着，他看到她的一件皮大衣放在铺上，就两手提了起来，要给她穿上。系春站起来，将身子一扭，笑道："我这可是不敢当呀！"子云笑道："这有什么关系？出门的人，我们男子汉总得替小姐们帮忙的。"

他如此说了，系春就老实地把大衣穿上了，然后子云自己也套上了大衣。可是他心里却十分地高兴，以为系春总是中了他的圈套，在天津是绝对不会下车的了。二人下得车来，果然在车上的人，大半下了车散步。尤其是隔壁屋子里那个牵狗的人令人注意，身上穿一件半截皮大衣，下身穿着马裤，头上戴了深毛獭皮帽子，左手牵着拴狗的皮条，右手拿了一根短鞭子，神气十足，在站台上走着。子云正因刚才被狗嗅着，那人反而大笑，心里十分地恨他，不免向他瞪了一眼。谁知那人胆也不会比子云小，他拉住了狗，向这边的系春看，咦了一声，好像是很奇怪的样子。系春呢，却是低了头，避到一边去。

等那人走远了，子云问："你认得他吗？"系春道："这个人老伯也应当认得。他是北平市上有名之捣乱鬼。在五六年前，他父亲还是一个军阀，他常是带了马弁到处胡闹。现在他父亲下野了，钱是有的，他还是胡闹，不过犯法的事不敢做了。我们女学生时代，在市场里不用碰着他，碰着了，多少要吃一点儿亏。以前，我是和他吵过的，所以他认识我，不过我姓什么，他也许还不知道呢。"子云笑道："这样看起来，柳小姐倒是个不怕强权的人。"系春道："遇到这种人，是不能怕他的，越怕他，他越有劲。"

二人说着话，顺了火车外面走，不觉走到三等车外面来，身后忽有人叫道："徐，你怎么也来了？"系春回转头，见车窗子里，有个女子伸出头来，在向一个提篮子的小贩买面包和牛肉干。这是早三年前的同学张玉清，却不想让她看见了，就离开了子云，走到窗前来，笑道："张，你怎么也在这样冷的天出门呢？下来吧，我们谈谈。"

玉清将买的东西，拿进窗子去，笑道："我不能下来，下来就让别人占了位子去了，你在几等车里？"系春道："我在头等车里呢。不能下车，那么，我来看你吧。"说着，就向三等车上走来。拉门进去，早觉得有一种很郁涩的空气向人脸上扑了来。车箱子里两排椅子，早乌压压地坐满了旅客。便是椅子头边、行人路上，大半截提篮、小半截提箱，由椅子下面伸了出来，占据了路线。张玉清所坐的地方，是椅子里角，外边已是坐了一位穿学生服的青年，对过椅子上，是两个年老人，四人八条腿。在拥挤的椅子空当里，还有两个很大的包袱和一个高柄提篮。此外水果蒲包、点心纸盒子，也横七竖八地放了不少。系春走过来了，玉清和那青年一齐带着笑容，站了起来。

系春一看，心里就十分明白，这个青年和她究有什么关系了。系春笑着向前和玉清握了手，笑道："我明白了，你是为什么出门了。"玉清微笑着，点头道："我本来要下你一封请帖的，又不知道你最近的寓址，真是对不住。"系春笑道："已经吃过喜酒了吗？"玉清笑道："当然，要不，我们怎能出门？"系春眼向了那青年笑道："以前没见过呀，贵姓是？"他一听说，早由袋里取出一张名片来，双手呈上。那名片上是朱近清。系春笑道："好一个近清，可不是近清吗？"玉清笑道："两三年没见面，见了面，你还是这样淘气。这两年上学校了没有？"系春道："唉！环境不容许我读书呢！"玉清笑道："你坐头等车的人，还是

158

受着环境的苦恼啦?"系春道:"这个,你不会明白。你们到哪里去?"玉清道:"我们到上海。"系春道:"那很好!有了机会,我们细细地谈一谈吧。"她说着话,不由得连连地咳嗽了几声。同时,这车厢里还另有几个人咳嗽。看时,满车子里雾气腾腾的。原来这里面的热气管子,却是不大管事,全车的门窗,都关得很紧。加上这里面,十人有七继续地抽纸烟。最近座位上还有个抽旱烟的,烧的是最厉害的关东烟叶子,那燥而辣的烟味,便直呛到人嗓子眼里去。系春赶快掏出手绢来,将鼻子和嘴一齐捂住。

玉清是解事的,立刻将窗上玻璃,推了上去。系春笑道:"你两个人,也太错了!新婚蜜月,人生就是这一回的事,至少也要坐二等车呢。"玉清道:"你把题目弄错了。像我们当苦学生的人,火车上,仅仅不过受两天的罪,有什么熬不过去的。我们并非是度什么甜月蜜月,他在上海有事了,我是跟他到上海过日子去。"系春道:"你是生长北平的人,上海的生活,你过得惯吗?第一件事,就是房子没办法。十几块钱,在楼梯转弯的所在,弄间亭子间住,真比桌面大不了多少。楼上楼下七八间屋子,常是住上四五家人家,人家都叫在上海住家,进住鸽子笼呢。"

玉清道:"你对上海情形很熟悉的了?"系春道:"你别瞧我现在,我就住过那亭子间的……"正说到这里,窗户外边一个人影子一闪,那正是胡子云。系春便向玉清笑道:"回头开车了,我再来找你吧。我先下去了。"说着,赶快抽身就下车。子云迎着她笑道:"柳小姐初上车来,是很寂寞,现在遇到了我,又遇到了同学,应该不寂寞了。"系春笑道:"她新结婚,为她的先生一路到上海去安身立命的。我看到了就会起着无限的感慨。"说着叹了一口气。子云道:"柳小姐还对她说,在上海住过亭子间呢。"系春顿了一顿,笑道:"可不是!有一年到上海亲戚家里住着,他们家里,早就很挤的了,想来想去,把一间半堆东西半睡老妈子的屋子,打扫出来,让我独住。我一个人住着,只觉是转不过身子来。主人翁说,一个人睡一个亭子间,在上海已不算挤,还有一家住一个亭子间的哩。"

子云也想着，她这样的人绝不会到上海去住亭子间，对于她的话，也就很相信。在车站上兜了两个圈子，子云又买了五六份画报，送给系春看。她现在是很老实，毫不犹豫地和子云上了头等车，一同回房去。有了画报，这就不说话，也有消遣的东西，分外地不寂寞。车子开了，车上查票员查到子云房间里来，问道："多了一位，是一起的吗？"子云道："是一起的，你补上一张卧铺票吧。"说着，他就在身上掏出一张十元钞票，交给了查票员。他的来回票在北京查过了，现在照一照。系春的票却是单程的。查票员看过了问道："二位是一起的，怎么只一位是来回票呢？"

系春当子云说话的时候，她不作声，这时，她才插言道："那当然可以。他到上海，还要回北京，所以买来回票，我不回来了，所以买单程票，这有什么不合章程吗？"查票员笑道："这当然没关系。我们怕不是一起的，就不便把男客女客并在一间屋子里。"茶房插言道："他们是一起的，是一起的。"

查票员只管查票，他们没有权力调查旅客的关系，已接了钱，自然是照补卧铺票了。查票员走了，系春红着脸向子云道："刚才老伯掏钱买票，我不便作声。我若不肯，查票员说我们不是一起的，要我搬了出去，惹得全车人知道了，那我更是难为情。"子云笑道："没关系。"说着，头一昂，身体向椅子背上一靠，接着又笑道："我的心事，也是和你一样。你想，若不补票，柳小姐又怎样说呢？还不是要你搬出去吗？"系春道："补票是没有关系。回头……回头……要调换房间……怎么办？"子云道："不要紧，柳小姐！我是你一个长辈，便是睡在一间屋子里，要什么紧？你若是一定要避嫌疑，还是我先说的那个办法，我们可轮班地睡。"系春想了一想道："那也只好那么办吧。"

她说着这话，声音不大，噘了嘴，有点儿怒色。子云心里头虽是很惶恐不安，可不敢胡说一个字，只带了一点儿微笑，自取出烟斗，装上烟抽着。系春忽然扑哧一笑，问道："老伯抽烟，真是奇怪，双管齐下，又抽烟卷，又抽烟叶。"子云正感到她已在生气，不知要用什么话去安慰她才好呢。现在她自己忽然地高兴起来了，这用不着想花头去安慰她，这更是一件高兴的事，便笑道："我始终抽烟叶子的。预备下纸烟，不过是陪客。这一点儿小事，柳小姐都注意到了，我真是佩服之极。"系春笑道："我是最粗心的人，老伯倒说我心细。"说到这里，查票员将补的卧铺票和找的零钱一齐送了来。等查票员走了，系春将票和零钱拿过去，在皮包里拿出一张十元钞票，放在铺上。

子云早是看到了，站起来乱摇着手道："柳小姐，你赶快收起来，若是那样，那不是骂我不懂事吗？快收起来，快收起来。你我同车，这是难得的机会，我就买一张火车票送你，也不为过，何况是不过补一张卧铺票呢？"系春瞅了他一眼道："可不是一张呀。"子云道："是的，卧铺票是每晚一张。不管多少张吧，反正是极有限的钱，我的柳小姐，你收起来吧！"说着他捡起那张钞票，就塞到她手上去。无意之中，将她那又白又嫩的手，碰着了一下。在系春是毫无感觉，可是子云就像身上触了电一般，不由得麻酥了一阵。不过他依然极力地镇静着，免得她有什么畏缩之处。她却只注意谦逊方面，可就捏住了钞票，笑道："既然是老伯这样地说了，我若不收下，显是我见外，将来到了上海，我再谢谢吧。"子云一拍手道："这不结了，到了上海，柳小姐请我看回电影，或者跳一回舞，那就算是报了我这一番情了。"

系春笑眯眯地看了他一眼道："老伯也会跳舞？"子云笑道："这年头儿，不会也得会。若是不会，到了交际场合，混不出去的呀。柳小姐反对跳舞吗？"系春笑道："若是为交际而跳舞，我是不反对的。不瞒老伯说，我也就为了交际，不免学了一点儿。"子云口里衔了烟斗，两手乱鼓起掌来。这时，夹道里一阵乒乒乓乓的响声，倒有点儿像打着日本来的大正琴。子云道："开晚饭了，我们吃饭去吧。"系春笑道："我说呢，谁家小孩子在这儿闹玩意儿，原来是打一种钢片子，当摇铃了。为什么不摇铃呢？"子云又哪里知道为什么不摇铃，便笑道："铁路上的组织总是一年比一年进步的，不摇铃那自然有不摇铃的原因。"系春道："什么原因呢？"子云笑道："比方说罢，屋子里有一男一女的旅客，在那里说情话，这时忽然叮当响一阵，岂不讨厌？我的见解如此，你以为怎么样？"系春坐在他对面椅子上，脸上飞红一阵，把头垂下去，接着，就扭着身子一笑。这虽然她没有说什么，比说了什么的表示，还要有力呢。

第三章

中了魔了

男子对于女子的追求手续，大概十有八九是取渐进主义。当男子向女子取着那恭维态度的时候，在这时，女子对男子若不断然地拒绝，第二步就来了，乃是和女子表示同情，投她心之所好，来安慰她。于是乎二人很熟了。第三步第四步，也就跟着来。大概第三步总是开开玩笑，又像是轻薄，又像是怜惜。在这个时候，女子还是不予拒绝，或者不好意思拒绝，男子方面，就很容易地可以达到他的目的了。

胡子云对于同车的这位柳系春小姐，就是按着上面这个程式来的，虽然不过是三四小时的工夫，他已达到了第三期的进行了。他心里是那样想着，丈夫和妻子闹着脾气的话，便是不讨一个小老婆，也不免到外面去寻花问柳。妻子对于丈夫，那情形没有二样，假使系春这次出门，正是和她丈夫发生了什么裂痕的话，那是无疑问地，必定也要出口气，找个男子，对丈夫报复一下。有了这种机会，向她进攻，那是事半功倍的了。

他这样揣想着，就大胆地只管向系春说着笑话，系春听了他的话，好像是懂，又好像是不懂。因为她的脸虽然是红着，可又斜靠了椅背坐着，大大方方地在那里抽烟卷。子云也是坐在她斜对面，衔着烟斗，只管向她斜着眼看去。他心里也是在那里转着主意，难道到了这种程度，我就没有法子跟着再进一步吗？只管这样斜着向她注意时，就不觉地看到她手指上那个翡翠戒指。一瞧之下，主意就来了，立刻向她笑道："柳小姐，你那戒指真绿，是在北平买的吗？"系春还不曾答复这句话呢，他就起身走向这边来。他那意思，虽不能握住她的手，总可以看到

163

她的脸上去，不想系春对于这一着棋，似乎她又懂得了，便把身子向后缩了一缩，笑道："也不怎样地好，你请坐，我取下来给你看吧。"

她说这话，竟是明言请子云坐下。他不能再站在人家面前了，只好是退后一步，在原位子上坐着，大小总也算是碰了个钉子，大概有些不好意思。系春也好像就看透了这一点，满脸放下笑容来，两个指头钳了那戒指，送到子云的面前。子云虽然在失望之余，增加了许多的不快，然而在她将那只戒指送到面前来时，心里头立刻觉得受用了。于是先把两个指头夹着，偏头看了一看，又把这戒指托在手掌心里，微微地颠着，用目去注视，点点头道："好！好！这东西很不坏。"可是看戒指也就只能看戒指，除此之外，那是没有什么可做的了。看完了，也不敢再送到系春面前去，免得碰了钉子，就轻轻地放在窗子边那个支脚茶几上。

系春将戒指拿到手上，虽不曾正眼地看他一看，却是在戴戒指的时候，低了头，抬起眼皮，向子云撩了一眼。凡是女人正眼儿看人，这无所谓。唯有这样偷看的看法，而被看的人知道了，那最是受不了。子云正是不敢有什么举动的时候，被她这眼睛一射，心里立刻活动起来，就笑道："柳小姐，你是多么雅静，戴上这戒指，你是更觉那样……"系春不等说完，就抢着道："老伯谬奖，我是不敢当不敢当。"这时，她横臂伸着一个懒腰，笑道："时候不早，我们也该到饭车上吃饭去了吧？"

这"我们"两个字，子云听了，是万分地受用，也站起来笑道："是是！我只管说话，把这件事竟自忘怀了。"说着，系春先走出门去，子云随后跟了出来，吩咐了守车的茶房锁上房门。系春只管是向前走，当走到离开这节车的车门，要上那节车的时候，她忽然站住了，哟了一声道："我的手皮包丢在房里没有拿来。"子云笑道："要手提包做什么？你还打算带钱到饭车上去还账吗？你和我做老伯的一路出门，做老伯的还要占你的便宜，那也太不像话了。以后你快别这样客气，要什么，尽管说，不用惦记是谁给钱。"

他说得很开心，手扶了门扭搭，竟然忘了推开。系春站在他身后，自不便抢上前去开门，也只好听了站着。不想这个时候，有人大喊茶房，声音是高而粗暴。回头看时，正是那个带狗的矮胖子。子云觉得这个人是无往而不讨厌，正想瞪那人两眼，不想他好像已经明了子云的命意似的，两手插在马裤的口袋里，扛着肩膀淡淡地一笑。子云自然也感着奇怪，为什么他又向我笑呢？系春却很怕他这笑声似的，立刻红潮上脸，抢着开门就走。子云是跟随她要紧，那带狗的人为什么笑也就来不及管了。穿过这边的车门，便是饭车。

上面的座位，十分之八九都已坐上了人。子云这就不免站在座中间，四面张望了一番，微笑道："好生意，人都坐满了。"立刻走过来一个茶房，向车角落里指着道："就是这里吧。还是这位小姐原坐的地方。"他说着这话时，脸上带了一种轻薄的浅笑，似乎他也知道两人已经由陌生的人变成了极熟的人似的。子云心虚，却不免有些难为情，然而系春却毫不介意，便向子云笑道："老伯，我们就坐那里吧，出门的人，什么都可以将就的。"

她说着，果然地就在那原位子上坐下。子云想着，在火车上碰到了亲戚，这也是很平常的事，为什么胆怯怯得不敢坐下？越是不坐下来，那倒越叫朋友疑心了，胆子一壮，也就在系春对面坐下了。可是有那么凑巧，当自己屁股刚落椅子的时候，身后就哈哈地有人大笑，这又让他心里连连地跳了两下，是谁这样地当面捉弄？不过心里虽在跳着，他也究是不放心，这饭车上，哪里还有人知道自己的秘密的，于是慢慢地扭转脖子来，向后面看了去。

这一看之后，也不由得自己暗暗地叫了一声惭愧，原来是两个外地人，彼此谈话得高兴，就大笑起来，其实这与自己毫不相干，及至回过头来时，系春已是拿了纸页的菜单子在手上看。她笑道："火车上也不能预备多少东西，菜单子上有什么我就吃什么，也不想调换了。老伯看看。"说着，就把菜单子递了过来。子云接过单子看来，全是些龙蛇飞舞的外国文，自己所认得的本来就有限，再加上草写过分，更莫名其妙。对那单子注视了许久，算认得了两个字，译出来：一个字是"咖啡"，一个字是"汤"，至于是什么汤，那还是不得而知。他正这样沉吟着，系春又接过去了，望着单子道："我来和老伯斟酌吧。这是鸡丝汤，换牛尾汤吧？炸桂鱼、煎猪排、闷野鸭，点心是细米布丁，却换什么呢？"

子云听她所说，就禁不住心花怒放。想到她明知自己不认得这单子，故意说是斟酌斟酌，念出来听，这孩子太可人的心了，便笑道："你换什么，我就换什么。你不换，我也不换。"系春又低下了头，眼皮向他一撩，笑着，低声道："那为什么呢？"子云有什么可说，也不过是一笑。系春叫着茶房过来，对他道："这汤给我们换个牛尾汤，浓浓的。菜不换了，布丁给我们做甜一点儿才好。"茶房答应去了。子云笑着轻轻地道："柳小姐这真是同志。我喜欢的就是浓浓的甜甜的。"系春两眉一扬，笑道："什么呀。"子云看了她这态度，听了她那口音，心里真感觉得有些迷糊了，竟不知怎样是好。这时，车窗子外有几盏电灯，跳跃而过。系春笑道："车子走到什么地方来了，我们只管谈话，全不觉得。"子云道："大概是杨柳青。"系春笑道："你瞧，这地方，这个名字多漂亮。"子云道："你不知道呢，这地方是对得住这个名字的，这里出美女。在天津，你去听听人说，哪个做媒的给人一提，说是杨柳青的姑娘，那人先就有三分乐意了。"系春笑道："哦，原来如此，下辈子我也到杨柳青来投胎吧。"子云笑道："下辈子，你还在人间吗？你应该到月宫里去陪着嫦娥了。"

系春笑道："老伯你太会说话。像你这样说话，谁听了都乐意。"子云见她如此地夸赞着，心里更是乐意，不过正当他极度高兴的时候，那送菜的茶房已经走来，只好将话取消。而火车在过了杨柳青以后，也加起了速度，向南奔驰，一片哄咚滴答之声，只看那饭桌上摆的盆景秋海棠，花叶颤动不止，就知道车子奔驰得紧张。子云默然地吃着菜，系春也逛默然地吃着，子云偶然抬眼去看她时，她无端地却是一笑。

其实子云所要看的，便是她耳朵上两只环子，震动得在脖子边摇摇

166

摆摆，很是有趣，并不是还要偷看她的脸。既是她自己笑起来，倒落得将错就错，便故意问道："柳小姐想起了什么好笑的事?"系春道："我想起了我朋友的一件事。"子云哦了一声。系春道："就是在三等车上的那位女朋友。"子云道："这她有什么可笑的事吗?"系春笑道："她以前常对人说是要守独身主义的，于今也是成双成对的了。回头我要去看看她。哦！老伯，你还有一位朋友，他怎样不来吃晚饭?"子云道："哦，你说的是那位姓李的朋友，他是个教育界的人，为人很老实，他不愿在这里扰乱我们，所以他没有来。"系春笑道："这可叫怪话了。在饭车上吃饭的人，也不是我们两个，这一车的人吃饭，都与我们无干，何以他来了，就会扰乱我们呢?"子云道："别人在这饭车上吃饭，各吃各的，谁也不能管谁，他来了，就坐在我们一处，我们谈什么话，他都听去了，那究竟有些不便。所以老老实实地，他自己就不来。"

系春笑道："这也叫太多心了。我们说的话，他听去有什么要紧。"子云笑道："可不是！他总以为我们有更亲密的话说，其实果有那样要紧的话，我们不会吃完了饭，到房间里去，慢慢地谈着吗?"系春低笑道："不要说了，这是饭车上。"她说着，又是那样眼皮向子云一撩。她要是有什么说什么，子云还不会有什么感触，唯其是这样要说不说、眉来眼去的滋味，子云感到非常地兴奋，恨不得立刻就在饭车中间跳舞起来。系春见他脸上红红的，似乎有些酒意的样子，她就停止了谈话，只管吃着。子云虽然是和她说话，她也是很淡然的情形，鼻子里哼上一声。子云这就摸不着头脑。这位少奶奶有时候是六月天，有时候又是十二月天，太冷，究竟是对人持着什么态度呢? 不过这话又说回来了，这是在饭车上，究竟也不是说话之处，等回到房间里再试探她就是了。于是也停止了那诱惑的工作，低头吃饭。吃完了饭，茶房送上账单子来。

他似乎也是老走交际场的人，知道交际场上，男子勇于服务的精神。因之他那张账单不送到系春面前去，却送到子云面前来。子云略微看看，就签上了字，告诉他道："我们住在头等车七号房间。"茶房接着单子，鞠了躬答应是，可是在他伸直腰的时候，向系春很快地看了一

167

眼，那意思好像是说，她也住在七号房间了吗？子云对于这一点，心里倒感到有些慌张。可是系春却毫不理会，笑道："老伯，你就回房去吗？我想到三等车上去看看我的朋友。"子云笑道："哟！三等车上太脏，而且也太挤，你不要去吧！"系春道："唯其是三等车不大好，我应当去看看，免得老同学说我搭架子。"

她口里说着，人已走去。这三等车却在车的北段，头等车却是在南段的。她是向着背了去房间的路上走，子云既不能扯住了她，让她去坐一会子，也没有关系，好在她去不了多久，就要回来的。于是一个人走回房来。这屋子里椅子上放了一个女子的手提皮包，门框钩子上又挂了一件女子的大衣，平常的一间头等包房，有了这两样东西，好像是增加了无穷的趣味。子云衔上了烟斗，斜靠椅子坐定，就对了那件高大皮领子细小身腰的大衣，只管出神看着。他手上摸着了火柴盒子，正待抽根火柴出来擦了好吸烟，可是他第二个灵敏的感觉，立刻把自己制止了。假如是这样烟味浓厚，那就闻不到她衣裳上那股子香味了。于是闭了眼睛，耸着鼻子尖，嗅了几阵，果然地，在空气里面，似乎有一种胭脂花粉味儿。由这股子香气，更想到这穿衣服的本人，真是让人坐不稳。起初看到这个女人，觉得是不过清秀而已，及至越和她接谈，竟是越觉得这个女人可爱，到了现在，那就是天上可寻、地下少有的人物了。

他默然地坐着，享受了一阵子香味，他心里忽然想着，她说她和她丈夫感情不好，似乎有离婚的意思。不知道她这皮包里面，可藏有什么秘密没有？趁了这个机会，何不偷看一下，于是将向夹道里的窗帘布，都扯齐了，将门扣上，把椅子上的皮包取过，背撑了门，扯开皮包上的活络来。打开第一个格子，不见什么秘密，不过是一个粉镜盒子、一瓶香水精、一把牙梳。再打开第二格，里面却是些大小钞票。拾元一张的钞票，约莫有七八张，做了一叠，那五元的、一元的，却是糟乱地塞在里面。在这一点上，可以证明她是个阔少奶奶，对于银钱，果然是不在乎。第二格里面，有个小口袋，里面放了一圈金戒指，好像订婚的东西，戒指圈子里面有字，却看不清楚，再想到她连订婚的戒指也不戴，这和丈夫反目的程度，也是可想而知的。这件放下，更看第三层，里面有几张字条，是通信地址和衣服账单。另外有个粉红的西式信封，写着寄往杭州一个女人的。子云心里一喜，这是她一封没有发出去的信，在这上面，总可以寻出她一些真话来，于是就把信封里的信笺抽出了，却是一页未曾写完的信。信上说：

亲爱的玲：

好久没有写信给你了。你不要怨我，实在因为这两个月以来，我已经没有了灵魂，不但是朋友，连我自己都忘了。现在好了，我已经把我的灵魂找着了，我决定了，和那人离婚了。你曾告诉过我，人生行乐耳，须富贵何为！原是觉得你的话太浪漫一点儿，不肯那样做。然而两年以来，这片面的贞操，徒是苦了我自己……

信写到这里，就没有了，看那最后一句的语气，很是不愿守那片面的贞操了。男子对于一个女子，未到手之前，就是怕她讲贞操，只要那女子不讲贞操，就有法子可以进攻。像系春这个人，她如果是讲贞操，漫说是同房间，便是同床共枕，你也休想沾她一些便宜。如今这信上说了，片面的贞操，徒是苦了她自己。她不但不愿讲贞操了，而且觉得讲贞操是一件吃苦的事。她居然地有了这种念头，岂不是张着翅膀的小鸟，预备投入人家怀抱里去吗？

子云一面他将信收好，一面他就站在屋子中间出神。他把皮包放在原处，坐下来，仔细想想，又抽了两斗烟丝，心想，怪道呢？我说一个大家少奶奶，对于一个生人，如何这样将就？始而还疑心着，一个坐头等车的妇人，还会拿身体去换钱吗？现在看来绝对不是，只看她手提皮包里放了这么些个钱，就随便乱扔，哪还在乎？现在可以证明，她完全为了要报复她丈夫这口气，随时找个男子来取乐的。这样的女人，可以痛痛快快地来将就，而且又不必费一个钱。这是千载难逢的机会，不想

169

无意中遇到了，快活快活。

　　子云虽是一个人坐在屋子里抽烟，但是想到得意之处，也就不由得嘻嘻地笑了起来。在停止了思索的时候，掏出口袋里的金表来看时，已到了八点半钟了，想起七点钟吃的晚餐，她到三等车上去以后，约莫有一小时了，怎么还不回房间来？三等车上，差不多连站的地方都没有，她在那里，倒是可以停留这样的久吗？大概总也要回来了，不要让她疑心我看了她的皮包。于是将房门拉开了一条缝，自己躺在下铺上装睡。这样地等着，又有十几分钟，系春还不见到，子云哪里睡得着？一个翻身坐了起来，正对了那件大衣，仿佛之间，又闻到了那阵微微的香气，静静地对坐着，静静地将鼻子尖耸动着，这真说不出来心里是迷惑，或者是沉醉。他忽然地站了起来了，依然把房门紧紧地带上，然后一手拿了那大衣的袖子，送到鼻子尖上去闻，一手就伸展到皮领子上去，轻轻地、慢慢地，一下一下，在那上面抚摸着。好像这皮领子是爱人的头发一样，要他这样抚摸着，去表示疼爱。可是这样地做过一阵之后，他自己也觉得自己有些无聊了，于是还坐下来等着。

　　偏是他越想她回来，越不见踪影，心里也就疑惑着，她或者不愿和我同房了？不过那是不至于的，因为她已经把行李搬到这屋子里来了，而且是替她买了卧铺票了。在房间里坐着，也是想得怪闷的，于是走到夹道里来站着。隔两号的房间，那里也是住着一男一女。女的约莫有二十上下年纪，头发很乱地散在脑后，穿了一件极细小的黑绸夹袍子，而且袖子短短的，这可以想到她是热得难受。那衣服是过分地细小，她又趿了一双拖鞋，露着那肉色丝袜子，是极端地富于挑拨性，听到那房间里，有男人叫道："人行路上站着，碍了别人过来过去，为什么不进来？"那妇人道："屋子里太热，在外面透透空气吧，可是这夹道里也怪热的。"那男人笑道："大雪的天你会热得难受，这不是新闻吗？"那妇人道："你不怕热，你成天成晚地穿着睡衣，自然是不热，我要能够穿着睡衣跑来跑去，也不叫热了。"

　　子云听她说话，声音非常地娇脆，好像很耳熟，不知是在哪里听到过。正犹豫着呢，那妇人突然地转过身来，现出那有红有白的瓜子脸儿，这就认得她了，正是那大名鼎鼎的坤伶李鸣霄。她还是黄花闺女呢，怎么穿得这样的单薄，和男子住在一间房里呢？这样看来，借着火车来趁心愿的，可也大有人在做着呢。他正是这样地注意，那房间里可就伸出一只手来把她拖了进去。子云不看这事则已，看了这事之后，心里更添上了一层焦躁，向着车门那边看去，系春并不见来。心里转念头一想，有了这样久的工夫不来，这里面必有什么缘故。莫不是在饭车上所说的话，太着了痕迹，已经惹起了她的不高兴吧？准是的！如其不然，何以吃完了饭就走？连回房来擦把脸都来不及呢？

他想着想着，心里感到不自在，就在夹道里走来走去。本来这夹道的车板上，铺有长的地毯，是不会有脚步声的。但是不明何故，依然地惊动了别人，南头两号房间里，陆续出来三个人。一个是大个儿，穿着军服，睁了两只大眼睛看人。另两个是穿黑袍子长胡子的神甫，也是向自己身上看来。心想，他们知道我是在这里等人吗？且慢，只管用大方的态度对付他们，于是伏身在护住玻璃窗的铜栏杆上，向车子外看着，口里不住地哼着二黄西皮。其实由窗子里亮处望暗处，什么也不能看到，便是将头抵靠了玻璃，极力地向外看去，也只看到一些村庄树木的黑影子。这种无意思的举动，似乎又让人家看破了，只听到身后哧哧的笑声，只得装着无事似的，口里唱着皮黄，走回房来。

其实那两个神甫，他们自笑着他们自己的事，与子云无干。子云越是心神不安，那些可疑的讥笑声越是跟着来，不过别人是不是真个笑自己，但是总让自己会感到一层不安的。于是又躺在那下铺上，对了那大衣注意。心里也就跟了想着，我好傻，急些什么？假使她要搬出我这房间去的话，她总得到这屋子里来拿东西，只要她来了，我就有法子问她的话，加以解释了，我现在只管胡着急什么呢？当他这样想着的时候，心里就安定了一点儿，于是安上一斗烟丝，预备擦了火柴来吸上。可是正当他擦火柴的时候，第二个感想跟着涌起，假使她真个来搬行李的话，我还能拦住，不让她搬吗？既不能够拦住她，那只好白瞪眼望着她走了。

　　就在这时，听到茶房在夹道里说："搬上哪里去？好的，马上就搬，那是比现在这地方要好得多了。"完了，她果然来搬行李了。这也只有静静地等着，让她搬去，且装着无事，待机而动，于是口衔了烟斗，躺在铺上。不想听听门外的脚步声，却是很杂乱的，已由房门口过去，似乎不是到这屋里来搬行李的。然而却是等候不及，打开房门来，伸头望着，而在他自己这样伸头一看之后，也不能不笑起来呢。

第四章

二等车上的典型旅客

当胡子云那样提心吊胆，怕这位柳系春要搬去的时候，耳所闻目所见的，都是柳系春要走的消息。最后他是听到柳小姐真有要走的话了，立刻伸头向外看去，那要搬走的却不是人，原来是两蒲包水果，放在这夹道角上，紧靠了热气管子，很容易烤坏。现在有两个茶房将那两蒲包水果，向车门盥洗室里送去，因为那里是比较凉快透风一点儿。由这上面看起来，自己所揣摸的柳系春要走，那全是自己胡猜的，并无其事。

静了一静神，自己想想，越是这样地胡想，越不知道会怎样地见神见鬼？不如到二等车上去看李诚夫，找他谈谈，换一换脑筋里的印象，于是带了烟斗向二等车走来。临走的时候，叮嘱了茶房，假如那位柳小姐来了，可以开了房门，让她进去，现在把门锁起来。茶房对于一个屋子里的客人，本来不能容许其他的客人走进包房间的，现在胡子云既是这样地叮嘱了，对于柳系春的进去，自是毫无问题。胡子云在车身摇撼颠簸的当中，随着摇撼，穿过了几截车身，来到二等车上。这里也是和头等一般的，车房门外，有条走路的夹道。可是环境就和头等车不同，人声比较的嘈杂，开着的房间门，里面有很浓重的烟雾向外散放出来。有的索性在门缝里伸出一条腿来。

胡子云心里想着：李诚夫说，二等车房里很稀松，怎么这样挤？也许是他那间屋子特别一点儿。于是顺了房门的号头，向前找去。到了那号房间门外，他倒有些愣然，他以为这二等车里必是空空的，可以进去坐谈，现时在门外看时，除了上下四张铺位，都已经有了人而外，在下层铺位前，一路堆叠着蒲包、藤篓提箱、扎好了的酒瓶子、装酱菜的油

173

篓子，挤塞得一些空缝也没有。靠窗的那茶几，本是一支斜柱支撑着的，那里有比较大的空隙，便是那里堆塞得最满，斜头向两面伸了出来，直伸到下层的铺位上去。在这茶几下，照例是有一只搪瓷痰盂的。因为堆的东西太多了，那痰盂挤到屋子中间，和两双鞋子拼在一处，那痰盂子本小，橘子皮、梨核、包陈皮梅的蜡纸，再和着毋涕、黏痰、烟卷头之类，糊涂着一处，很是刺眼。车板下更是有那零碎火柴和瓜子皮一类的东西，简直没有下脚的所在。

上面两张铺是客人睡着，下面两张铺是李诚夫同另一个客人对坐着。他口衔了烟卷，斜靠了车壁坐着，似乎是很无聊。可是那位客人，同上铺睡的两个人，大谈其家乡话，犹如一台锣鼓在这里打着一样，非常地热闹。李诚夫虽不作声，却不时地皱着眉毛，似乎这谈话声给予他的印象很恶劣，可是又避不开去。子云站在门外，就叫了一声诚夫。他抬头看到，便笑着站起来道："请进来，请进来，我正是烦得很，有你来谈谈，那就好极了。"子云进来，坐在他铺位上。这铺位上，也什么东西都满了，仅仅地让开了一个人的位子。

子云还不曾开口，先就有一阵奇怪的臭味扑进了鼻子，于是将鼻子耸了两耸，皱了眉问道："这是一股子什么气味？"李诚夫向对面的那人看了一看，这话可不好说，微笑了一笑。子云这就明白过来了，乃是这几位客人所带的天津熏鸡、咸肉以及酱菜的味儿，便笑道："我猜想着，你一个人在房间里必定是很寂寞呢，原来正是在反面，可热闹得很呢！"

诚夫道："离开北平的时候，我也是这样地想，一个人住上一间房，倒是很舒服，不想到了天津，上来的客非常地多，有好些位找不着铺位的，头等里面，也上了好多人吧？你受挤不受挤？"诚夫本来是一句无心的话，子云听着，就不觉得脸上发烧，突然地红了起来。诚夫见了他那样子，才想起是触动了他的心病，立刻扯开来笑道："过天津的时候，你买了好书看没有？"子云道："什么好书？研究学问，我就根本办不到，至于在火车上，还谈得上这个吗？"诚夫笑道："你错了，我说的不是平常的书。好书也者，正是不好的书。由天津经过，由新站到老站，这一段子总有卖报和卖书的人上车来。平常交易，不过卖些小说笔记之类的书，可是你暗暗地问他，有好书没有？他可以卖些情爱一类的小说给你。在寂寞的旅行途中，看这种好书，似乎比找几个朋友在一处谈天强得多嘛！"

说着，他哈哈一笑。自然，他所说的话里，对于这几位同房客人，是不免加之以非议，可是他们丝毫不加以感觉的。其中有一位是初到北方来，很迷恋着北方的皮黄，一个人睡在上铺上，唱着《武家坡》："拨油伦，一程程，泪扫胸花……"子云正是个戏迷，听了这样的新腔，禁不住扑哧一声笑起来。诚夫也知道他所笑的，就是这《武家坡》的腔调，自己总怕人家晓得了，有些不便，因笑道："坐在这里谈天，我是连茶都不能斟给你喝，怪不方便，我们到饭车上坐吧。"子云因他的话，就向茶几上看去。果然地，那里除了堆着茶壶碗之外，另外还有饼干盒子、罐头、香烟筒子、火柴盒子，堆得放针的地方也不能再有。李诚夫生平是个好整齐的人，这样乱糟糟的地方，却猜不透他怎这样地能忍？正是如此地想着呢，那睡在上铺的一个人，忽然咳嗽起来，抬起头来，有要吐痰之势。子云想着，这可糟了，这么高向下面吐痰，岂能那么准吐在痰盂子里。然而他这是多虑了，那个人不慌不忙，反着手伸到枕头下面，摸出个烟筒子来，在手上捧着。他在嗓子眼里，先咕噜一下，咳出一块痰来，在嘴里含着，然后从从容容地把烟筒子盖揭开，伸着头，把痰吐在烟筒子里。因为那痰很浓，吐的时候，是不大利落，一部分，兀自在嘴唇上黏着。他自己大概也是觉察到了这个毛病，于是把烟筒子在下巴上一刮，把那剩余的痰刮到烟筒子里去。

子云看到，真不由心里做了两个恶心。然而那人是无所谓的，依然把筒子盖盖好，放到枕头下面去。诚夫这就碰了他的手臂一下，然后向他道："我们还是出去一会子吧。"他说着，首先走出门外边来了。子云随后跟着出来，二人便站在夹道里。子云道："你不是说到饭车上去坐坐吗？"诚夫笑道："我现在改变了主张了。到饭车上去，说话不能自由。"

他说的这个理由很不充足，但是在子云心里，也以为不上饭车的为妥，于是向诚夫道："我觉得你很感到一些苦恼。"诚夫也低声道："假如我知道二等车是这样的情形，我不坐二等车了。"子云笑道："本来你也不应当省这几个有限的钱，头等里面，第一是睡觉可以得着自由。"诚夫笑道："不！假如我不坐二等车，我就坐三等车了，我们坐着打两夜瞌睡，可以省下三十多块钱，何乐而不为？现在的社会，挣钱是不容易的呀！"

子云正是在浪费的半个月中，虽不能反驳朋友这种话，可是也赞成不出口，向他们屋子里望望，微笑道："你那同房三位，好像是买卖人，和你有些谈不拢吧？"诚夫笑道："他们自己说话，都彼抢此夺，有些来不及，还拉拢我做什么？"子云笑道："这几个人说话，别有一种风味，你觉得怎样？由天津直听到上海，这两天两夜，是你一个乐子。"

两个人带谈着站定，却看到上铺的两位客人，也下来了。他们三个人索性在诚夫铺上坐下了两位。那一位在茶几下摸出个食盒子，在铺上打开分格，在床上放着，里面是咸菜、蹄子、熏鱼头、醉蟹。将一只酒瓶，由小藤包里抽出，斟满了一茶杯酒，三个人轮流地递着喝，各伸两个指头，钳了菜下酒。只有那醉蟹兀自带着酒汁，钳起来，点点滴滴地向下流着，甚至乎那床铺上都带有那汁水的点滴。可是那三位客人是毫不为意，一面吃喝着，一面谈话。子云望了只是微笑。这时，身后听到有轻轻地咒骂声说："真讨厌！以后出门，没有钱坐头等车，情愿坐三等，也不坐这鬼二等车了。"这几句话，虽是偶然听到的，可是彼此竟成为同志了。首先是李诚夫，就向身后看了去，原来是个四十上下的中年妇女，并没有剪发，梳着一把横的如意头。身上穿一件黑绸的棉袍子，也没有沿滚什么花边，只是钉着一路粉红色的水钻扣子。脸上瘦瘦的，两只浓眉毛，一双光灿灿的眼珠，似乎这里面，隐藏着不少的厉害手段。她两耳上拴了两个小金丝圈儿。下面也是长筒的肉色丝袜子，跐了一双拖鞋。虽然她不怎样地妖媚，却还有一种干净的印象，印到人家脑筋里去。

照着李诚夫那人世很深的眼光看去，大概是一位年事老去的姨太太，而且是苏州人。因为她说的国语，尾音上兀自带着苏音呢。在李诚夫这样地打量她的时候，胡子云也是同样地去看着她。不过她虽年纪大了，究竟是个妇人，不好意思盯住人家脸上望着，很快地看过一眼之后，就回转脸来。可是那女人并不避讳，笑起来道："胡先生，久违了！不认得我了吗？"

胡子云突然被她招呼着，却有些愕然，想不到她竟是认得自己的，于是点着头笑道："这一提起来，倒像很面熟，我们是在哪里见过？"口里如此说着，就注意到她的脸上。果然地，她脸上抹了一层很厚的雪花膏，因此脸子雪白，在那雪白的左腮上，有个小拇指大的白疤痕。这个疤痕，让子云想起了以前的事，便一拍掌笑道："我想起来了，你是老六的娘，多年不见，想不到你还是这样清清爽爽的。"于是向李诚夫道："我来介绍介绍，这是李先生，这是……"

子云倒顿住了。依着以前她在石头胡同的时候，可叫她老六的娘，身后叫她苏州老三，于今不知道她是干什么营业，似乎不便将以往的事来称呼她了。这种人是目观六处、耳听八方的，一看这情形，那就明白了，因笑道："我们老爷姓余。"

子云笑道："哦！余太太。怎么着，你们余先生也在北平吗？"余太太笑道："他原是在交通部的，自从各机关移到南京去了，因为他是老公事，部里少不得这种人，所以把他又调到南京去了。我只因为有点儿事情到北平来的。"子云道："那恭喜了！余太太有了归宿了。嫁余先生多年了吗？"余太太笑道："说话也就六七年了。恭喜是说不到，做女人的，不能浮荡一辈子，总要嫁了人才有着落啊！"子云道："余太太是到南京的了？"余太太道："不，到上海。我们老爷到上海去了，我因为接着他一个电报，所以赶到上海去。要不然，这样冷的天，我忙什么呢？"子云笑道："你们先生在交通部，余太太为什么还坐二等车？"余太太道："啊！现在不像以前了，铁路不归交通部管了，要用免票是不行的了。不过也看人说话，我路上也有几位太太朋友，他们老爷并不在铁道部，依样地可以用免票。胡先生这样的阔人，也怎么坐二等车呢？"

子云笑道："阔人两个字不是我们的了，现在是改变一番情形了。不过我已经坐惯了头等车，猛然改二等车，改不过来，我坐的还是头等。因为李先生住在你隔壁屋子里，我是来看李先生的。"余太太皱眉道："若说到二等，不坐也罢。我那屋子里，一个外国女人，是跳舞场里的，抽烟喝酒，什么都来，绿眼睛，黄头发，脸上擦那样浓的胭脂，简直是太不好看。还有个女学生，她瞧不起人，睡在我这间上铺，把一个梯子放在屋子中间，不许人移开，她上上下下，并不理人。还有个小脚女人，是到南京去的，带着两个孩子，又哭又闹，又是尿尿，真闹得我头痛。我没有法子，只得在夹道里走走，饭车上坐坐，你听孩子又在屋子里哭了。上次到北平来，同房遇到两个苏州人，大家还可以谈谈，现在这屋子里三个同房的人，你说是和哪个说话为得宜哩？"

李诚夫听说，不由得笑了，因道："这样看起来，我这屋子里比余太太屋子里还要好一点儿。"余太太道："三等车上，人虽是挤一点儿，车是敞的，地方大些，空气也好些。不像这二等车上，许多人挤在一处。"子云道："那也不然吧！我刚才去看过了，大家挤得伸直腰来的地方都没有呢。想找这样一个夹道，站着谈话，可是不行。"余太太也就笑了，因道："我还没有坐过三等车呢，几时要尝尝这滋味。"子云道："不尝也罢。三等里面，找小脚女人很多，找那瞧不起人的女学生就没有了。并不因为我有饭吃，我就说花不起钱的人不好。的确，公众场所总是花钱多的地方，秩序要好些。譬如电影院，卖一块钱门票的影院，里面是咳嗽声都没有，一毛钱门票的电影院，那里面就像倒了鸭笼一样了。"

李诚夫道："这究竟是办事的责任，不怪穷人自身。假如教育普及，穷人都得着相当的知识，他一样地知道爱卫生、守秩序。凡是一件事，用主观的眼光去看，那总有不周到的。"余太太笑道："胡先生是知道的，我认不了三个大字，哪里还谈得上什么知识。可是我很知道卫生，我也很守秩序。"子云笑道："那不是吹，我们总算是火车上的典型旅客。"余太太对这句话不大懂，诚夫笑道："胡先生说的典型旅客，不是指咱们人而言吧？我以为在我屋子里喝酒吃醉蟹的人，那才是典型旅客呢！至于女性方面……"正说到这里，只听到一种侉音的妇人叫着茶房，茶房很忙地过来，却看到一位梳发髻的女人在房门里伸出头来，笑向茶房道："你找个扫帚来扫扫吧。"

茶房站在门外，向里看着，顿了脚道："怎么又拉了？"余太太轻轻地向子云道："这就是我屋里的那小脚女人。我们也说过，小孩子大小便，叫她带上厕所去，或者叫茶房带去也可以，她倒是赞成。可是有个两岁的孩子，他凑不冷子，蹲下来就屙，叫他娘招呼也来不及。"李诚夫道："这不用提，自然是在家里随地大小便惯了。"子云笑道："若照李兄那句话跟着向下说，这位女太太是典型女性旅客，那个孩子是典型的儿童。"

说毕，两人呵呵大笑。身后又有人道："人真是没有办法。"回头看时，是位穿西服的青年，头发溜光，衣服口袋里，拖出金表链子来。只是满脸的黑麻子，翻嘴唇，和身上头上的样子很不调和。他又道："我觉得车上非用警察不可！我若是车上的人，有扰乱车上秩序的人，我就要干涉他。"说着，他两手牵牵西服的领子，表示他理直气壮的意思。李诚夫看他有点儿像学生的样子，不便不理他，便答道："铁路上要办的事也太多了，哪里还顾得到这些事上面来。譬如天津老站到新站这一截路，两边许多泥水坑和无数扔在敞地上不曾掩埋的棺材。这不但是和卫生有极大的关系，而且实在有碍观瞻。我想，把棺材抬走，把泥水坑填填，这是极有限的钱，可以办到的。可是一直到现在，并没有人理会过，尤其是天天有要人经过这里。人的人生观，向来是大事化小，小事化了，又是一动不如一静，多一事不如少一事，所以只要事情能对付过去，就对付过去，绝不想前进的。"

那麻子听了，也不觉连连点头，表示赞许。正说着，有个白脸的西服少年，匆匆地走了来，向麻子叫了一句哈啰，立刻就说起话来。那麻子也跟着他说话，两个人握了手，一同走进房间里去。李诚夫看了许久，低声道："这也是典型摩登旅客之一。人全像那小脚女人，固然是不得了，便是像这位摩登少年，连话都忘了说，也未必得了吧?"余太太对于这种话却不感到兴趣，不愿老说下去，便向子云道："我屋子里又不便请进去坐，我们到饭车上去谈谈，好吗?"子云却是怕在饭车上遇到柳系春，会引起她的误会，犹豫着可没有答复。

第五章

身份不明的一幕

在火车二等车上遇到了朋友，引进房间来谈话，怕是引起了旁人的不高兴。当然，到饭车上去谈话最合宜，现在余太太有了这个动议，胡子云默然着，好像说不出所以然来，在旁的李诚夫倒有些惶恐。可是那余太太究竟是出身平康的人，她已料到了子云必有为难之处，便立刻转了话锋，问道："现在快到沧州了吧？沧州出水果的，是梨还是苹果呢？我记得是很大很大的。"子云道："不！泊头的梨好，德州的西瓜最出名。其实由沧州以南，各站都出水果。禹城的蜜桃，也很不错。"

余太太笑道："我想起一件事，黄河涯上，还有一种糖霜，是北路的特产了。"子云笑道："余太太，你错了！那是平汉路的黄河崖，津浦路的黄河两岸，特别快车是不停的。"余太太昂头想了一想，因笑道："是的，我弄错了。常出门的人总是这样，会把那一条路的地方记到这一条路上来。"话说到这里，就把上饭车去的约会给牵扯开了，自然也就不必再提到，说了一遍话，各自散开。子云心里，总还是记着那个柳小姐呢。可不知道她回到房间里去了没有。一路计算着，穿过了饭车，也并没看到她。心想，不在这里，必定还是在三等车上去看看她的同学去了，不如到三等车上去找找她。不过她到三等车上去，是有目的的，自己能够直说是到三等车去找她的吗？如此想着，心里不免有些犹豫，依然站定未走。可是饭车上的茶房有些误会了，以为他是在这里，找座位要吃东西呢，便笑道："这时候没有人，随便什么位子上都很舒服的，请坐吧。"

子云被茶房两句话将他说得醒悟过来了，这可是笑话，这般时候，一个人到饭车上来吃喝什么？便笑道："不，我以为有人在这里等我哩，既是没有人，我不坐了。"口里说着，抢着就走开。照他自己的意思，那是很想到三等车上去的，不想在背转了身的时候，竟是向头等车这边走了来。走到了头等车子上，这才知道是回来了。既回来了，且进房间去吧。于是拉了房门，就向里走。房门是刚刚地拉开一条缝，早就有一阵脂粉香气，扑进了鼻子来。那下铺上，不是有位蓬松着头发的女子躺着吗？子云看到这个，先不说什么，脸上早是透出了十二分的笑容，跟着咦了一声。柳系春睡在床上，半侧了脸，紧紧地闭了眼睛，似乎睡得很香甜。可是当子云进来了以后，她的嘴角闪动了一下，好像在微笑着。但是那微笑的形态，是很短很短的一个时间，立刻睡熟了。不过子云想着，这绝不是做梦，因为梦里发笑，那是没有顾忌的，一定会闯开来笑。现在她笑的时候，那簇拥在外面的长睫毛还闪动了几下。若说这个是梦里的微笑，这就仿佛是欺人之谈了。

他站在屋子中间，低头向系春的脸上看了一看，接着也抬了肩膀微笑了一笑。那系春依然偎了枕头，侧面而睡，并不理会。子云忽然心里一动，便故意自言自语地道："虽然这屋子里很暖和，也不宜和衣睡觉。"于是将系春脚下折叠的毛绒毯子，慢慢地牵了上来，盖在系春的身上。

火车上用的毛毯子本来在外面另用了一层白布包着的，为了是免得毯子上的毛绒扎人。不想子云赶紧要伺候人家，扯了毯子上来，忘了扯起那衬托着的白布，这毯子盖平她的肩膀，有只角，正好扑在她的鼻子尖上，那毛刺入鼻孔里去，痒习习的，很是难受。她忍耐不住，扑哧一声笑着，就翻身坐了起来，一手理着鬓发，一手揉着眼睛，这就向子云笑道："我就怕人胳肢，老伯，你是怎么知道了？"子云看了她这情形，已是欠些端重。而况她疑心自己和她闹着玩，换句话说，就是可以闹着玩了。于是就乘势也坐在铺上，微笑道："其实我不是有心胳肢你，你穿的衣服本来就单薄，坐着不要紧，睡下来可就不免受凉，所以我牵了毯子给你盖上。倒是我大意，没有想到毯子上的毛绒是扎人的。"

说话时，两手向下撑了床铺，扭转了身躯，向她说话。她睡觉的时候，脱了皮鞋，脚上只套了丝袜子。现在立刻伸脚到床下去，因为没找着拖鞋呢，却把脚悬了起来。子云一眼看到那双拖鞋在床铺下露出两只鞋尖来，就弯着腰把鞋子摸了出来，摆在系春的面前。她笑着将身子一缩道："老伯，你这样地伺候我，我可是不敢当！"子云道："这要什么紧？顺手这样掏一下，我也并不费什么劲。"

系春道："虽然不费什么劲，可是究竟是一双鞋子。"子云笑道："鞋子怎么着，不也是身上穿的东西吗？"他说着，又弯了腰，拿了一支拖鞋在手，就要向系春的脚上去套着。她两手将子云推着，缩了脚，正着颜色道："胡老伯，你千万不能这样客气，你要是这样客气，我就不敢住在这屋子里了！"子云见她词严义正，也就红了脸，放下鞋子来。他把拖鞋一放下，系春的颜色又平和起来了，她踏着拖鞋，走到洗脸柜边，将扣着的面盆放了下来，便扭了龙头放水。子云究竟是擅长交际的人，想到若是被她一句话拦着以后，就不再开口，那更露着自己不正当，于是从容地道："柳小姐，你若是要洗脸，让我去叫茶房把热水提了来吧，这管子里是没有热水的。"

系春道："不，我用凉水洗得了。洗凉水是很卫生的。"说毕，扭转头来，却向子云一笑。子云因她将背对着人去洗脸，料想她是很生着气，不料搭讪着说两句话，又博得她的嫣然一笑，又高兴起来，笑道："柳小姐，你的运气好。到了这个时候，水管子里还放得出水来。有一次正午，在车上醒过来，我也是想放点儿冷水洗洗手脸就算了，不必去叫茶房。不料放开龙头，噗噗噗的一阵很可怕的声音，放出许多水沫，大大地吓了我一跳，我以为是水管子炸了。其实有了脸盆水管，不论在什么时候，应该热水凉水，都充足地预备着。若是嫌着麻烦，干脆不要水管子得了。若是今天像我那次一般，就不免吓你一跳。"

系春道："我也不能那样胆小呀！我要是那样地胆小，一个人也不敢由北平到上海去了。"她说着话，只将盆里水洗了一把手。接着，她将茶几上的皮包拿了过去，取出粉盒子和胭脂膏，将脸重新又粉饰了一番。子云看着，倒不能不有一点儿疑惑，这个时候，擦胭脂抹粉，那是给谁人看呢？这个问题，自然以不说破含蓄着在心里的为妙。于是口含了雪茄，斜躺在沙发上，望了系春的后影子微笑。正在这时，想说句什么话呢，那房门却剥剥剥，有人轻轻地敲着响。子云以为是茶房送开水来了，随便就答应着道："进来。"门一拉，倒让他大为吃惊一下，来的却是余太太，立刻心里为难着，假如她要问起同房的人是不是我的太太，我怎样地答复？若说是太太，这岂能为系春所容？若说不是太太，带一个女人坐包房，关门共宿，这话也似乎不大好说。

他正这样踌躇着呢，那余太太究竟是交际场中一个老手，她就退后了一步，向子云点了两点头道："我可以进来吗？"子云还不曾答复，系春竟猜定了是他的朋友，就代答道："请进来坐吧！"余太太向系春深深地点了点头，便侧了身子进来了。子云不能把她推了出去，也就只好起身让座。余太太坐在脸盆柜角里那小沙发上。系春连忙扣上了脸盆，递了一支烟卷给余太太，又斟了一杯茶放在茶几上，那意思就是代表主人翁来招待客，换句话说，也就是表示着太太的身份了。子云大为高兴，这样一来，余太太可以不必问，就知道这女人是谁，而自己也就暗暗地占上了一点儿便宜。

果然地，余太太一点儿也不怀疑，笑道："请不要客气！我是多年未见到胡先生，刚才遇到，站着谈谈，没有能说两句话，所以又特意来奉看。"系春因为那张小沙发她已经坐下了，没有别的地方可以容身，只好在下铺上和子云一同坐着。这种表示，又是特别着重了形迹的。余太太喷着烟，抬头向屋子里四周看看，因笑道："你二位带的东西很简单啊！"子云笑道："我是到上海去，不久就要回来的，带许多行李干什么？上海那地方，只要有钱，三四小时之内，连家庭也组织得起来，何况其他？临时短少什么的话，到了上海再买好了，所以我没有带什么。"

余太太道："不过带女人出门是要啰唆一些的。"子云对于她这话，却不好怎样地表示，只微笑了一笑，同时向系春看了一眼。系春却不介意，笑道："这话我倒不能承认，现在的女子和男子一样，一个人一样地可以出门了。"子云将手一拍大腿道："可不是！余太太，她就是一个人出门的。"余太太笑道："这样出门算不了什么，在前门上了火车，就像到了上海北站。再说女人出门，究竟有许多不便，有个老爷陪伴着，那是好得多。"说着，她向着子云一笑道："胡先生，你的意思怎样？"子云抬起手来，搔搔鬓发微笑道："余太太，你怎么不让你余先生陪伴着呢？"余太太笑道："虽然陪着老爷要紧，挣饭吃也要紧，我若由南到北、由北到南都要老爷陪着，只是老爷那份差事，谁替他干呢？胡先生是个要人，自己花自己的钱，没有人能管得着，谁比得上呢？"

系春坐在下铺上，默然不语，好像是对于余太太这种误会，想用别的法子去解释。不过这解释的话，一时却又无从说起。子云心里明白，立刻就用话来扯开着道："余太太到上海去，打算住哪家旅馆？"余太太道："我们先生是住在朋友家里，我已经打了电报去了，他会到车站上来接我的，朋友家里好住，我就不住旅馆了。胡先生打算住在哪里？告诉我，我好来奉看。"她说了这话，眼睛可望了系春，好像是说奉看系春呢。系春起身取一根烟卷抽着。子云笑道："我以前到上海，无非住三东，不过现在上海一切都进步，四川路开了一家新亚酒店，已经很摩登，听说南京路的国际大饭店又开幕了，二十多层楼，什么设备都是新式的，我想去试试。"

系春笑道："我也有这个意思。"子云听了，心里又是一动。余太太笑道："我也听见许多人说，那里的排场很大。若是二位去的话，我见着我们老头子，我也要求他到那里去开房间。我们住在一块儿，岂不是好？"系春架住了两只脚，摇摆着拖鞋，向人微笑。子云心里痒痒的，也是笑。可是他立刻自己抑止住了，向余太太道："我想余先生一定很听你的话的，为什么不要求余先生多汇几个川资坐头等车呢？你看，这里可比二等车里清静多了。"

余太太道："这倒是我自己省钱，不干他事。"系春道："余太太若

185

嫌二等车里烦得很，只管到这里来谈谈，我们很欢迎。"余太太笑道："我不打搅你们吗?"系春道："整天整宿，耳朵里是轰咚轰咚的声音，还有什么比这更打搅的。在车上多一个女朋友谈谈，那更是有趣，你只管来。"子云听系春的口吻，竟是有些冒充本人的太太了，这是料想不到的事。他本要到厕所去，因为怕系春说出实话来，没有敢走开，现时看系春这情形，绝不会说实话的，走开无妨，于是就出去了。子云出门去了，余太太向着系春眯了眼睛微笑。同时，将眼睛看到车门顶格上去。那里，正放着一只扁的小皮箱子，紫色的皮，白铜的搭扣，干净无尘。这仿佛告诉人，这不是一只平常的箱子，这里有宝贵的东西。

当余太太向着箱子望去的时候，系春也向着箱子看去，抿着嘴微笑着。她二人在屋子里默然地坐着，只是各各地微笑。及待子云回房来了，余太太就站起来道："我该走了，时候不早，二位也该安歇了。"说着，就拉开门向外走。系春伸出手来和她握着，笑道："明天见吧。"说话的时候，那手颤动了一下，似乎握手时候的情绪很是紧张的。子云挤在身后，却不能向前去说话，最后听到余太太说："胡太太，明天见。"系春回转身来，好像很难为情的样子，低了头，在那小沙发上坐着。

子云向她抱拳笑道："这件事，实在对不起，引起余太太的误会。我因为没有探得柳小姐的意思怎么样，又不便加以更正。"系春没说什么，右手托住了左手五个指头，低头看着，好像还是微微地噘了嘴呢。子云低声下气地道："这个，你当加以原谅，不能怪我。"系春道："我也没有说怪你呀! 我很后悔，不该搬了进来。现在搬出去是不合适，不搬出去也是不合适。"子云笑道："这可用不着为难，明天我见了余太太，把这事解释一下就是了。"

她噘了嘴，微微地摇了两下头，接着道："那更不妥当了。"子云笑道："所以我想着，这件事很让人为难的。这倒有个笨主意，就是先前那话，我到饭车上去坐着，你先安睡吧!"子云说这话，当然是个笑谈，所以他的态度也并不怎样地诚恳。系春啊哟了一声，笑着乱摇两只手道："那像什么话？除非是我搬出去，不过，那也是不妥当，要是可以那样做，我早就搬了出去了。"

子云笑道："你千万不要说这样的话。刚才，你出去了这样久，我怕你真要搬，几乎没有把我急死！"系春道："这话是怎么样说的，我倒是有些不忿。我就是搬出去，也不至于有什么牵连到老伯身上来的事，何至于急得那样呢？"

她说着这话，在纸烟筒子里，取出一支烟卷，做个要抽的样子。可是刚刚放到嘴唇边，衔着了一会子，不擦火柴，却又放了下来。她的脸，并不向着子云，好像有点儿故意避开的样子。子云笑道："你错会了，我不是那个意思。而且，也谈不上牵连两个字。因为……"他说着这话，对茶几上的烟斗并不去拿，却要到烟筒子里去取纸烟。

系春很不经意地将手指上夹的那根烟递给了他。子云本是借取烟为由，来看看她的颜色的，不想她是没有一点儿羞怒之容，反而笑道："我今天晚上，纸烟抽得太多了，我怕醉，所以要抽我又停止了，请你代抽了吧。"子云接着那根烟，始而还没有什么感觉。及至举起来一看，烟卷头上，有两三分长的一截红印，分明是嘴上的胭脂印染下的痕迹。

他立刻满脸是笑，弯着腰向她鞠了一个躬道："谢谢！"系春笑道："老伯这话我有些不解。这原是你的烟，你怎么向我道谢？"子云道："因为……"系春摇手道："这个因为不必说，我已经明白了。刚才老伯还说了一个因为，没有接着向下说完呢。"子云抽着烟，坐在下铺上，两手撑了茶几，托住自己的下巴，向系春望着，笑道："因为朋友在一块儿相处，说得投机，彼此就多多地亲近些。说得不投机，要走的一定要走，那是无缘，那是人家的自由，怎么说得上牵连呢？不过这话又说回来了，好像《石头记》上有这么两句话'你说今生没缘法，如何偏偏遇着他？你说今生有缘法，如何心事成虚话？'"系春很淡然地笑着摇摇头道："老伯别跟我谈文学，我对于这个是一窍儿不通。"

子云道："其实我比你也大不了几岁，你何必叫我老伯？"系春道："叫先生呢，好像是太生疏了。我对于老伯，是不应当如此的。"子云笑道："叫什么先生，干脆，就叫胡子云得了。"系春道："那越发不敢!"子云笑道："有什么不敢？我们又不是真的亲戚，还分个什么长幼？不过你因我对府上人认得，这样尊称我一声，其实我们原是朋友的位分。朋友叫朋友的名字，谈得上什么敢不敢呢？"

系春也没有说什么，将手抚摸自己的脸，带了一些微笑。子云就在这时，见她无名指上戴了一只翡翠戒指，便笑道："柳小姐这戒指很绿很绿，可以再让我瞻仰瞻仰吗？"说着话，可就伸出了手来，大有想握她的手的意味。系春将手一缩，笑道："胡先生，请你到上铺上面去，安歇了吧，时候可不早了!"子云以为她缩了手回去，一定正颜厉色要说几句话的。现在见她并不如此，于是扯开嗓子，哈哈哈……大笑一阵。

第六章

深夜在三等车上

在前文笔者说过，男人对于女人的侵略步骤，是分三步进行。胡子云只在这几小时之内，对于系春小姐进攻，就达到了第三步。他那速度，也像这火车一般，是特别快车。他那成绩自然是不错。其实孤男寡女，叫他们住在这样斗大的屋子里，可以说是声息相通。说到这是哪一方面应负的责任，这话也就很难说了。夜是慢慢地深了，火车经过了沧州平原，在星光满天、寒气低压的暗空里，加紧奔跑。颠簸的程度，仿佛是比以前更加厉害，所以把全车的人，都摇撼着走入了梦乡。但是这入梦的甜苦，也分个三等。

头等卧车里，有的单人睡着，有的成双睡着，热气管升到三十八九度，高过人的体温。睡榻上的弹簧软绵绵的，人躺在上面，像驾着云一样。二等卧车里，温度和头等一样，只是睡铺要窄小，弹簧便不大软，人只是睡觉，不像驾云。而况屋子里有四个人，多半是彼此不相识。最显著和头等卧车有分别的，便是那气味不大好。若是遇到两个好打呼的旅伴，这痛苦就更大。至于三等车里，根本无所谓卧室，白天是坐在那每座两客的椅子上，到晚来，依然是坐在那每座两客的椅子上。

系春那个同学张玉清女士，同她的丈夫朱近清，一般地，也是两个坐在一张椅子上，仰了身子靠在椅背上，闭眼睡觉。动物里面，各类睡法不同，像马是站着睡，鸟类蹲着睡，蝙蝠还愿意倒挂着睡。可是在人类，那总是以躺着睡为定例。到了三等车上，这个定例要打破了，人都是坐着睡。一个人突然地变了常例，由躺着睡改为坐着睡，自然是不惯的。不过坐三等火车的人，是福人自有天保佑，火车拼命地颠簸着，颠

189

得人神经疲倦，不能不闭上眼去睡。所以那邦邦硬的木椅子，在人极端困倦的时候，也不难变为头等卧车里的弹簧床铺，将人安然送入睡乡。

朱近清和他夫人并肩睡着，朱近清的头枕在木椅子靠背的上端，他夫人身体矮些，够不着椅子上端，头就枕在丈夫的肩上。她的位子是靠了车壁的，热气管子就在她脚下。到了夜深，热气管子也像旅客不能振作，温度非常地细微，而靠近热气管的，总比较地温暖。所以张玉清虽然也是坐三等车，可是她仿佛坐的是三等甲级，朱近清就只好算三等乙级了。在晚上一点钟以后，朱近清当他身体万分不能支持之下，可就睡着了。只是仰了颈脖子的睡法，经过时间很久，便感到脖子有些酸痛，他那只手，不知何时塞在夫人的身后，连同他被夫人枕着的右肩，一齐酸麻得不能够动。

坐火车的人，他们的感觉似乎和平常人有些两样。我们平常在家里安安稳稳地睡着，若有了响声，立刻就醒过来。坐火车呢，那火车在铁轨上奔跑的声音，真有点儿像狂风暴雨，更加着断续的雷声，那吵闹自不堪言，可是旅客们，就是在这时候睡着的。等到火车停在车站上，一切的大声停止了，火车也不颠簸了，人的感觉忽然变换，倒是醒过来。在晚上两点钟以后，火车不知是停在什么车站上。

朱近清正在向窗子外打量，玉清也醒了过来。她睁眼看时，头竟睡在丈夫的肩上，整个身子也是靠了这青年丈夫。立刻抬起头来，见同车的人，七颠八倒，都是半坐半歪地睡在椅子上。有几个不曾睡的，都睁了眼向这里看来。这倒真够难为情的，于是抬起手臂挡住了脸，打了两个呵欠，向近清微笑着，低声道："我怎么糊里糊涂地就睡着了？"近清这才能够把他那只手抽了回去，将左手轻轻地捶着右手，笑道："你是糊里糊涂地睡着了，谁又不是糊里糊涂睡着了。坐三等车有个秘诀，就是尽管支持着身体，不必想睡，到了实在不能支持的时候，闭上眼睛就着，不知道这没有床睡觉的痛苦，那就舒服得多了。"玉清道："虽然这样说，可是我想着，这样地勉强睡觉，睡眠总不会够的。"近清道："旅行的人睡眠吃喝，当然都不能像在家那样满意。"

他口里说着话，左手还在慢慢地捶着右手臂。玉清笑道："我压着你手胳臂了吗？"近清笑道："没关系！为了你好靠着我舒服一点儿。"玉清见对面椅子上坐着打瞌睡的两个人有些转动了，觉得这话让人听了，倒怪不合适，就轻轻敲了丈夫一下腿，把话扯开来道："到了什么地方了？"说着，将脸贴在玻璃窗子上，向外望着。近清道："照着时间算，应该过了泊头，快到德州了。"玉清道："德州车站的熏鸡很出名，我们可以下去买两只。"近清道："德州梨也不坏，夏天还出大西瓜呢。可是在这样半夜的时候，要买什么也买不到。并不是做小生意的人不愿半夜起来，躺在火车上的人都睡了，他们卖给谁吃？"玉清笑说："卖给谁吃？卖给坐三等车的人吃，三等车上的人是不睡觉的。譬如我们要吃什么东西，起身就下车去买，很便利。不像头二等车上的人，这时睡在床上呢？"朱近清想了一想，轻轻地拍了她的手两下，笑道："我很抱歉，不该省这几个有限的钱，不坐二等车。"玉清道："你这误会了我的意思了。我说这话，并不是羡慕坐头二等车的人。我觉着无论什么买卖，挣钱还挣的是一般人的。官吏虽肯花钱，然而他们是少数，究竟做不了什么生意。你看各火车站上卖食物的，他们总停在三等车的附近，显然他们是只图做三等车上的生意。"近清道："那是自然，火车客票若是专卖头二等客人，那有什么生意！一辆头等车往往不满十个人，一辆三等车拥挤的时候，可以坐两百人，拿票价来算一算，当然还是三等车上卖的钱多。可是三等车上的人，是没有地方睡觉的。"玉清笑道："若是三等车上，有地方睡觉，又卖不到钱了。"

他两人高兴起来，说话的声音就略微大了一些，倒不免惹了旁座的人向他二人注意。他们自己醒悟，停止不说了。声音一停止，立刻感到非常的寂静，原来火车停在一个小站上，正等着前面的来车。站外是离着村庄较远的一片旷野，由玻璃里向外看了去，只见站上拥着黑巍巍的树林影子，有几个站上管职务的人手上提了马灯，在站台上走来走去。虽是隔了玻璃，人在站外走的脚步声，还可以听得很清楚。而同时车里面乘客的鼾呼声也就继续地可以听到了。近清笑道："我倒得了一个诗题，在三等火车上，夜深，停在某小站，闻人打呼有感。"玉清笑道："怎么这样长的题目？"近清笑道："不是这样长，说不出这里面的趣味来。必然是三等车上，必然进深夜，听人打呼，才会引起我们的瞌睡虫来。若是火车不停，或是停在大站上，这呼声也不能听得十分亲切，所以必须是小站，才会听得声声入耳，然后会发感慨的。"

玉清听了他的话，仔细一玩味，倒很是有几分理由。睁眼一看，全车的旅客，虽然大部分都靠在椅子上，或在椅子上睡了，可是身体蜷缩着，没有一个露出舒适的样子来。还有那不曾睡的，不是蒙眬着两眼，呵欠连天，也就是倒了身子，软了脖子，一语不发。有的勉强撑住了身子，在那里抽烟卷，也就眉眼不扬，没有一点儿精神。近清道："坐三等车的旅客，必须到了此时此地，才会觉得二等车贵出一半票价，实是有理由。我们到上海去，事情混得好一点儿，将来再回北平，我必定坐二等车。"玉清笑道："你大概有些二等车迷了，怎么只管谈这件事。"近清高举了两手，伸着懒腰，打了呵欠道："我是感之深，言之切。"

玉清还没有答话呢，遥遥听到一片哄哄之声，侧耳听了，问是什么。近清道："这就是我们这车等着的车子来了。你留心听着，这是很有趣的，这响声越大越近，是在别处听听……"他还继续向下说时，玉清的头，又垂着靠在他肩上。近清微微地叹了一口气，低声道："贫贱夫妻百事乖。"

就在这时，来的火车进了站。一片响声，飞奔过去，可就把玉清惊醒了。她抬起头，蒙眬着两眼，向丈夫微微地笑着。在一笑之后，她依然地靠住丈夫肩头睡了。这一来，给了近清不少的安慰。他觉得不是贫贱夫妻百事乖，乃是贫贱夫妻更有情了。来的火车过去了，坐着的火车也就继续地南开。近清有了心事，不想睡了，便坐着慢慢地忖思，觉得头等车上那位徐小姐，也并没有自己的爱妻漂亮，只是她不大顾身份，她穿得很阔，就坐上头等车。最奇怪的，她说现在改姓杨了，而她又不说是嫁给了姓杨的，不知道是一层什么缘故。一个人果然要图物质上的享受，就不能讲什么人格，人格能值多少钱呢？我在交通机关也有很好的朋友，假如我不怕以私害公，和他要两张免票，我就可以坐在寻常客车的二等车里了。可是照理说是不应该的，我凭了什么，坐国家办的火车不花钱？他心里想着，精神上似乎有点儿愤慨，于是乎这两脚微微一顿。

这个动作，惊动了他的夫人，又抬起头向他望着了，这就微笑道："对不住，我糊里糊涂睡，又压在你肩上了。"近清低声笑道："可是，在没有结婚以前，我是求之而不得呢。"玉清道："那么，现在你是很讨厌这样。"近清道："你不要这样说，我正在这里想着，为什么我就没有坐二等坐头等的资格？以至于委屈了你……"玉清立刻握住了他的手，笑道："我不爱听这气话，一个人处逆境，应该退一步想，还有许多不如我们的哩，人家应当怎么办？何况我们坐三等车旅行，也是很平常的事，算不得什么逆境。"近清也就握了她的手，笑道："不是你问我的话，我是不肯这样说的。据我想，他们坐头二等车的人，也许像我们一样，有心里不自在的。"玉清道："岂但像我们一样，恐怕不如我们的还多着呢。睡吧！你看，全车的人都睡了，就剩我们两人坐着谈天，吵了别人，人家也不欢喜的。"

近清却也很以她的话为然，就闭上眼去睡。当第二次醒过来的时候，玻璃窗子外有了电灯，又停在一个车站。最痛快的，便是对面椅子上那两位客人检着包裹预备下车。据说，已经是到了德州了。近清赶快推醒夫人，笑道："到了德州了，我们下车买鸡吃去。"玉清不过是斜靠了他睡的，经过丈夫一度推醒之后，她微睁着眼，口里咿唔着道："我要睡，仙丹我也不要吃了。"说着，将手理了一理头发，两手握住了近清的手，索性偎在他肩头上睡了。近清觉得夫人是更娇媚可爱了，如何能忍心把她推开？不过对过那两个客人，背着行囊包裹走了，如不去占领，立刻就有人来。很不容易得着的一个铺位，不宜随便地丢了。因之两手托住了她的身子，悄悄地将肩膀抽了出来，然后自己站了起来。可怜这个青春少妇，她虽然口里说坐三等车是不算什么，可是她的身体是支持不住的了。假如这时有二等车让给她去睡，她绝不会推辞，因为她已经是伏在椅子上继续地睡了。近清心里一活动，立刻把自己一件大衣，扔在对过空椅子上，然后把夫人的毛绳外挂卷成一个枕头，塞在夫人的头下，将夫人放在椅子下的两只脚，也两手托着，搬了起来，放在椅子上，让她半蜷了身体睡着。

把一切都安排得妥帖了，自己这才在对面椅子上坐下。偶然回过头来，却见对过座上，一个穿长袍马褂的老人，胸前飘了一部胡子，用手不住地理着，向人微笑。近清料着他必是笑自己伺候太太，因也笑道："带家眷出门，那总是累赘的。"他这句话的意思，是表示这女人是我的太太，我并没有不端的行为。那老人依然理着胡子，笑道："我也看出来了。由上车到现在，你二人都很亲密，而且也很大方，我就猜着是一对恩爱夫妻。好像二位还是结婚未久，出来做蜜月旅行的。"

近清当然是用不着相瞒，因点了点头道："可不是吗？老先生有点儿见笑吧？"老人摇摇头道："不，我年纪虽老，心不老，我这次南下，也是去结婚，我回来的时候，也是带了新人度蜜月了。"近清笑道："老先生开玩笑。"他又正了颜色道："我并不开玩笑，你不要看我这一把胡子，其实我还只六十二岁，我自己想着，至少还能活二十岁，可是自现在起，儿女成林，各人都去成立小家庭了，丢下我一个人很孤单。买卖又是不能的，所以我就干脆续弦吧。"近清道："原来如此，倒也在人情之中，新娘在上海吗？"

老人笑得眼睛上的皱纹全重叠起来，摸着胡子道："不，在苏州，而且还是一位姑娘。"近清笑道："苏州姑娘？那太好了！十几岁？"问到这里，便是那位老先生也哈哈大笑。好在火车已经开了，在一片响声中，加上这点子笑声，也算不了什么。他笑道："岂能够十几岁？是位未婚的老处女，已经三十八岁了。"近清虽和他说着话，眼睛是为了自己的娇妻，见她虽穿了薄薄的呢面绒鞋，究竟还套的是丝袜子，谅着她脚是凉的，因之把自己的大衣，又盖在她腿上，自己坐在光板椅子上。那位老先生越看越引起他的童心，只管摸胡子。近清觉得这老人喜欢谈话，恐怕说起来没有了结，吵了车子上的旅客，因之他打了一个呵欠，也就歪着身子躺下来睡了，三等车上那样一条三尺长的椅子绝不许可人躺着。近清又是个长一点儿的人，便是将身子蜷缩着，也很显着不够容纳，他也只好横坐着，将背靠了车壁，两腿横伸在椅子上而已。这样的舒服那绝不能算舒服，所以近清虽是闭了眼去睡，然而这更不如和他夫人挤在一处，比较还适意，车身震动着，将他那两边无倚靠的身子，颠得左右乱摆。

他睁眼再看着夫人，蜷缩着睡得很熟。此外的旅客也都睡了。就是那个到苏州去结婚的六十二岁老人，他也抬起一只很博大的袖子，撑在椅子背上，枕了头睡。近清心里想着：若我有他这般大的年纪，不知道还在人间没有。可是他很高兴地南下结婚，自己想着，至少还要活二十年。他现在是坐三等车南下，将来带苏州新娘北上的时候，也是坐三等车吗？恐怕不如我这位新娘，能够同甘苦了。近清想到这里，觉得是太委屈了这位娇妻了。回得上海去，必定努力工作，将来有了钱北返，不但是坐二等车，也许要坐头等车。那么，打扮得如花似玉的，安顿她在包房里坐着。也许还有两个小孩，同在屋子里玩耍，那够多么美满呢。

他有了这样一个假设，仿佛也就真有了那么一回事：自己架了腿坐在弹簧底子的软铺上，非常地舒服，弹簧起落着，人也驾着云了。可是就在这时，两条腿被云端里的妖怪抓住，人向下沉着，直摔下云端里来。这一惊非同小可，睁眼看时，哪是什么云端里？分明是做了一个梦，自己依然是坐在三等车的木椅上。

胡子云住的房间和守望岗位，只差一号房，在大家都寂寞地安睡去了，却仿佛有一阵嘻嘻的笑声，送入守望兵的耳里来。当然，这也不算什么，因为带家眷出门的人很多，半夜睡不着谈起话来，也在人情之中。

约有半小时之后，那房门吱哩哩地响着，被推开了，出来一个青年少妇身上穿了一件粉红色的绸睡衣，上面绣着大条子的兰花，下方只看到肉色丝袜子，趿了一双白缎子绣花拖鞋，头发蓬松着，直掩到两腮上来。她走出房门以后，好像有点儿病态，四肢无力地，扶了车壁东歪西倒地走着，看那样子，自是往厕所里走。继续着房门里又伸出半截身子出来，不过这是一位四十以上的男子，嘴上略略地有些短须，身上也穿了毛巾睡衣，拦腰有根带子，只是微微地、松松地，在睡衣外结了一个活扣。他手扶了门，向那少妇身后望着叫道："快点儿回来吧，你衣服穿得太少，仔细受了凉。"那少妇回头一笑，答应了"不要紧"三个字。可是那男子对于这少妇是很忠诚地、静静地在门边等着，并不走开，直等那少妇由厕所里回房来，他首先迎上前握住她的手笑道："还说不要紧，手都有些凉了。"那少妇向他笑道："多谢你关照，到上海去再感谢吧。"说着，两人同握手进去了。

那守卫的人看到，心里却是好生不解。男女共住一间屋子，当然是夫妻了。太太深夜出来上厕所，先生随着在后面来尽保护之责，这也是应当的，说什么到上海再感谢呢？就是要感谢，今天晚上可以感谢，明天早上也可以感谢，为什么要到了上海才可以感谢呢？这守卫憋住这个问题，不免有点儿闷在心里。其实他哪知道这一男一女是子云先生和系春小姐，在十二小时以前，他们之不认识，也像守卫对于他们的程度一样，谁也不知道谁姓什么。守卫在那里纳闷的时候，那房门依然是关着不透出空气来。在绿幔帐的玻璃缝里，原是有灯光露出，不久，那灯光也没有了，大概是屋子里熄了电灯。屋子里人的命运，和这火车一样，在黑暗的空气里，拼命地狂跑呢！也许这就是头等车，和二三等车那一点的分别。

第七章

大家心神不安

当天色这样昏暗的时候，在火车内外，都觉无事可记。便是胡子云和柳小姐同住的头等包房里，也只能说一句——一宿无话。及至火车达到了光明之路，已是黄河桥上了。子云向车窗子外看去，黄河的水，滚滚地向东流着，两岸堤高如山，在南岸泥滩边，停泊了好些个船。那船是平阔的舱面，挺立起一根船桅来，在空中摆荡着，很有些意思。

子云回转身来，就将铺上的系春，连连推着道："喂！你该醒醒了，快到济南了，你起来看看黄河。"她抬起两只光手臂，伸了一个懒腰，蒙眬着两眼，先向子云微微一笑，又闭着眼道："我还要睡一会儿。"子云道："东边的太阳，还没有出山，黄河两岸，罩着早上的烟雾，非常之好看。"系春依然是闭着眼睛，翻了一个身道："你啰唆了一晚还要啰唆！"子云牵着毯子，替她盖上了肩膀，也就放下架子上的脸盆，预备洗漱。可是这脸盆子里面的水管子，始终是不预备热水的，子云拉开水管子，放了大半盆水，伸手一摸，乃是冰凉的，立刻将手缩了回去，便按着铃叫茶房送热水来。

现在进来的茶房是新上班的，他看到系春睡在下铺上，不免再三地将眼睛去注视着。子云也看出他的意味来了，但是很不愿意，这就把脸子板着，向他道："把水倒了，你就出去，这里用不着你。"系春这就在铺上又翻了一个身问道："子云，到了济南了吗?"子云道："快了，你起来吧。"

茶房听他二人说话，俨然是夫妻口吻，心想，这是自己猜错了。他也不敢再看一眼，碰了一个钉子走去。系春心里倒是坦然，她并不以为茶房已经注意了。接着，她起来洗漱一番，打开手提包，取出她的化妆品。系春将她那些都舞弄了一番而后，依然收到手提包里去，火车也就开进济南站里多时了。上车的、下车的，自然少不得有一番纷乱。十分钟以后，站台上的人已是渐渐地少了。子云道："天气很好，又没有风，到站台上走几步，好吗？"系春道："屋子里很暖和，外面又太冷，出去仔细招了寒，要受感冒，你知道吗？"说到"你知道吗"这句话，她露着雪白的牙齿，向子云微微一笑。

她这样地说着，子云何尝不知道，不过他觉得头有点儿晕，也许是早上多抽了两口雪茄的缘故，因笑道："不要紧的，多穿一点儿衣服好了，你看车上许多人都下了车。"系春向窗外看时，果然房间左右几个外地人，都在站台上走着。还有隔壁屋子里那个牵狗的青年，身上加了半截短大衣，戴了刺猬似的大皮帽子，两手拖了系狗的皮带跑来跑去。子云笑道："你怕狗，你不下去也罢。"这句话很平常，系春倒仿佛受了什么刺激似的，脸微微一红，可是立刻收了起来，笑道："我倒是想到三等车上去看看我的朋友。"于是二人忙着加起了衣服，还加上了皮大衣，一同走上站台来。人在火车上闭塞得久了，猛然走到这空阔的广场上来，虽是热脸上有些凉冰冰的，然而这就让人的精神为之一爽。

子云原是挽着她的手臂下了站台。她走得远一点儿，就没有挽了。站台上有几个为路局所特许做买卖的小贩，将两只手笼了袖子，把篮子挽在手臂上，身儿都蜷缩着，慢慢地走。远远的木栅栏外面，却有许多小贩各架了东西在那里卖，三等车和那里相近，那车上的客人，纷纷地向那里走去买食物。子云笑道："现在青年人，动不动就说气愤的话，这是谈何容易的事。你看，就是当小贩的，他们也分高下，有力量的，自由自在地在站里面做买卖；没有力量的，就在木栅栏外面等候主顾了。"

系春道："其实，这也是很难处置的事情。若是全让小贩进站来，这秩序就乱了，对于旅客是不大便利的。可是一个也不放进来的话，旅客也感到一种不便，因为有人是不愿下车来的。"系春是说得很高兴了，仿佛自己这个人也是洞明世事的。所以在她很高兴之下，那语音也是越来越高，并不理会别人。正好那个牵狗的人，也就走到了面前来。他站住了脚，对系春呆看了一眼，微微地笑着。在他那微笑的状态中，颇有不少轻薄的意味。

子云在昨晚上就觉得这人可恶，为什么把眼睛老盯在青年妇女身上。不过在那个时候，颇不便干涉人家。现在是觉得和系春加进了一层深切的关系，有人用轻薄的态度来对付系春，可也就无异用了那轻薄的态度来对付自己。因之也立定了脚向那人看了一眼。他倒是大方，并不觉得有什么感触，正好那狗悄悄地走了过来，伸长了脖子，向系春脚下去嗅着。他将套住狗脖子的皮带使劲向怀里一带，喝道："胡闻些什么！你不怕吃亏吗？"系春听他这样说，连耳朵根子都气红了，三脚两步就走了开去。子云说："你吓着了吗？他再放了他的狗到处咬人，我就正式和他起交涉。"系春回头看那人已经上车去了，便低声笑道："那是一个流氓，何必和他一般见识？他这样胡闹，总有碰钉子的时候。"

她口里说着，却是不住地回头，似乎怕那牵狗的赶来，将话偷听去了似的。不过她立刻把话来遮盖着了，向二等车方面指着，笑道："你看那个外国女人，买了许多面包，又买了香蕉和梨。看那样子，她竟不上饭车去吃东西的样子，外国人也是照样地要省钱。"子云笑道："那是白俄，她和那位余太太住在一间屋子里。我疑心她这张火车票都是别人送给她的。"系春笑道："你提到那位余太太，我倒想起来了，昨天人家来拜访过我们，今天我们应当去回看人家才是道理。"子云道："也许她还没有起来。"系春道："女子拜访女人，不用回避，她就是没有起来，我也可以到她房间里去的。你到车上去吧，外面真冷。"

子云在不知不觉之间，又挽住了她一只手臂，意思是不要她走开的。无如就在这时，看到李诚夫由车子上走了下来了，手一松，系春走开，自己便迎上前去，向诚夫点了一个头。诚夫道："早啊！先下车来遛遛了。"子云笑着摸摸下巴，做出一个踌躇的样子来，笑道："屋子里添上一个女客，事事都受着拘束，所以我早一点儿起来。你也下车来走走？"诚夫道："济南这个地方，我来去总经过二十次了，老是没有出站去看看，这是不无遗憾的，所以车到了站，我总下车来遛遛，算是聊以解嘲吧。"

子云道："由这里向南，一站比一站暖和了，可以逢站都下来遛遛。"诚夫见系春已经不在身旁，便笑道："有一个人谈谈，旅行是好得多。我那房间里几个人又太能健谈了，我反是不能搭腔。"子云道："那位余太太在你隔壁屋子里，你可以和她谈谈。她不但是能谈，而且普通知识也很够。"诚夫听说，向身后看看，见没有人，才低声道："这位余太太，她说是嫁了人，我有些疑心，她的来路不正，少和她接近吧。"子云笑道："这倒是你过虑了。固然，她是胡同里出身的人。可是胡同里的人，那也很多规规矩矩做起太太来的，不见得坏了坯子的人，就一辈子好不起来。"

诚夫想了一想，微笑着，就没有作声。说到这里，有个穿灰布棉袍子的人，抢了过来，手上抓住一顶破旧的呢帽，向子云一鞠躬，叫了一声经理。子云看那人黄瘦的面孔，像害过大病的人一样，眼眶下陷，两腮尖削着。尤其是嘴巴上，长着那短桩胡子，稀稀的，黑黑的，可以知道并非因年老而长出来的胡子。乍一见，是看不出来是谁。及至听他的话音，才想到他是曾经在本人手下当过书记的石子明，便点点头道："两年不见，我几乎不认得你了。"

他皱着眉叹了一口气道："不瞒胡经理说，这两年接连着倒霉，说是两年，恐怕是老了二十岁，自然是认不出来了。"子云道："你到哪里去？"石子明强笑道："在济南找一个朋友，待了两个多月，一点儿消息没有候着。年冬岁逼，在这里尽等也不是办法，所以我想着还是回南京去吧！"子云见他那件灰布棉袍子上，除了许多油渍而外，还有不少的墨点，自己是很不愿意和他说话，便道："好吧，回头我们在火车上再见。"

石子明答应了一声是，一鞠躬走了。诚夫道："现在中年人失业的很多。我看这一位，也是失业的了。"子云道："我真想不到，他会弄

200

成这样一种情形。当年在我手下做事的时候，也穿得西装笔挺，见人也是大大方方的。不想人穷了态度也变了，见起人来，这样畏畏缩缩的。"诚夫笑道："俗言道得好，钱是人的胆，衣是人的毛。他既没有胆，又没有毛，也难怪他的态度不能振作了。"两个人这样地说着话，已经在站台上走了两个来回。子云颇觉得自己的身体有些不耐冷，于是向诚夫笑道："不走了，我们到饭车上去喝点儿咖啡吧。"

诚夫因他不约到头等车上去，却约到饭车上去，这里面显然也有些回避的意味在内，便拱拱手道："不，我根本就怕酽茶，一早上，空着肚子喝咖啡，我还有些不惯。快开车了，我回房去吧，免得在这时出什么岔事。"他说毕，扭转身就上车去了。

子云站在站台上，这倒忽忽若有所失，似乎自己做什么事都感到慌张，就是朋友相处，觉得朋友也是很慌张的。诚夫在一处说了两句话就走开了，莫非他对我有什么不满。车开了，回头倒要到二等车上去谈谈，敷衍他几句。如此想着，挨了车子，也走到二等车边来望望。在这样的冷天，车子上的玻璃窗户都是关得很严密的，在窗子外亮处向暗处看，却看不到什么。转一个念头又想着，诚夫是刚才上车的，立刻就追到他屋子里去，也嫌着太露痕迹，因之走上了二等车，向头等车走回来。通车的排式，总是饭车在中间，头二等在两边。由二等到头等车上来，势必穿过饭车走，所以子云这时走着，是由饭车那边的门，向这边走了来的。

不想推开门走进来，第一副座位上，就看到系春面对了门，正在喝柠檬茶。余太太背对了门坐着，却不看到子云走进来。这时她正向系春道："无论如何，总以不过苏州为宜。可是也不能太早……"系春不等她说完，抢着道："啊哟！胡先生来了，怎么由这边来的呢？"这眼神立时由子云身上转到余太太身上。余太太看到，似乎也有些慌乱的样子，伸手摸摸头发，又用手绢擦擦嘴，站起来道："胡先生来得正好，坐下来吃些点心吧。"说着，红了脸笑。

子云看她两个人的颜色都有些惊慌，这倒莫名其妙。不过自己立刻转着念头，正是自己心慌，做事没有定准，所以看见什么人的态度，都觉得很慌张的。这还是自己镇定一点儿的好，不要闹出了什么笑话。如此想着，自己还是镇定起来，向余太太笑道："刚才在站台上遛遛，无奈是冷不过，又缩到车上来了。"

说着话，一面脱大衣，系春是一点儿不避嫌疑，接过大衣，放在沙发上，而且是将身子向里一挤，空出一大截椅子来。子云当了余太太的面，本觉得情形有些难堪，只是女人都这样大方了，自己露出那退缩的样子更是欠妥，因之也就毫不顾忌地就在椅子上坐着。可是这样坐下，就和余太太两个人面对面地看着了，觉着她那颜色，红一阵白一阵子，颇显着有点儿不自然。系春道："余太太身上不大舒服呢，是我勉强把她拉了出来的。我的意思，以为她是屋小人多，闷着头晕，到这饭车上来，可以舒爽些。"

那余太太果然表现出病容来，左手撑在桌子上，托住了自己的头，右手就不免抬起来，在额头上连连地捶了几下，皱了眉头子道："车上的热气管子，实在是热得厉害。"子云道："那么，叫茶房拿一瓶汽水来喝吧？"系春碰了子云的腿一下，而且溜着眼，向子云偷觑了一下。自然，脸上带了一种微笑的样子，在意思里是要让子云去感到一种安慰。子云心里很明白，也向着系春看了微微一笑，结果，是告诉茶房，送了一杯热茶来。子云陪着大家喝了一阵，觉着她两个人说话十分地冷淡，很久才彼此敷衍一句，很不自然，心里虽是奇怪，转来想到系春也有她的苦衷。她以一个女朋友的资格，和男子住在头等车一间包房里，怎好向别人措辞，她们说话不能干脆，那也难怪。这倒不如给她们一个大方，自己闪开吧。

如是告诉茶房，先拿来账单，签上了字，这就抽起大衣向余太太告辞回房间去。一走进门来，自己就连连打呵欠，伸了两个懒腰，只觉很两眼蒙眬，十分地困倦，将大衣向铺上一扔，跟着倒了下去。火车是早经开行，疲倦的人得了这催眠式的颠簸，自然就睡得很香。所以身子睡在床上，两只脚直伸到铺外面去。蒙眬中觉得有人代脱了鞋，把两条腿移到铺上。心里也猜想着，这必是系春小姐所为，只是自己睡得太香了，仅是人家移动的时候，有点儿知觉，等到人家移动完毕，自己也就失去了知觉了。

醒过来的时候，系春拿了一本书坐在头边看，等自己把眼睛睁开，她就笑道："啊！你睡得真可以的。一睡这样久，快到泰安了。"子云笑道："今天起来得太早一点儿，而且……"笑了一笑道："你也躺一会子，不好吗？"系春起身，将房门一条缝拉得合拢来，才道："这一张小铺，挤得人实在难受，我又不愿爬到上铺去，所以只好在这里坐着看书。"子云扶着她的肩膀，坐了起来，笑道："这就是我的不对。为什么自己放头大睡，让你一人孤单地坐着。"

系春抿着嘴微笑没有作声，代按着铃，等到茶房来了，系春就告诉他拧一把热手巾来。子云擦过脸，她又斟着一杯热茶送了过来。子云喝着茶，看了系春的脸微笑。系春笑道："你看了我一天了，还不认得我吗？"子云道："并非我只管要贪看你的姿色。我打量你为人，无论是新是旧，你全合格，是个绝好的贤妻良母，怎么你的家庭不能容纳你呢？"系春眉头皱了一皱，看到子云的茶杯子里，已经没有了茶，就笑着接了过来，问道："还喝吗？"子云笑道："我还要喝一杯，不过不敢劳动你。"系春又斟上一杯茶，送到他手上，笑道："那要什么紧？我觉得社会上有你这样了解我的人，我就是当他的奴隶，也是愿意的。"

子云接着茶杯道："言重言重。"系春道："你以为我言重吗？你是没有做过那失意的人，所以不知道。假使你也做过失意的人，在十分难过的时候，得着一个人来安慰，那是比生命危险，被人救出来了，还要感激些。所以我今天早上，十二分高兴。可是只为太高兴了，人就像喝醉了酒一样，仿佛是什么事都中意，什么事又都不中意，闹得我心里痛快一阵，心里又难过一阵。我这种态度，你也看得出来吗？"说着，眼圈儿也就有点儿发生红晕了。子云端了茶杯，望着她道："你为什么难过呢？"

系春虽是没有眼泪，但是她脸上愁苦的样子，却是很重，便抽出口袋里的手绢，只管去揉擦眼睛，低声答道："你这还用得着来问我吗？一个妇道人家，像我这样的行为，那怎么对得起自己。"子云这就放下茶杯，一手握了她的手，一手拍了她的肩膀，笑道："你也太实心眼子了。在现时种种束缚下，人生在世，不过几十年光阴，快活一天，就是一天，何必自苦。再说女子和男子又不同，年轻的时候，是不懂得快乐。年岁大了呢，要快乐又不行。要快乐，就是这二十到三十岁的这一段。"

系春笑道："如此说来，我现在倒正是谈快乐的时候了！"子云笑道："可不就那样！"系春道："我原来也是那样想，可是在今天早上，我也不知道什么缘故，总觉得心神不安。"子云笑道："谁说不是那样。可是我刚心神安定一点儿，你又说出这些话来，还是让我不安。"系春笑道："大家都心神不安，你说这是什么缘故？"子云正想解释这层缘故时，却听到房门上啪啪地打着响。子云以为是茶房到了，很大方地就把房门拉了开来。及至拉开以后，这倒出乎意料以外，原来是站台上遇到的那个石子明。他到很自量，并不进门，站在门外边，取下帽子来，深深地就是一鞠躬。看到系春，他也鞠了一个躬，低低地还称呼了一声，好像叫的是太太。

子云这倒不怪他失礼，只看了他一眼。不过心里想着，在站台上是和他随便地说了一句，约着火车上再谈，不想他真来了。约到他屋子里来谈话呢，自己颇是不愿意。让他到饭车上去呢，他这一副情形，怎配？茶房也一望而知，他是三等车上的客人。照车上规矩，三等车客是不许上饭车的，子云这样踌躇的时候，系春倒不嫌他穷，点点头道："请进来坐吧。"石子明又鞠了一个躬，笑道："不必，我就在外面站一站得了。"子云怕系春真会把他让进来，他身上那股子汗臭气也是难闻。于是装了一烟斗烟丝，将烟斗衔在嘴里，走出房间来，手上已带了火柴盒出来，拦门站定，擦着火柴吸着了烟斗里的烟，然后喷出烟来，向他道："哦！你要到南京去。到南京去的求事人，哪一天不是论千论百，若是都找得着事，哪有那么些机关来安插闲人？"

石子明苦笑道："是的，我也知道找事是很难的事，不过我像那买航空奖券一样，前去碰碰看。"子云衔住那烟，微微一笑。子明道："经理这几年事业很发达？"子云道："现在全世界工商业不景气，'发达'两个字，从哪里说起？"子明道："唉！我是不该见异思迁，若是老在经理指导之下工作，到了而今，一定是很好的了，现在真是后悔不及。"子云道："过去的事，还提他做什么！"子明笑道："这回陷在济南，几乎不得动身，幸而是朋友送了一张火车票。以后我想，朋友少的地方，是不能冒险去的了。"

这句话，子云觉得还中听，点了两点头。子明道："火车票虽是有了，到了南京是连住旅馆的钱都没有的。"子云道："你现在是去找工作的人，不讲什么虚面子，这就找个熟朋友家里安身好了。"子明道："那是自然，不过不能一到南京，就向朋友家里钻了去，总得多少带一点儿零钱在身上，先住一两天旅馆。说起来，这话是很难开口。我很想和经理面前，通融一点儿款子。不敢说马上奉还，只要将来有工作……"

子云不等他说完，就昂了头，衔着烟斗答道："旅行的人，总也不能带多少现款在身上吧？"子明微垮了腰，笑道："是的，那是自然，我并不敢向经理借多数的款子。若是经理腰里方便的话，通融个十块八块，我就受惠不浅了。"子云皱了眉，冷笑一声道："子明，不是我现在还说你，你的毛病就在这一点，把钱看得太容易了。你以为十块八块还是小数目吗？"子明连说是是。子云道："我身上不便，你另想法子。"子明想不到人家的话，回复得这样地干脆，站在那夹道里，很有点儿进退两难的样子。那黄瘦的脸上并不是发红，竟是一阵阵的黄油，向外面挤着流出来了。可是胡子云越发地坦然，衔了烟斗，一动也不动，口里缓缓地向外喷着烟，真是自在极了。

第八章

求人助者亦愿助人

女人的心很是难揣测的，有时很厉害，有时又很慈悲。那管媳妇的恶婆婆，常是口里念着阿弥陀佛。娼妓们常是把忠厚青年引诱得他倾家荡产，可是对那街上素不相识的贫寒人，也常有把整张钞票施舍的事。柳系春这时坐在包房里面，看到胡子云不让石子明进来，对于他借钱，又是那种爱理不理的样子，心里这就想着：姓胡的也太吝啬了！一个熟朋友，这样低声下气地要借几块钱，无论在哪一方面，也不能够拒绝人家。我若是姓石的，我就有话抵他，只要你少到两次饭车上去，就可以搭救一个旅客了，这便在铺头边，把自己手提包拿起来，向石子明点个头道："我帮你一个小忙吧。"

于是掏出一张十元钞票，亲自递了出来，石子明笑着用两手捧住，乱作了几个揖，口里连道："真是不敢当!"子云虽是不作声，望了人家给钱，脸上倒不免泛了紫色。子明也觉得这事有点儿不堪，如何好久在这里站着，道谢两声，竟自走了。

胡子云笑道："要你破钞，我可过意不去，回头我如数奉还。"系春道："花这几个钱，算得了什么，好意思说个还字吗?"子云道："这个人，并不是我不接济他。他以前就为了抽鸦片烟，把事情弄丢了的，到如今，他还抽鸦片。我认为这是一个不可救药的人，所以我不睬他。"系春对于他这话，也不执着什么可否，只是微微地一笑。子云没有什么意思，就伏在车窗子上向外面看去，避开了系春的视线。那石子明在意外得了这十块钱，真觉得又奇怪又惭愧。胡子云那样冷淡，他的姨太太又那样慷慨，一个人去求人，真也没法去选择方向了。他心里头私忖

206

着，摸回了三等车上。自过了济南以后，三等车上的短程旅客，下去的不少，因之座位松动了许多。

石子明坐的位置，正在朱近清椅子前一排的所在。本来自登车以后，就起了一个向胡子云借钱的主意。想了又想，下了个极大的决心，才到头等车上去。如今回想到未去以前的那番踌躇，真是人穷不得，人穷了求人不得，慢慢想着，慢慢在衣袋里拿出个红纸包来。其实不是红纸包，乃是揣在身上过久的一盒烟卷，已经变成一个什么也不似的东西了。由这破纸团里取出一根棉花条子似的烟卷，用手指理了几下，又取出两根折断了的火柴，然后擦着了，慢慢地抽着。在他抽烟的时候，嘴角上是不住地透露着微笑。在这时，一个提水壶的茶房，由车座中间的人行路上走了过去。

子明取下嘴里烟卷，喊了一声："茶房！"那茶房回头看了他一眼，并没有作声，提壶自走了。子明料着他还要回来的，就睁了眼睛，向过路的所在看着。没有多大一会儿的工夫，那茶房果然是回来了。子明又叫道："茶房！给我泡一壶茶来。"茶房这才站定了，向他周身上下打量了一番，因道："你也喝茶？等着。"他回答着，又提壶走了。子明冷笑道："看我穿这件硬灰布袍子，说到喝茶就下了一个也字了。哼！"朱近清看着，倒是有些不过意，便道："这位先生要喝茶，我们这里有，请随便用。"说着，就把椅子上摆的茶壶茶杯，一齐送了过去。

子明连声道谢地接着笑道："穷人出门，只有惭愧。"近清笑道："这个世界，是只重衣衫不重人，说来可叹。"子明斟了茶，慢慢地喝着，笑道："这话也就难怪。在二十分钟以前，我实是没有喝茶的资格。可是到了现在，总算有了。因为我在头等车上，和人借了十块钱来。一壶茶的价值，无论如何，也不会超过十块钱吧？"近清道："做茶房的人，他有这么一个脾气，你穿得齐整些，真是喝了茶不给钱，也许他不敢向你要。你穿得不好，有钱他也不爱理你。"子明道："不但如此，也许会疑心你这钱是偷了来的。"

近清、玉清两人都笑了。恰好在这个时候，茶房又来了。近清将他叫住，问道："你们在三等车上卖茶，是什么规矩？"茶房见他已和子明说话，就知道他是什么用意了，便笑道："喝茶有什么规矩可言。短站头，给个一毛两毛的，若是长站头，看我们伺候怎样，一块两块的随便给。"近清道："也不过如此，并非衣服穿得不好，就不卖给他喝。"子明笑道："这位先生不必打抱不平了。他们做茶房的，拼了工夫卖钱，也无非图利。穿得破烂些的，喝了茶也许不给钱，他们做小买卖的，岂不要折了本。"那茶房被他两个人来去地说着，倒有些不好意思，便道："并非是我不泡茶给这位客人喝，因为刚才没有了开水，所以没有答应拿来。既是等着喝，我就去泡了送来吧。"

他说着，不敢多耽误，立刻泡了一壶茶，送到子明面前去。他们这样几次地往还，就是同车的客人也都感觉到有趣。那个到南方去结婚的六旬老人，就手摸了胡子微笑道："这也就成了那话，死得穷不得。人生到世界上来，虽不想怎样图个特别的好处，可是也不是到这世界里找罪受的。若是到处都受罪，那就是活一天，多受罪一天了。"子明笑道："我不这样想。北京人有一句话，好死不如赖活着，活着一天，总可以挣扎一天，也许就挣扎出一线光明来。若是受委屈不过，就这样死了，这辈子就算白来了。"近清向玉清看着，微笑道："我们总也算有一个同志。"车子里有了这样一个问题，在附近坐着的几个人，你一句我一句，互相说着，也就热闹起来。

这时，车子已快到泰安，远望到车子东边那一列泰山的高峰，高下起伏，太阳虽高高地照着，却微偏在泰山之后，因此显着山向车子的一方全是青隐隐的。直到了泰安车站，看那泰安府城背山而立，加上一条人行大道、几角箭楼，风景很好。近清由车窗子里面向外指着，笑道："玉清，我希望下次北上，能够带你到泰山上去游览游览。"玉清笑道："你所希望下次北上的事，那就太多了。能是要一样一样地办到，非发个三五千块钱的财，那可白说。"近清叹了一口气道："你看我们总算够没有出息的，便是发三五千块钱的财，我们都不敢指望着呢。"

夫妻两人说话，却看到那位老人不住地摸胡子，昂了头微笑，那意思说，三五千块钱，他可是有的。这也就令人转想到，有个三五千块钱，也未必有什么好处，照样地还是坐三等车。于是突然转了话锋道："我看三等车上，最是不好分阶级的。极有钱的主儿，为了省钱，可以到这里来。就是极没有钱的人，这条路上，没有四等通车，他也只好挣扎着买票，坐到这车上。"玉清道："你以为头二等车上，就全是有钱的人吗？那也不见得。有些人，为了面子关系，不得已坐头二等车。或者连三等车票都买不起，为了某种关系，可以不花钱，就坐头二等车呢。"

正说着，只见石子明大大小小捧了好几个纸包上车来。他将东西在椅子上放着，看时，有一只熏鸡，有七八个熟鸡蛋，有一叠烧饼，有二三十个梨、两盒香烟、一盒火柴。近清不由得笑了。子明捧了几个梨，送将过来，也笑道："实不相瞒，我是贫儿暴富慌了手脚。本来我有半年工夫了，身上不曾揣过五块钱。这一下子身上有了十块钱，就觉得什么东西都可以买，可是也就想着，什么东西也不等着买。我和一个同车的客人，把十块钱兑换开了，就下车买东西。关于可以用的东西，自然是要看上一眼，再由卖东西的小贩追着问，我就买了。无奈我是怕车子要开，匆匆忙忙，跑上车来。还有许多要买的没买呢。你不要看有这些东西，其实我花的钱还是很有限，共总起来不过几毛钱。"

他一面说着，一面就把那只熏鸡撕了开来。左手拿了一只鸡腿子，送到口里去咀嚼着，又提起茶壶来，斟了一杯热气腾腾的酽茶，于是笑道："若是不讲卫生的话，这样喝着吃着，也很是痛快的。"说着，端起茶杯来，将茶一饮而尽。

朱近清笑着看了他，也是替他有趣。子明道："这就叫饥者甘食，渴者甘饮了。吃了一只熏鸡腿，喝上两口酽茶，我觉得比喝什么美酒都有味呢。说到了这话，我还得感谢那位胡太太。不是胡太太，我还不知道要饿到什么车站，才有东西下肚呢！"说到这里，又不免将刚才要钱的经过，形容了一阵。过了一会儿，恰好系春到三等车上来看玉清。

子明偶然一回头看到，立刻站了起来笑道："啊！胡太太来了，这三等车上，可是脏得很啦。"他说着，闪在一边，有向系春让座的意思。可是系春的眼光，一直就向玉清这边看了过来。玉清站起来笑道："请坐吧！我总说到头等车上去看你，可是我又低头看看我自己，这一副形象，也不配到头等车上去，所以我想着想着，又耽误下来了。"近清站起来点个头，就走到前面座位上去坐着。玉清抢上前一步，握住了系春的手，笑道："现在三等车上，松动得多，你就在我这椅子上坐着吧。自从出了学校门以后，你是一帆风顺，很为得意。可是我还是当年那样地倒霉，总不曾有机会见面畅谈一回，现在可以谈谈了。"

系春虽是坐下来，却很快地向子明瞟了一眼，低声问道："你们不是两个人吗？"玉清道："我们是两个人，那一位先生我们还是刚交谈呢。"系春和她谈着话，眼睛可是穿梭似的，满车全已看到。虽是这样的早晨，车上的热气管子并不曾放足了热气，已由那像火炉子似的头等车上走来，身上穿了一件绒夹袍，首先就觉得脊梁上向外冒着一股凉气。所以这车上的人，一个个都穿了很厚的衣服，而且是各各将两只袖子笼着，有那晚上不曾把觉睡足的女人，就伏了身子在椅子上，将头偏着来枕了手臂，那一份不舒服，可想而知。

有几个乡下人昂了头在椅子靠背上枕着，鼻子里自是呼呼作响。男子穿了那长到膝盖为止的棉袍子，拦腰束了大板带，身上全是那样臃肿不平，满身的皱纹犹如乱山一样。戴的有毡帽、有瓜皮，全是泥灰堆了多厚。那女的脚上的裤脚管紧紧地扎着，简直是个大木杵。他们所说的是一口地道乡音，别人也不懂得。看他们衔住了旱烟袋，有一下无一下地咕唧着，微吐出烟来。那妇人说起话来，露出一口黄板牙齿。系春很快地看了一眼，立刻回转头来，要向痰盂子里吐一下口沫，不想刚一低头，才发现痰盂是在人家椅子边上，不用说痰盂子里面了，就是那外面，鼻涕口痰全黏成了一片。在痰盂子沿上，堆着烟卷盒子、梨核、纸片，满地上又全是鸡骨头、瓜子壳，这更是难堪。立刻在衣袋里掏出手绢来，握了嘴，将痰吐到手绢上了，将手绢捏着，皱了眉，要向玉清说句什么话。本想前面的车门没有关好，开了。立刻那寒风呼呼地拥了进来，全车的人都忽然地将身子蜷缩了一下，说了一句无声的好冷。

尚幸有个离车门坐得最近的人，起来关上了门。系春向玉清笑道："你二位是蜜月期中，何必省这几个钱坐三等车，这个罪，实在受不了。钱是小事，卫生要紧。设若为了坐三等车，受了冻得了病，你该怎么办？"玉清笑道："坐三等车的人，那是最普遍的，若是都会因坐三等车而发生意外，那有意外的人，就太多了。据我想着，总不怎样要紧。"说着时，不知什么缘故，那车门又开了，子明却抢上去关上了门。他转过身来的时候，系春面对面地看了他，只得笑着点了一个头道："你这位先生也坐在这截车上。"子明鞠躬道："多谢胡太太的款子，我也无从报答，将来……"

系春连连摇手道："快不要说这话，说了惭愧。"说着，她立刻低头向玉清说话了："你们到上海去了，有一定的地址吗？我是很想在上海地面得着几个好朋友来往。"玉清笑道："和你来往，我们自然是二十四分的愿意。可是我们这种人怎好和你阔太太来往？"系春的脸上，似乎泛起了一点儿微红，便强笑道："这样说，你是不肯和我来往的了，这个机会，倒是不可失的。我想和你要一样东西，不知道你身边有没有？"玉道笑道："你反正不能向我借钱，我就答应一声有了，你说要什么吧？"系春道："我想你两个人合照的相片，一定是不少。我很想要一张，不知道在不在手边？"玉清笑道："当然是有。平常这种照片在出门的时候，是不会放到手边的。可是这次却有点儿例外，我们临离开北平的时候，才把新照的相片取到手，也来不及收到大箱子里去，就放在这手提小箱子内。"说着，伸手向头上架箱子的格子上一指。

系春抬头看时，那上面果然放着一个手提箱子，笑道："这就好极了，请你赐给我吧。"朱近清听说，就要过来站上椅子去搬箱子。系春却又连连地摇着手笑道："这倒不必忙，到上海还有一日一夜呢。回头玉清可以到我那里去谈谈，顺便就把相片带了去。"她说着，和玉清携了手，也就站了起来，有要走的样子。正在这时，茶房引着查票员进来了。玉清笑道："你可走不得。这个时候你要走了，他会疑心你是无票乘车，临时逃跑的。"

系春带着笑坐下，眼见那查票员顺着座位，一个个地查了过来。他右手握住一把夹剪，左手是沿了座位向人一伸，至多是说上一个"票"字。查到那群乡下人面前，在他们拥挤着的空当里，发现一个十三四岁的女孩子，尖削的黄瘦脸儿，又拖了一条毛辫子，早就可以看出来，她是营养不良的，查票的一到，那女孩子只向一个妇人身后藏着，这是更引起查票人的注意。因之对他们的票，查得更紧。他们共是七个人，由济南到徐州去，却只打了六张票。查票员问他们时，一个满嘴短桩胡子的人，就站起来苦笑道："先生，小孩子也要票吗？"查票员道："废话，小孩子为什么不要票？过了四岁的打半票，过了七岁的打整票，这个孩子十多岁了，还不该打票吗？"那人两手捧了旱烟袋，拱着揖笑道："先生，你做个好事吧，我们都是逃难的苦人，拿不出钱来。"

查票员道："拿不出钱来，就不该带小孩上火车。国家办的铁路，要是都不花钱来坐，天上会掉下火车来让你坐，天上会掉下人给你开车吗？你是干什么的？"那人见他问到这句话，是调查他有钱没钱，有以为相怜之意了，便笑道："我是做小生意买卖的。"查票员道："做什么买卖？"他道："贩卖切面的。"查票员道："卖多少钱一斤？"他道："卖三四十个子儿吧。"查票员道："小孩子去买呢？"他道："也是一样。"查票员笑道："哦！小孩子买切面照样要给钱，为什么你带小孩子坐车不打票？"那人不料绕了一个大弯子，却是把话归结到这上面来。那个妇人见查票的笑她，她就急了，手扶了那女孩子站起来，板着脸道："我们也是没有法子，有钱还不打票吗？"

查票员听说，就瞪了眼道："这人说话，未免太可恶了。这孩子要不打票，下一站停了车，让她下去。"说着，望了车后的茶房，意思是向他下这道命令。于是丢了那群乡下人，查到朱近清这里来了。系春道："我是头等车上的，到这里来看朋友，票没有带在身上。你们如不放心，可以到我那里去查。"茶房笑着代答道："是的，是的，是第六号房间里的。"查票员只望了一眼，却没有怎样地作声。一会儿工夫，全车都查完了，又查到那群乡下人身边去，问道："现在票全查完了，就是和你们办交涉，你们怎样子说法？"他们另外两个中年男子，也都站起来，只是乱拱了手道："他们也实在没有钱，先生，火车上也不在乎多带一个人。"查票员瞪了眼，将夹剪指着他道："你知道吗？这是公事。照你这样说，你带一个人不在乎，别个带一个人，也是不在乎，哪个又该花钱坐车的？闲话少说，补票！"

说到"补票"两个字，就大声喝了出来。那个先说话的妇人，已是闪到椅子角落里去，手扶了女孩子的双肩，却是低了头，脸色冷冷的。女孩子吓得将身子已是半蹲着。她听了这话，噘了嘴轻轻地道："我们也没有犯法，这样厉害做什么？不补票也不能要命！"查票员喝道："自然不会要你的命！没有票，不许坐车！到了下一站，不管怎么样，把这女孩子轰下去。女孩子不下去，你们别一个下去也成，反正六张票只让你六个人坐车。"

那女孩子哇的一声哭了出来，眼泪水滚了满脸。查票员生着气，挺着胸脯子走了。系春被这件事打断了话头，起身想走，却被玉清拉住，她只得再坐下来。这一截车上的客人，大家就不免把视线集中在那群乡下人身上去。子明望了他们许久，就对那个短桩胡子的人道："大哥，你这不是办法。人家是公事，你硬抗是抗不过去的，至少你该打一张半票。你把车上人弄急了，他真把你的姑娘轰下车去，他是不犯法的。"

那个女孩子已经停止了哭声，只是抬起一只袖子去擦眼泪，鼻子里仍有息率之声。可是被子明这样一提，她又哭起来了。那人道："他就是要轰我这孩子，我也拿不出钱来补票。"朱近清也走过来了，笑道："那不是笑话吗？难道你为了不打票，把这么大一个姑娘都扔了不吗？"那人道："那有什么法子呢？我们也只好跟着孩子下车了。"子明道："其实你要好好向他说，打一张半票是可以的。由济南到徐州半票也不过两三块钱，何至于就想不到一点儿法子？"子明伸着手到袋里摸着，冷眼看那姑娘紧紧地向娘怀里贴住，自有一番舍不得的意味。看着，想着，远远地望到了兖州的车站，假使要把那姑娘扔下去的话，也就到了地点了。实在忍不住了，这就对那人道："这位大哥，快到站头了，你打算怎么办？"

　　那人叹了口气，也没作声。子明就回转身来，靠近了朱近清低声道："看他们这种样子，不要是预备出什么意外吧？我想助他一张半票，你看可以吗？"近清听了他这话，却是十分地惊异，立刻站了起来，握住他的手道："你真有这意思？"子明道："这不算什么，钱是胡太太的，我只当胡太太方才少给了我几块，心里就坦然了。我是一个穷旅客，我知道穷旅客怎样地希望人家帮助，我决计帮助他们一张半票了。"这时，系春是不置可否，那朱近清听着，却握了他的手，紧紧摇撼了两下。

第九章

甜言蜜语

他们和那乡下人所坐的位子相隔不远。他们说话，那乡下人也都听到了，立刻将脸朝着这边看来，那两张嘴唇闪闪要动，似乎是要开口的样子。然而就在这时，查票员带了茶房，又走到他们身边去了，瞪了眼道：“可到站了，你们补票，假如不补票，你们得下去一个人。”那人道：“我若是有钱，早不就拿出来了吗？和你说上许多做什么？你要我们下去，我们就下去。”查票员见他已答应下车了，这倒无话可说，便道：“你愿下去，那怪不着我们了。”这时，石子明实在看不过了，就道：“他们实在没有钱，让我替他们打个半票吧！”查票员始而是不肯，经不得车上人说好话，才补了一张半票。

这一幕剧演毕，车子早已停在兖州车站。这倒让系春小姐对于石子明很表同情。原来是和玉清夫妇谈话，并不理他的，这时也就向他道：“石先生到南京去，住在什么地方？”子明立刻站起来答道：“我现在还不能确定。不过我一到了南京，找着相当的歇脚地方，我就要写信禀告胡先生的。”系春微笑了一笑，也没有作声，接着转了眼珠一想道：“我该走了，晚上我请你二位到饭车上去吃饭。”玉清摇头道：“不行，坐三等车的客人，照规矩是不许上饭车的。等查票的查出来，听说要补票。”系春道：“哟！还有这种限制吗？那么，回头请你到我那房间里去坐坐总不要紧吧？”玉清皱了眉道：“真是对不住，我们这三等车真不敢离开，一离开，位子就让别人占了去了。”

系春笑道：“若是你们不讨厌我的话，回头还是我到三等车上来找你吧。”她说着，很亲切地和玉清拉了拉手，方才回头等车去。由三等车回头等车，那是必须穿过二等全部的。系春当经过李诚夫那房间门口的时候，站着略微停顿了一下。诚夫正坐着在抽烟，当他看到系春走到这里的时候，却是不便不理会，然而也不知道要怎样地称呼她才好，于是急忙起身，点了一个头。系春笑道："李先生也不到我们那边去坐坐。"诚夫笑道："火车颠着疲倦得很，一路只是睡觉。"系春好像也只要这样和他打个招呼就算完事，所以她又慢慢地移步向前。就在这时，那位余太太已经由房里出来了，向她丢了一个眼色。系春微笑着走到车子门边，回头看不到诚夫，却看到余太太在身后，便低声道："镇江最好，常州、无锡都没有镇江好。如其不然，只有苏州了。"

余太太两头乱张望着，因低声道："我看还是决定一个地方好。"系春道："那么，等到了浦口，我再给你消息吧。"余太太笑道："你坐头等车的人，倒喜欢三等车。看你这样子，又是由三等车上过来的吧！"系春道："这也是由于各人见解不同。"说着，又是一笑，方才回到头等车上来。可是这房门异于平常，却拉不动，是锁着了。系春咦了一声，有话还不曾说得出，茶房在一边就插言道："胡先生在屋子里呢，大概是扣上门睡觉了。"子云在里面就答道："我在换衣服，请你等一等，我一会儿就开门。"

系春听了，倒并不催促他，静静地靠了门站定。就在这时，听到放在车棚底上格板上的那小提箱子，咚咚作响，分明是由下面送到格板上去了。那里面，却是不能放得下衣服的。又过了一会儿，子云才笑着将门打开来。系春在眼光一瞥的当儿，便已看得清楚，他并未换上衣服。倒故意将这问题扯开去，笑问道："曲阜这地方你去玩过没有？有孔夫子庙。"说着，走了进来，在子云铺位上躺着。子云笑嘻嘻的，也挨着她坐下，倒了身子下去，对着她耳朵低低地问道："你身子觉得有些疲倦吗？"

系春将眼睛斜瞅着他，噘了嘴笑道："为什么疲倦？我的精神还很好呢。"说着，微闭了眼睛，还打了两个呵欠。子云道："你自己只管说精神很好，可是又只管打呵欠。"系春笑道："坐火车的人，一天到晚地颠着身子，有个不疲倦的吗?"子云笑道:"那么，我问你，你为什么撅我一下?"系春笑道:"本来也是一句很平常的话。可是由你那种态度问起来，就不大妥当。"子云笑道:"那也是你自己心虚罢了。"系春两手将他推着道:"坐正了吧，我要好好地休息一会儿。"子云道:"快吃午饭了，吃了午饭，你一个人安安稳稳地睡一场，不好吗?"系春听说，心里一动，问道:"让我一个人安安稳稳地睡，你到哪里去安身呢?"

子云道:"我到诚夫屋子里去坐坐。我就是不出去，但是你要休息，我决不那样不讲理，也麻烦你，我自然会端了一本书到上铺上去看。"系春道:"对了，你还是在屋子里陪陪我吧。你就是要去看看李先生，最好是去一会儿就来。你若去久了，我在屋子里寂寞得很。"子云笑道:"你也知道一个人在屋子里寂寞得很，那么，你一出去就是很久很久，把我扔在屋子里，我就不寂寞了吗?"系春笑道:"你这个人，真是不识好歹！我所以到外面去坐许久不回来，正为的是让你好清静地休息一会子。"子云笑道:"你说这话，我明白了。你也正是要我出去，好让你清静一会子。"

系春笑道:"我吗，也要你肯让我清静啦！"说着，不免瞅了子云一眼。子云笑道:"这有何难！只要你直说着，我当然遵命，何必还绕上这样一个大弯子呢?"系春没作声，闭了眼躺着。这时，门外有那铜片琴敲得叮当作响，是饭车上开饭了。子云道:"我们吃饭去吧?"说着，用手来推她。她依然是闭着眼，微笑道:"我稍微躺一会子。"子云道:"吃了饭你再来睡觉，不好吗?"系春道:"好吧，你先去，至多迟十分钟我就到了。"子云想着女人家有她女人家的秘密，也许自己有闪开十分钟的必要，若是一定纠缠着她同走，也许她会不高兴的，于是笑道:"那么，我先去等着。你可别让我老等着，我的肚子还饿着呢。"

他说着，脸上带了笑容走将出去。系春是放出那满不在乎的样子躺着不动，眼睛可看着顶棚下格板上的手提小箱子。直等到过了两三分钟，才将门关上，于是将爬上铺的小梯子支了起来，站在梯子上头，把塞在小箱子边的一个水果蒲包拉了过来，伸手在里面摸了两个橘子出来。这时，房门外夹道里，却有皮鞋走路声，于是立刻走下梯子来，开了自己的小箱子，取出衣服来换。换好了衣服，看看自己的手表，已经是过了十分钟了。想到和子云定好了的时间，也不可失信于他，匆匆地就到饭车上去。

饭后，子云回房来，见茶几上放了两个橘子，笑道："你瞧，我真是善于忘事，那上面还有一蒲包水果，我没有请你吃。橘子本是南方的东西，若是由北方再带回南方去，那就太滑稽了，吃吧！"口里说着，他已是取个橘子剥了皮，翻出瓤来，送到系春手上。她笑道："我要吃水果，那是不会和你客气的。刚才我就自己爬上去拿了。不过我做贼不大内行，上去把橘子取下来了，偏偏又忘了吃，还是给你寻住了赃。"子云笑道："言重言重，我们那样分彼此，那还了得！若是你不嫌弃的话，我还想永久和你合作呢。"

系春笑道："我那是求之不得呀！和银行家合作，那还有什么当上的吗？"子云口衔了雪茄，靠在车壁上，向系春笑道："你也把我当个银行家看待，那就错了。老实说，我对于你就是这一点儿同情心。"系春正了颜色，连点两下头道："你这话倒是对的。你总可以相信我，不是差钱用的人。我就是这样想着，茫茫宇宙，找不出一个知己。因为你处处和我表着同情，我就情不自禁地把这颗心动摇了。现在你肯说出这合作的话来，我是非常之欢喜的。不过……"说着，立刻把话顿住，而且是低了头，看到怀里去。子云道："我们既然说了知心的话了，那你还为难什么？有什么话只管说了出来。"

系春道："不过我一个做女人的，这样很随便地同你和弄在一处，恐怕你瞧我不起。"子云猛然之间，好像感到一种惊讶，身子向前一挺道："你这是什么话？因为彼此都发生了爱情，才有这种关系。若说到这责任上去，那还是我的不是，实在是我开始迷恋着你的。"系春低头又低声道："男女总是一样的，在一个五分钟里面，不能有所动心。你回想吧，自你在饭车上遇到我以后，对我那一番纠缠，叫我实在没有法子避开你。"子云笑道:"那为的是你太美了。不过我已说了,这责任是该由我来负的,不能怪你。这话可又说回来了,男女的关系若是由女子去发现的,那也很少吧。"系春笑道:"照你这样说,你虽是应该负责任的,但是依然可以原谅。那么,我不负责任,你也不负责任,这责任应该让谁去负呢?"

子云道:"这也是很显然的事,这责任应该由爱情之神去负。"系春向他瞅了一眼道:"你倒很会说话!"子云道:"这并不是说笑话。我总觉得男女之间,有了一种结合,必是天定,绝非人力所能为。譬如我们,不是昨日同上车,不是你找不着铺位,不是我这里空着铺位,那就绝对无结合之可能了。现在居然是为了以上说的三个条件,你我凑到了一块儿,我们就不能不归功到爱情之神的身上去了。"系春道:"这不过是第一幕罢了,但不知顺着这个势子推了下去,那结果究竟是悲剧还是喜剧?"子云道:"怎么会是悲剧呢?你这种揣想,我倒有所不解。你以为我是那种过了河就拆桥的人吗?"

系春道:"在目前我看那是不至于的。不过久了就难说。"子云将嘴里的雪茄取了下来,两手按住大腿,挺了胸向她道:"我若是有那种过河拆桥的意思,让我得不着好死!"系春连忙抢过来,伸手握住了他的嘴道:"你起这样重的誓,倒叫我很为难,仿佛是我逼着你这样起重誓似的。"说着,那手虽是缩回来了,人就可是挨贴着他坐下。因用那很和缓的语调道:"我说将来会演出悲剧,这不是在你那一方面,是在我自己一方面。我的家庭,你是知道的,我为了求得我的身子自由起见,我决计不能容忍下去。我不能容忍,我自然要想法子摆脱,是不是能如我的愿,那是很难说的。现在又有了你的关系,更把我打开出路的精神又加进了一层,就是死,我也要找着出路的。若是那一关通不过,我就怕会演出悲剧来了。"子云顺势握住了她一只手,紧紧地捏着,因道:"你不必那样想,有道是有志者事竟成。你就决定了这种志趣,继续地向前干,又加上了你这一份聪明,也没有什么走不过的路。"系春微笑道:"虽然承你的情,这样抬举我,将来你我之间也会发生困难的。"

子云将放在茶几上的雪茄重拿着放到口里，吸了几口，皱着眉毛，做个沉思的样子，然后点点头道："你这话说得是很有理的。因为我和府上很多熟人，论起来，又是长一辈。"系春摇着头道："不相干，不相干，这有什么要紧？我所虑的，不在我这一方面，又在你一方面了。"她说着话，将茶几上的茶壶提起，斟了两杯。先递一杯给子云，然后自己才端起一杯来喝。子云喝着这茶，真感到别有一种香味，因道："你考虑到我这一方面有问题，莫非说的是我家里那一位吗？这也很容易办的。她有钱又有儿女，我可以打发她回老家过去。"系春道："不，不！现在许多女人在别人手上夺过丈夫来，我认为是最不道德的事。为了自己，将别人挤下火坑，那是何苦！老实说，我手上的款项，已经够我一辈子花的了，只要不浪费而已。而且我什么事自己都能自了，用不着男子帮助我。我只希望在我身体完全自由以后，你是我一个唯一的亲密朋友。在事实上无论亲密到什么程度，在名义上，我们不要发生什么关系。只是一层，怕你们太太听到了，发起酸素作用，要干涉你的行动，那就没有法子了！"

子云简直喜欢得要跳了起来，满脸都是笑容。不过依然镇静着，因道："我觉得你对我的表示太好了，我要怎么样才能够答谢你这一番盛意哩？"系春自己一杯茶已是喝完了，放下自己的杯子，又接过了子云的杯子斟满一杯，两手递将过去。子云站起来，两手接着杯子道："你这样和我客气，倒叫我不知如何是好。"系春道："不是那样说。因为你给了我不少的安慰，所以我也给些安慰与你。我是在情海里面翻过筋斗的人，我深知道男女之间不能由哪一方面单独去安慰哪一方面。若是那样，在不平均的情形之下，一定要宣告失败的。"

子云一口气喝完那杯茶，放下杯子连连地点着头道："你的话都是十二分对的。由你的话，我就想到一位老朋友的话来，他说：'平常人都喜欢和那十几岁的小姑娘谈爱情，那是错误。那种小姑娘只晓得好玩，发发小脾气，对于爱情两个字，相差得还很远，更不知什么叫安慰人了。'你这样对待我，叫我怎样抛得开你？你放心，关于我家里那个人，我一定想法子让她避开，叫你心里更痛快一点儿。"系春微笑道："那又何必呢？我的意思，我们做到亲密朋友的一层上去，那也就足够了，何必再密切些呢？"

子云笑道："你或者还不能深知男子们的心事，男子们对于女子，总是抱有占领心的。你和我交朋友，将来你随时可以抛弃我，我在极端迷恋着你的时候，把我丢了，那我怎么办？我也不说自杀、出家那些话来欺骗你，但是那种精神上的打击，一定是不小的。"系春抿嘴微笑着，点了两点头道："你这话是有道理的。不过，事情总要向后看。在现在，我不愿把话说得太干脆了。"子云道："你这话也是男女之间在初次结合的时候，什么事都好商量的，到了后来，就不免有些变心。其实我对于你，万不至于那样。因为你的学问、你的品貌，样样都可以打八十分的，除了你这样的人，我到哪里去找再好的？"

系春和他谈着话，慢慢地在下铺上靠着，闭上了眼睛，似乎是睡着了。子云衔了雪茄，对着她出了一会子神，觉得她这些话都是有利于男子的，看她的样子，脸上也带了不少的聪明，处世的门槛应该是很精，何以她竟肯这样地让男子占尽了便宜？是了，她虽说不在乎钱，然而钱这样东西，究竟是可以吸引人了。她必然是以我是个银行家，和我合作起来，无论怎么着，也可以得到一些银钱上的便利。现在她绝不会沾我一文钱便宜的，久而久之，恐怕就谈到银钱上去了。她说她有钱，这话不会假，要不然，女子是最省俭不过的人，她就不肯坐头等车了。现在她在外面结交男子，绝不是为了钱，除了年纪轻轻外，对于她丈夫，取一种报复的手段，那原因也要占几分之几了。可是不管怎么样吧，我总是占着便宜的。

想到了这里，自己一个人也嘻嘻地笑起来了，回头看系春时，脸上泛起一层红晕，眼睛闭成了一条线缝。这就想着：人家身体实在太疲倦了，让她休息一会子才是道理。子云忽然间对她起了这一份怜爱的心，也就站起身来，将她垂在铺下的两只脚，慢慢地扶着，送到铺上去。屋子里虽然很热，不过她脚上穿的是双丝袜子，总也怕她着了凉，于是轻

221

轻地牵起了毡毯，在她脚上盖着。又对她全身看了一遍，这才悄悄地拉开了门，又悄悄地给带上。在那一刹那间，系春却是眼睛开着一闪，在他身后看了一看。在这一闪之后，眼睛复又闭上。约莫有五分钟的时间，她睡在铺上先是微微地一笑，然后睁开眼睛，突然地坐起来了。她抬起一只手来，理着她的发，把那微妙的眼光射到了格架上去，由一分钟延长到五分钟之久，在每一分钟的过程中，她的眼珠都不免转上了两转。她想着出了一会子神，又打算搬梯子去拿橘子吃。

这个时候，却有人在外面咚咚地打着门响。她想着，这绝不是子云回房来了，果然是他，他不会敲门，那必是余太太。于是从从容容地拉开了门，笑脸相迎。但是和门外人彼此对望之下，不由她大吃一惊，却是隔壁屋子里牵狗的那个青年。系春还不曾开口，他先笑道："陈小姐！你好？"系春不敢让他进房，抢出房来，抵住了房门站定，红着脸道："我现在不姓陈。"他笑道："怎么着，现在不姓陈吗？姓还分个过去现在啦！"系春道："我嫁了人了，希望你不必和我打招呼。譬如你的太太同你来了，我当然也不会同你打招呼的。"牵狗青年道："一个人结了婚，就把朋友都失掉了吗？这可是怪事！"

系春也不去理会他这句话，伏在窗档子上，隔了玻璃向外面望着。这时，车子过了兖州，又开上了平原，麦地里微微地露出些麦苗，还带着那一片两片的残雪。远处的村子让那偏南的太阳照着，寒风呼呼地吹过，杈丫无叶的冬树里，露出那稻苗堆和高低屋角，也就觉得风景很有趣味。及至火车靠近一个村庄走过，乡下人在村口上站定，都穿了臃肿的棉袄，向火车上望着。那青年隔了一个玻璃窗，也是向外面望着，因笑道："那乡下人和这火车上的人对望着，相去不远，可是两个世界，我想他要知道我们穿了夹衣服在火车上，那一定是十分羡慕的。不过据我看起来，实在值不得羡慕，这火车上的人，哪里有他们心里干净呀。"这句话说得系春答复是不好，不答复也是不好，就下死命盯了他一眼，这也尽在不言中了。

第十章

小醉了一场

俗言道得好：烂肉偏遭碰。好像说一个人身上，哪里有了溃烂的所在，一定会遭意外的碰撞。其实那也不然，是人疑心所致的。人身并无溃烂的所在，哪天不和金木水火土碰撞？只是碰撞了并不痛，所以不介意。系春这次在火车上，不免有点儿心事，偏是碰到了那牵狗青年，他说一句话，或者多看一眼，都觉他有什么用意，心里很不自安，总是见了他就红着脸，或者低了头。子云也是讨厌这个牵狗青年的。看到系春见了他，就有些躲闪的样子，心里很不痛快，料着系春多少有些认得他，只是交情不深而已。

这时系春在过道里向外看风景，那青年也在看风景。虽是隔着一些路的，可是看那青年，他是存心捣乱。她像是在想法来打发这个魔鬼，恰好子云将烟斗衔在口里，慢慢地走来，也就和系春并排站着，而且斜看了那青年一眼。这女人是有主儿的，你少做非分之想。不料系春看到他来了，倒有些不知所措，两腮的红晕直通透到耳朵边下去。将手隔了玻璃，向外指着道："你看外边天气多冷啊！"子云却也没有想到天气是否可以看得出来，自是随了她的手指看去。可是那青年却把这意思看透了，将脚在车板上点着，撮了嘴吹气，唱着《璇宫艳史》里的一段歌谱。

系春想出了一句话，问道："前面是哪一站了？"子云道："是邹县吧？"系春道："那是一个大站吗？"子云道："是中等站，车停了，我们可以下车去遛遛，终日地在车上，我也感觉到有些闷人。"系春笑道："不如进房去躺一会儿，站在这里，我是颠得更发昏。"说着，便走进

223

房去。在这时，那青年更变了一个态度，用手乱搔头发，在那里踌躇地想着。子云也并不理他，自进房去，把门拉上了。见系春架了腿在铺上躺着，便道："我以为你睡着了，不敢打扰你，带上门就走了。"系春笑道："正是你拉门响，把我惊醒了。我坐在这里，也怪没有意思的，所以到外面站站去。你怎么又回来了呢？"

子云道："我去看李先生，他也睡了，我想到屋子里来拿一点儿烟到饭车上去坐着。"系春道："为什么不在屋子里坐呢？"子云笑道："我虽傻，你那聪明人说出来的话，我多少也懂得一点儿。你不是希望我出去多坐一会子，好让你一个人在屋子里吗？"系春脸上的红晕已是刚刚收起，听了这话复又红了起来，而且连正眼也不敢向子云看着。子云实在不知道这话有什么严重之处，又追问着一句道："我猜得对吗？"系春低了头，偷着看了他一眼，见他还是笑嘻嘻的，便道："你这话怎么讲？难道我要你离开这里，我好做什么弊病吗？"子云呵呵笑道："若是这样说，那就见外了，我想让你好好地安歇一会儿，不搅乱你。猜你也总是这意思，所以我就出去。"说到这里，将手指反指隔壁屋子，低声道："那一个牵狗的，他虽然注意你，我早知道你躲他还来不及，哪里还会疑心到这上面去。"

子云这样地把话一转，倒给系春打开了一条路，便笑道："他老盯着我，我真没法子。以后你别离开这房，要走也同走，免得你疑心。"子云又呵呵大笑起来道："我向来怕酸，是不吃醋的。"系春闭了眼道："不说了，我真要休息一会子。"于是她两手交叉，放在腹上，一点儿不动，仿佛是睡过去。这时，车子到了邹县站，在窗子里，可以看到几个人在站台上走来走去。子云加上了外衣，也就轻轻地开了门走出去。明知道系春是不曾睡着，却偏不去惊动她。走下车来，首先就碰到那个牵狗青年，另有一个穿西服的人，在和他说话，笑道："每到一站，你必得下车来一趟，百不失一。"

那青年笑答道："就为了我这条狗，它并不会在车上大小便，不能不牵了它下来。"说着，他将手上牵狗的皮带拉了一拉，那狗就直跳起来，两只前腿爬在他身上，伸了尖嘴，就闻他的脸。旁人看到都笑。他见子云正走过来，便笑道："这不算什么，人各有所好。反正被它迷着，也不过闹闹笑话而已，也绝不会有什么大损失。"子云料着他或者是有点儿讥讽，这是醋劲，那就不睬他了。走到了自己的房间窗户边，向里面张望张望，要看系春在做什么呢？她正也坐起来向外面张望。看到了子云，可就向他乱招着手。子云将嘴贴近了玻璃，笑问道："怎么样？又没睡着吗？"

系春鼓了嘴，微瞪着眼睛，好像很生气的样子。子云只好笑着上车来。系春道："你怎么这样不顾信用。说了不许你一个人走开，你怎么还是走开了呢？"说着，又噘了嘴，把脸偏到一边去。子云两手操了大衣的衣襟，就要脱下。她又笑起来，抢着按住了他的手，因道："别，你刚由外面进来，仔细着了凉。"于是拉着他，同在铺上坐下。子云笑道："你这样顾全信用，我非常高兴，以后我不离开你就是了。"系春道："应该这样。"说着，她斟了一杯热茶给子云喝过，才给他脱下大衣来。子云笑道："你真给了我不少的安慰。有你陪伴着，你叫我实在任何地方都不想去了。"他说着，果然和她坐在屋子里闲谈。直待到了徐州，还是系春先说起来，笑道："火车停在这里，时间是很久的，我们也该下车去活动活动了。"她说着，就取过了子云的大衣，提着衣领给他穿上。这样一来，就叫子云失了主宰，不能不和她一同下车。这个车站上的旅客是特别地显着拥挤。只见那成串的旅客，在横跨站台的高大天桥上，随了背箱子网篮的人走。站台上也是穿梭织网似的人走着，走得那水泥的站台面沙沙作响。这虽然也是在露天下，可是寒风吹到脸上，也并不是那样割人。在站台外，还可以看到那凋零的柳树，挂着淡黄的叶子。

系春和子云并排地走着，只挑那人稀松些的地方走。好在徐州的车站是特别的大，容许着他们任意地徘徊。子云深深地吸了几下空气，笑道："车子里的温度实在太高，热得人头脑发胀。到了这露天里面，消凉的空气一吹，人就舒服多了。"系春道："其实这也是地势关系。过

225

了黄河，就觉得暖和得多。你看，站外的树还有青叶子的。我也不懂什么缘故，精神是特别好，你一说，我倒有点儿感觉了，必是空气清新的缘故。"子云笑得摇摇头道："那还不尽然，假如我是一个人出门的话，就算空气二十四分地好，依然还觉得心里十分寂寞的。"系春紧紧地靠了他走，那一头蓬松香透的乌发也就靠在他怀里。两个人说着话走路的时候，更是偎贴得成了一个。

她听了子云那种有意思的话，便扭转头来，向他瞅着笑道："哼，你这又是一碗很浓的米汤。"子云道："这是实情，你不也是和我这一样吗？"系春将头在他怀里，轻轻地撞了两下道："这是真的，我也不明白是什么缘故。我这一颗心是很不容易摇动的，现在可让你摇动得不知怎么好了。"两个人只管说着这样知心的话，顺了步子向前走。不想无意之中，却走到了站台的尽头，于是两个人都突然地站住了。

系春笑道："若不是站台完了，恐怕我们要走到浦口为止了。"这才拉了他向来路走了回去。远远地却看到余太太也下了车，在站台上散步，正打算上前去招呼呢，余太太可也就迎上前来了，她笑道："你两家头真写意啊！"系春道："下车走着，也好运动运动筋血。"余太太道："我就不大敢下车来。因为四个人共一个屋子，房门是无法去关的。我的行李带得又不少，零零碎碎，丢了一两件还没地方找去。"系春道："哟，你这一句话，把我提醒了。我们随随便便地下车，也没有招呼茶房锁房门，可不大妥当。我要上车去看看。"余太太笑道："我请你二位吃午饭，回头到饭车上来相会吧。"她口里答应着，已是丢下子云走去。这事自然是子云赞成的，却也不来拦住她。余太太这就站在站台上，和子云谈话，笑道："你这位太太是原配的吗？"子云笑了一笑。

余太太道："我看她的年岁，和胡先生差远了，又年轻，又漂亮，你真有福气！"子云笑道："余太太和你余先生，年龄不也是相差得很大吗？"余太太道："是的，差到二十多岁呢，这层我倒不在乎。夫妻只要爱情好，什么都可以随便。再说一句粗话吧，丈夫年纪越大越会疼人。"子云笑道："那么，余先生一定很疼爱余太太的了。不然，你不会说这话。"余太太也笑道："这个你自己心里明白，还用问我吗？"子云道："这话可又说转来了，自己比太太年纪大上许多，若再不疼爱太太，那年轻的人图着什么来？"余太太点着头道："你这是良心话。我看你这位太太，似乎还是个女学生出身吧？"

子云笑道："你怎么知道？"余太太道："她那态度上自带了一种有文化的样子，说话很文雅，不像我们这一字不识的。"子云很有得色，笑道："她不但国文很好，外国文也很好呢。带她出来交际，那是在什么地方都可以说得过去的。"余太太笑道："你真是有福气。站台上冷，我们到饭车上去谈谈吧。"她说着，已是向前走。子云想着，自己不应当那样不识抬举，人家余太太请吃饭倒是不去。于是随着余太太上了饭车，正好也是开饭的时候。两人找个座头，对面坐了。茶房走过来，问是两位吗。子云道："三个人。不过你这车子上的西餐我实在没有法子吃。昨天我看到有人吃中餐，你给预备三客中餐吧。"

茶房笑道："中餐要事先招呼，现在来不及。"子云道："那么，我们现在招呼，等吃西餐的客人都吃完了，我们再来吃中餐，可以吗？"茶房踌躇着，手按了桌子，低头向他笑道："这里中餐不好吃。"余太太道："中餐他们卖一块钱一客，西餐卖一块五毛钱一客，他们当然不愿意客人吃中餐的，我们就吃西餐吧。"茶房听了，这就由别人桌上拿了一张纸壳菜单子，递给了子云看时，上面全是外国文。

子云虽认得几个单字，那程度是太有限。看了许久，只第一行的一个汤，第末行一个咖啡，勉强可以估量得出来，至于其中是些什么菜，却完全不认得，又不便叫茶房翻译，便沉吟着道："我几乎没有一样爱吃。等一等吧，我们还有一个人没来。"茶房去了，子云也将菜单放下。余太太笑道："据茶房的口气，中餐不能吃，大概这西餐一定是很好的了。我想，要调换也调换不出什么好东西来，倒不如就着他预备的吃，还图个新鲜。"子云说是，依了余太太的话，吩咐照开三份饭来。这时，系春已经来了。

茶房问："要汽水吗？"子云道："来两瓶。"系春又碰了他两下腿，眼睛可不望着他，只当没事。子云道："冷天喝汽水罢了。余太太要不要喝一点儿酒？"这句话，似乎说得余太太最为动心，不由得立刻向系春打了一个照面。

系春笑道："我看余太太这个样子就会喝酒，余太太请我们吃饭，我们请余太太喝酒。来一点儿白兰地吧。"余太太摇着手道："在火车上喝白兰地，那是北京人说的话，有点儿冤大头。"子云还不曾答言哩，系春笑道："难得相遇的，就算是贵，反正不能许十块钱一瓶吧？喂，茶房！拿一瓶白兰地来。"茶房走过来笑问道："要三杯吗？我们零的也卖。"系春杏目圆睁，板了脸道："难道我们就喝不起一瓶酒吗？"

说着，就由身上掏出一张十元的钞票，向桌上一抛，冷笑道："你先拿钱去，后拿酒来，总也可以吧？"子云看了，却不好说什么，只有听之。一会儿茶房拿了一瓶酒来，在三人面前，斟了三杯。余太太先端起杯子来，一口就喝了大半杯，向系春笑道："胡太太怎么样？"系春笑道："我是点酒不尝的人，不过余太太是客，我陪你喝半杯。"余太太笑道："至少你也应当陪一杯，怎么陪半杯呢？"系春且不答复她，向子云望了笑道："你看怎么样？"子云笑道："余太太也知道我是不会喝酒的，我们两个人共陪一杯吧。"

余太太笑道："你两口子合作起来，还是这样不行，根本就不该要这瓶酒。"系春笑道："好在是火车上，无事可做，醉了无非是睡觉，不醉也是睡觉，我就奉陪一杯吧。"余太太笑道："好！这话痛快，我先干这一杯了。"说着，再端起那半杯酒，一饮而尽。子云笑道："多年不见，余太太的酒量还是这样的好。那么，我慢慢地奉陪吧。"于是三个人吃着西餐，慢慢地喝酒。但是这火车上的西餐，是另外一种口味。第一盘子汤送上来，就是稀薄的糊糊，里面有七八根一寸长的面条。第二盘炸桂鱼，鱼有一些臭味。第三盘焖牛舌，只是那番茄的红颜色好看，牛舌瘟腥。另外一撮清水白菜，还是邦邦硬的。第五盘铁扒鸡，是不愧为那个铁字，刀叉切若盘子叮当乱响。菜不过如此，便提不起人家的酒兴。偏是余太太毫不觉得，喝了一杯，又是一杯，接连地喝了三杯之多。饭吃完，子云面前一高脚杯子白兰地总算喝完。系春的杯子里，却还有大半杯在里面。

余太太笑道："胡太太说话，有些个前后不应典。你自己说了陪我一杯，到了现在，你是半杯都没有喝下去。"系春笑道："这样吧，晚上还有一餐，我留着晚上喝吧。"余太太道："那不成！你既是喝不下去，就请你老爷代劳。"系春笑道："他的酒量余太太是知道的，何必把他灌醉了。"余太太道："醉了也不要紧，有太太在身边伺候着呢。不能你两个人彼此推诿，把酒赖了。胡太太要心疼老爷，自己就该把酒喝了下去。"系春笑道："那么着，我就勉强喝下去吧。"手里扶着杯子，可向子云睒了一眼。子云立刻抢过杯子来，笑道："瞧我吧。"一伸脖子，抢着喝干了。余太太向四周看看，低声道："太太心疼老爷，老爷又心疼太太，你两个人的做法，真有点儿意思。"子云笑道："余太太醉了，说酒话了。"于是笑着走出了饭车，各回车房。系春却把那瓶白兰地酒，带到屋子里来，笑道："留着晚上，还要灌余太太一灌。我倒猜不到她酒量这样地好。"子云喝了两杯酒，到底有点儿不支，只觉脸上热烘烘的，头上有点儿发昏，躺在铺上，笑道："晚上还闹吗？连你也要醉了。可笑她左一声胡太太，右一声胡太太，叫得真热闹。"

系春坐在他身边，手握了他的手道："她叫我胡太太，你有些不愿意吗？"子云笑道："你岂不是把话倒来说着！"系春将手摸摸子云的脸，因道："你真喝醉了，我剥两个橘子你吃吧。"子云道："好的，只是不敢当。"系春睒了他一眼道："敢当的事，你就多着呢，这又胡客气了！"子云听说，只是微笑。系春就爬到上面车顶棚下，在蒲包里面，取出几个橘子，放到茶几上，然后自己紧傍了子云坐着，将橘子剥着，撕去橘瓣上的细筋，一瓣一瓣地，向子云嘴里送着。把茶几上的橘子都已吃光，子云心里头一阵舒适，也就昏昏地睡了过去了。

系春虽不睡，却也不离开他身边，取过一份火车开行时刻表，自己看着，口中似乎念念有词，在估量着时间似的。也不知道经过了多少时候，火车又停在一个车站上了。偶然抬头，就看到车站月台上，歇有两挑卖糖稀饭的担子。凡是老走津浦铁路的，这就知道到了蚌埠，因为只有蚌埠车站上才有这种东西。系春心里一动，颇想到站台上去看看。不想刚站起来，便看到那牵狗青年已经引狗上站放屎放尿去了。咬了牙向外面呆看一阵，自言自语地道："这小子真有耐心，到站必下。难道到了晚上，也整宿地不睡吗？"正呆想着，回头看到门外有个人影子一闪，看时，正是余太太。她手扶了门，伸头向里面看了一看，微微一笑，低声问道："真醉了吗？"

系春且不作声，向铺上睡的子云努了一努嘴。余太太道："胡太太，出来遛遛好不好？"系春道："这一站只停十分钟，不下去也罢。下了车，火车开了，那可是件笑话。"余太太道："那么，我们到饭车上喝一杯汽水去，你也忌生冷吗？"系春笑道："我百无禁忌。"说着，握了余太太的手，走出房去，轻轻地将房门给拉上了。子云狠睡了一会子，睁眼醒来，不见了系春，料着她又是到三等车上去看她的那个女同学了。照各方面看起来，这个女人实在是多情，她的那个年轻丈夫竟是没有福气享受这个女人，怪也不怪？什么事情都是个缘分，我也不知道是什么红鸾星照命，会在火车遇到这样一个可心的人儿。

想到了这里，情不自禁地也就嘻嘻地笑了起来。这个滋味，那是很够咀嚼的，所以也就坐了起来，点了一支烟卷吸着，慢慢地去细想。这就看到下铺头边她的小手提箱子还不曾关闭，随手在里面翻弄着，只把两件绸衣一掀，就现出了里面一大叠钞票，全是十元一张的，估量着，约莫有二三百元。拿在手里颠了两颠，依然给她放到箱子里去。心里这就想着，这个女子，也实在大意，这么些个钱，随便扔着，幸而遇到我这个有钱的人，绝不会沾人的便宜，假如遇到了一个拆白党，那包不定赔了夫人又折兵嘛！这女人对于银钱太不在乎了，将来我一定要劝劝她。年轻的人，总要有老于世故的人去领导的，子云自以为是个老于世故的人，然而他究竟是不是个老于世故的人？这实在要等事实来证明了。

第十一章

浦口渡江时

在胡子云坐的这间包房里，除了一个女人而外，现在是又多了一瓶酒。在寂寞的长途旅行中，女人是足以刺激人的，酒也是足以刺激人的，有了这两种刺激合并在一处，自然他并不再感到寂寞了。过了蚌埠以后，那子云便有些醉醺醺的，只管要睡，及至身体完全清醒过来，屋子里是早已亮上了电灯，系春将一只手撑了头，斜靠在窗子边的椅子上坐着，眼睛皮子只管下垂着，仿佛她在想什么心事。子云看了她很久，她还不晓得，便笑道："你在想着家里什么事情吧？不用想了，到了上海，我们找乐子去。"

系春被他一句猜着，先是笑了一笑，然后又叹了一口气道："我和你在一处，谈谈笑笑，我就把全副心事都解除了。可是我一个人坐着，我就要想到我自己那些不顺心的事了，唉！这有什么法子呢？"说着，又不免长叹了一声，就将茶几上的那瓶白兰地拿过来，拔开了瓶塞子，左手拿了个茶杯子来，要向里面斟酒。子云赶快爬起来，将她的手按住，因道："你这不是胡闹吗？我看你的量也不好，空口喝酒，喝得昏天昏地的，什么意思呢？"系春手抱了瓶子，还不肯放，笑道："不，我非喝不可。"

子云道："你就是要喝，也不必现在喝，等吃晚饭的时候，我们带到饭车上去，还可以请一请余太太呢！"系春依然手抱着瓶子，笑道："我想起一个法子来了。到了浦口，这火车过江是非常之麻烦的，前后要闹几个钟头。我打算一到浦口，就坐轮船渡江，买些鸭子火腿，然后由下关上车。在车子上，今天咱们喝一个通宵。明天早上到了上海，到

231

国际饭店去开一间房间，舒舒服服睡一整天。"子云道："那怎么回事？到了后天，你不过日子了吗？"系春道："并非我后天就不过日子，我到了上海，家庭里还有什么变化我是不知道的，我现在快活一天是一天。你忍心不让我快活一下子吗？"

她最后一句话，说得很得力。子云就笑道："若是照你这样说，你就喝一点儿酒也不要紧，可是你又何必到下关去买鸭子？"系春道："我还要到一家绸缎庄里去提一笔现款。我事先早已写快信告诉他了，请他把款子送到浦口车站上来。可是天下只有借债的人肯听话，哪有还债人肯听话的。我料着他未必肯来，老老实实，还是自己到他店里提款去吧。晚饭你上饭车去吃，我不吃了。"子云道："那么，我就等着你吧，希望你带一点儿新鲜面包回来。"系春笑道："那还是依了我的话，在车子上喝个通宵吧。这样说，这酒现在我就不吃，留着回头较量吧。"说着，倒是把酒瓶子塞住，推开到一边。

子云被系春刺激着，已经是够瞧的了，现在又在喝了白兰地以后来刺激着，当然是充量地麻木起来，糊里糊涂地，只觉火车停住了，前后左右的旅客，不少的拿了行李箱子向车外走去。子云将窗帘子扯开，便看到窗子外面，月台上电灯灿烂，正是浦口。系春啊哟了一声，站起来道："了不得，到了浦口，我还不知道呢。"说着，用手摸摸鬓发，匆匆地穿上了大衣，把铺上的手提皮包拿起来夹在肋下，立刻就走下车去。子云在后面跟着追出来，笑道："你真到下关去吗？你要是赶不回来，误了车，怎么办？"

系春已是走上月台了，回转头来，将手一扬道："不要下车了，仔细受了凉。我准赶回来。万一赶不回来，我的箱子请你带着，明天国际饭店见面吧。"她口里说着，人是继续地向前走，已经走过月台很远的地方去了。子云手扶了车门，向她去的月台远远地望着，情不自禁地笑着自言自语道："真是小孩子脾气。"这句话，其辞若有憾焉，其实乃深喜之。这也就带了笑容，走回房间去了。当他走回房间以后，一眼便看到系春的东西是很随便地放在铺上。那一只手提皮箱子，两个搭扣，一个也不曾扣着。子云想着，她真是能相信我，箱子放在屋子里也不怕我动她的钱。于是点了一支雪茄，坐在窗子边向外看着。却见李诚夫在月台上走来走去，子云这就用手敲着玻璃，连连地叫他。诚夫隔着玻璃向里看着，只有子云一个人，也就笑着走了进来。子云让他坐下，因道："天气冷了，车站上寥落得很。"

诚夫道："这一趟平沪通车，是一切免票半票都无效的。由北平到南京来的人，间接或直接与政界总有些关系。那么，他们就可以想法子弄一张半票或免票，坐别一趟车子来，何必赶这一趟车呢？你是一位银行家，对于经济是有研究的。现在社会上的事，一般都以经济为背景。坐这趟车的人个个都要花钱，自然是到浦口的人少了。"他说着话，看看铺上，还有女人的围巾，便笑道："柳女士下车去了？"子云笑道："这位小姐很有意思。她不辞劳苦，到下关买盐水鸭子去了"。诚夫道："这是一位老走平沪路的了。这一渡江，现在虽是省了旅客下车上船，下船上车，可是这渡江的时间实在是长得很，几乎要达到四个钟头。所以由北方到南京来的人，虽是坐在车上可以过江，也不愿坐了车过去，总是由浦口下车，坐了轮渡走。因为这样走，至少是要早三个钟头进城的。"

二人说着话，火车轰咚轰咚开着走了，可是不到五分钟又停止了。伸头向外看着，车子停在铁路岔道上。子云道："怎么又停了？"诚夫道："由浦口车站，倒退到这里，由这里上江边，在江边停下，火车分三次运上轮渡，上了轮渡过江之后，那边再分三次拖车上岸停在江边，再送到下关车站。这样开了又停，停了又开，是不知道有多少次的。"子云道："那也怪不得这位柳小姐要到下关去玩一趟。"

诚夫道："老坐这趟通车的人，到了浦口，立刻过江到上关去洗了澡，还可以到馆子里去吃餐晚饭，从从容容地由下关车站上车来，一点儿也不误事的。尤其是坐三等车的人，这样子舒服，因为他们在车上也是逢一站买一站，买零碎东西吃的。到了浦口车站，因为是个目的地了，车站上食物摊子，反而是特别地少，就不如到下关小饭馆子里去弄

233

一顿吃的。"子云道："你这话果然是不错，可是他们随身的行李交给谁来看守呢？"诚夫笑道："这一层我倒没有想起。我想这种舒服，只有光身旅客可以享受。不过光身旅客怎样能乘长途火车呢？"子云笑道："花钱多的人自然享受最舒服，你的这个享受，还是头二等客人的啊！"诚夫笑道："我倒很后悔，没有在浦口车站过江。不然，这个时候，我也躺在澡堂子里了。那面江边上就有很好的洗澡堂子。"

当二人说话的时候，火车是开着走的，到了这时，可又停着了。诚夫道："大概是停在江边了，我回房里去，找一件衣服加着，好在轮渡上看看江景。"说着，人就走了出去。不多大一会子，他哈哈大笑地走了进来。子云道："为何去而复返？"诚夫笑道："不成，我不能回二等车上去了，这车子分作了两半截，我坐的那截车子已经拖上轮渡去了。"子云道："我这里有白兰地，你若是怕冷，喝上一杯。"诚夫对茶几上的那瓶酒，注意了一会子，笑道："是你的酒吗？那是柳小姐留着吃盐水鸭子用的吧？"

子云道："她也没有酒量，有钱的人什么也不在乎，她是买一瓶酒闹着好玩的。"诚夫笑道："这位小姐有一个意思。虽然态度是很大方，却是还不脱那孩子气，很有趣味的。"子云笑道："你看她为人怎么样？"说着，左腿架在右腿上，连连地颤抖了几下。两个指头夹了雪茄，略略地衔在嘴里，可是微微地带了笑容。诚夫在茶几角旁那张小沙发椅子上坐着，向他脸上看看，而且还闻到女人衣服上遗落下来的胭脂花粉香，心里就有了数了，微笑道："当然是很好的。"子云依然抖着脚笑道："你看她为人，有心眼没有心眼？"诚夫笑道："这就难说了。一个人有心眼没心眼，那是要分好几层去看出来的。有的人是很聪明，可是对人很忠厚；有的……"

子云将烟衔在口里，两手一拍巴掌道："你这话是对极了，她尽管是很聪明，可是待人很实在的。她是一个可怜的妇人，正等着人去帮助她。到了上海，我一定和她寻一条出路的。"诚夫笑道："以胡先生这样有声望的人出来帮她的忙，那还有什么疑问？一定是马到成功的了。"

子云有一句话想说出来，却又忍住了，只是微笑。默坐了一会儿，火车便开始地动着，慢慢地由码头铁桥上开上了轮渡。子云道："南京有了轮渡两年了，可是我坐在火车上过江，今天还是第一次，我倒是要下去看看。"

说着，自己也穿了大衣，和李诚夫一路走下车来。车子停在轮渡上是共列着三排，整整地把船上的甲板全停满了，只是车子外边、船栏杆里还有两尺余地，可以走路。抬头看到船头上那个架空的高楼，灯火辉煌，照着有人在上面指挥，汽笛呜呜地一叫，便听到机轮打水的仓仓之声。同时，江风吹到身上，也更显着猛烈，这可以知道船已经开了。

诚夫和他同站在船栏杆边向外看着，不由得打了两个冷战，将鼻一缩，笑道："这不是玩意，我赶快去穿了大衣来吧。"说着，赶快就走。他所坐的那截二等车，恰是在最左的一列。车子是三列同排着的，又不能直穿而行，因之绕了个大圈子，还是由船艄上走了过去的，自然这是费了一些时候的。可是在车边走着，还看到那位同车的余太太穿上了大衣，只管低了头走着，似乎是很有什么急事，有人挨身而过，她也不觉得。走上车去，却看到同车的三位客人坐在那里，互相埋怨。一个道："火车正在走着，我们倒没有什么感觉。这样要闹几个钟头，还是在浦口，坐在车上，就有些不耐烦了。"又一个道："能好好地睡觉，倒也罢了。偏是火车拆开，热气管子断了，屋子里冷得要命，睡又睡不着。"还有一个道："就是有热气，也睡不着的。因为这车子开一会子，停一会子，总是让人精神不安的。"

诚夫也没有插言，自在铺上拿起大衣来穿着。这二等车上过去，就是一节三等车。诚夫由这里过去，却看到三等车上人已走了一大半，那些客人都是穿的厚厚的衣服，大半靠了椅子背坐着，现出那无聊的样子来。有些人是似嫌坐着冷，只管拼命地抽烟卷，或者在车上走来走去，也听到他们说："这一道江，什么时候可以过得完？坐在冰冰冷的车上真要命。"又有人说："轮渡搬了火车过江，本来是便利旅客的。现在看看车上的旅客全有些不耐烦，这也可以说不识抬举了。"又有一个道：

"我记得没有轮渡以前，由浦口上船过江，到下关上车，也不过耽误两三小时，于今原车过江，倒要四小时了。铁道部对于这个轮渡，花钱还是不少。"

诚夫看看各车上的人，都不能表示完全满意，心里便在估量这个问题。下得车来，在停车的甲板上，慢慢地走着。却看到女厕所的门边，楼梯下面，有两个人站着。有一妇人低声道："大概没有什么问题了，或者是无锡，或者是苏州，你听电话吧。"听那声音，正是余太太。这虽然不是什么秘密话，可是妇女们藏在一边谈话，总不应该去听的。因之绕着路，还是找着了子云赏玩江景。这时，一勾月亮斜挂在江头上，很稀松的，有几点星光散在天空里，江上却散布着一重薄雾，便把这江中夜景加上了一种浓厚的诗味。远望着下关那人家的灯火，高低不齐的，在浓雾的深处透出一点点的光来。最好看是仿佛那灯火旁的雾层，笼罩了那灯光的四周，光在雾里，发生出了许多模糊不清的光芒，把整个下关几乎是笼罩在梦中。

诚夫摇着头道："这雾中的江景实在是好，我没有法子来形容它了。"子云道："世界进化，我们做小孩子时候所想不到的事，现在都有了。坐上火车，可以在大江上看雾景，当年岂不要当作是一种神话吗！"说着话时，两个人由低着头忽然抬起头来，正是轮渡转头的时候，却看到了长江两岸都有灯火。诚夫道："这太妙了，哪边是浦口？我现在分不出来了。"子云道："可惜那位柳小姐，她不在这里。她要是在这里，一定可以发出许多议论，因为她很有文学修养。这样的景致在她的眼里，一定可以另有一种高尚的见解。"诚夫心里倒有些好笑，便凑趣道："我想着，柳小姐很有点儿名士气，若不是有名士气，请问岂肯为了要买盐水鸭子下酒，特意下火车过江到下关去。"

子云拍着手道："对了，对了！女人要漂亮不难，漂亮得能够脱俗，这可不是一件容易的事。一个人有了这样的老婆，什么也不要做了。"诚夫道："胡先生看人，是很有目力的，有了这一天一晚的观察，自然评论得不错。"子云道："不，我早就知道她的。她不但出身是大家闺秀，而且婆家也是上等人家。可不知道什么缘故，她的丈夫竟是和她不投缘。"诚夫道："这位柳小姐，这样的一等人才，能忍受这种境遇吗？"子云道："她不就是为了这问题，在南北两方奔走吗？我想她到了上海，一定会有一个办法的。"说到这里，把话强忍住了，却微笑了一笑。

诚夫道："江上的风太厉害，我们还是上车去吧。"子云道："那么，还是到我屋子里去坐坐，在船上站了这样久，去喝一点儿白兰地冲冲寒气。"诚夫道："你先请回吧，我还要加一件衣服。"子云听说，心里倒有些动摇，自己的身子并不怎样地好，也应当暖和一点儿才是，于是也就赶快地回到车上去，大衣也不脱，也就倒了半茶杯白兰地，慢慢地喝了下去。这东西喝到嘴里，果然的是能把神稍提上一提，只觉一阵热气，直注射到心窝里去。向窗子外面看着，立刻电灯灿烂，犹如白日一般，已是到下关江边了。那船上的机轮轰咚轰咚鼓着水声，很久，还没有把码头靠定。

他心里想着，诚夫也不定来不来，先躺一会子吧，枯坐着很是无聊的。于是把铺上的枕头叠得高高的，和了大衣，微闭着眼睛，斜躺在铺上，只是想着心事。先是静静的，没什么动作，后来火车又是恢复了原来的形状，走一会子，停一会子，子云很觉得有些腻人。于是索性按下了性子，只管睡去，及至自己醒过来，耳边下静悄悄的，一点儿声音没有，这倒不由心里吃了一惊。这是火车停在荒野上的情形，莫不是离开了南京了？立刻一个翻身坐了起来，向窗子外面看时，却是很大的月台。在水泥柱子上横挂着黑牌，写了是"下关"两字。那月台上并没有什么人来往，很亮的电灯照着那光滑的月台，更显着寂寞。这里有那拖着尾音的呼唤，五香豆腐干、茶叶蛋。这便告诉了在火车上的旅客，这已到了扬子江南岸了。子云掏出身上的小金表来一看，已是十一点三刻，离着开车只有十分钟了，便拉开房门来，叫着茶房问道："那位柳小姐回来了吗？"

茶房道："没有呀，现在快开车了，再要不来，可就误了车了。"

子云皱了眉道："怎么办呢？又没有地方可以打电话去找她。"于是坐到铺上，燃了一支雪茄抽着，心想："只看车站上这样冷静，南京人到上海去都不坐这趟车的，她未必赶得上。若是赶不上，她真会到国际饭店去找我吗？"如此想着，只听到一阵电铃响，乃是开车了。系春到底是误了车，这真叫子云心里十分难过了。

第十二章

醇酒妇人

在从前的时代，无论水行乘船、陆行乘车，假如旅客有要紧的事，船或车总可以稍微等上一等的。到了现在轮船火车，乃是大众的乘物，有一定的时间开行，绝不能够为一两个人等着谁来。依着胡子云的意思，这火车能在车站再停一个钟头，等了柳小姐来才好。可是火车到了开行的时刻，却是一秒钟也不肯稍等，于是把系春丢在南京，把她的行李带着和子云一块儿走了。子云还不死心，怕她是已经追到了月台上，只是没有上车，这就打开了窗子，伸着头向外看去。然而火车已经是走得很快，便算她到了站上，也不能上车了。这就关上窗子，自言自语地道："年轻的人，到底是不能十分仔细的。"

将放在烟缸上的雪茄又拿起来吸着。而且望了她的行李，闻到她衣服上所留下的胭脂粉香，真不胜怅惘之至。火车是开得越快了，那些车站上的灯光慢慢离开，似乎走得很远了。他心里正难过着呢，却听得有一个上海口音的女子，在门外喊着查票，接着敲了两下门。他心想，如今铁路上越发地男女无差了，以前是女人充卖票员，而今可又有女人当了查票员了。想着，就把房门拉了开来。这门开着，早就是一阵哈哈大笑。子云也是心花怒放，跟着笑了起来。只见系春左右两手，全提了大小不一的许多纸包和蒲包，站在房门口，眯了两只眼，嘻嘻地向人笑着。子云立刻站起身来，伸着两手，将她手上的东西完全接了过去，笑道："你怎么在车开了的时候会上了车？真把我急得可以！"系春一进来，顺手将房门带上，立刻斜躺着，把头靠在子云肩上，笑道："你真着了急了吗？"子云将手拍着她道："好！我怎么不着急？"

系春道："我想起来了，你还没有吃晚饭呢，让我把买来的东西全拿了出来，我们舒服舒服地吃吧。"说着，她就把茶几上的东西，一样样地都搬了开去。而且还找了一张干净报纸铺在茶几上，然后把放在地上的纸包全透开来。她先开一个纸包，是两把雪白的白铜刀、两双人造象牙筷子，放在茶几两边，倒像吃西餐的样子。子云笑道："你真细心，还预备了刀和筷子，打算吃什么？"系春笑道："只管透开纸包来，陆续地向茶几上放吧。"看时，乃是一包盐水鸭子、一包火腿、一包五香酱牛肉，还有一罐两松、一罐芦笋。罐子是打开了，菜是切碎了，什么都预备停当，最妙的便是还有两只大玻璃酒杯子，擦得亮亮的、雪白的。这就禁不住笑道："你还有什么东西搬出来没有？我们要在这里摆酒席了吗？"系春微笑着："今天晚上，我是不打算睡的。"说着，用手指了白兰地酒瓶子道："把这一瓶酒喝完了算事。"

子云笑道："不睡觉可不成，明早七点多就到了上海，哪儿还有精神做事！"系春且不理会，把车上那些零碎纸片卷成了一大卷，送到房门外去，将门带上，然后坐在那小沙发上，指着对面道："你坐过去。"子云笑道："我们还面对面地坐着吃酒吗？"系春笑道："这是我请客，你得规规矩矩地坐着做客，胡闹可是不行。"子云道："不能就这样斯斯文文地喝，总得行个酒令。"系春在他面前把玻璃酒杯子拿过来，满满地斟上了一杯酒，然后把自己面前的酒杯子也斟满，把酒瓶还放在茶几上，笑道："谁要是不公平，罚酒一次。我们来划拳。"子云道："划拳是可以的，怎么分输赢呢？"系春道："当然是喝酒。"子云笑道："不，我输了，你 kiss 我，你输了，我 kiss 你。"

系春将两个手指头向他脸边一弹，啪的一响，笑道："你太聪明了。那包不是你一个人总赢，我一个人总输。现在这样吧，我输了，我依你。你输了，你喝酒。你肯不肯？这你就便宜多了。"子云自己一想，这也是件便宜的事，于是相对了坐着，就低低地划起拳来。酒这样的东西也是一种邪物，假如是斯斯文文地喝着闷酒，三口两口地，就会把人吃醉了躺下。若是有人陪着划拳行令，不知不觉地把酒喝下去，往往喝得过两三倍，自己还不知道。加之系春办的这些菜，又是非常之可口的，因之子云虽不会喝酒，那一大杯白兰地也不知怎样地喝了个点滴无余。

夜车上总是清静的，虽然南京到上海，每一站都是热闹所在，可是在十二点这趟夜车上，各站也总是冷清清的。子云在喝完那杯白兰地的时候，火车又停在一个大站上了，他隔了窗子向外面看去，看到那站牌上大书着"镇江"两字，便向系春笑道："我们真也喝得可以了，不知不觉地就到了镇江。有两点钟了，我们还不该睡觉吗？"系春将一个手指爬着脸腮笑道："你也太不行了！划了两个钟头拳，才喝下去一杯酒，就打算逃席。我呢，输了不知道多少次了，可是干干脆脆，一点儿也不赖。这还不算，我也陪你喝了一杯。"子云笑道："你哪里喝了酒，你这杯酒还有大半杯呢。"

系春道："你是喝酒喝糊涂了吧？你不应该醉呀。我这是喝干了，重斟的第二杯酒呢。"子云笑道："是吗？我倒没有留意哩。"系春道："你想想，就是把酒送到嘴唇边抿上一抿，有这么久的时候，也把那一杯酒抿干了吧？"说着，把他面前那玻璃杯子拿过来，倒上大半杯，放到他面前，因道："你赏面子就喝，不赏面子就不喝。"子云笑着望了她的脸上道："看你这样子，我若是不喝，你就要生气吗？"系春微微撇了嘴道："生气？我怎么敢？可是太便宜你了，我不输酒，还喝了那样一大杯呢，你输了酒的人，才喝那么一点点。"说着，把身子扭了两扭。

子云笑道："好好！我喝，我喝！可是我喝了，以后你不能要我再喝了，我先得躺下去，免得醉了才睡，倒闹得头昏脑晕。"系春道："你别害怕，只要你喝下这半杯去，我就不要你喝了。"子云笑道："圣旨不可不遵，好的，我来喝下去。"说着，端起那杯酒来，一伸脖子喝了个干净。喝完了，还向她照了一照杯。系春这就点着头微笑道："多谢多谢，总算是给面子。"子云在先喝过那一杯酒时，觉得慢慢地喝下去，也不见得有什么醉人。现在猛可地喝下这一杯酒去，开始也就觉得嗓子里有些干燥发热，不过喝下一盏凉茶去之后，立刻也就舒服一点儿。于是向系春微笑道："我真有点儿醉了，你把那篓子里的橘子拿来，我先吃两个预备预备不测吧。"系春微微地向他瞪了眼道："你又不是小孩子，自己一点儿也不知道保重吗？这样深夜怎好吃生冷？"说毕，不觉是扑哧一笑。

子云虽是觉得要把凉爽东西吃下去，心里才能痛快，可是经了系春一番拦阻，便不要吃橘子了，因笑道："口有点儿渴了，热茶总可以喝吧？哎呀！不行！"哇的一声，便弯了腰向痰盂子里乱吐一阵。系春连忙跑了过来，扶住他道："哟！怎么吐了？要知道你真不行，我就不勉强你喝这后来大半杯了。你躺着吧，我叫茶房倒开水去。"

说着，她扶了子云睡下，而且还掏出手绢来，替他脸上嘴唇上都揩抹了一遍，这才叫茶房提了开水来，冲了一壶茶。正待捧了茶杯送给子云去喝时，而他高高地睡在枕上，已是鼾声大作。系春斟了一杯茶拿在手上，只管向子云望着出神，点了两点头，把茶杯且放在茶几上。先看看手表，接着，就把小箱子里的火车时刻表取出来翻了一翻。听听窗子外面，车轮和铁轨的撞击声，轰咚啪嗒，非常之猛烈。这是在那里告诉着人，火车是正在极力地奔驰着呢。于是坐在那小沙发上，将牙齿咬了下嘴唇，只管去出神。那两只眼睛可正是向着铺位上那个人不断地看着的。许久许久，她毅然地起身，把屋子里的电灯给熄灭了。在黑暗中人世间的一切罪恶，便是要开始发生的。自然，不是没有光亮的地方，就不会发生罪恶；可是果然有罪恶发生，必是在黑暗里开始，那是可以断言的。这位系春小姐，她对于胡子云先生那样一拍即合、百般将就，为着什么呢？就是为了要造成一种罪恶。这种罪恶，到了黑暗里面就好进行了。

火车由镇江开行，其次一个大站头便是常州。在常州这一站，已到了大半夜，除了那爱清静的人喜欢坐了这一列车子走，平常旅客是不来的，所以上下的旅客只有几个，在那凄凉的灯光下，悄悄地上下车。子云屋子里，电灯已经开了，系春还穿着那件衬绒旗袍，似乎还不曾安歇呢。她开了房门，伸出一颗蓬松头发的脑袋，在左右张望着。巧得很，余太太却会在这个时候跑到头等车上来了。她两人相见，笑着走到一处，互相拉住了手。

余太太低声笑道："胡先生睡了吗？"系春道："他喝醉了，睡得很香呢。"两个人说话的时候，车上值班的茶房也站在一边。余太太道："我约会了一个亲戚，在无锡车站会面的，不敢睡得十分安稳，怕误了事。你们胡先生对我说，有一部书要托我那亲戚顺便带了去，书呢？"

系春回头看着，见子云睡得只是发出鼾声来，便在铺位底下取出了一个报纸包儿交给余太太。余太太两手捧着，颠了两颠，微微地笑着问道："书都在这包里吗？"系春低声答："全在里面了。"余太太笑道："你放心吧，交给我，绝不能够遗失的。"系春笑道："几本破书，丢了就丢了吧，明天早上见。"她说着这话，竟是一缩身子进了房，把房门给带上了。在这个时候，火车已经是离开了常州。系春的脸色，似乎青白不定，坐在小沙发上，很有些发呆的意味。然而她不肯露出慌张的样子来，自己强自镇定着，也取了一根雪茄缓缓地抽着。铺位上的胡子云却把身子转了一转，似乎是快要醒了。

系春立刻把烟放下，坐到铺上去，将毯子轻轻地在子云身上盖着，又对了他的耳朵轻轻地问道："你要喝一口热水吗？"子云依然紧闭了两眼，抬起一只手来，挽着系春的脖子，口里可不住地呻唔着道："你怎么还不睡呢？"系春简直是把他当了一个小孩子，轻轻拍着他的肩膀，低声道："我这就睡，你睡吧。"子云嘴里又呻唔了一阵，可是人就睡过去了。

系春虽把这个醉人打发睡了，自己反是心房乱跳，也有些醉意，只管蹦跳。轻轻地，把子云压在肩上的那只手臂给他放了下来，坐在铺边，仔细出了一会儿神。心里似乎想得了什么事，便把自己的手提箱子由车棚架子上取了下来，打开箱盖，把里面的洗换衣服点了一遍，还有些钞票，全取了出来，都放在大衣袋里。对箱子看了一番，就微微地笑着，锁也不锁，就放到上铺上去。又坐着想了一刻，而且想得很沉着，似乎是没有什么事了，于是再微微一笑，熄了电灯睡觉。她是否睡着了，也许她自己都不十分明白，当火车在一个大站头停歇的时候，她已经坐起来了。

屋子里电灯她并没有扭亮。唯其是屋子，没有灯火，看外面是很清楚的。只见站台上，几个卖零碎食物的人和一二十位旅客走动。其间有一位女客，穿了翻皮大衣，跟着一个肩扛行李箱子的人悄悄地出站去。在站台上，罩着一个宽大的天棚，当中一个出站的门，虽不必看站名牌子，系春也知道是到了无锡了。她眼见余太太从从容容地走下去，那震动的心房似乎是受了注射剂，安定得多了。再摸索着铺上的胡子云蜷缩了身子，睡得很安稳，那呼吸之间，还是不断地向外喷着酒味。凭着他这种酒醉的程度，大概是明早到了上海，他也醒不过来的。这虽是在暗中，也禁止不住自己一阵狂笑，笑得太厉害了，身子有些颤动，把睡着了的人抖颤得也有些感觉，口里又咿唔起来道："火车又停了，到了镇江吗？"

系春笑道："已经走过去了。"子云口里喃喃不清地道："到了常州，请你告诉我，我要买一套梳篦呢。"系春道："好的，我一定告诉你，你安心睡觉吧。你把精神养得好好的，明天我们到了上海可以同去玩了。"子云哼着答应，人又睡着了。过了无锡，她又不能睡了，摸黑坐了起来，只管坐着抽香烟，不知道她心里是在想些什么。不过那烟筒子里的香烟，她抽完了一根，接着又抽上一根，犹之这火车继续地跑着一般，没有停止。

无锡到苏州，不过一小时有余的路程，当她听到汽笛呜呜地一阵叫着以后，她心里便立刻兴奋起来，将电灯扭亮，便伸手到上铺去，要拿过手提箱来清理一番。不过当她的手触到手提箱的时候，又猛可地把手缩了回来，她心里好像在那里想着，那里面也并没有什么东西，看什么？同时，她的眼睛也就射到铺上这个睡熟人的身上了。在汽笛叫过一声之后，火车是越走越慢了。她在窗子里，看到几根高柱电灯下面，照着一排木栏杆，想起是苏州车站了。她恰恰地拉开了房门，见茶房揉擦着两眼，呵欠连天地走了过来，便低声问道："到了苏州了吗？"茶房道："到了，太太！你还没有睡。"

系春道："我刚醒过来，肚子有些饿了。这站上的脂油年糕非常之好吃，我要下去买两块糕来吃。"茶房道："我去和你买好了。"系春道："你们怎离得开车子？"茶房道："太太下去买，倒是来得及，火车要在这里停十五分钟的。"系春道："这一条路，我一个月总要走好几回，决计误不了车的。"说着，便一缩身子，到铺上把小手提包拿到手上。茶房还站在房门口呢，笑道："太太，这样深夜，外面很凉的，你加上大衣吧。"系春笑道："那也好。"于是把大衣搭在左胳臂上，把房门极轻极轻地给带上了。

子云虽是醉得睡沉沉的，她还是很体贴他，怕声音大了会把他惊醒。这个时候已经是四点多钟了，在冬天正是人家香衾温梦，睡得正香甜的当儿，非有十分急事和过惯了夜生活的人，当然不会在这个时候找什么工作。所以这里依然和西边几大站一样，只有那极少数喜欢冷静的人悄悄地上下车。在很少数的人上车的时候，果然有那车站小贩，手里挽一个有柄木托盆，盆子上面放了平面锅，煎着一条条的年糕。那小贩也是用极低的声音吆唤着"白糖脂油糕"。然而看见卖脂油糕的小贩，可不见买脂油糕的系春小姐。

十五分钟的时间，那是很容易混过去的，火车已经开了。值晚班的茶房当火车停在站上的时候，他除了伺候旅客上下，还要留心有扒手混上车来没有，他是不能休息的。系春下车买脂油糕去了，那是他亲眼看到的，可是并没有看到她上来。半夜里，在苏州丢下一位女客，那是笑话，也许她已进了房，自己是不会注意的。于是将子云的房门用手轻轻拉开一条缝，向里张望，里面电灯是亮的，只有一位先生，哪里有太太呢？自己亲眼见人下车的，多少要负些责任，便叫道："胡先生快醒，你那位同伴在苏州下车去买脂油糕，没有上来呢。"但是他声音叫得很低，子云是睡得很熟，哪里听见呢？

第十三章

原来她是个骗子

胡子云在醇酒妇人之夜，由南京卧游到上海去，这实在是人生最可羡慕的一件事，自己也就高兴透顶，忘了人在哪里了。这时，茶房惊呼着，说是同房的柳小姐在苏州下车。他不能不惊醒地突然坐了起来，揉着眼睛一看，屋子里果然是没有了人，便定了一定神，问茶房道："她是怎么样子下车去了？"

茶房道："她说肚子饿了，连大衣也不穿，就要下车去买脂油糕吃，是我说车子外面冷，她才披了大衣下车去的。可是我只见她下车，我没有见她上车。"子云笑道："不要紧，她故意闹着玩的。在下关的时候，她老早地就上了车，车子开了，也不来和我见面。直等我急得浑身流汗，她才由二等车上走过来。我想着，她一定还是躲在二等车上那位余太太屋子里。"茶房道："那位余太太不是在江那边到过您这屋子里来过几次的那个人吗？她在无锡下车了。车子到常州的时候，她还到这里来过的，柳小姐给了她一个包儿，说是您的意思，有几本旧书，托她带给无锡一个朋友去。"

子云睡了这样久，酒气也就消去了不少，再加之茶房这样一惊呼，他的酒气更加地消除很多，虽认定了系春闹着玩的，可是这玩得有些过分，不由得心里噗噗乱跳了一阵，便把两只脚伸下地来去跋着鞋，睁了两只大眼向茶房望着，因道："真的？余太太在无锡下车了？"茶房道："我亲眼看见的，绝不能骗你。"子云听说，脸上的颜色由红色变到惨白，发呆了的两只眼珠，转动不得。茶房道："好在那位柳小姐，也是南方人，大概苏州地方她也很熟的。晚车误了，她自然会搭了早车来

246

的。"子云也说不出别的话来，只是点了两点头。茶房看他很有什么心事似的，这就不便在屋子里站着，悄悄地退了出去。

子云将手背上的手表抬起来看了一看，却已到了四点三刻，这倒不能与在南京的事情同样待了。那不过火车初开，她在别截车上坐着，没有关系。现在天色不亮，她纵然要学南京那个花样，可是她又藏到哪里去？所有火车上的人，现在都没有起来呀！他如此想着，便把系春的手提皮箱子拖了过来，打看来一看，随身衣服等等都还在里面，只是里面不见一个铜板，也不见一张字迹，这就有些疑心了。记得车棚底下箱格子上，还有她一个提包，也许里面有些蛛丝马迹可寻。于是站起身来，就伸手去扯那个提包。

当他这样伸手的时候，却一眼看到自己的提箱已经移了一个地方，便是箱子口也有些不合缝。这除了自己，什么人还来开了这个箱子呢？赶快把箱子拖到床铺上打开锁，掀开来看着，不由得自己吓了一跳，啊呀！自己箱子里所有的资财完全没有了。他情不自禁地连连喊着，"糟了糟了！"这屋子里只有他一个人，没有人看得见他是什么颜色。他自己所感到的，便是衣服湿了，只觉额头上的汗珠子像雨线一样，由脸上牵了下来。在睡衣袋里，掏出了手绢，在额头上擦了一擦，手扶了箱子盖，还是不住地抖颤。但是左右隔壁屋子里，客人都睡得十分地甜熟，一点儿声音没有。

子云心里虽是十分地难过，也不敢去惊动人。自己只是靠了车壁发呆，许久许久，才昂头叹了一口气，然后坐起来，装了一烟斗旱烟，慢慢地抽着。可是他心里蹦跳焦急，和表面上恰恰相处在反面。今天抽烟的力量，也是超过了往常，吸了一烟斗，随着又吸一烟斗，总算这支烟斗告诉了他一些主意。他抽了几烟斗烟之后，便把茶房叫了进来，告诉他道："你把二等车上一位李诚夫李先生请了来。不管他醒没有醒，你只管去叫，说我有十分要紧的事情请他来面谈。"

茶房听说天不亮去叫醒旅客，这却有点儿为难，呆站着，说不出所以然来。子云昂起头来，向他望着，瞪了眼睛大声道："这件事，你也应该负些责任的，你为什么不去？我告诉你，我丢了好几十万块钱。"茶房听他如此说，倒是猛可地向后一退。再来看子云的脸色，可不是泛着苍白的颜色？子云口里衔了烟头，慢慢地道："事已至此，徒然怪着你们那也是无用的，你快去把李先生给我请了来。"

茶房听到说车上出了大案子了，只好匆匆忙忙去把李诚夫请了来。子云一见，苦笑着道："诚夫，我闹了一个大笑话！这件事怎么办？"诚夫道："茶房说你丢了一大笔钱。这可以找车上负责的人来问的。"他说着话，向上铺望了一望，问道："柳小姐呢？"子云见茶房还站在房门外，把门带上了，拉着诚夫一同坐下，低声道："糟了，糟了！我中了翻戏党的翻戏了，你还问她！"诚夫道："怎么回事？我不懂。"子云道："她把我灌醉了，她在苏州下了车。我睡得人事不知，还是车开了，茶房把我叫醒的。我起先还以为是她闹着玩，后来知道那位余太太由无锡也下车了，还在我这里拿了两个纸包去，这才想到不妙。打开箱子来一看，我一大包公债票，还有些证券都不见了，现款也损失些，不过四五百元，那倒罢了。只是这公债票数目太大，有十二万多块钱。"

诚夫道："啊！这么个大数目？公债票的号码你还记得吗？"子云道："大概是记得的。但是记得有什么用？她把这些债票押到外人手上去，依然正大光明地可以拿钱！就是不押到外人手上去，我也没有法子去追究。她这回来做我的翻戏，那是有计划的，那个余太太就是她勾结了来的。"诚夫坐着摸摸脸子，凝了一会子神，因道："这柳女士的家庭，你不是很熟吗？"

子云摇了几摇头，扑哧一声，苦笑出来，因道："我又好气，我又好笑。她哪里是我朋友家里的人？分明是冒充的。我也很大意，也不仔细去盘问，就以为是真的。这钱不在少数，我决不能随便放过。但是在这个时候，我的心思已经乱了，想不出什么好主意来，你得和我想点儿法子。"诚夫伸着手，搔了两搔头发，摇了两摇头道："这个法子倒是不怎样地好想。"子云把系春所抽剩下来的一筒烟卷交给了诚夫，笑道："你抽着烟，慢慢地想吧。"诚夫接到这一筒烟卷，立刻就想到这一筒烟两日夜过去的历史，于是取了一支烟卷在手，一面抽了烟犹豫着，一面向他道："这位柳小姐，难道在以前你一点儿都不认识吗？"

子云道："我们同在饭车上和她见面的，我认得不认得，你自然明白，何用我说？"诚夫道："你既是不认得，为什么……"说到"为什么"这三个字，他突然地把话顿住，微笑着抽烟。子云红了脸道："这实在是我荒唐，我把她当了一个规矩女人看待。"说时，左手拿了烟斗，右手在头上轻轻地拍了两下，轻轻一顿脚道："这件事，简直叫我不能向下想，我能向下想，非气死不可。这绝不能怪别人，全是我自己不好。"说着，又把手在大腿上连连拍了几下。

诚夫道："这已经是过去的事，你后悔何益！现在所要问的，就是你对于这件事是不是愿意张扬出去？"子云脸上的红色是没有退下一点儿，却是更增加了一些苦恼的样子，勉强地微微一笑道："我为什么要张扬呢，我很有面子吗？"诚夫道："你既是不肯张扬，就不能报告路警，怎么好去寻这个人？不寻到这个人，这一笔大款由什么地方可以弄回来？"子云被他驳着，是一点儿话也没有。口里衔了这烟管，静静地吸着。这时，似乎是火车走上一个岔道，震动得很厉害，将茶几上两个并放的茶杯震得互相撞击仓仓作响。

子云把茶杯挪开来，免得那撞击声吵人。诚夫看他态度很自然的样子，便笑道："你这种镇静的功夫，我真是佩服之至！"子云笑道："我不镇静怎么办？所有车上的人都睡觉了，我能够大叫大嚷，把这些人都吵醒来吗？而且钱跑到几百里路以外去了，我在火车上叫喊有什么用？钱还可以飞了回来吗？"诚夫笑道："想是让你想通了，可是这绝不能想出一个办法来。依我的意见，还是告诉车上的车守吧，可以让他打一个电报到苏州去。"

子云道："关于这一层，我早就想到了，车站上的人，只能管站内的事，站以外的人事，他如何管得着？电报打到苏州去，只是给苏州车站上的人说说笑话罢了。"诚夫道："这样也不妥，那样也不妥，十几万块钱一大批债券，就这样罢了不成？"子云衔着烟斗，只管出神，随后放下了烟斗，环抱在胸前，望了车棚下的垂灯。诚夫把那支烟抽完了，又在烟筒子里取出一支烟来抽着，笑道："看你这样子，好像有了什么主意了。我看你嘴角上，带着一点儿笑容了。"子云忽然向上坐着，两手一拍大腿道："我想起来了，她在三等车上还有两个朋友。这二等车上的余太太既是和她勾通一气的，若说这三等车上的人毫无嫌疑，似乎说不过去！我要到三等车上问问那两个人，你看怎么样？"

诚夫道："这倒是可以打听打听的，不过在火车上遇到朋友，这也是极普通的事，若说这个人有了什么嫌疑，连遇到的朋友也有关系，这话似乎说不过去。"子云道："我也知道说不过去，但是我们先去探听探听他们的口气，然后再斟酌行事，也就不至于得罪人了。"两个人只管说着，也忘了是什么时候，声音只管高大起来。这时，就听到房门轻轻地敲了两下响，随着茶房送了一张名片进来。子云接过来看时，却是"齐有明"三个字。茶房见他愣着，便道："这就是隔壁的齐大爷。他听到胡先生丢了钱了，他愿意过来谈谈。"诚夫道："好吧，请过来吧。"只这一句，早有一个穿花线睡衣的人，挤了进来。

子云看时，正是隔壁屋子里那个牵狗青年。自己向来是讨厌他只管注意到系春身上，现在系春逃走了，这就回想到他那种注意并不是绝无原因，这就站起来和他握了一握手。齐有明把两只手插在睡衣口袋里，把肩膀抬了两抬，扬了眉毛笑道："胡先生，我很知道你，你不是孔有银行的经理吗？舍下和贵行有来往，家父是齐总长。"子云哦了声，又和他握了一握手，而且介绍诚夫和他谈话。三人对面坐下，有明向子云看看，微笑道："当胡先生把这个娘们引到屋子里来的时候，我就很想和胡先生通知一声，可是事不干己，我又何必出来破坏她？料着她就是骗钱，也不过千儿八百的罢了。想不到她下这样大的手，一下子就要弄你一二十万。"诚夫道："这样说起来，齐先生很认得她吗？"

有明将两只脚叠起来，身子摇撼了几下，做出一个得意的样子，笑道："这些妖魔鬼怪，哪里逃得了我这一副法眼！她是有名的女骗子，上她当的人那就太多了！胡先生也很在交际场上走走的，怎么不知道有这么一个人?"子云脸上不免又变成了紫色,将一个食指缓缓地在脸上搔着,摇摇头道:"也是我太以忠厚待人了,她说她是一位世交家里的离婚儿媳,只管要我搭救她,我就相信她了。齐先生知道她姓什么吗?"有明笑道:"若问到她姓什么,那恐怕只有她自己明白了。她不但姓名不明,就是她住在什么地方,她也始终地保守秘密,所以她骗了人之后,要去寻找她,那是很不容易的。就是事后寻着了她,你也没法子去追问她的赃款。"诚夫道:"那为什么?"

齐有明向子云看看,又向诚夫微笑着。诚夫一时不曾领悟到,又问道:"她还能够和人拼命吗?"有明抬了两抬肩膀,笑道:"社会上的事,牵涉到了男女问题,那总是有不可告人之隐的。你想,不是她行那苦肉计,就能够把别人的钱混到手上去吗?既是人家中了她的苦肉计,自己塞住了嘴,怎么还能和人家要钱呢?"子云听到,心里更觉得难过,只管用手去摸着脸,嘴里不住地吸着气。诚夫道:"这样也觉不妥,那样也觉不妥,这件事就这样搁下去不成?"有明也取了一支烟卷在手,两只脚架了,只管摇晃着两腿,微微地笑道:"若要想追出她骗去的钱来,非用枪把子对着她不可。她就是怕我,因为我不管那些,无论在什么地方遇着,我就给她嚷了出来,她有弊病在我手里,还敢和我闹吗?她果然要闹的话,我就叫人把她关起来。"

子云道:"这话我就不明白了,齐先生刚才说她行的是苦肉计,上了她的当,人家不愿意叫出来;齐先生捉着她的弊病,当然也是苦肉计,何以齐先生就不顾忌?"有明两手一指道:"我顾忌什么?我没在哪个机关上混差使,也不是社会上什么大红大绿的人物。她要说我嫖了她,我就承认嫖了她,谅她也不能到法院里去告我一状。再说,她干的这买卖,我知道绝离不了平津两地,这两处的军警两界,我认识的人就多着啦!她要得罪了我,给她送出几张相片去,叫她别混。这话可又说回来了,这回她骗了这么些个钱去,她就够过半辈子的了,也许不再干了,就是叫军警注意她,那也是白费。"

说着,他忽然向子云一抱拳,笑道:"您可别多心,我和她没有什么关系。我和她这段交情也不妨实说，也是去年冬天，我和一个朋友上天津来玩儿，她同了一位五十多岁的老太太和我们同车，都坐在客车里那截车上。原是谁没理会谁，不知怎么眉来眼去，我那朋友就上了她的钩。到了天津，我们住在国民饭店，她也住在国民饭店。晚上我们到楼下跳舞厅里去，她也跟着去，这么一来，下文就不用提了。我那朋友在天津一家银行里有来往，带了支票到天津来支钱花，在睡着了的时候，让她偷着开了一张两千元的支票盖了图章，把款子支去用了；还有手上戴的一个钻石戒指也让她骗去了。在一处，我们不过鬼混了七八天，准让她弄了七八千块钱去了。好在我那朋友也不在乎，此事一过，就把这件事放到一边没有再提了。反正我没有和她发生关系，她的为人我是知道的，你想，她为什么不怕我？再要说到捣乱，那不含糊，我也可以来个双份儿。"说着放声哈哈大笑。

子云道："那么，她遇到了齐先生，齐先生一定可以制服她。"有明伸了一个大拇指道："那不含糊，只是没法子可以遇着她。"子云昂着头吸了一阵子烟，踌躇着道："我想着，三等车上有两个客人是她的同学，也许会知道她的住址的。"有明摇摇头道："同学？就是她爹妈也不会知道她的住址的。总而言之一句话，谁要和她这种人交上了朋友，结果必定是人财两空。"说着话，隔了窗子，向外面看着，只见黑沉沉一片什么都看不到。有时在黑暗沉沉的长空里飞出一点儿红光，在那红光外面，便发现一丛颤巍巍的黑影子，那正是村子外面的野竹林子。看到这种景致，就会让人想起决定是江南，不是江北了。

诚夫道："快到昆山了吧？要想什么法子，现在就应该决定，在昆山不决定，这就要到上海再说了。"说时，很注意地向子云脸上望着。子云道："我何尝不想打电报到苏州去追究？但是各人的立场不同，我若只管张扬出来，在我的商业信用上和我的社会交际上，都要产生极大的影响，叫我怎么办？"说着，唉了一声，重重地顿了一下脚。

正说着，这闪开一条门缝的地方，伸进一张狗尖嘴来。有明两手拍着，叫了一声"毕克"。那狗将尖嘴推开了门，四脚直竖，跳了起来，向有明身边直爬了去。有明两手将狗脖子搂着，先在它头上亲了一亲，然后用手在狗背脊上轻轻地抚摸着，笑道："我待这条狗，人家都说太优厚了，其实我觉得不怎么浪费。因为这条狗虽不能替我做什么事，但是它绝不会害我；我虽花钱养不出一个恩人来，却也养不出一个仇人来。"说着，自己哈哈大笑起来道："言重，言重！怎么好把狗来比人呢？"子云也没作声，装了一烟斗烟，只管抽着。

有明笑道："到底是位银行家，虽然丢了这么些个款子，却是一点儿也不在乎。"子云道："唉！钱已经是丢了，骂人家有什么用？"说着话，又只管抽烟。他心里可就在那里想着，本以为他毛遂自荐跑进屋子来，一定可以大小帮个忙儿，现在听他的言语，只是扫兴，就不再向他搭腔了。他却并不介意，笑道："现在这种年头，什么样的人没有，男人总是拿性命去换钱，女人自然也总是拿身体去换钱，什么出奇。以后总有那么一天，见了女人就像在上海夜里碰到了瘪三一样，仔细让她剥了猪猡。花钱的老爷真冤，让人把东西抢了去了，自己反是成了一个畜类。"诚夫觉得这么一个人，外表倒是不差，说话竟是这样子粗鲁，便笑着站起身来道："我看筑室道谋，三年不成。我们越是这样叽里咕噜，越是叫子云拿不出主意来。我们现在走开，让他先静一会子吧。"

有明笑道："别想，越想越糟心。咱们聊聊天，不知不觉地就到了上海了。上海那花花世界你眼睛看到了，就会把什么都忘了。"诚夫真觉得这人有些讨厌，便拉他的衣袖笑道："一个人丢了一二十万款子，心里多少有些不舒服，哪里还能够开得起心来？"有明回头看看，见子云脸上带了一种忧郁的颜色，低头不肯作声。这才伸手拍了一拍他的肩膀，笑道："这也算不了什么，只当是做公债买卖做亏了吧！"这才牵了狗笑嘻嘻地走了。

子云一手握了烟斗，一手撑了头，沉沉地想着。在这种沉沉地想心事的时候，那车轮在铁轨上撞着，听不出什么缓急的次数，只有一片哗哗的响声，在那里暗示着人，车子是尽力地向前奔驰着。他忽然醒悟过来，实在是不能再犹豫了。若再犹豫，车子到了上海，客人一散，车上

253

的执事人员也都走开了，要追究也无从追究去。那位余太太还是我的熟人呢，也和她勾搭一处来计算着我。至于三等车上那两个人，表面上尽管是许久不见面的朋友，内容恐怕也是一党吧？那么，不管他们是不是同党，自己去问他几句话，总是不要紧的。自己没有女人迷着的时候，心里是清楚的，说话也会有个分寸，到那里见机行事好了。心里想着，情不自禁地脱口说出一个"走"字，还把脚一顿，于是站了起来，开门就向外走。这一会儿，他会不会找出一些线索来呢？这又看他是怎样地去进行了。

第十四章

不堪回首又苏州

到了这样夜深的时候，三等车上的人不用说精神支持不住，早该睡了。便是坐到这个时候，腰酸背痛，也就再坐不住。而且三等车里，只是那很高很高的棚顶上，嵌了几盏乳头式的玻璃灯罩子，里面放着一颗小小的圆灯泡，亮着放黄光的几根金丝儿，车座里黄雾沉沉的，也有些催眠的意味。子云在南京下关的时候，就不曾脱衣睡觉。所以在这个时候，他还是秃着脑袋，穿了一件丝绵袍子，向三等车上走来。头等车上的茶房却紧紧在后跟着。他经过了几截车辆衔结的月台口，被那车外的大风横袭了来，丝绵袍子飘飘地卷了起来，少不得打了几个寒噤。但是他一心都在那十二万元公债票上，风吹在身上也不觉得！走完一截车厢，又走一截车厢，一直走到三等车里来。

那朱近清夫妇，偏又是住在第二截三等车上的，子云推开了第一截三等车门，早有两个蜷缩在座椅上的睡客，被冷风吹着脖子，突然地坐了起来。因为这车门已经关上，风没有了，那两个人也就随着躺了下去。子云一看这车子上，不过是很稀松的上十位客人，除了有两个人斜靠着椅子背在那里抽烟卷而外，其余的人东倒西歪，全是在椅子上睡着。其间也有两位女客，在昏黄的灯光下也看出来了：她们的装束并不怎样摩登，不像在天津看到和系春打招呼的那个女子。于是穿过了这截车，又走到第二截三等车上来。这一来，可把三等车上的茶房惊动着，成了那话，这是半夜里杀出一位李逵来了，不声不响，也在后面跟着。等子云向四处张望的时候，他道："你先生是哪截车上的？"

子云道："我是头等车上的，有要紧的事，要在三等车上找一位朋友，问两句话。"茶房道："你这位朋友贵姓？"子云顿了一顿，才答道："我见着他自然认得。"那随着来的头等车上茶房，就把他来找人的原因说了一说。他答道："不错的，头等车上有一位女客昨天白天到这里来过两回，就是和这两位说话。"说着，向椅子上一指。看时，正是身边的一个座位上，有一位女客，有一位男客，在相对面的椅子上睡着。子云看人家缩了腿在椅子上睡，鼾声呼呼的，睡得正好，倒是不便去惊动人，只好站了脚望着。那茶房不明白他们是怎样一种交情，便俯了身子，摇撼着朱近清道："朱先生，有朋友找你来了。"

朱近清一个翻身坐了起来，问道："到了上海了吗？"揉着眼睛，见面前站了三个人，倒是一怔。茶房笑道："头等车上，有一位胡先生来找你。"朱近清站起来，向子云望了道："这位先生，我们很面生。"子云想到天色不亮，把人吵了起来，彼此又不认识，这话倒不好说，便笑着点点头道："对不起，我有一点儿要紧的事和你先生来请教。"近清更是茫然，只管望了他。子云笑道："在天津车站上的时候，我曾和一位柳女士走这窗子外经过，她和你们太太打过招呼的。"

朱近清道："哦！对了。是的，我在天津会到过你太太的。"子云道："她不是我太太。"朱近清望了他道："什么！不是你太太？但是她自己也说是你太太。"子云道："她不是个好人，是个女骗子。"说到这里，把语调放重着，意思是先给他一点儿威风看看。朱近清不能受他这种压迫，也把脸子一板道："和你先生素不相识，天不亮，到这里把我叫醒，就是告诉我这么一句话吗？"子云觉得自己总是在无理的一边，盛气向下一挫，便道："当然有点儿原因来请教。她在半夜里的时候偷了我一大笔款子，在苏州下车去了。据她说，她和你太太是同学……"朱近清道："什么？你把我们当了嫌疑犯吗？不错，内人和她是同学。你们坐在头等车上，我们坐在三等车上，井水不犯河水，她偷了你款子，你问我做什么？你知道我们是什么人？"说罢，把胸脯挺了起来，向子云身边迎了过去。

茶房怕他会打起来，挤上前，将两人隔了开来，笑道："这位先生不要误会，胡先生因为那柳小姐忽然走了，不知道她家住哪里。想到她上三等车来过的，或者你先生知道，所以来打听打听。"张玉清也被他们的声音惊醒坐起来了，手扶了鬓发，向这些人望着，没有作声。这时，就站起来道："我们早几年的同学，多时不见面了，她自己说是这位胡先生的太太，同胡先生住在头等车上的，怎么胡先生不知道她住在什么地方哩？"这一闹不打紧，把这截车上的旅客全惊醒了，围拢来站着，听这个新鲜事儿。

子云这倒有些窘了，向来是个体面人，没有这么些个人围着看过的。这时被人围着，又是关于女人问题的，一刻儿不知道说什么好。这就有人道："头等车上，不像三等车上，是有睡房的。睡在自己屋子里，把门关上，她怎么能够进来偷了东西去呢？"头等车上茶房道："她原是住在胡先生屋子里的。"朱近清这就瞪了眼向子云道："这样说来，还是你的太太了。你的太太跑了，半夜三更来找别人做什么？"于是全车的人，都哈哈大笑起来。子云道："不不不是那么回事。"朱近清道："是怎么回事？女人睡在你屋子里，你丢了钱，干我们什么事？"说着，大家又哈哈大笑起来。子云实在有些不好意思，口里说着，"再说吧，再说吧"，就在这再说吧声中，掉转身子走了。回到头等车上，又气上加气，一点儿消息不曾问得，反是臊了一鼻子灰，坐下来闷闷地想着，这十多万款子难道就是这样罢了不成？想着想着，不由得把脚连连顿了几下。三等车上那个人说得不错的，女人在自己屋子里，屋子里丢了东西，怎好去问远在三等车上的人？女人，本当不亲近的好，何况是素昧平生的女人呢？这十多万款子弄来很不容易，仅仅是这么一瓶白兰地，就把它葬送了。想到了这里，一眼看到茶几上那只酒瓶，一把抓了过来，直送到车门外，向铁路上抛了去。自己那颗心也和这酒瓶子一般，恨不得提起了自己这具臭皮囊，也跟了这瓶子酒一同跳下火车去。因为十几万块钱实在不是一个小数目。丢了十几万块钱，而且还不能明明白白地说出来去寻找，这一种苦闷，就令人不能忍受了。

他经过了醇酒妇人的一种麻醉，精神上已受了重大的刺激。现在又加了这样一种说不出的苦闷，精神上的刺激更大，晚风一吹，人就人事不知，倒下去了。东方有一线亮光，离上海自是越来越近了。上海这个地方，动乱、虚夸、奢华，在什么地方，在什么时候，全可以看得出来的。在这种地方，来了这么一个胡子云，他便不是在火车上倒下去，那十几万款子也未必是能完璧归赵。这不是随便说的，有事实可以证明，不知经过了若干年月，又是一个冬天，在下午四点钟的时候，平沪通车，正向北平开走。满天飞舞着鹅毛也似的雪片，北站外空场里的积雪，被来往如梭的车子，全碾成了污泥，只听到一片唧唧喳喳的响声，正是人脚步和车轮子在污泥里来往着。

雪下得太密了，半空中是成了白雾，那些银色和淡绿色的汽车，在雪阵里钻着。女人的脸子依然是那苹果的样子，娇嫩而鲜红，在高大的大衣皮领子里露了出来，这大雪是不碍着她的娇艳的。汽车门开着，一个个地进车站去，后面自有人给她们提着紫色漆皮的箱子。还有那上海滩上所谓的大亨，拥着那臃肿的皮大衣，戴着皮帽子，嘴里衔了雪茄，挺了大肚皮走路。戴着皮手套子的手拿了一根斯的克，只管指挥着提篮子扛箱子的人，鱼贯地向车站里进去。站外的汽车越来越多，简直不能留一个空当，让人去走路。其间也夹杂着一部分人力车，坐在车子上的人前面拥着大箱子，后面堆着一个大网篮，箱子上还架了一个小提篮，高过了人头，颇显着这个人是如何地富有。在这样车像虫子在满地乱奔的时候，这里有一个人，穿了一件人字呢的夹大衣，袖子转拐的所在麻了花儿了，露出两个大窟窿，底摆所在更是破烂得可以，犹如挂了穗子，在胸前一路扣子都不曾扣着，露出里面一件灰布袍子来。那袍子上斑斑点点的，全是墨点和油渍子，头上戴了一顶呢帽子，原来是深灰色，大概是久经风雨太阳，都成了墨绿色，帽檐像荷叶一样，纷披着下来，前面把眉毛都给罩了起来，在脸腮上刺猬似的，长满了连鬓胡子。左胁下夹了一床蓝布小被条，右手提了破帆布箱子，在车子缝里走着。脚下所跂着的，乃是一双破毡鞋，拖着泥水向大衣底摆上乱溅着。

一辆黑牌蓝身的汽车挨身而过，滚得那泥浆飞舞，直溅了他一片衣襟。那人站着，瞪了那前座上的车夫一眼。那车夫倒伸出头来，向他吐了一口唾沫，骂道："猪猡！"那人要还骂他时，汽车早开过去了。

这人没有法子，只好随了汽车后身，向车站里走去。自言自语地道："汽车算什么！老爷当年坐得不爱坐的，十年前，哼！谁不知道我胡子云。"他口里叽咕着，自走进了车站去。这是比北京的正阳门车站，要热闹上许多倍的。由问事处以至头二等车，售票处每个房间的窗户外，全部站满了人。胡子云抖抖颤颤，放下提箱，在棉袍子里掏出了四块钱，随着众人跑到售票处，找回了车票和零钱。因为他胁下有东西，手上又有东西，向身上揣起车票来，就不免把手提箱子放在地上。可是他后面有一个买得了车票的人走了过来，一脚把那个破提箱子踢了开去，因喝道："这种土老头子，什么不忿，也跑到上海来。"

子云回头看着，是个穿灰色军衣的人，他也不敢作声，抢上前把箱子提着，自走开了。月台口上，一排铁栏杆开了许多的小窄门，坐头二、三等车的人穿了各种不同的服装，全由着那个门进去。胡子云夹在人当中，也在查票员的面前悄悄地进去。站外的雪越发地大了，虽然这里有天棚，把往来的行人罩着，然而在棚外的雪花依然是随着风的势力，飘飘荡荡，飞了进来。车站上的人虽是衣服厚薄，各各穿得不同，但是每个人鼻孔子里都有白气向外冲着，可以知道冷得厉害的。

子云穿的那件夹大衣还抵不了一件夹袍，里面的棉袍子呢，也许和他一样，经历的人事太多了，棉絮由结实而单薄，已不能抵御外面的冷风，冷得他只管是筛糠似的颤抖。有那穿皮大衣戴皮帽子的人由身边经过，挺了胸放着大步子走，他心里这就想着：你不用这样得意，总有一天和我这一样。我也穿过皮大衣、戴过皮帽子的，这算什么？一个人不听朋友的话，糊涂乱来，无论你多么有钱，总有倒霉的这么一天。你穿得那样暖和，哪里知道衣服穿得少的人这一种难受。心里只管这样想着，顺了月台向前走，一切都不知道了。偶然抬起头来一看，却是头等车的所在。

"啊，头等车？这里面有松软的沙发，有高热度的气管，在车子里

259

连棉衣也穿不住，只管要脱。可是车子外的人们穿了衣服，也抵抗不了冷。"正这样地向车子上打量着呢，忽然有车上人大喝一声道："这是头等车，你看什么？三等车在前面，你早走过了，快走回去吧。"

子云瞪了那人一眼，只好把头低着，又向原路上走回去。过了一截车，又过一截车，便到了三等车边。他正想走上车去，却看到一位苍白须发的老头子穿了一件破旧的短棉袄，肩上扛了一只破竹箱子，抖抖擞擞地走着，鼻子里嘴里都透着白气，嘴里吁吁地哼着。子云放下了手上的东西，立刻抢上前去，替他扶着接下来，笑道："老人家，冷啊，冷得四肢麻木，你有些扛不动吧？"那老人被他将东西接过去，这就站住了脚，向他望着道："你也是一位老人家呀！怎么倒替我帮忙呢？"

子云笑道："不要紧，我是穷得懒刮脸，年纪并不大啊！"那老人道："做一点儿事这才好，借了出力，可以累得出一点儿汗。你上哪儿？"子云道："我想回北平，但是川资差得远了，我打算先到了南京，和几个朋友去借借钱看。"二人说着话，就走上三等车来。这平沪三等车，是不同于长江北岸的火车上，究竟还有不少衣服穿得整齐的人。胡子云同那位穷老头子走上车来，引得全车的人都向他们望着。子云看看四周的座椅，每张椅子上都有人坐着，便和那个老头子道："我们分开来，和人家拼了座位坐吧。"

说时，看到旁边椅子上，只坐了一位穿丝绵袍子的青年客人，这就放下了提箱，打算坐下去。可是那位客人早把腿横抬着，架在椅子上，而且还板了脸道："这里有人。"子云看那青年，头发梳得油光，脸上雪白雪白的，雪花膏擦得不少，这样爱漂亮的小伙子，怎肯和糟老头子坐在一处，只得闪开。对过是一位白胖的中年人，身上也拥着一件半旧皮大衣，他口里自己叽咕着道："这三等车简直是不能坐，这样死冷的天，也不放开热气管子来，真要命。"子云看到这种情形，有话简直是不必说了，他会容纳穿破衣服的人同坐吗？自己夹了一个破箱一卷破行李，只是来去地在车上转着。后来他一想：真真这些人都是有钱的，谁也不肯相容。我买了票，我就能坐，管他容不容！于是就在身边一张椅子上坐下，将东西向脚下一丢。这算坐下了，没有遭先坐的那个人拒绝。可是那人掏出手绢来，捂住了鼻子，竟是走至别的椅子上，和别人拼座位去了。

子云先还很得意，以为一个人拥着了这一个座椅，于是把东西安排好了，将破大衣扯了两扯，舒舒服服地靠了椅子背坐着，在怀里口袋中摸索了一阵，摸出一个纸烟盒子来。那纸盒子许是在衣袋里藏着时候太久了，既破烂又扁平，伸两个指头，到里面去掏了很久，掏出半根弯曲破裂的烟卷来，又在外面袋里掏出两根红头火柴，在椅子上擦着，点了烟吸起来。虽是坐三等车，看看玻璃窗子外面，那些来往的短衣人把手只管插在衣襟下面，扛了肩膀，缩着脖子，那一份寒酸的样子，当然是比车子里要凉得多。再回想到自己在马路上消磨时间的时候，那种凄惨，实在是不堪回首。于今要离开这穷人不能忍受的上海了，心里比较可以安慰起来。前途是怎么一种情形？原是不知道的，不过在内地，衣服穿得破烂一点儿，至少是不会到处让人叫着猪猡的。

火车好像是跟着他凑趣，就在这个时候，呜的一声，车轮子向西开走了。子云由玻璃窗子里看到上海那些伸入半空里的高楼，一幢幢地向后移走，这犹之乎自己前半生的繁华梦境，也是这样一层层地越去越远。在心里这般难受的当儿，这个玻璃窗子正裂有一条缝，西北风如箭一般地由缝里射了进来。那一种寒气，比在空地里遇着还要难受。远处大度已经没有了，便是近处铁路水沟边，那些江北人的罩地草棚子也不见了。

上海的尘事算是离开了，窗子外面已是乡村人家。虽然大雪纷纷地飞着，把世界粉饰起来，然而那人家外一丛丛的小竹林子，还露着那青翠的颜色。竹林外面，长的圆的那小池塘被雪地映照着，觉得池水全是黑的。有时看到几只白鹅在水里游泳着，这就令人羡慕着，一个人还不如一只鸟，它还能够在这大寒冷的天，大自然里，很自在地游泳着。自己现在已不是百万家财，由女人到做标金，一律成了泡影。现在是有家难奔，有……

"票!"正在出神,猛然这一个字的吆喝送入了耳朵。抬头看时,车上查票员,带了两个穿制服的人,站在身边。哦了一声,就在身上去掏车票,可是大衣里、棉袄里,几个口袋都搜寻遍了,哪里有车票?他先是坐着摸索,随后就站起来摸索;先是一只手摸索,随后就两只手摸索。查票员瞪了眼道:"你到底有票没有票?这满车子人的票我都没有查,老在这里等候你一个人吗?"子云道:"我有票,没有票,我怎么能够进站来呢?"

查票员道:"你先寻一寻,若是寻不出来那要照章程罚你。"他说着,自向别处查票去了。子云这真急了,只得把破大衣脱下来,再向周身去摸索。心里可就想着:"车上补票,照章罚三倍。自己哪有那么些个钱受罚?就算到昆山他把我轰下车来,可是我也罚不起。不罚,他们能放过我吗?"想到了急处,遍身都冒着热汗珠子,这倒很好,车子里没有热气管子,也不冷了。自己乱了一阵子,实在找不着车票,这就坐下来,静静地想着,车票是在什么时候失落的,由进月台剪票,想到上三等车为止,记得这票子始终放在衣袋里,倒不知怎么地会把车票失落了。还不曾想完,查票员又来了,他问道:"票子找着了没有?"

子云站起来赔着笑道:"我实在买过票子的,可是……"那查票员一低头,在椅子脚下,捡起一张三等车票来,伸到他面前问道:"这是你的车票吗?"子云连连说道:"是的,是的!"查票员淡笑了一声道:"拿去!猪猡!"于是把票掷给他,自去了。子云到了这时,总算过了难关。虽然又让人家骂了一声猪猡,这也不去介意了。车子过了昆山,雪景是格外伟大,白茫茫的一片,分不出天地。可是车子里的人,没有一个去赏雪的。有的缩着一团,挤在椅子角里坐着,有的两只脚只管在车板上跳着,有的索性站了起来,在车上走着,借以取暖。子云那身汗不流了,也就慢慢地感着凉意。那堆在火车上的破大衣,就也只好再穿起来。殊不料这热汗在身上凉过来了,透湿小褂子,冰凉地贴着了肉,更是冷得难受。这时,有个茶房提了开水经过,便有好几个人将他拦着问:"这截车上怎么没有热气?这下雪的天,坐在车上实在冷得受不了。"茶房道:"热气管子坏了。"有人道:"热气管子坏了,应当赶快修理呀。"茶房道:"车子正开着,怎好修理?"子云插嘴道:"哪来的话,譬如头等车上热气管子坏了,车上也能够不修吗?"茶房道:"你说这话,你不会坐头等车去。这里不比你在上海弄堂上蹲着舒服得多吗?"说毕,他竟自走了。子云听他这种说话,真恨不得抢上前去打他两个嘴巴,只是穿这一身破烂,也就没有胆子敢去和人计较。满车子的座客都在这里议论着:"人真是死得穷不得……"子云听着,却不去作声,低下头来,又勾起了若干年前的那一件旧事。想不到当年坐头等车那样嫌热气管子太热,于今坐没有热气的三等车,茶房都嫌着过分。若照着我以前的那种行为看起来,于今是简直该杀。想着想着,冬日天短,已经昏黑了,车棚子上亮上了电灯,那熹微的四盏棚顶灯,还有一盏是熄了的。这样一大截车子,只有三盏灯照着,实在觉得这车上昏暗。和当年由头等车上到三等车上来找柳系春时相比,也和这一样,而且那是上午的五点多钟,这是下午五点多钟;那次在苏州昆山之间,现在也是在苏州昆山之间;当年在头等车上,认为坐三等车的客人有勾通女骗子的嫌疑;现在自己也坐三等车了,难道自己还有什么嫌疑让人家去猜看吗?只管沉沉想着,火车到了苏州了。

下雪的天,上下旅客很少,车站上虽有少数的人在电灯下走着,但是冷清清的,并没有什么人喧哗。"白糖……脂油糕……"那若断若续的叫唤声,在冷风里很清楚地送进耳朵里来。

子云两手抓住了窗子,脸是紧紧地贴着玻璃,向车子外望去。月台上零落的旅客中,有一个人牵了一条狗来回地散步。还有一个穿皮衣的女子,手里提了一口紫皮小箱子在月台上走着,要向站外走了去。这一个印象,刺激得他太深了。他突然跳了起来道:"把她抓住,快快把她抓住!她是一个女骗子。"口里说着,人就向车子外跑。车上茶房把他拦住,问道:"喂!你这是做什么?"他叫道:"你拦住我干什么?她骗了我十二万款子,我要抓她,我要抓她呀!"说着,两手把茶房一推,依然向前奔了去。

三等车上的人都哈哈大笑，说："这个人穷到连衣服都没有得穿，他还有十几万款子给人骗了去呢。他一定疯了，他一定疯了！"子云不管这些，一直跑下车去。他见着女人，都狠命地用眼睛去盯着，仿佛车站上所有的女人都值得他打上几下，咬上一口似的。可是每个女人后面，照常地都有那满面是笑容的男子，悄悄地在后面跟着。

　　这其间有个二十来岁的女子，是子云所最注意的，她两只手都提了箱子，有些提不动的样子，在站台上放下来站着。这时有个四十上下的男子，嘴上留了一撮胡子，穿了西服，加着皮大衣，是一位上海滩上大亨的样子。那女人含着笑问道："老先生，请问你，到北平去的头等车，在哪边？"那个小胡子笑道："我也是坐头等到北平去的，我来引你上车吧。"说着，他一点儿不为难，代她提了箱子走上车去。

　　子云叫道："喂！你不怕上当吗？小心啦！"然而天下上女人当的，只管上当；追求女人的，还在尽力地追求。呜的一声，火车开了，把这个疯魔了的汉子扔在苏州站上。大雪飞舞着，寒风呼呼响着的空气里，他还在叫着呢。

图书在版编目（CIP）数据

石头城外·平沪通车 / 张恨水著. —— 北京：中国
文史出版社，2018.5

（民国通俗小说典藏文库·张恨水卷）

ISBN 978-7-5205-0030-2

Ⅰ. ①石… Ⅱ. ①张… Ⅲ. ①长篇小说-小说集-中
国-现代 Ⅳ. ①I246.5

中国版本图书馆 CIP 数据核字（2018）第 010537 号

责任编辑：卢祥秋

整　理：澎　湃

出版发行：**中国文史出版社**

网　　址：http://www.chinawenshi.net

社　　址：北京市西城区太平桥大街 23 号　邮编：100811

电　　话：010-66173572　66168268　66192736（发行部）

传　　真：010-66192703

印　　装：廊坊市海涛印刷有限公司

经　　销：全国新华书店

开　　本：720×1020　1/16

印　　张：17.5　　字数：252 千字

版　　次：2018 年 5 月第 1 版

印　　次：2018 年 5 月第 1 次印刷

定　　价：53.80 元